Frank Friedrichs

Erntedank in Vertikow

www.vertikow.de

Umschlaggestaltung: Frank Friedrichs
Bildquellen: www.depositphotos.com – PinkBadger, emjaysmith, Elinacious, johndwilliamsUK; www.shutterstock.com – Eric Isselee

Verlag: DichtFest GbR, Seeweg 3, 19243 Wittendörp – www.dichtfest.de

Druck: BooksFactory, PRINT GROUP Sp. z.o.o., Szczecin, Polen

ISBN: 978-3-946937-20-3

Bibliografische Information der Deutschen Nationalbibliothek:

Die Deutsche Nationalbibliothek verzeichnet diese Publikation in der Deutschen Nationalbibliografie; detaillierte bibliografische Daten sind im Internet über http://dnb.d-nb.de abrufbar.

Erntedank in Vertikow

Ein Mecklenburger
Dorf-Krimi
von
Frank Friedrichs

Für Matthias

Denn was der Mensch sät, das wird er ernten.

Brief des Paulus an die Galater, Kapitel 6, Vers 7

2. Oktober 2014

15:40 Uhr

Benzin war keine gute Idee gewesen. Die Flammen loderten zwei Meter in den Himmel, die ersten Nadeln der Kiefernhecke verglühten zischend.

Peer rollte zum Gartenschlauch, so schnell der weiche Boden es zuließ. Hatte der Hahn schon immer so hoch gehangen? Die Hitze des Feuers hinter ihm schwoll an. Mit aller Kraft streckte er sich, wäre fast aus dem Rollstuhl gekippt. Vergeblich: Er erreichte den Hahn nicht. Eine dünne Flammenspur fraß sich durchs Gras. Verdammt, er musste gekleckert haben. Und der Kanister stand offen neben der Tür. In zwei Minuten würde der Schuppen brennen.

»Herr Wesendonk! O mein Gott! Hilfe! Feuer!«

Peer wandte den Kopf. Wieso war die alte Frau Kuhn hier? Erstaunlich behände kam sie heran, öffnete den Wasserhahn und griff nach dem Schlauchende.

»Abwickeln!«, rief Peer. »So reicht er nicht hin!«

Frau Kuhn hob ein paar Schlingen vom Gartenschlauch ab, fluchte keuchend, als sie sich verknoteten. »Das schaffen wir nicht! Hilfe! Hilfe!«

»Verdammt!« Er riss ihr den Schlauch aus der Hand, wendete den Rollstuhl und hielt aufs Feuer. Kaum hatte er das Ventil geöffnet, fauchte eine Stichflamme in den grauen Himmel. Sein Gesicht fühlte sich an, als würde es geröstet.

»Peer! Nein! Um Himmels willen!«

Sascha stürmte auf ihn zu. In diesem Moment zerriss ein Knall die Luft, die Druckwelle warf Peer auf den Rasen. Seine Ohren dröhnten, ihm wurde schwarz vor Augen.

»Wie kann man so dumm sein?« Sascha hockte über ihm, strich ihm die Haare aus der Stirn. Sie schaute auf. »Geht es Ihnen gut?«

»Danke, geht schon.« Frau Kuhns Stimme klang heiser vom Schuppen her, ein Husten unterbrach sie, ehe sie fortfuhr: »Das hätte ich nicht gedacht: auf meine alten Tage ein Feuerwehreinsatz.« Sie kam heran, in der Hand den Feuerlöscher aus der Garage. Sorgsam musterte sie den qualmenden Hügel aus Schaum, erstickte hier und da eine Flamme mit einem Klecks, ehe sie den Löscher auf den Rasen gleiten ließ. »Wie geht es Ihrem Mann? Herr Wesendonk, können Sie mich hören?«

»Natürlich«, brummte Peer, »ich bin lahm, nicht taub.«

Sascha schnalzte mit der Zunge. »Peer!«, zischte sie.

»Wir setzen Sie zurück in den Stuhl. Warten Sie.«

Während Frau Kuhn den Rollstuhl heranschob, drehte Sascha Peer auf den Rücken. Sie führte die Hände unter seinen Achseln hindurch, verschränkte sie auf seiner Brust und zog ihn an sich. Kurz spürte er ihr pochendes Herz am Schulterblatt, dann einen Stoß. Er wurde hin- und hergeruckelt, bis er endlich im Rollstuhl saß. Frau Kuhn ächzte und verzog das Gesicht.

»Tut Ihnen etwas weh? Sind Sie verletzt?«, rief Sascha.

»Ach, mir tut jeden Tag etwas weh. Das ist das Alter, keine Verletzung.«

»Tausend Dank, Frau Kuhn. Ohne Ihre Hilfe wäre mein Mann verbrannt.«

»Ich weiß nicht. So eine große Hilfe war ich nicht. Wasser auf Benzin …« Sie brummte missfällig.

»Das hätte mein Mann auch wissen müssen.«

Peer stöhnte. »Ich bin Musiker, kein Chemiker.«

»Was hast du dir dabei gedacht? Benzin!«

»Ich wollte ja Grillanzünder nehmen. Oder Spiritus.«

»Aber?«

Er schaute sich um: Die Schuppenwand war schwarz, die Plexiglasscheibe in der Tür geschmolzen, von der Hecke standen nur noch verkohlte Reste. Die Feuerstelle war auf die doppelte Größe gewachsen, in einem Umkreis von drei Metern war alles verbrannt – bis auf die Notenhefte. Er schloss die Augen, sein Magen verkrampfte sich. »Aber ich bin nicht ans Regal gekommen.« Schwer zu ertragen, wenn die Ironie des Schicksals größer war als die eigene.

»Ach Peer«, Sascha legte ihre Hand auf seinen Unterarm. »Was machst du überhaupt im Garten?«

»Es ist Oktober, da dürfen wir verbrennen.«

»Gartenabfälle«, raunte Frau Kuhn, »aber doch nicht uns selbst!« Sie tupfte Stirn und Wangen mit einem Stofftaschentuch ab. »Und eigentlich auch kein Papier«, fügte sie mit einem Seitenblick auf den Stapel hinzu.

»Ja«, stöhnte Peer, »ihr habt recht. Ihr habt alle recht. Ich bin der Böse.«

»Darum geht es nicht.« Sascha verdrehte die Augen. »Musst du das Ganze gleich ins Lächerliche ziehen?«

Frau Kuhn räusperte sich. »Vielleicht gehe ich besser. Hier ist ja alles in Ordnung, was?« Sie zitterte leicht; erst jetzt fiel Peer auf, dass sie keinen Mantel trug.

In bester Ordnung. Sein Blick ging zu Sascha, dann zurück zu Frau Kuhn. »Ach, kommen Sie doch einen Moment mit rein. Damit Sie wieder zu Kräften kommen und sich aufwärmen können. Wie wär's mit einem Kaffee? Oder einem Gläschen Korn auf den Schreck?«

»Sehr freundlich, aber ich wollte gerade nach Hause.«

»Wenigstens ein Glas Wasser.«

»Wirklich, vielen Dank, ich habe keine Zeit. Um halb sechs bin ich bei Röders eingeladen. Stellen Sie sich vor: Sonja hat angerufen und gefragt, ob ich vorbeikommen will.« Mit einem Mal strahlte sie über das ganze Gesicht. Wie viel Freude eine Einladung bereiten konnte.

»Dann müssen Sie in den nächsten Tagen bei uns vorbeischauen«, schaltete Sascha sich ein, »wir sind Ihnen sehr zu Dank verpflichtet.«

Frau Kuhn nickte lächelnd. »Keine Ursache. Und die Einladung nehme ich gern an. Bis dann!«

Peer winkte, schaute ihr nach, wie sie den Weg am Haus entlangtrippelte. Ein Frösteln durchfuhr ihn, nur sein Kopf glühte noch immer.

Sascha hockte sich zu ihm. »Deine Jeans und dein Sweater sind nass.«

»Deine Füße auch.« Erst jetzt sah Peer, dass sie keine Schuhe trug, in der Eile barfuß in den Garten gerannt war. Er holte Atem. »Saschenka, ich ... entschuldige.«

Sie griff nach seiner Hand. »Liebling, ich weiß, es ist schwer. Aber du kannst nicht mehr einfach allein ... Das ist viel zu gefährlich.«

»Nur, weil ich mit diesem Scheißding nirgends rankomme.« Wütend klopfte er auf die Armlehnen des Rollstuhls.

»Peer!« Saschas Stimme wurde scharf. »Nur durch ›dieses Scheißding‹ kannst du dich überhaupt fortbewegen.«

»Weiß ich.«

»Und du musst lernen, dass es Dinge gibt, die du nicht mehr tun kannst, mit oder ohne ›Scheißding‹!«

»Weiß ich.« Er starrte auf den grauweißen Asche-Schaum-Haufen. Nur knapp ein Viertel der Hefte hatte er ins Feuer werfen können, der restliche Stapel thronte verräterisch daneben, mit Löschschaumflocken gesprenkelt.

Erst jetzt musterte Sascha den Papierstapel und stieß einen Schrei aus. »Peer! Das sind deine Orgelnoten!«

»Weiß ich.«

Sie starrte ihn an, ihr Mund stand offen. »Aber«, sie schüttelte den Kopf, »du kannst doch nicht ...«

»Was soll ich damit machen? Einrahmen? Bei eBay verticken? Marionetten aus Papiermaschee basteln?«

»Alles besser als dieses Inferno. Ach, Perlchen. Du hättest ... es gibt Stücke ohne Pedal.«

»Bloß keine, die einen Krüppel auf die Empore heben!«

»Sag nicht immer dieses Wort«, zischte Sascha.

»Empore?«

»Du weißt genau, was ich meine.«

»Dann sag es. Sprich es aus! Es ist das, womit ich leben muss, womit wir leben müssen.«

Sascha trat zu den Heften. Obenauf lag das Heft mit Mendelssohns Orgelsonaten, wie ein Stück durchweichter Blätterteig mit ein paar Spritzern Sahne. Peer presste die Lippen aufeinander. Wie viele Stunden hatte er damit zugebracht! Die Noten waren wie gute Freunde. Mit der B-Dur-Sonate hatte er besonders gerungen, die Synkopen im ersten Satz hatten ihm nicht in die Finger gehen wollen. Jetzt war sie ihm die liebste von allen.

Peer schaute auf, als Sascha tief durchatmete. Ihre Augen fixierten ihn; er kannte diesen Gesichtsausdruck. Als läse sie in seinem Innersten.

Sie packte den Stapel, hob ihn ächzend hoch. Die Schaumflocken lösten sich knisternd auf, hinterließen Flecken auf ihrer Strickjacke. »Kommst du?«

»Was hast du vor?«

»Du wirst keine Noten mehr im Garten verbrennen!« Sie ging bis zur Hausecke, wandte sich um. »Wozu haben wir einen Ofen?«

17:20 Uhr

Wie früher stoppte Peer an der Bushaltestelle, um sein Aussehen zu kontrollieren. Das war stets mehr Marotte als echte Kontrolle gewesen. Er hatte nie Arbeit mit den kurzen, dunkelbraunen Haaren gehabt, die an den Schläfen bereits von Grau durchsetzt waren. Und immer weniger, je weiter sie sich die Stirn hinauf zurückzogen. Morgens einmal mit der Hand hindurchfahren und sie saßen noch abends beim Zähneputzen. Am Dreitagebart könnte er hier draußen auch nichts ändern, und was er an Kleidung trug, interessierte in Vertikow niemanden.

Kleidung? Die sah er ohnehin nicht mehr. Die Glasscheiben in der oberen Hälfte der Bushaltestelle spiegelten gerade noch sein Gesicht, der Oberkörper war verschwunden. Früher hatte er über die blaue Stahlwand gereicht. Dinge änderten sich.

Der Wind ließ das Laub der Bäume rauschen, die alte Eiche vorm Wirtshaus, die Linden auf dem Friedhof. Ansonsten war alles still, das Dorf mit seinen knapp 300 Einwohnern döste vor sich hin. Ungewöhnlich während der Mais- und Rübenernte. Sonst pendelten die Laster der RWG im Fünf-Minuten-Takt zwischen den Feldern und dem Gut, das die Familie Radenow-Werthenbach nach der Wende zu einem Großunternehmen ausgebaut hatte.

Wie bestellt wehte ein Brummen heran – aber tiefer und gemütlicher als das Dröhnen der Lastwagen. Erichs Traktor. Peer wendete den Rollstuhl und wartete. Zeit, alte Kontakte wiederzubeleben. Über eine Woche war er aus der Reha zurück und noch niemand hatte sich getraut, den Krüppel zu besuchen. Nicht einmal Erich. Gut, der musste den Winterweizen ausbringen. Jetzt war auf den Feldern ordentlich zu tun. Wenigstens trafen sie sich nun auf der Straße. Wie früher. Außer dem Bauern hielt sich kein Mann in Peers Alter tagsüber im Dorf auf. Die beiden waren zwangsläufig ins Gespräch gekommen – und in die »Alte Eiche«. Damit war die Freundschaft besiegelt gewesen.

So riesig hatte Peer den silbernen Traktor nicht in Erinnerung. Er fühlte sich klein, hilflos. Mit dem Rollstuhl könnte er ihm nichts entgegensetzen und schon gar nicht rechtzeitig ausweichen.

»Tachschön Peer. Na, wieder da?«

»Jo.«

»Und, wie is?«

Peer zuckte mit den Schultern. Was sollte er antworten? Dass sein altes Leben vorbei war? Dass er morgens schon keine Lust mehr auf den Rest des Tages hatte? »Weiß nicht, anders.« Er wies auf den Feldsteinwall um den Friedhof. »Das ist plötzlich eine unbezwingbare Mauer, die Linden sind doppelt so hoch und dein Trecker ist ein Monstrum.«

»War er schon immer«, lachte Erich.

»Mag sein, aber dieser Dreck, die Erdklumpen aus den Reifen, das geht gar nicht. Die bröckeln hier überall auf den Asphalt und werden festgefahren. Dann ist die Straße für mich ein Hindernisparcours.«

»Und? Was soll ich machen? An jedes Feld 'ne Reifenwaschanlage stelln? Junge, du lebst auf'm Dorf. Da musst du sehen, wie du damit zurechtkommst.«

Erich hatte gut reden. Der hatte nicht acht Tage zu Hause gesessen, um festzustellen, dass er mit nichts zurechtkam. Der hockte wie ein kleiner König auf seinem Traktor, mit dem er zur Not alles niedermähen könnte.

Ein schriller, heiserer Schrei lenkte Peers Blick zum Himmel. Weitere Schreie antworteten. Ein Schwarm Kraniche zog in Richtung Krembz.

»Jo, die bleibn wieder hier dies Jahr. Haben kein' Bock, in'n Süden zu fliegen, wo's hier eh nich kalt wird.«

Peer nickte. Wenn Kraniche mit geänderten Bedingungen zurechtkamen, sollte er es auch schaffen.

»Und wo willst hin?«

»Zu Frau Kuhn. Muss zusehen, dass ich sie noch erwische; sie will gleich zu Sonja und Maik.«

Erich hob die Augenbrauen und schaute auf seine Armbanduhr. »Ach nee! Was willst du denn bei Gertrud?«

»Mich bedanken.«

»Und was will sie bei Sonja und Maik? Ich dachte, da herrscht Funkstille.«

»Keine Ahnung. Vielleicht wegen der Kinder.«

Erich nickte schweigend, sagte dann langsam: »Pass auf, dass du nich auch auf die Hörner genommen wirst.«

»Auf die Hörner genommen?«

»Jo. Einer von den Irren mit den Pick-ups hätte Gertrud gestern fast erwischt. Die läuft aber auch auf die Straße, als wär sie der einzige Mensch auffer Welt.«

»Gertrud Kuhn? Wurde beinahe angefahren?«

»Sah zumindest so aus. War aber schon or'ntlich düster. Und Gertrud in ihrn erdbraun' Mantel, die sieht sich manchmal selbst nich!« Grinsend tippte Erich sich an den Schirm der Mütze, löste die Bremse und rauschte davon.

Peer schaute ihm nach. Erich war schon speziell. Wenn man ihn reden hörte und seine Kleidung ansah, hielt man ihn eher für Anfang 60 als für Anfang 40. Aber das jungenhafte Gesicht mit den schwarzen Bartstoppeln, das spitzbübische Grinsen und die blitzenden blauen Augen würden den Bauern ewig jung wirken lassen.

Als Peer dem Rollstuhl Schwung gab, um aus der Haltebucht zurück auf die Straße zu fahren, fiel sein Blick auf die Steigung vor ihm. War die schon immer da gewesen? Es mochten nur ein paar Meter sein – und doch eine Herausforderung. Eine neue Herausforderung. Früher kannte er hier jedes Steinchen, jeden Grashalm. Aus dieser neuen Perspektive war alles fremd. Eine Reise in ein unbekanntes Land. Immerhin roch das Dorf hier unten genauso, nur intensiver: Moos und Erde vom Friedhof, ein paar Meter weiter im Osten zogen die süßlich-scharfen Düfte der faulenden Äpfel von der Obstbaumwiese herüber.

Endlich hatte er die Steigung hinter sich. Sein Blick schweifte zur Kirche. Mehr Bauernhaus als Gotteshaus: das Fachwerk mit den unregelmäßigen Ziegeln, die weiß gerahmten Butzenscheiben, das Holzdach über dem Eingang, davor der Glockenstuhl aus dicken Eichenbohlen, die die Jahrhunderte geschwärzt hatten – ein einladendes Häuschen, ein Heim. Das war es für ihn gewesen. Wie viele Stunden hatte er dort jeden Tag verbracht, glücklich unter dem Dach an seiner Orgel. Und jetzt? Nie wieder käme er die Treppe hinauf. Schon die Steinschwelle an der Kirchentür bildete eine Barriere, die er ohne fremde Hilfe nicht überwinden konnte.

Fremde Hilfe! Für den Rest des Lebens wäre er darauf angewiesen. Ihn fröstelte. Hilfe annehmen, dankbar sein, auch das war neu. Bei Frau Kuhn würde er anfangen. Sascha hatte angeboten, mitzukommen, ihn zu schieben. Nein, er würde ihr beweisen, dass er allein das Richtige tun konnte. Dass er nicht der hilflose, verbitterte Krüppel war, den sie in ihm sah – und doch nicht sehen wollte.

Eine Katze schoss vom Grundstück der Heintzes, sauste zwei Meter vor ihm über die Straße und blieb erst auf dem Parkplatz vor der Kirche stehen. Sie sah sich um, ihr Schwanz peitschte durch die Luft. Das Brummen eines Motors drang in Peers Bewusstsein, von der nördlichen Seite des Friedhofs her, wo vor Kurzem das Tuckern des Traktors verebbt war.

»Minka!«, rief eine hohe Stimme. Die jüngste Heintze-Tochter stapfte heran. Marylin? Nein, Marleen. Mit ihren kleinen Fingern bekam sie kaum die Gartenpforte auf.

Erschrocken fuhr Peer herum, als es hinter ihm röhrte. Ein dunkler Pick-up preschte um den Kirchhof, beschleunigte mit dröhnendem Motor.

»Hey!« Er gab den Rädern einen Stoß, packte die Kleine just, bevor sie auf die Straße lief. Zentimeter neben ihnen rauschte der Wagen vorbei. »Idiot!«

»Idiot!«, echote Marleen. Ihr Gesicht war blass geworden, sie atmete flach und hektisch.

Peer drehte sie zu sich. Er wartete, bis sein eigener Herzschlag sich so weit verlangsamt hatte, dass er ruhig reden konnte. »Nicht so flink! Du musst immer gut aufpassen und erst gucken, ob ein Auto kommt.«

Die Kleine nickte, schaute ihn jedoch nicht an, fixierte nur die Katze. »Aber Minka! Die hat Angst ohne mich. Und die ist auch gleich losgelaufen.«

»Minka ist aber viel schneller als du. Und sie kann besser auf sich Acht geben.«

Sie löste sich aus der Umklammerung und musterte ihn. »Wieso sitzt du im Rollstuhl?«

Peer senkte den Blick, biss sich auf die Lippen. »Weil ich nicht gut genug auf mich Acht gegeben habe.«

Ihre Augen weiteten sich. Sie nickte, stellte sich an den Fahrbahnrand, sah nach rechts, nach links und schlurfte schließlich mit ihren rosa Gummistiefeln über die Straße. Auf der anderen Seite wandte sie sich um. Peer hob anerkennend den Daumen. Lachend erwiderte sie die Geste und lief der Katze hinterher, die in den Glockenstuhl und von dort über die Friedhofsmauer flüchtete.

Erst jetzt bemerkte Peer, dass der Pick-up an der Brücke gestoppt hatte. Die roten Bremslichter starrten ihn wie Augen an. Aus dem Fenster flog etwas in die Schilde. Der Kerl war wirklich ein Idiot.

In diesem Moment quietschte eine Gartenpforte, Frau Kuhn trat auf die Straße. Sie tippelte in Richtung Ortsausgang, verschmolz in ihrem graubraunen Mantel mit der einsetzenden Dämmerung. Erich hatte recht: Nach wenigen Schritten war sie kaum noch zu erkennen, ein schwankendes Stück Herbst. Gerade wollte er sie rufen, da heulte der Motor auf, der Pick-up brach kurz aus, raste los. Auf Frau Kuhn zu!

Peer wollte schreien, sie warnen. Doch er konnte nur zusehen. Wie in Zeitlupe nahm er wahr, dass der Wagen sich ihr schlingernd näherte. Motorbrummen dröhnte in seinen Ohren, seinem Kopf. Erst im letzten Moment drehte Frau Kuhn sich um. Peer sah ihr Gesicht als weißen Fleck in der Dämmerung, hörte den entsetzten Aufschrei. Dann einen dumpfen Knall. Etwas Braunes wurde an einen Laternenpfahl und zurück auf die Straße geschleudert.

Sofort war alles wieder da: die Scheinwerfer, die jäh aus dem Nebel aufblitzten, die quietschenden Bremsen, der Stoß, der ihn mit ungeahnter Gewalt vom Motorrad gerissen hatte, das Schleifen von Metall auf Asphalt, der ewig lange Flug durch die Nacht. Und die Angst. Todesangst. Peers Herz raste, er schnappte nach Luft, wischte mit zitternden Fingern den Schweiß von der Stirn.

Das Röhren des Pick-ups entfernte sich rasch. Nach einer Minute war alles still.

19:00 Uhr

Nur wie durch einen Nebel konnte Peer sich an die Ereignisse erinnern, die dem Unfall gefolgt waren: Er war, so schnell es ging, zu Frau Kuhn gerollt. Auf dem Weg zu ihr tauchte ein Paar Scheinwerfer auf, verschwand jedoch gleich wieder. Dann stand Maik Röder neben ihm und schrie in ein Handy. Zur selben Zeit – oder später? – knatterte Erich mit seiner Schwalbe über den Mühlenstieg heran. Und auf einmal war alles in blinkendes Blau gehüllt gewesen, Sanitäter waren umhergelaufen, eine herrische Ärztin hatte Maik und Erich angewiesen, »endlich den Rollstuhlfahrer aus dem Weg zu schaffen«.

Warum stand diese Ärztin jetzt vor ihm und stieß ihm den Lichtstrahl einer Taschenlampe ins Gesicht?

»Herr Wesendonk, Augen auf!«

Die grellen Scheinwerfer, die neblige Nacht, die quietschenden Bremsen, der ewig lange Flug, die Angst ...

»Augen auf!«

»Peer! Was ist denn los?« Sascha.

»Ich sach ja, das geht nich gut mit ihm auf'm Dorf.«

Erich. Wieso war der hier? Peers Blick glitt vom schwarzen Ledersofa, auf dem er lag, zum Stutzflügel am Fenster: Der Bauer stand kopfschüttelnd neben Maik Röder und verfolgte die Ereignisse.

»Herr Wesendonk, hier bin ich!«

Ein schmales Frauengesicht kam in sein Blickfeld, ein professionelles Lächeln, das die grüngrauen Augen nicht erreichte. Erneut das grelle Licht, links, rechts, dann war endlich Ruhe. Die Augen entfernten sich, eine Frau im Arztkittel strich sich eine braune Strähne aus der Stirn und griff nach seinem Handgelenk.

»Der Puls beruhigt sich«, sagte sie zu jemandem hinter Peer. Sie sah ihn wieder an, stellte sich als Dr. Martensen vor, Ärztin aus Gadebusch. Solange sein Hausarzt krank sei, werde sie sich in Vertretung um ihn kümmern.

Peer blickte auf seine Hände. Sie zitterten. Wieso? Jemand berührte ihn an der Schulter. Sascha. Er hob den Kopf zu ihr. »Was ist los?«

»Alles gut, Perlchen. Du hast einen Schock erlitten, draußen an der Pokrenter Straße. Maik und Erich haben dich gefunden.« Sie warf einen Blick zum Stutzflügel.

Die Ärztin nickte. »Um genau zu sein, leiden Sie unter einer akuten Belastungsreaktion. Ein Schock ist ...«

»Und wieso?«, unterbrach er sie.

Sie schaute kurz zu Sascha, sagte langsam: »Es hat einen Unfall gegeben.«

Die grellen Scheinwerfer, die quietschenden Bremsen, der ewig lange Flug, der Sanitäter, der ihm das Visier öffnete ... Peer schluckte, die Luft schien ihm wegzubleiben. »Ich ... ich kann meine Beine nicht bewegen.«

Sascha presste eine Hand auf den Mund, wandte sich ab.

»Ich gebe ihm was zur Beruhigung«, hörte er die Ärztin sagen, »etwas Sanftes. Jetzt ist er ja ansprechbar.«

Das Knacken von dünnem Glas, ein Blubbern, ein Pumpen. Erst jetzt spürte Peer die Manschette am linken Arm, die ihm das Blut abschnürte. Ein Stich, dann ließ der Druck nach. Kurz darauf durchfloss ihn wohlige Wärme, ein Glühwein mit Schuss. Grinsend sank er in die Kissen, atmete tief durch.

Moment! Was hatte sie gesagt? Jäh riss er die Augen wieder auf. »Ein Unfall? Heute? Hier?«

»Jo, Gertrud Kuhn«, brummte Erich vom Flügel aus, was ihm einen mahnenden Blick der Ärztin eintrug.

Sascha bückte sich zu Peer hinunter, legte eine Hand auf seine. »Ruh dich erst mal aus.«

»Hat sie bös erwischt«, fuhr der Bauer ungerührt fort, »war nich mehr zu retten.«

»Erich!«, zischte Sascha.

»Wieso? Stimmt doch!« Maik Röder bestätigte die Aussage mit seinem tiefen Bass. »Oder, Frau Doktor?«

»Nicht jetzt.«

Frau Kuhn? Moment, Peer war auf dem Weg zu ihr gewesen. Was hatte er noch von ihr gewollt?

»War wohl manchmal schon'n büschen schummrig, und da hat er ihrn braun' Mantel nich gesehn.«

»Wer?« Peer schluckte. Natürlich: der Idiot im Pick-up!

»Tja, das ist das Problem«, Maik sog die Luft durch die Zähne, »Fahrerflucht!«

»Wie bitte?« Peer fuhr auf. »Er ist abgehauen?«

»Meine Herren!«, raunzte die Ärztin. »Haben Sie nichts zu tun? Herr Schlüter, Ihre Schwalbe steht noch auf der Straße! Herr Röder, wer kümmert sich um Ihre Kinder?«

»Sonja ist zu Hause.«

Die Ärztin brummte missmutig und beugte sich wieder über Peer. »Herr Wesendonk, Sie sollten sich ausruhen.«

»Aber ich muss ...«

»Sie müssen das Ganze langsam und behutsam verarbeiten. Schließlich haben Sie ...«

»Danke für Ihre fachkundige Meinung, Frau Doktor. Ich weiß, was ich hab.« Er versuchte, sich aufzurichten.

Die Ärztin drückte ihn in die Kissen zurück. »Ich sagte ausruhen. Und das meinte ich so!«

»Blödsinn! Wieso muss sich jemand ausruhen, der den ganzen Tag nur rumsitzt?«

»Weil dieser Jemand eine extreme Belastungssituation erlebt hat und zurzeit nicht mal in der Lage ist, sich angemessen zu benehmen«, sagte die Ärztin eisig. Sie holte einen Block und einen Kugelschreiber aus ihrer Tasche.

Die Wärme in Peers Kopf drohte aufzubrodeln. »Ein Mensch wird umgebracht und Sie spielen Knigge?«

»Nu lass ma die Kirche im Dorf.« Erich trat heran, die Hände in den Taschen seiner Cordhose. »Umgebracht is'n büschen heftig, oder? Das war doch bloß'n Unfall.« Ohne ein weiteres Wort schlurfte er aus dem Zimmer.

Erich hatte recht. Warum sollte jemand Frau Kuhn umbringen wollen? Absurd. Trotzdem gab es da etwas, das Peer stutzig machte. »Er war zu schnell.«

»Wer?«

»Der Fahrer. Und er hat gewartet.«

Sascha riss die Augen auf. »Du hast ihn gesehen?«

»Natürlich! Zumindest den Wagen. Ich war auf dem Weg zu Frau Kuhn, schon vergessen? Er ist an mir vorbeigerast ...« Er schnappte nach Luft, schloss die Augen. »Da war dieses Mädchen ...« Eine kleine Gestalt in Gummistiefeln tauchte vor seinem inneren Auge auf, dann der Tacho seiner Maschine. Er begann zu zittern.

»Was für ein Mädchen?«

»Dann hat er abgebremst ...«, er atmete stoßweise, sein Puls raste, »dann ... das Motorrad ... nein ...«

Die Ärztin sprang auf und stemmte die Hände in die Hüften. »Nun ist Schluss. Wie soll das Beruhigungsmittel wirken, wenn Sie dagegen ankämpfen wie ein Nashorn gegen den Narkosepfeil?«

Peer schüttelte den Kopf und wollte die zitternde Hand heben. »Nashorn? Hören Sie, hier ist ein Mensch umgebracht worden. Ich muss ...«

Dr. Martensen fuhr ihm ins Wort. »Sie müssen gar nichts. Sie sind weder Staatsanwalt noch der rote Rächer.«

»Und kein Nashorn! Ist das im Osten so, dass Dorfärzte sich einfach dem Willen der Patienten widersetzen?«

»Wenn sie unbelehrbare Wessis sind. Das Wohl des Patienten gilt einem guten Arzt mehr als dessen Willen.«

Er schnaubte. »Und Sie sind ein guter Arzt?«

»Lassen Sie uns hoffen, dass Sie keine Gelegenheit bekommen, sich da eine umfassende Meinung zu bilden.«

Der Türgong ertönte, ehe Peer eine passende Antwort parat hatte. Alle sahen auf.

»Das wird die Polizei sein«, rief Dr. Martensen. Ihre Stimme war eine Quinte hinaufgerutscht, ihr Daumen trommelte auf dem Kugelschreiberknopf wie auf einem Morsegerät. »Sie wollen ihn als Zeugen vernehmen. Ich geh besser.« Sie riss die Blutdruckmanschette von Peers Arm und packte sie in ihre Tasche.

Im Durchgang zur Diele wandte Sascha sich um und blinzelte verunsichert. »Als Zeuge? Meinen Sie, er kann schon aussagen? Der Schock ...«

»Den werden die Polizisten überstehen. Ich hab noch andere Patienten. Notdienst.« Mit dem Unterarm schob Dr. Martensen die restlichen Utensilien vom Couchtisch in die Tasche. Der gebrochene Glasrand der Ampulle verhakte sich in ihrem Ärmel. »Mist!« Ohne die Tasche zu schließen, sprang sie auf, erst vor der Diele hielt sie noch einmal inne. »Ich kann Sie doch allein lassen?«

»Offensichtlich«, brummte Peer. »Wenn was ist, ruf ich den Tierarzt; vielleicht wirkt sein Narkosepfeil besser.«

Ein kurzes, unsicheres Lächeln. »Dann sehe ich morgen noch mal nach Ihnen.«

»Das wird mir den Tag retten.«

Im Gehen stieß die Ärztin mit der Polizeibeamtin zusammen, die mit forschem Schritt hereingekommen war. Sie nickte nur und lief davon.

Die Polizistin schaute ihr nach. Sehr alt konnte sie nicht sein; die violette Strähne, die unter der Mütze hervorblitzte, passte hervorragend zur dunkelblauen Uniform, wenn auch nicht zum ernsten Gesicht. Sie stellte sich als Polizeimeisterin Velten vor, nahm Peers Personalien auf und wollte wissen, ob er den Unfall beobachtet habe.

»Ich hab den Wagen gesehen. Und den ... den Knall gehört.« Er schluckte. Wieder die Scheinwerfer, wieder quietschten die Bremsen, wieder der Schrei – aber jetzt schien alles auf einem Bildschirm abzulaufen. Er saß davor, sah zu, doch es ging ihn nichts an. Seine Hände blieben ruhig, der Herzschlag ebenfalls. Nicht schlecht, was die Ärztin ihm gespritzt hatte.

»Was genau haben Sie gesehen?«, hakte die Polizistin nach. »Können Sie sich an Details erinnern? Pick-ups gibt es viele hier auf dem Land.«

Peer runzelte die Stirn. Sie hatte recht: Allein in Vertikow fuhren bestimmt zehn der riesigen Autos herum. Und die Hälfte der Fahrer heizte wie blöd durch die Gegend. Er versuchte, sich auf Einzelheiten zu konzentrieren, aber es fiel ihm schwer. Schließlich war er beschäftigt gewesen mit ... richtig, mit der kleinen Heintze-Tochter. Der Wagen war schwarz gewesen. Oder dunkelgrau, anthrazit. Matt. Oder zumindest sehr dreckig. Getönte Scheiben, immerhin da war Peer sich sicher.

»Und das Kennzeichen?«

Er zuckte mit den Schultern. »Könnte LWL gewesen sein. Oder LUP. Auf jeden Fall ein Ludwigsluster. Glaube ich.« Er senkte den Blick.

Ganz verbergen konnte die Polizistin ihre Enttäuschung nicht. »Vielleicht andere Details? Auffällige Radkappen? Aufkleber? Dinge auf der Ladefläche?«

Missmutig schüttelte er den Kopf.

»Und zum Unfallhergang, können Sie da was sagen?«

Peer setzte an, zögerte, fuhr sich über die Augen. Verdammt! Immer wieder mischten sich Bilder von seinem eigenen Unfall in die Szenerie. Er biss sich auf die Lippen, zwang sich, nur die Erlebnisse von vorhin wie im Film vor seinem inneren Auge zu betrachten. Wieso konnte er die beiden Ereignisse nicht trennen? Konzentrier dich, Peer! Moment mal! Er schaute auf. »Kein Quietschen.«

»Wie bitte?«

Er stemmte sich hoch, lehnte sich gegen ein Kissen. Erneut pochte sein Herz, aber jetzt aus einem anderen Grund. »Er hatte kein Licht an. Und er hat nicht gebremst vor dem Aufprall. Im Gegenteil, er stand an der Brücke. Und erst, als Frau Kuhn auf die Straße trat, hat er Gas gegeben. Und auf sie zugehalten.«

Die Polizistin runzelte die Stirn. »Sind Sie sicher?«

»Absolut sicher.«

»Moment mal!«, brummte Maik und stieß sich vom Flügel ab. »Da stimmt was nicht.«

Alle wandten sich dem Mann zu, der sich bis dahin kaum gerührt hatte. Die Augen der Polizistin wurden groß. »Wer sind Sie eigentlich? Und was machen Sie hier?«

»Maik Röder, Installateur. Ich wohn am Dorfausgang. Peer meint, Gertrud wollte zu uns.«

»Gertrud Kuhn, die Tote?«

»Ja. Nur kann das nicht sein.«

»Wieso?«

»Bei uns war keiner. Ich bin ja gerade erst die Straße von Pokrent langgekommen. Und meine Frau Sonja arbeitet donnerstags lang, deshalb hol ich die Kinder ab.«

Eifrig schrieb die Polizistin mit. »Dann haben Sie den Pick-up gesehen? Er muss an Ihnen vorbeigekommen sein. Können Sie ihn beschreiben?«

»Das ist das Nächste: Da war kein Wagen. Kein Pick-up, kein anderer, die ganze Strecke. Nichts.«

20:30 Uhr

Fast eine Stunde warteten sie auf die Kripo. Peer konnte kaum noch die Augen offen halten. Lag das an den verstörenden Ereignissen, die auf ihn eingeprasselt waren? An Dr. Martensens Spritze? Erich hatte seinen Roller untergestellt und war zurückgekommen. Schließlich sei er ein wichtiger Zeuge, er habe ja Peer gefunden. Maik stritt das zwar ab, doch das störte den Bauern nicht.

Der Kriminalbeamte entsprach so gar nicht dem, was Peer erwartet hatte. Er war um die fünfzig und sah aus, als trüge er die Kleidung seiner Jugend auf: königsblaues Polohemd, dunkelbraunes Cordsakko, schwarze Tuchhose mit messerscharfer Bügelfalte. Auch die rahmenlose Brille und das blasse Gesicht, das sich weit in Richtung Hinterkopf ausdehnte, erweckten den Eindruck eines Beamten, der eher am Büro-PC Sudokus löste, als Verbrecher durch finstere Hinterhöfe zu verfolgen. Er stellte sich als Kriminalhauptkommissar Drewermann vor und zog die Polizistin beiseite: »PM Velten, muss das sein? Was soll ich hier? Unfallflucht, das sollten Sie auch allein können.«

»Es gibt eine Tote, Herr Hauptkommissar! Und alles, was über einen minder schweren Fall hinausgeht, ist ein Fall für die Kripo. Überdies gibt es begründete Verdachtsmomente, dass es sich nicht um einen Unfall handelt.«

»Begründete Verdachtsmomente?«, schnaubte Drewermann. »Welche? 48 Prozent aller Dörfler fahren in der Dämmerung ohne Licht. Und vermutlich tragen 98 Prozent aller alten Frauen dunkelbraune Mäntel. Wenn ich jemanden im Halbdunkel nicht sehe, kann ich nicht rechtzeitig bremsen. Unverantwortlich, aber nicht mein Ressort. Außerdem hat die Ärztin angegeben, das Opfer hätte getrunken. Es ist also in Betracht zu ziehen, dass die Frau vors Auto gestürzt ist. Tragisch, aber nicht mein Ressort.«

»Herr Kommissar, wollen Sie nicht ...?«

»Was ich will, ist, mich in mein gepacktes Auto setzen und meine Faimilie abholen, um an der Müritz zu sein, ehe der Campingplatz schließt. Das ist doch wohl nicht zu viel verlangt.«

»Aber Sie haben ...«

»Seit 48 Minuten Dienstschluss? In der Tat.«

»Herr Hauptkommissar, bitte.«

Peer sah den flehenden Blick der jungen Polizistin. Wer dem widerstehen konnte, hatte kein Herz.

Drewermann presste die Lippen aufeinander. »Fünf Minuten. Länger hör ich mir den Blödsinn nicht an.« Er griff in die Sakkotasche und sah auf sein Handy. »Was ist mit Andrea?«, grummelte er. Sein Blick ging zu Erich und Maik am Flügel. »Und Sie? Ist das hier eine Vernehmung oder ein Dorffest?«

»Hab Peer gefunden«, antwortete der Bauer, ohne die Hände aus den Taschen der Cordhose zu ziehen, die perfekt zum Sakko des Kommissars gepasst hätte. Von den Erdflecken abgesehen.

»Gar nicht wahr!« Maik schob ihn beiseite. »Ich hab Peer zuerst gefunden.«

Drewermann seufzte. »Na wunderbar. Stan und Olli.« Er wandte sich Peer zu. »Sie haben den Unfall beobachtet? Sind Sie schon lange gelähmt?«

Peer klappte der Unterkiefer herunter. »Bin gerade aus der Reha zurück«, stammelte er.

»Unfall?«

»Motorrad.«

Der Kommissar nickte. »Darf ich ehrlich sein?«

»Als Polizist sollten Sie wissen, was Sie dürfen.«

Nur ein leichtes Zucken der Oberlippe, ehe Drewermann fortfuhr: »Ich bin mir sicher, dass sich Ihre traumatischen Erlebnisse von damals und der Unfall heute vermischt und Ihr Urteilsvermögen getrübt haben.«

Wie bitte? Peer schnappte nach Luft. »Nein, ich ...«

Der Kommissar hob abwehrend die Hand. »Für heute muss ich Ihnen sagen, dass ...«

Es klingelte.

Sascha sprang auf. »Entschuldigen Sie.«

»Klar. Ich hoffe, das ist meine Kollegin. Die kann so was besser, wissen Sie?«

»Noch besser?«, fragte Peer durch die Zähne.

Die junge Polizistin gluckste, schwieg nach einem Blick Drewermanns aber sofort.

»Entschuldige, Jochen, hab mein Handy nicht gehört.«

Drewermanns Kollegin entsprach genau dem Idealbild, das in Peers Kopf von weiblichen Polizistinnen herumspukte. Mit ihrer blonden Mähne, die sie durch ein Haargummi gebändigt hatte, der weinroten Lederjacke im Vintage-Look und der hautengen Stonewashed-Jeans sah sie tough und sexy zugleich aus. Peer setzte sich aufrecht hin, ein Lächeln breitete sich auf seinem Gesicht aus, sein Herz schlug schneller.

Drewermann runzelte die Stirn. »Du weißt, dass du seit«, er schaute auf seine Armbanduhr, »56 Minuten Bereitschaft hast?«

»Entschuldige!«, wiederholte seine Kollegin mit Nachdruck. »Ich hab es nicht gehört.« Sie warf einen Blick in die

Runde. »Oh!« Ein Griff in die Brusttasche ihrer Lederjacke förderte ihren Ausweis zutage. »Templin. Andrea Templin, Kriminalpolizei.«

»Genau«, brummte Drewermann, »zwei Kriminalpolizisten, wo nicht mal einer gebraucht wird.«

»Wie kommst du darauf? Was ist denn passiert?«

Die junge Polizistin trat vor. »Ein Unfall mit Personenschaden und Fahrerflucht. Laut einer Zeugenaussage besteht Verdacht auf Totschlag.«

»Was?«

»Jemand hat eine alte Frau überfahren.«

Drewermann fuhr dazwischen. »Eine Frau *wurde* überfahren. Und der *Unfall*verursacher ist geflüchtet. Vielleicht fühlt sich Polizeimeisterin Velten sicherer in Begleitung zweier Kriminalkommissare – vielleicht ist das ihr erster Einsatz –, aber Arbeit gibt es hier für uns nicht.«

Peer meldete sich zu Wort. »Sind Sie da nicht ein wenig voreilig? Das muss doch zumindest untersucht werden!«

»Aber nicht von uns«, wetterte Drewermann, »jedenfalls nicht von mir! Solange die Kollegin in Blau keinen Beweis für Vorsatz findet – einen belastbaren Beweis, der den Staatsanwalt überzeugt! –, habe ich Feierabend. Und Wochenende.« Er nickte in die Runde, schaute zu seiner Partnerin. »Wenn du auf dem Dorffest bleiben willst ...«

Sascha begleitete ihn zur Tür, im Wohnzimmer machte sich betretenes Schweigen breit. Peer betrachtete Andrea Templin genauer. Sie hatte ein energisches Gesicht, die großen grünen Augen jedoch ließen bestimmt jeden Gauner schwach werden und lockten manches Geständnis heraus. Die zum Pferdeschwanz gebundenen sonnenblonden Locken mussten sie wie einen Engel aussehen lassen, wenn sie sie offen trug. Sascha hatte auch toll ausgesehen mit langen Haaren. Weicher als mit dem Bob, den sie jetzt trug, noch engelhafter als die Kommissarin. Er ließ den

Blick zu seiner Frau gleiten. Ja, Saschas Gesicht wirkte harmonischer, liebevoller. Nicht so verwegen und abgeklärt. Vielleicht brachte das der Job als Polizistin mit sich.

Peer schaute auf. »Frau Kriminal...ober...haupt...?«

Die Kommissarin lächelte. »Templin reicht.«

»Danke. Also, Frau Templin: Was meinte Ihr Kollege da? Es wird nicht ermittelt?«

»Doch, natürlich. Aber wenn der Staatsanwalt der Meinung ist, es handelt sich um einen Unfall, worauf alles hindeutet, dann ist das Polizeiarbeit. Damit haben wir von der Kripo nichts zu tun.«

»Und wenn es kein Unfall war?«

Sie sah ihn prüfend an. »Sie scheinen davon überzeugt zu sein. Haben Sie Beweise oder Anhaltspunkte dafür?«

»Ich hab Ihrer Kollegin«, er wies auf PM Velten, »schon gesagt, dass an dem Wagen kein Licht brannte. Und dass er nicht gebremst hat, als er Frau Kuhn erreichte. Im Gegenteil, er stand an der Brücke und ist erst losgefahren, als sie rauskam. Und er hat Gas gegeben, kurz vor ...«, Peer versuchte, den Kloß im Hals hinunterzuschlucken, »kurz vor dem Aufprall.«

Kommissarin Templin musterte Peer, nickte leicht und sah zur Polizistin. »Es war gut, uns zu informieren. Ob wir die Ermittlungen übernehmen, weiß ich nicht. Mal sehen, was die Spurensicherung sagt. Und der Staatsanwalt. Am besten senden Sie mir die Ergebnisse direkt zu, Kollegin Velten, ich werde alles tun, um die Sache aufzuklären.«

PM Velten lächelte. »Mach ich.«

»Und dasselbe gilt für Sie«, die Kommissarin ließ die Augen durch den Raum schweifen. »Wenn Ihnen noch etwas einfällt, melden Sie sich bitte bei mir.«

Peer nickte. Das würde er tun. Nur zu gern.

22:05 Uhr

»Findest du das nicht alles sehr seltsam?« Sascha saß neben Peer auf dem Sofa, nippte an ihrem Melissentee, zuckte zurück und pustete. »Vor allem ist es schrecklich! Die arme Frau Kuhn! Sie hatte immer ein nettes Wort für mich. Wenn wir uns in den letzten Wochen begegnet sind, hat sie jedes Mal nach dir gefragt. Sie hatte sogar angeboten, für dich einzukaufen, wenn du wieder hier bist.«

»Ja, eine tolle Frau«, murmelte Peer.

Saschas Augen wurden schmaler. »Sie ist dein Typ.«

»Die alte Frau Kuhn?«

»Sehr witzig. Die junge Frau Templin meine ich.«

»Blödsinn.«

»Entspricht genau deinem Beuteschema.«

»Saschenka, die Zeiten sind vorbei, die wilden Hamburger Jahre liegen hinter mir.«

»Ich weiß nicht. Diese Mutation zum treu sorgenden Ehemann hab ich dir nie ganz abgenommen – nur weil wir plötzlich in Mecklenburg wohnen?«

Peer lächelte. »Vielleicht bin ich reifer geworden.«

»Reifer? Du?«

»Na gut, älter. Und ich hab begriffen, was ich an dir habe.« Er beugte sich zu ihr, wollte ihr einen Kuss geben. Doch seine Beine kippten hinterher, sodass er den Halt verlor und mit dem Kinn auf Saschas Schulter prallte. Er schloss die Augen, wartete, bis der Schmerz verebbte, und rappelte sich wieder hoch. »Noch ein Grund«, sagte er tonlos. »Heute passe ich in kein Beuteschema mehr.«

»Ach was. Nur weil du ...«

»Nur weil ich im Rollstuhl sitze? Eine mitleiderregende Witzfigur bin? Ein Krüppel, der keinen mehr hochkriegt? Ich finde, das sind Gründe genug.«

Sascha umarmte ihn. »Ich liebe dich so, wie du bist.«

»Blödsinn!« Die rasche Bewegung, mit der Peer sich aus Saschas Umarmung winden wollte, machte ihn schwindelig; das Zeug von der Ärztin wirkte noch immer. Er sah seine Frau an. »Entschuldige. Es ist großartig, was du für mich getan hast die letzten Monate. Du bist meine Heldin. Aber verwechsle Mitleid und Verantwortungsgefühl nicht mit Liebe.«

Ihre Augen weiteten sich. »Wie lange kennst du mich? Ich meine, was ich sage, auch wenn ich von Liebe spreche. Ganz besonders dann.« Für einen Moment wirkte es, als wollte sie ihn wieder umarmen, doch sie legte bloß beide Hände auf sein linkes Bein.

Peer heftete den Blick auf den Oberschenkel, konzentrierte sich auf jedes kleinste Gefühl. Vergeblich. Seine Frau berührte ihn, doch er spürte es nicht. »Mag sein, dass es für Liebe reicht«, wisperte er und fuhr lauter fort: »Aber für Lust und Leidenschaft findest du in Berlin geeignetere Kandidaten.«

Sascha presste die Lippen aufeinander. Einen Moment schwieg sie, blickte in die Flamme der Kerze auf dem Tisch, begann irgendwann, seinen Oberarm zu streicheln. Die Bewegung hatte mehr von Routine als von Zuneigung. Schließlich ließ sie seinen Arm los und sank seufzend in die Kissen. »So hatte ich mir den dritten Oktober nicht vorgestellt. Das wird diesmal kein Feiertag im Dorf.«

»Bestimmt nicht.«

3. Oktober 2014

9:30 Uhr

»Besuch für dich!«, flötete Sascha und trat beiseite, um Dr. Martensen ins Zimmer zu lassen.

Peer entfuhr ein tonloses »Oh!«

»Danke gut, und Ihnen?« Die Ärztin ließ ihre Tasche auf den Tisch fallen und runzelte die Stirn. »Haben Sie vergessen, dass ich noch mal nach Ihnen sehen wollte?«

»Ich vergesse nie eine Drohung«, murmelte Peer.

»Dann bringen wir es am besten rasch hinter uns. Ich kann mir auch Schöneres vorstellen, als den Feiertag mit einem meiner sympathischsten Patienten zu beginnen.«

»Ich bin nicht Ihr Patient.«

Dr. Martensen seufzte. »Im Moment schon, fürchte ich. Und wenn Dr. Beck sich nicht erholt, bleibt es dabei.«

»Oh mein Gott!«

Ein Räuspern von der Tür. »Kann ich euch allein lassen?«, fragte Sascha besorgt. »Oder soll ich lieber einen Trupp Blauhelme holen?«

Die Ärztin verkniff sich ein Grinsen, Peer gluckste. »Was soll schon passieren? Ich bin nicht einsatzfähig und sie hat den hippokratischen Eid geschworen.«

»Oh, Peer!« Sascha verließ kopfschüttelnd den Raum.

»Wie geht es Ihnen, Herr Wesendonk?« Unvermittelt rutschte Dr. Martensen in ihr professionelles Verhalten. »Haben Sie gut geschlafen? Schlecht geträumt? Gab es heute Morgen irgendwelche Auffälligkeiten?«

»Ja, nein, nein.«

Lächelnd griff die Ärztin nach seinem Handgelenk und schaute auf ihre Armbanduhr. Sie nickte, holte Stethoskop und Blutdruckmanschette aus der Tasche. »Bitte den linken Arm freimachen.«

Peer sah zu, wie sie die Manschette bis an die Schmerzgrenze aufpumpte, presste die Lippen aufeinander.

»Schauen Sie mich an!«, raunte Dr. Martensen.

»Wie?«

»Sie konzentrieren sich auf die falschen Dinge! Schauen Sie nicht auf die Manschette, auf den Arm, der langsam rot wird, sondern auf mich.«

»Sie meinen, ein Stressfaktor überdeckt den anderen?«

»Wenn Sie so wollen.« Sie nahm das Stethoskop ab.

Endlich ließ der Druck nach, Blut strömte zurück in Peers Hand. »War's das?«

»Jetzt die Pupillenreflexe.«

»Muss das sein?« Wie er das hasste!

»Nur fünf Sekunden.«

Er zuckte zusammen, als der Lichtstrahl das rechte Auge traf. Die grellen Scheinwerfer ... der Stoß ... der ...

»Augen auf!«

Der Blitz im linken Auge ließ ihn schaudern. Er wandte sich ab, presste Daumen und Zeigefinger auf die Lider.

»Sieht alles gut aus so weit.«

»Ja, ganz ohne Narkosepfeil«, frotzelte Peer. »Und stellen Sie sich vor: Die Polizisten leben auch noch alle.«

»Da bin ich beruhigt.« Sie drückte ihm ein Fieberthermometer ins Ohr. »Und hat die Polizei schon eine Spur?«

»Nee. Gehen alle von einem Unfall aus.«

»Sie nicht?«

»Ich weiß nicht, irgendwas stimmt da nicht.«

Rasch zog Dr. Martensen das Thermometer heraus. »Mit Frau Kuhn? Wieso? Was meinen Sie?«

Peer musterte sie. »Och, nur so.«

Fast eine Minute lang schwieg die Ärztin, versuchte, sich Notizen zu machen. Doch zwischendurch hielt sie mehrmals inne, sah auf, überlegte. Dabei drückte ihr Daumen immer wieder auf den Knopf des Kugelschreibers.

Das Klicken schien Peers Trommelfelle zu perforieren, er kniff die Augen zusammen, versuchte, es auszublenden – vergeblich. »Morsen Sie Ihre Notizen irgendwo hin?«

»Wie?« Sie schreckte auf.

»Das Ding da in Ihrer Hand ist ein Schreibgerät, kein Percussion-Instrument!«

»Oh! Entschuldigung!«

»Und?«

»Was und?«

»Hab ich Fieber?«

»Ach so. Nein, alles in Ordnung.« Sie trug weitere Daten ein, klappte ihr Notizbuch zu und verstaute alles in der Tasche. Bis auf den Kugelschreiber, den sie in der Hand behielt. Sie biss sich auf die Lippe. »Weiß man schon, woran Frau Kuhn gestorben ist?«

»Ich dachte, Sie wüssten das«, gab Peer erstaunt zurück. »Haben Sie nicht den Totenschein ausgestellt?«

»Schon.« Wieder das Klicken des Kugelschreibers.

»Und soweit ich weiß, wird sie auch nicht obduziert.«

»Gut.« Die Ärztin stockte, strich sich mit dem Stift eine Strähne aus dem Gesicht und lächelte dünn. »Ich meine, es besteht ja kein Grund dazu.«

»So?« Peer ließ sie nicht aus den Augen. »Ich würde das Ganze nicht einfach auf sich beruhen lassen.«

»Klar. Nach allem, was Sie durchgemacht haben.«

»Ich? Ich bin nicht tot.«

»Sie wissen, was ich meine. Und Sie sollten dagegen angehen.«

»Gegen Ihre Nervosität? Gegen meine Querschnittslähmung? Oder dagegen, dass Frau Kuhn tot ist?«

Dr. Martensen stöhnte. »Vielleicht könnten Sie Ihre kindische Abwehrhaltung aufgeben und mir zuhören? Natürlich nimmt das Ereignis Sie mit. Aber vor allem, weil Ihr eigener Unfall auf Ihnen lastet. Sie sollten sich erst mal darauf konzentrieren, den zu verarbeiten.«

»Und wie soll ich das? Ich werde ja täglich daran erinnert.« Er wies auf seine Beine.

»Das braucht Zeit. Und diese Zeit müssen Sie sich geben. Zeit, sich in Ihre neue Situation einzuleben, einzufühlen. Aber Sie können sich das erleichtern.«

»Oh bitte, kommen Sie mir nicht mit Psychotherapie! Der Kerl hat mich in der Reha fast wahnsinnig gemacht.«

»Er Sie oder Sie ihn?«, fragte die Ärztin scharf. »Ein erster Schritt wäre es jedenfalls, zunächst zuzuhören, was andere sagen, und es erst dann zu bewerten.« Sie räusperte sich. »Ich dachte nicht an Psychotherapie. Sie sind ein starker Charakter, Sie können selbst viel für sich tun.«

»Das ist auch besser für mich.«

»Und für die Therapeuten. Grundsätzlich gibt es zwei Wege, Schicksalsschläge zu verarbeiten. Erstens: Ablenkung. Kreisen Sie in Gedanken nicht ständig um den Unfall und Ihre Behinderung. Tun Sie etwas, was Sie gern machen, was Sie schon immer von Problemen befreit hat.«

»Wie Orgel spielen?«

»Sie wollen mich falsch verstehen, nicht wahr? Gut, die zweite Möglichkeit ist die direkte Konfrontation.«

»Prima«, feixte Peer, »ich steig wieder aufs Motorrad.«

»Herrgott! Sarkasmus hat noch niemanden geheilt.«

»Begreifen Sie nicht? Ich kann nicht geheilt werden! Ich bin querschnittsgelähmt für den Rest meines Lebens, Punkt aus.«

Die Ärztin nickte. »Ja, das Leben ist ungerecht. Fragen Sie Frau Kuhn. Ich weiß nicht, wie Sie das sehen, aber im Vergleich zu ihr haben Sie das bessere Los gezogen.«

Ein Kloß bildete sich in seinem Hals, Peer schluckte, wieder und wieder – vergeblich. Der Kloß verschwand nicht. »Sie hat mich gestern vor dem Feuer gerettet. Und wenig später ist sie selbst tot. Warum geschieht so was?«

»Ich weiß es nicht. Womöglich gibt es dafür keinen Grund. Aber es könnte Ihnen helfen, sich mit dem Thema zu beschäftigen. Kontaktieren Sie andere Betroffene, forschen Sie im Internet, lesen Sie spirituelle Texte, was weiß ich. Hauptsache, Sie suchen Antworten auf die Fragen, die Sie bewegen.«

Einen Moment schwieg Peer, irgendwann stellte er fest, dass er nickte. »Danke. Sie haben ...«

»Nur getan, was mir wichtig war«, unterbrach sie ihn.

»Verstehe. Hippokratischer Eid und so.«

Dr. Martensen lächelte. »Auch.«

11:00 Uhr

Eine Stunde später rollte Peer an den Kirchhof heran. Er hatte Sascha überzeugt, dass frische Luft ihm gut täte, und sich auf den Weg gemacht. Sein Blick schweifte über den Platz, die längliche Grünfläche mit dem Muster aus Maulwurfshügeln und Scharen von Gänseblümchen, die beharrlich ignorierten, dass der Sommer vorbei war. Und die Wärme gab ihnen recht. Die Sonne war herausgekommen und ließ die weißgelben Blütenköpfe strahlen.

Wohin jetzt? Rechts in der Bushaltestelle saß die Katze, der die Heintze-Tochter gestern hinterhergelaufen war. An derselben Stelle, an der er mit Erich gesprochen hatte. Sie schaute ihn an, maunzte und lief die Pokrenter Straße hinauf. Er könnte ihr folgen. Zu der Stelle, an der Frau Kuhn gestorben war – keine 24 Stunden zuvor. Totgefahren. Ohne zu bremsen. Ein Schaudern durchfuhr Peer, die Erdplacken auf der Straße schienen jäh auf die doppelte Höhe anzuwachsen. Wenn die Ärztin das mit direkter Konfrontation meinte, war er noch nicht weit gekommen.

Oder in die »Alte Eiche«? Heute war Frühschoppen zum Tag der Deutschen Einheit. Und sie hatte gesagt, Verdrängung wäre die andere Möglichkeit. Außerdem hatten sie ihm in der Reha-Klinik empfohlen, sich rasch wieder ins »soziale Umfeld« zu integrieren. Na dann ...

Er bog links ab, rollte auf dem Asphalt bis zur dreieckigen Verkehrsinsel mit der Eiche, die dem Gasthaus den Namen gegeben hatte. Die breite Krone und die knorrige Borke erweckten den Eindruck, der Baum wäre jahrhundertealt. Doch Peer hatte längst von etlichen Nachbarn erfahren, dass das »bloß eine Hitlereiche« war.

Auf der anderen Straßenseite begann Vertikows einziger Bürgersteig – und Peers nächstes Problem. Natürlich hatte er in der Reha gelernt, den Rollstuhl auf den Gehweg zu bugsieren, auf einen Gehweg mit DIN-Absenkung. Und was eine DDR-Arbeitskolonne vor vierzig Jahren am Wochenende gebaut hatte, entsprach sicher nicht der DIN-Norm. Zumal sie sich bei der Nivellierung statt auf eine Wasserwaage eher auf eine Reihe Doppelkorn-Flaschen verlassen hatten. Er könnte ein Stück in die Krembzer Straße fahren und die Feuerwehreinfahrt nutzen. Oder auf der Fahrbahn bleiben, wie im Rest des Dorfes. Aber er wollte in die Kneipe. Und zumindest in diesem Bereich Vertikows wäre er sicher, falls der Todes-Pick-up an ihm vorbeirasen sollte. An ihm, dem einzigen Zeugen ...

Peer schloss die Augen, holte Atem und rollte vor die Bordsteinkante. Jetzt müsste er das Gewicht nach hinten verlagern, bis die Vorderräder in der Luft hingen, dann ein paar Zentimeter vorrollen. Verdammt! Er war Musiker, kein Zirkusartist. Seufzend rollte er zur Feuerwehrauffahrt, ruckelte auf den Gehweg und kam zurück zum Gasthaus.

Aus der »Alten Eiche« tönten Männerstimmen, Gelächter, Gläserklirren. Er schaute die Stufen hinauf. Richtig, die

Stufen. Früher hatte er Treppen steigen können. Es gab halt auch bei der Einheit Grenzen. Egal, er hatte eh kein Geld dabei. Sicher hätte Eilien anschreiben lassen, aber noch eher hätte sie ihm ein Bier spendiert, aus Mitleid, und alle hätten blöd geguckt.

Peer rollte weiter, auf der Suche nach einem neuen Ziel. Er könnte in den Slawenweg fahren, zur Baustelle. Das war das große Thema in Vertikow gewesen, vor seinem Unfall: Es baute jemand im Dorf. Neue Nachbarn. Ein gewisser Rico, den Peer nur einmal gesehen hatte, bevor er plötzlich selbst zum Mittelpunkt der Gespräche geworden war. Wie weit mochte der Bau sein?

Schon vom Wohnhaus der Eichen-Wirtin aus sah er ein paar Schuhspitzen aus einem Torbogen herausschauen. Hermann Stellmacher saß auf der Bank vor seiner Schmiede, die Hände auf den Stock gestützt, und döste vor sich hin. Der Alte kräuselte die Stirn, neigte den Kopf in Peers Richtung, ehe er die Augen aufschlug. »Tachschön, Jung.«

»Hallo Hermann.«

»Wie geht's?«

Peer zögerte. »Geht nicht mehr, rollt.«

»Jo.« Hermann holte die Pfeife aus der Brusttasche seiner Lederschürze, die er zu Hause noch immer trug, obwohl er seit bald zwanzig Jahren in Rente war. »Rollt aber schon ganz gut, ne?«

»Jo.« Peer grinste.

»Und sonst?«

»Muss ja.«

»Jo.« In aller Seelenruhe stopfte Hermann seine Pfeife, hielt das Feuerzeug an den Tabak und paffte, bis sich ausreichend Glut gebildet hatte. Er schaute Peer mit glasigen Augen an. »Hast das von Gertrud gehört?«

»Ich war dabei.«

»Nee! Und wer war's?«

Peer zuckte mit den Schultern. »Fahrerflucht. Ob sie den kriegen ... einer der Pick-ups, die durchs Dorf rasen. Hab's nicht genau erkannt.«

Hermann nahm die Pfeife aus dem Mund. »Bestimmt der bekloppte Ludwigsluster! Das hat er nu davon.«

Peer rangierte den Rollstuhl neben den alten Schmied. Gar nicht einfach, rückwärts über unebene Gehwegplatten.

»Brauchst Hilfe?«, fragte Hermann, ohne sich zu rühren.

»Lass man«, keuchte Peer, »bis du von der Bank hoch bist, bin ich schon wieder zu Hause.«

Endlich saßen beide nebeneinander und starrten auf die Feldsteinmauer jenseits der Straße, die Linden auf dem Friedhof dahinter. Die Sonne schien durchs vergilbende Laub, malte immer neue Muster auf die Grabsteine, die über die Mauer lugten. Amseln pickten die Beeren von Eiben, die früher sorgsam zu Säulen und Kugeln geschnitten waren, seit Jahren aber wachsen durften, wie sie wollten. Ab und zu zog Pfeifenrauch in Peers Nase, erinnerte mit seinem süßlichen Duft an die gärenden Äpfel auf der Obstbaumwiese.

»Und? Was hast du?«, fragte irgendwann der Alte.

»Ich? Nichts. Wieso?«

»Weil du für'n Hamburger auffallend lang nichts mehr gesagt hast.«

Peer grinste. »Ich bin wohl schon fast Mecklenburger.«

»Da töw man op!«

Ein Auto fuhr vorbei, Hermann hob die Hand zum Gruß.

»Wer war das?« Peer schaute dem Wagen nach.

»Keine Ahnung.«

Nach einer Weile nahm der alte Schmied erneut die Pfeife aus dem Mund und betrachtete Peer. »Du hast doch was, Jung. Nu sach schon!«

Es dauerte einen Moment, ehe Peer sich traute. »Na ja, es ist wegen dem Unfall, wenn es denn einer war.«

»Da zweifelst du dran?«

»Ich weiß nicht. Alle sagen, es war ein Unfall und ich mach mir was vor. Keine Ahnung, wieso, aber ich hab das Gefühl, jemand hat Frau Kuhn absichtlich totgefahren.«

»Bist du dir sicher?«

»Ja. Ziemlich. Also, fast ganz sicher.«

»Fast ganz sicher«, murmelte der Alte. »Und nu?«

»Weiß nicht.« Peers Stimme wurde rau. »Sie hat mich vor dem Feuer gerettet. Und ich? Wenn ich nur ein paar Minuten eher bei ihr gewesen wäre!«

»Vor dem Feuer?«

»Lange Geschichte. Dabei hat sie nie viel von mir gehalten, dem Wessi, der sich hier einnistet und dann auch noch für die Kirche arbeitet.«

»Hat sie das gesagt?«

»Ich hab es gespürt. Ich glaube, sie war eine ziemlich scharfe Kommunistin. Nie in der Kirche, nicht mal zu Weihnachten, wo das ganze Dorf kommt.«

»Vorsicht, was du sagst, Jung! Kommunistin oder nich, sie hatte ein großes Herz. Und sie hat dich wohl gemocht.«

»Woher willst du das wissen?« Peer sah Hermann an.

Der alte Schmied hatte feuchte Augen bekommen. »Wir haben ab und zu über dich gesprochen.«

»Was? Du und ... du und Frau Kuhn?«

»Ja verdammich, warum nich? Gertrud war eine tolle Frau!« Hermann zögerte kurz, fuhr leiser fort: »Hat sich rührend um Annemie gekümmert, die letzten Monate. Und dann um mich.« Seine Stimme brach. Er seufzte, zog ein paar Mal an der Pfeife. »Und nu kommst du und sagst, man hat Gertrud ... umgebracht?«

»Weiß nicht. Könnte sein.« In diesem Moment durchfuhr es Peer wie ein Blitz. Verdammt, wie konnte er das vergessen? »Ja, es war Absicht. Erich hat erzählt, dass sie neulich schon fast von einem Pick-up angefahren worden wäre.«

»Und diesmal hat er getroffen«, brummte Hermann.

»Sieht so aus.«

»Aber warum?«

»Weiß ich auch nicht.« In Peers Magen ballte sich eine Faust zusammen. Warum hatte er ausgerechnet Hermann davon erzählen müssen? Hätte er geahnt, dass ...

»Hast du das der Polizei gesagt?«

»Natürlich. Also, das mit dem ersten Versuch nicht. Deshalb hat der Kommissar gemeint, ich seh weiße Mäuse.« Beim Gedanken an Drewermann spannten sich Peers Nackenmuskeln an.

»Wundert mich nich.« Hermann lehnte sich zurück und schloss die Augen. Ein paar Mal paffte er noch, dann rührte er sich nicht mehr. Peer wartete auf eine Regung im Gesicht des Alten. Doch der schien eingedöst zu sein.

Womöglich hatten alle recht: Das Ganze war ein Unfall, Punkt. Zufällig war Frau Kuhn zweimal vor verschiedene Pick-ups gelaufen und der zweite konnte nicht mehr rechtzeitig ausweichen. Und selbst wenn nicht, wenn er als Einziger erkannt hätte, dass mehr dahintersteckte – was sollte er tun? Am besten die Finger davonlassen, keinen Gedanken mehr daran verschwenden. Er löste die Bremsen des Rollstuhls und lenkte nach rechts.

»Tu's.«

Erschrocken fuhr Peer herum. »Was?«

»Du sollst es tun!«

»Was denn?«

»Du denkst, sie ist ermordet worden, oder?«

»Na ja, könnte sein.«

»Und niemand will dir glauben, oder?«

»Sieht so aus.«

»Gertrud hat dir das Leben gerettet, oder?«

»Ja.«

»Und du denkst, es war deine Schuld,, weil du nicht rechtzeitig da warst, oder?«

»Na ja ...«

»Und nun suchst du einen Weg, diese Schuld loszuwerden, oder?«

»Schon, aber wie?«

»Mensch Jung, wenn dich niemand unterstützt, musst du auf eigene Faust die Wahrheit rausfinden.«

Peer lachte auf. »Ich soll ermitteln? Wie denkst du dir das? Davon hab ich keine Ahnung. Und ich käme in Teufels Küche. Ein Behinderter, der die Polizei behindert. Vergiss es!«

»Kennst du Miss Marple? Die aus den Romanen?«

»Hab ich mal im Fernsehen gesehen, wieso?«

Hermann schmunzelte. »Die hat nur auf der Couch gesessen und gestrickt. Und trotzdem alle Fälle gelöst.«

Seufzend schüttelte Peer den Kopf. »Das geht in Romanen. Damals in England.«

»England damals, Mecklenburg heute – ist das so'n großer Unterschied?«

»Also soll ich jetzt stricken lernen?«

»Was du lernen musst, ist, dass es nicht da drauf ankommt«, der Schmied wies auf Peers Beine, »sondern hier drauf!« Er gab ihm einen Klaps auf den Hinterkopf.

»Hermann, vergiss es! Ich bin Musiker, kein Detektiv. Ich les nicht mal Krimis.«

»Jung, du bist klug und gewitzt, du willst Gerechtigkeit für Gertrud und du brauchst eine Aufgabe.«

»Tolle Aufgabe: Mach, was du am wenigsten kannst.«

»Ach, man kann alles lernen.«

Peer schüttelte grinsend den Kopf. »Wart's ab! Am Ende bist du der Einzige, der was lernt. Nämlich nie mehr jemandem zu sagen, was er tun soll.«

5. Oktober 2014

10:00 Uhr

Es hätte der Erntedankgottesdienst werden sollen. Doch Samstag hatte sich herumgesprochen, dass Pastor Werner Duwe die Feier verschoben hatte. Das Dorf war in Trauer, ein Mensch auf furchtbare Weise gestorben; wie konnte man da für die Früchte der Arbeit danken? Nein, der Pastor wusste, was seine Gemeinde jetzt brauchte: Trost, Beistand – und eine Gelegenheit, das Geschehene gründlich zu diskutieren. Also waren am Samstagnachmittag Früchte, Ähren und Efeuranken kurzerhand vom Altar genommen und dahinter aufgestapelt worden, in der Hoffnung, sie würden auch in zwei Wochen noch dekorativ wirken.

Entsprechend trist verlief der Gottesdienst. Keine Festliturgie, kein »Nun danket alle Gott«, keine lange Predigt. Stattdessen mahnende Worte, »Wenn ich einmal soll scheiden« und Orgelmusik von einem leiernden CD-Player.

Was für ein fremder Anblick bot sich Peer! Von hier hatte er die Kirche selten erlebt. Die Sprossenfenster im Chorraum, im selben Farbton wie die Fachwerkbalken, erschienen ihm viel höher als sonst; von oben hatte er nur die untere Hälfte sehen können. Dafür wirkte die Kanzel an der Wand kleiner als im Spiegel über der Orgel. Die Holzdecke war erstaunlich hoch; auf der Empore fürchtete man, sich den Kopf zu stoßen. Blödsinn, klar, und doch war er jedes Mal gebückt gegangen, bis er die Orgel erreicht hatte. Nur dort war das Dach bis zum Giebel geöffnet, um Raum für das Instrument und den Klang zu schaffen. Er schaute hinauf. Eigentlich hatte er mit dem Rollstuhl in der letzten Reihe stehen wollen, aber Sascha hatte darauf bestanden, ihn nach vorne zu fahren. Jetzt war er dankbar, so konnte er zumindest das obere Drittel des Orgelprospekts sehen. Sein Instrument – ob es je wieder gespielt würde?

Die Kirche war nicht so voll wie zu Erntedank, doch es hatten sich einige Vertikower eingefunden, um Gertrud Kuhns zu gedenken. Sogar die Baronin saß vorne in ihrer Loge, aufrecht wie eh und je. Die Mitarbeiter des Gutes freilich fehlten; sie waren sicher froh, diesen Sonntagmorgen überraschend frei zu haben.

10:55 Uhr

Nach dem Gottesdienst wartete Peer, bis die anderen Besucher die Kirche verlassen hatten. Erst dann rollte er an die Schwelle heran und ließ sich von Sascha darüber bugsieren. Zwar hatte sie kein Verständnis dafür, dass Peer sich als Hindernis begriff, doch sie war bereit, seinem Wunsch zu folgen.

Peggy Duwe, die Frau des Pastors, half ihnen. »Da sieht man's wieder, nichts mit Barrierefreiheit!«, schimpfte sie, die Sommersprossen zogen sich kurz um ihre gerümpfte Nase zusammen. »Sag mal, Peer, hast du heute Nachmittag ein Stündchen Zeit? Es gibt was zu bereden.«

Er schaute Sascha an. »Ich denke schon.«

»Prima. Um drei bei uns. Komm von der Seite über den Gemeinderaum, ich schließ auf.« Sie warf ihren hagebuttenroten Lockenschopf zurück und wies lächelnd auf den Platz vor der Kirche, auf dem die Menschen in Grüppchen zusammenstanden und redeten. »Wie Werner gesagt hat: Tratschen mit Gottes Segen. Oh, Frau Dankwart geht schon. Ich wollte doch ... Wir sehen uns nachher!«

Lächelnd schaute Peer ihr nach. Selbst in dieser tristen Atmosphäre umgab Peggy eine sonnige Stimmung, eine fröhliche Aura, die nichts zu erschüttern schien.

»Hast du gesehen? Selbst in der schwarzen Bluse sind Blumen eingewebt« Sascha gluckste. »Es geht bei ihr nicht ohne.«

»Ohne was?«, fragte eine scharfe Stimme hinter ihnen.

Peer fuhr herum. Die alte Treskow stand vor dem Kirchenportal und wippte auf den Vorderfüßen. Ihre Finger umklammerten eine kleine Handtasche, das graue, runzlige Gesicht sah aus wie das einer Schildkröte, wobei ihre Gestalt eher an eine Vogelscheuche erinnerte.

»Tag, Frau Treskow«, begrüßten Sascha und er ihre Nachbarin synchron, wobei seine Frau noch ein »Wir haben leider nur ganz wenig Zeit« hinzusetzte.

»Sie sprechen von Gertrud?«

»Nein, wie kommen Sie darauf?«

Ein verächtliches Kopfnicken auf den Platz. »Jeder hier spricht über Gertrud. Trampelt auf ihrer Leiche herum. Nur weil wir zwei, drei Gläschen Goldkrone hatten.«

Peer horchte auf. »Frau Kuhn war bei Ihnen, ehe ...?«

»... sie Sie vor dem Feuer gerettet hat? Oh ja. Sie plapperte etwas von ihrer toten Schwester, schaute aus dem Fenster und sprang plötzlich auf wie ein Springfrosch. Na ja, wie ein achtundsiebzigjähriger Springfrosch.«

Deshalb hatte sie bei ihrem Feuerwehreinsatz keinen Mantel getragen: Sie war nicht im Dorf unterwegs gewesen und hatte den Brand zufällig beobachtet, sondern bei der alten Treskow Kaffee getrunken. Peer musterte seine Nachbarin. Sie war die Letzte, die mit Frau Kuhn gesprochen hatte – abgesehen von den paar Worten, die er selbst nach seiner Rettung mit ihr gewechselt hatte. »Wie war sie denn drauf, als sie bei Ihnen war? Ging es ihr gut?«

»Sie meinen, ehe sie hysterisch kreischend durchs halbe Dorf gerannt ist?«

Peer schürzte die Lippen, als er Sascha glucksen hörte. »So in der Art, ja.«

»Und ob es ihr gut ging. Sie hatte keinen Grund, sich vor ein Auto zu stürzen, falls Sie das meinen. Im Gegenteil: Sie hat voll Euphorie von ihrem Treffen mit Sonja Röder erzählt.«

»Was hat es damit auf sich gehabt?«

»Genau weiß ich das nicht. Sie hat ja eine Zeit lang die Röder-Kinder gehütet, bis das plötzlich vorbei war. Ohne Grund. Vielleicht wollte Sonja noch mal darüber reden.«

»Und das mit der Goldkrone?«

Die alte Treskow kräuselte die Lippen und stemmte die Hände in die Hüften. »Hab ich mir gedacht: Sie auch. Alle halten Gertrud jetzt für eine Trinkerin und raunen sich ein ›Selbst schuld!‹ zu. Bloß weil Paula so einen Blödsinn redet und dieser dumme Bauer das aufschnappt.«

»Paula?«

»Dr. Martensen aus Gadebusch. Die war doch bei Ihnen, nachdem sie den Totenschein ausgestellt hat.«

Peer nickte. »Die meint, Frau Kuhn war betrunken?«

»Sie hat Alkohol gerochen, hat sie gesagt. Und dass Gertrud da wohl ein ›kleines Problem‹ gehabt habe.«

»Hatte sie?«

»Quatsch! Wenn Gertrud ein Alkoholproblem hatte, gehört das halbe Dorf in den Entzug!«

»Frau Treskow«, schaltete Sascha sich ein, »können wir Ihnen noch irgendwie helfen? Wir würden gern nach Hause, mein Mann braucht Ruhe.«

Die Alte hob die Augenbrauen. Sie durchschaute die Lüge, da war er sicher. Womöglich ahnte sie, dass er alles andere als Ruhe brauchte. Dass er die ganze Woche Ruhe gehabt hatte. Bis Donnerstag.

»Ich dachte eher, ich könnte Ihnen helfen, oder besser: Ihrem Mann.«

Sascha trat vor ihre Nachbarin. »Und wobei, bitte, wollen Sie meinem Mann helfen?«

»Bei seinen Ermittlungen, Kind.«

»Bei ...«, Sascha wandte sich zu Peer, »... bei was?«

Der zog die Augenbrauen zusammen. »Wie kommen Sie darauf, dass ...«

»Ich bitte Sie, Herr Wesendonk. Hermann hat mir erzählt, dass Sie bei ihm waren. Sie haben gesehen, wie Gertrud umgekommen ist, und die Polizei will Ihnen nicht glauben. Also müssen Sie das in die Hand nehmen.«

Peer blieb der Mund offen stehen. »Ich?«

»Wer sonst? Ich bin zu alt für so was. Und die Polizisten kommen ja nicht ins Dorf. Gut, Sie können nicht laufen und sind nicht besonders klug. Aber Sie können sich einen Helfer suchen, bei dem Beine und Kopf funktionieren. Wie wär's mit Peggy? Die ist wach und gewitzt. Und da sind Sie sowieso heute Nachmittag.«

»Frau Treskow«, Saschas Stimme schwoll an und vibrierte mahnend, »was auch immer Sie von meinem Mann halten – er wird nichts dergleichen unternehmen.«

»Mein Gott, Kind! Wie lange kennen Sie ihn? Natürlich wird er. Und Sie können nichts dagegen tun.«

Peer biss sich auf die Lippen, um sich ein Grinsen zu verkneifen. »Und warum wollen gerade Sie mir helfen? Ich dachte, Sie mögen mich nicht.«

»Tu ich auch nicht. Aber ich mochte Gertrud.« Die Stimme der alten Treskow wurde leiser und bebte leicht. »Und ich lasse nicht zu, dass sie postum als Schnapsdrossel tituliert wird. Das hat sie nicht verdient.«

»Das kommt gar nicht infrage«, zischte Sascha, während sie den Rollstuhl die Böschung zur Straße hinaufschob. »Ausgeschlossen.«

»Ich hab gar nichts gesagt.«

»Begreif doch, Peer, du bist kein Detektiv.«

»Genau, Beine nutzlos, Kopf nutzlos – ich bin ein Krüppel, kein Detektiv.«

»So hab ich das nicht gemeint.«

»Dann bin ich doch ein Detektiv?«

»Hör auf, mir das Wort im Mund herumzudrehen!«

»Wieso?« Peer unterdrückte mit Mühe ein Kichern. »Die alte Treskow meint, ...«

»Frau Treskow! Weiß Gott, warum sie so erpicht darauf ist, Frau Kuhn vom Alkoholverdacht zu befreien.«

»Viel interessanter finde ich die Frage, wie sie darauf kommt, dass ich in der Lage bin, die Sache aufzuklären.«

»Das ist mir egal, solange du ihr nicht gehorchst.«

»Hör mal«, rief Peer, »ich bin der Letzte, der der alten Treskow gehorchen würde. Obwohl ...« Er ließ das Wort bedeutungsvoll in der Luft hängen.

»Nichts obwohl. Hast du Erich nicht gehört? Lass die Toten ruhen und bring keine Unruhe ins Dorf.«

»Auch interessant, nicht? Wieso ist es ihm so wichtig, dass niemand Fragen stellt?«

»Peer, bitte, lass das!« Sascha trat vor den Rollstuhl. »Du kämpfst noch mit den Folgen einer Dummheit. Und da willst du gleich die nächste begehen? Warum?«

Er zuckte mit den Schultern und rollte an ihr vorbei.

»Frau Treskow mag Gründe haben: ihre Freundin, Hermann, dass die Gerechtigkeit im Dorf wiederhergestellt wird, was weiß ich. Aber dann soll sie sich jemand anderen suchen. Meinetwegen die Polizei.«

Peer horchte auf und stoppte den Rollstuhl. Endlich stand alles klar vor ihm. »Saschenka, danke für deine Hilfe.«

»Wobei?«

»Bei meiner Entscheidung. Ich werde ermitteln.«

»Was? Nein! Das habe ich doch ... nie gesagt!«

»Du hast mir die Gründe genannt: für Frau Kuhn, für Hermann, fürs Dorf.« Er senkte den Blick. »Und für mich.«

14:50 Uhr

Sascha hatte gemeint, er müsste sich ordentlich anziehen für einen Sonntagsbesuch beim Pastor. Sie hatte sogar ein Sakko aus dem Schrank geholt. Aber Peer hatte sich durchgesetzt: Es war Peggy, die er besuchte, vermutlich war Werner nicht einmal da, also reichte ein dunkelblauer Wollpullover – als Kompromiss einer mit V-Ausschnitt.

Er rollte an der Schmiede vorbei, winkte Hermann durchs Fenster zu. Mal sehen, ob der Schmied und die alte Treskow ihn richtig einschätzten, ob er einen passablen Ermittler abgab. Er würde Peggy gleich darauf ansprechen. Die Treskow hatte recht: Er und die Pastorenfrau könnten ein tolles Team bilden. Ein Gutes hatte die neue Aufgabe auf alle Fälle: Die Chance, die Kommissarin wiederzusehen, war deutlich gestiegen.

An der Straße zum Schloss hielt er an. Hier gab es eine Bordsteinabsenkung wie aus dem Lehrbuch. Vermutlich hatte man damals, als das Kopfsteinpflaster des »Schloßparks« aufwendig neu gesetzt wurde, auch hier Hand angelegt. Es hatte doch etwas für sich, eine finanzstarke Gutsherrin im Dorf zu haben.

Zumindest an den Stellen, für die sie sich interessierte. Die alte Schule gehörte offenbar nicht dazu. Die Backsteine des Baus wirkten eher graubraun als ziegelrot, die drei Fenster links vom Eingang waren fast blind. Wenigstens die rechten drei, hinter denen sich der viel zu kleine Gemeinderaum verbarg, wurden regelmäßig geputzt.

Zwischen Schule und Pfarrhaus konnte er einen ersten Blick auf den Neubau werfen. Das Grundstück lag direkt hinter dem Pfarrgarten. Glück für Peggy, sie musste nicht mehr aufs Schlossgetto schauen. Die roten Dachsteine, die dieser Rico ausgesucht hatte, leuchteten wie Fremdkörper in Vertikows Patina, als könnten sie nachts bis Gadebusch strahlen. Irgendjemand hatte Peer erzählt, Rico sei Bauunternehmer. Vermutlich hatte er die Dachsteine günstig geschossen, weil sie niemand anderem gefielen ...

Peer rollte auf den Hof des Pfarrhauses, ein Schauer durchlief ihn: der Pick-up! Vor dem neuen Haus stand der Wagen, mit dem Frau Kuhn überfahren wurde.

Ganz ruhig, Peer! Keine voreiligen Schlüsse. Dieser Wagen ähnelte zumindest frappierend dem Bild, das er vom Donnerstag in sich trug. Sollte er hinfahren, nach Spuren suchen, Blutspritzern, Dellen in der Stoßstange? Unsinn, diese Dinger hatten Rammschutzbügel, in denen kleine, alte Frauen keine Dellen hinterließen. Und bei dem Dreck könnte man andere Spuren nur mit einer genauen Analyse finden. Außerdem war Rico neu in Vertikow und hatte keinen Grund, Frau Kuhn zu überfahren.

»Hallo.«

Er fuhr herum. Das konnte nicht sein! Auf dem Slawenweg, direkt hinter der Ligusterhecke, stand Kommissarin Templin. Hatte er doch recht? Hatte die Polizei den Wagen bereits gefunden? Nein, sie trug einen Blaumann, eine gefütterte Jeansjacke, beides voller Flecken. Und sie rauchte. Das sah nicht nach einem Einsatz aus. Aber dafür sehr attraktiv.

»Hallo. Was führt Sie hierher? Ermittlungen?«

»Heute nicht.« Sie hob die Zigarette an den Mund. »Im Haus herrscht Rauchverbot. Rico meint, der Rauch zieht in den Gasbeton und man kriegt ihn nie wieder raus.«

Peer runzelte die Stirn. »Rico? Sie und Rico ...?«

»Er ist mein Bruder.«

»Was? Davon hatte ich keine Ahnung.« Es kostete ihn Mühe, nicht in ein debiles Grinsen auszubrechen. Er müsste sich unbedingt mit Rico anfreunden, dann hätte er keine Probleme, die Kommissarin regelmäßig zu sehen.

»Sie haben das Auto gemustert.«

»Na ja, gemustert ... entdeckt hab ich es.«

»Und überlegt, ob es der Tatwagen ist.«

Er wusste, sein »Nein« kam einen Moment zu spät.

»Sie werden sich wundern: Er könnte es in der Tat sein. Nach allem, was die Kollegen ermittelt haben, gibt es in Vertikow neun Pick-ups und noch mal gut zwanzig in den Nachbarorten.« Sie wies auf den Wagen neben sich. »Hinzu kommen die vier, die mein Bruder als Firmenwagen nutzt, von denen kurvt immer mal einer hier rum.«

»Drei.« Rico Templin trat durch das Loch, das einmal die Haustür werden sollte, ins Freie. »Tachschön.«

Die beiden Männer stellten sich einander vor.

»Richtig, drei«, wiederholte die Kommissarin. »Einer ist gestohlen worden, im ...«, sie überlegte, »im August?«

Ihr Bruder nickte.

»Gestohlen? Hier in Vertikow?«

»Nee, vom Hof der Firma in Görries. Meine Frau hat schon gemeint, das sei ein böses Omen. Quatsch. Aber was interessiert dich das eigentlich?«

Seine Schwester legte ihm eine Hand auf den Arm. »Herr Wesendonk war Zeuge, als Frau Kuhn überfahren wurde.«

Ein Schatten überflog Ricos Gesicht. Er schaute seine Schwester an, presste die Lippen aufeinander und nickte. Ohne ein Wort entfernte er sich.

»Tut mir leid«, raunte die Kommissarin. »Der Unfall hat ihn sehr mitgenommen. Frau Kuhn war die erste Vertikowerin, die er kennengelernt hat. Von ihr hat er das Grundstück gekauft.«

Für einen Moment wusste Peer nicht, welche der Aussagen ihn am meisten berührte. Frau Kuhn als Grundbesitzerin? Nein! »Sie denken auch, es war ein Unfall?«

Kommissarin Templin zuckte mit den Schultern. »Noch habe ich keine Veranlassung, etwas anderes zu glauben.«

»Und wenn ich Ihnen sage, dass Herr Schlüter zwei Tage vorher einen ähnlichen Versuch beobachtet hat? Ziehen Sie dann in Betracht, dass Absicht dahintersteckte?«

Ihre Augen weiteten sich. »Wissen das die Kollegen?«

»Noch nicht. Ist mir heute erst wieder eingefallen.«

Sie nickte. »Herr Wesendonk, ich werde alles tun, damit dieser Fall gründlich aufgeklärt wird, ob von den Kollegen der Polizei oder von uns. Was halten Sie davon, wenn wir uns morgen noch einmal treffen und Sie erzählen mir ganz in Ruhe, was Ihnen inzwischen eingefallen ist? Oft denkt man erst in den nächsten Tagen an Dinge, die entscheidend sein können.«

Ein Lächeln stahl sich auf Peers Gesicht. Sascha fuhr heute Abend nach Berlin zurück. »Klar, wenn Sie meinen, das bringt was.«

»Ich hoffe es. Und ich hoffe, dass Sie sich nicht durch unüberlegte Handlungen in Gefahr bringen.«

»Ich? Aber nein.«

»Gut. Ich seh mal nach meinem Bruder.« Sie nickte zum Pfarrhaus, wo sich eine Tür öffnete. »Und Sie werden auch erwartet.«

»Okay. Morgen um zehn bei mir?«

»Ich bin da.«

Peggys Kräutertee roch, als könnte er Tote aufwecken – oder aufgeweckte Menschen töten. »Was ist da drin?« Ganz frei von Ekel konnte Peer seine Stimme nicht halten.

»Warte.« Peggy sprang vom Sessel auf und huschte in die Küche. Einen Wimpernschlag später kam sie in den Raum zurück, ein braunes Schraubglas in der Hand. Sie schüttelte es, wobei ihre hagebuttenroten Locken um den Kopf wirbelten, drehte den Deckel ab und hielt Peer das Glas unter die Nase. »Hat Britt extra für dich gemischt.«

Der Duft raubte ihm den Atem. Die Kräuter rochen nicht schlecht, aber etwas darin drang sofort in die hintersten Lungenbläschen und löste Alarm aus. Hustend wandte Peer den Kopf. »Mein Gott, will die Kräuterhexe mich vergiften? Was ist das?«

Peggys Mundwinkel sanken nach unten. Sie sah aufs Etikett und las mit vorwurfsvollem Unterton: »Holunderblüten stärken und bringen Schutz in allen Lebenslagen. Thymian befreit dich von negativen Gedanken und gibt dir Kraft, zu tun, was getan werden muss. Rosmarin führt dich aus dem Dunkel zurück ins helle Leben. Wacholder hilft müden und ausgebrannten Menschen – und«, sie zögerte kurz, »na ja, bei Lähmungen.«

Tun, was getan werden muss. »Was sagt eigentlich dein Mann dazu? Die Frau des Pastors und die Dorfhexe?«

»Du sollst Britt nicht so nennen! Reicht, wenn sie im Schlossgetto so'n Quatsch sagen.« Peggy schaute aus dem Fenster. Neben dem Templin'schen Neubau schimmerte immer noch einer der drei Plattenbauten durch die Bäume.

»Da hat sie aber auch einigen Zauber aufgefahren.«

»Was heißt Zauber? Sie hat die richtigen Kräuter für die jeweilige Krankheit gesammelt und den Leuten gegeben.«

»Wie man es nimmt. Der Schlosser ist dran gestorben.«

»Quatsch, der ist an Lungenkrebs gestorben. Britts Kräuter haben ihm die letzten Tage erleichtert.«

Peer nahm seufzend einen Schluck. Seine Kehle schnürte sich zusammen, Speichel floss ihm in den Mundraum, die Augen wurden feucht. Er zwang sich, hinunterzuschlucken. »Das wird auch meine letzten Tage erleichtern.«

»Ja, als Tee ist es nicht optimal.« Peggy grinste. »Am besten wirkt der Rauch.«

»Vergiss es! Das Zeug rauch ich bestimmt nicht!«

»Peer, du sollst dir keinen Joint daraus drehen, sondern das Zimmer ausräuchern, es mit positiver, heilender Energie füllen.« Sie schaute sich um. »Wollte ich auch erst machen, ging aber nicht wegen Werners Asthma.«

»Ach, Asthma heilt es nicht? Ich dachte schon, du hättest Angst, er lässt dich mit der Dorfhexe verbrennen.«

»Hexenverbrennungen sind zum Glück abgeschafft. Sogar in Mecklenburg. Damit musst du leben.«

Lachend griff Peer nach seiner Tasse. »Na dann. Gott steh mir bei!« Er nahm noch einen Schluck. Tun, was getan werden muss. »Sag mal, was wolltest du eigentlich von mir, außer das Gebräu an mir zu testen?«

»Wieso?«

»Du hast was mit mir zu besprechen, hast du gesagt.«

»Ach ja.« Peggys Lider begannen zu flattern. Sie sprang auf und lief zur Kommode, dann zum Esstisch. »Wo hab ich es denn? Ach, hier!« Schon saß sie wieder neben Peer und warf mit spitzen Fingern einen Umschlag auf den Tisch, als könnte sie sich daran verbrennen.

»Was ist das?« Eine überflüssige Frage, ein Umschlag mit demselben Stempel darauf war gestern auch im Hause Wesendonk angekommen. Vielleicht enthielt dieser ein paar andere Schriftstücke, womöglich ein Anschreiben vom Propst; aber letztlich lief es auf eins hinaus: Peer war für die Kirche nicht mehr zu gebrauchen.

Peggy schaute ihn an, dann den Umschlag, ihre Zunge fuhr langsam über ihre Zähne. »Ja, also ... du kannst ja nun nicht mehr Orgel spielen. Oben auf der Empore.«

»Gut erkannt.«

»Werner hat versucht, beim Propst ein Ersatzinstrument zu besorgen. Eins für unten im Kirchenraum.«

»Ach was? Soll ich raten, was der Propst gesagt hat?«

»Er war grundsätzlich ganz angetan von der Idee.«

Peer hob die Augenbrauen. »Echt jetzt?«

»Ja, er sprach von Integration und Inklusion und so.«

»Das hätte ich nicht erwartet.«

»Moment! So weit, so gut. Aber das Keyboard, das Werner vorgeschlagen hatte, hat er als unwürdig abgelehnt, trotz der Orgelregister. Für den Propst kommt nur ein Harmonium infrage, mindestens. Eine Truhenorgel wäre noch besser, aber beides müsste mit Elektrobalg betrieben werden. Und für solche Instrumente ...«

»... hat die Kirche kein Geld.« Peer nickte. »Das ist eher, was ich erwartet habe.«

»Ach, wir geben nicht auf, wir versuchen es weiter.«

»Peggy, bitte! Ich war einer der letzten Organisten, der eine feste Stelle an einer Dorfkirche bekommen hat, vielleicht sogar der letzte. Und was da genau gelaufen ist, dass ausgerechnet ein Kaff wie Vertikow einen hauptamtlichen Organisten bekommt, will ich nicht wissen.« Er atmete tief durch und wies auf den Umschlag. »Ich weiß Bescheid; es war mir längst klar: Ich bin ausgemustert, mein Rentenantrag läuft. Und ihr solltet euch jemand anderen suchen, der die Orgel spielt. Von oben.«

»Tja«, begann Peggy tonlos und streckte die Hand langsam nach dem Umschlag aus. Als sie ihn berührte, zuckte sie zurück. »Du hast recht. Dies ist die offizielle Mitteilung, dass wir keinen hauptamtlichen Organisten mehr haben. Die Kirche wird sich für so kleine Gemeinden nur ehrenamtliche Musiker leisten, gegen Aufwandsentschädigung.« Sie knetete ihre Finger, biss sich auf die Lippen. »Und wir haben da jemanden gefunden.«

Peer war, als krampfte sich sein Körper zusammen. Natürlich brauchte die Gemeinde einen neuen Organisten. Aber dass er so bald ersetzt werden sollte ... »Wen?«

Sie stand auf, trat ans Fenster und sah in den Garten. »Das ist eine zweischneidige Sache. Ein Glücksfall für die Kirche, hoffentlich, aber wohl ein Dämpfer für dich.«

»Wen, sag schon! Kenne ich ihn?«

»Es ist eine Sie.«

»Du?« Das wäre ein Hoffnungsschimmer. »Ja, du.«

»Was?«

»Du kannst Orgel spielen.«

»Nein.« Ein zaghaftes Lächeln umspielte ihren Mund, das rasch zu einem Lachen anwuchs. »Nein, nein, nein. Kommt nicht infrage.«

»Warum nicht? Du hast den C-Schein.«

»Mit Ach und Krach geschafft. Zum Chorleiten mag es reichen, meinetwegen begleite ich sogar die Kirchenlieder. Aber jeden Sonntag neue Präludien und Nachspiele, nee!«

»Spiel halt dasselbe. Merkt sowieso niemand!«

»Vergiss es! Nicht, wenn du da unten sitzt.«

»Also, sag mal!«, rief Peer.

»Ich hab jetzt noch deine Worte im Ohr, als ich damals gespielt hab, damit du die Orgel von unten hören konntest.« Peggy verschränkte die Arme vor der Brust, hob die Augenbrauen und zog den Mund in die Breite. »›Das Instrument klingt ganz gut. Sicher kann man darauf auch Musik machen.‹ Das hast du gesagt, wortwörtlich! Mit einem zuckersüßen Lächeln auf den Lippen.«

Das Grinsen auf Peers Gesicht erstarb. »Tut mir leid«, sagte er matt, »da war ich wohl ein bisschen direkt.«

»Schon gut. Inzwischen kann ich damit leben, dass alle Vollblutmusiker einen an der Waffel haben.«

»Touché!« Er griff sich ans Herz, sackte in den Rollstuhl.

Peggys Augen verengten sich zu Schlitzen, sie tat, als pustete sie Rauch von ihrem ausgestreckten Zeigefinger.

»Wer ist es dann?«

»Wie?«

Peer stemmte sich wieder hoch. »Wer soll Orgel spielen?«

»Ach so. Ja, weißt du, es steht noch nichts fest.« Ihr Lächeln wurde dünn. »Aber es gibt eine ... Interessentin.«

»Wen?«

»M...Mandy. Mandy Bleibtreu.«

»Um Himmels willen! Die ist Organistin geworden?«

Peggys Kopf pendelte hin und her. »Nicht ganz, aber sie studiert Musik. Klavier und Geige.«

»Na wunderbar! Woher will sie dann wissen, wie man Orgel spielt?«

»Hör sie dir doch mal an. Peer, bitte!« Peggy bückte sich zu ihm herunter. »Werner will keinen neuen Organisten verpflichten, der nicht vorher dein Okay bekommen hat, nicht mal für einen Gottesdienst.«

Peer schaute auf. »Das hat Werner gesagt?« Er presste die Lippen aufeinander, nickte endlich. »Mal sehen. Vielleicht ist sie gar nicht so schlecht.«

»Ich danke dir.« Sie setzte sich wieder, nippte zum ersten Mal an ihrem Tee. »Igitt!«

»Sag ich doch.« Peer starrte auf den grüngelben Rest in seiner Tasse. Bestimmt würde er mit diesem Zeug nicht das Haus verpesten.

»Sag mal, was wollte eigentlich Ricos Schwester von dir?« Es war Peggy anzuhören, wie erleichtert sie war, ein neues Thema gefunden zu haben.

»Was? Ach so, wegen des Unfalls.«

»Ja, schrecklich, das Ganze. Wie geht es dir damit?«

Er zuckte mit den Schultern. »Ich bin ja nicht tot.«

»Und was will sie von dir?«

»Mich noch mal befragen, ob ich mich an Details erinnere. Damit es vielleicht doch ein Fall für die Kripo wird.« Er senkte den Kopf, zögerte. Sollte er dem Rat der alten Treskow folgen und versuchen, Peggy als Partnerin zu gewinnen? »Aber es gäbe auch einen anderen Weg.«

»Ehrlich? Welchen?«

»Ich könnte Hilfe gebrauchen.«

»Hilfe? Wobei?«

»Es klingt komisch, ich weiß, aber ich bin mir sicher, dass es kein Unfall war.«

»Und?«

»Na ja, die Polizei ermittelt zwar, aber nicht in diese Richtung. Der Kriminalkommissar hat mir nicht mal zugehört. Und deshalb ...«

»... meinst du, das ist die richtige Aufgabe für dich.«

»Das war Hermanns Idee, nicht meine.«

»Na dann.« Peggy gluckste, legte den Kopf schief. »Weiß Sascha davon?«

»Klar. Also ... nicht jedes einzelne Detail.«

»Kann ich mir denken. Sie wäre nicht begeistert, dass du auf eigene Faust einen Mord aufklären willst.«

»Wieso Mord?« Ein Schauer lief Peer über den Rücken.

»Was denn sonst, wenn es kein Unfall war?«

Bis eben hatte er dieses Wort noch nicht gedacht, nicht zu denken gewagt. Aber Peggy hatte recht: Der Pick-up hatte gewartet, bis Frau Kuhn auf die Straße kam, und dann genau auf sie zugehalten. Verdammt! Es war Mord.

Er räusperte sich. »Bestimmt hätte Sascha weniger Angst um mich, wenn sie wüsste, dass eine vertrauensvolle, verantwortungsbewusste, besonnene Person mich unterstützt.«

Peggy sah auf, ihr Mund schloss sich langsam, während die Lippen sich nach vorn schoben. »Eine verantwortungsbewusste, besonnene Person würde dir sicher sagen: Lass die Finger davon!«

»Ja«, seufzte Peer. »Und eine etwas weniger besonnene, weniger verantwortungsbewusste, aber umso vertrauensvollere Person? Vielleicht eine mit seelsorgerischen Qualitäten?«

»So eine Person könnte sich bestimmt vorstellen, dich auf die eine oder andere Weise zu unterstützen. Und sie würde tun, was getan werden muss«, gab Peggy bedächtig zurück, nahm einen großen Schluck Tee und schüttelte sich. »Hoffen wir, dass sie nicht zu unbesonnen ist.« Ihre Augen funkelten.

6. Oktober 2014

9:40 Uhr

Peer zog den Reißverschluss der Sweatshirtjacke zu. War das jetzt der Höhepunkt seiner Tage? Er hörte die Autotür, den startenden Motor, das Knacken des Getriebes, als der Rückwärtsgang eingelegt wurde. Nicht mal das konnte sie. »Wäsche bügeln – keine Kassenleistung! Essen machen – keine Kassenleistung! Auto fahren lernen – keine Kassenleistung!«, brummte er und rollte in die Küche.

Der Prospekt lag noch auf dem Tisch: »Optimale Rund-um-Betreuung durch hoch qualifizierte Pflegekräfte«. Das hieß in seinem Fall Katzenwäsche und Jogginganzug. Wozu hatte er vorhin zwei Hemden gebügelt? Als er die Schwester darauf hinwies, hatte sie nur den Kopf geschüttelt und ihm die Sweatjacke übergestreift. Vielleicht hatte ein Pflegefall kein Recht mehr auf Hemden.

Er schob zwei Scheiben Weißbrot in den Toaster und schaltete die Kaffeemaschine ein. Die blaue Thermoskanne stand noch hinter dem Krug mit den Kochlöffeln. Sie war nutzlos; er würde nie wieder den Tag an der Orgel verbringen. Jetzt verbrachte er ihn am Telefon: Pflegedienst, Krankenkasse, Physiotherapie, Krankenkasse, Pflegedienst ...

Hatte Sascha die Kanne übersehen? Ansonsten hatte sie alle Dinge weggeräumt, die ihn an sein altes Leben erinnern könnten. Sascha dachte an alles. Deshalb hatte sie es auch zu was gebracht. Die Ministerialreferentin und der Dorforganist. Er grinste. Damals war ihm die Entscheidung leichtgefallen, als Sascha sich in Schwerin hatte bewerben wollen. War das falsch gewesen? Wenn sie in Hamburg geblieben wären, hätte er inzwischen Kirchenmusikdirektor an St. Jakobi sein und jeden Tag an der Arp-

Schnitger-Orgel sitzen können. Er wäre abends durch die Bars gezogen, wenn Sascha im Rathaus Sitzung gehabt hätte, und hätte sich dann und wann einen Flirt gegönnt. Auf jeden Fall wäre er niemals mit zu viel Alkohol im Blut über eine matschige Landstraße gerast.

Alles Blödsinn! Es hatte ihn nie gestört, dass Sascha Karriere machte, erst im Landesministerium, jetzt in Berlin. Er hatte seine Musik gehabt. Natürlich war das Örgelchen in Vertikow mit zwei Manualen und einer Handvoll Registern kein Ersatz für die Arp-Schnitger-Orgel. Aber mal ehrlich: Seine Chancen auf den KMD an St. Jacobi waren nie groß gewesen. Und selbst hier hatte er mit ein paar Tönen die Magie eines Bach-Präludiums entfesseln können, die Leichtigkeit von Mendelssohns Orgelsonaten, sogar einige Franzosen ließen sich spielen. Das alles war ihm genug gewesen, mehr als genug.

Ja, genug damit. Dieses Leben war vorbei, genauso wie das davor in Hamburg. Jetzt war es an der Zeit, sein neues Leben zu ordnen. Und das hieß zunächst, sich Gedanken zu machen, wie er an die Sache mit Frau Kuhn herangehen wollte. An den »Fall Kuhn«. Wer könnte etwas über den Pick-up sagen? Wer hatte ihn womöglich gesehen?

Hermann war als Zeuge nicht zu gebrauchen gewesen, Erich hatte sich auffallend bedeckt gehalten. Und dann Maiks Aussage. Der Wagen musste doch irgendwo geblieben sein. Ob jemand anders in der Pokrenter Straße etwas wusste? Dort war der Wagen verschwunden, auf dem kleinen Stück zwischen Frau Kuhn und Maik Röder. Wenn der die Wahrheit sagte. Hatte er einen Grund zu lügen? Vielleicht war er auch durch die Kinder im Wagen abgelenkt und hatte den Pick-up übersehen.

Wen gab es sonst? Peer seufzte: Die Treskow müsste er befragen, das wäre unangenehm, aber aufschlussreich. Dann kamen Wagner, Heintze und Schwarzmeier – war der überhaupt schon zurück? Auf der anderen Seite der Schilde noch Scharlau und Röder. Das war überschaubar. Am besten würde er mit Röders beginnen.

Peer fuhr zusammen, als das Brot aus dem Toaster schnellte. Einen Moment überlegte er, ob er noch zwei Scheiben rösten sollte. Besser nicht. Er hatte zu wenig Bewegung, musste auf sein Gewicht achten, wieder in Form kommen. Wer wusste schon, was für Herausforderungen auf ihn warteten?

Der Türgong. Hatte die Schwester etwas vergessen? Kam die Ärztin noch mal vorbei? Nein, die hatte Sprechstunde und er hatte ausdrücklich gesagt, er bräuchte keinen weiteren Besuch. Als ob sie das abhalten würde. Er sah auf die Uhr. Zehn. Kommissarin Templin. Ihretwegen hatte er das Hemd anziehen wollen. Er setzte den Rollstuhl zurück, verhakte sich mit dem linken Fußbrett an einem Stuhlbein und zog fluchend den Stuhl durch die halbe Küche. Wieder gongte es. Peer griff nach dem Stuhl und hob ihn über das Fußbrett auf die Seite. Endlich hatte er freie Fahrt. Keuchend rollte er zur Haustür.

»Guten Morgen.« Die Kommissarin stand fröstelnd vor der Tür, trat von einem Fuß auf den anderen.

»Guten Morgen. Kommen Sie rein.« Peer rollte beiseite.

»Danke. Ganz schön frisch.« Der Raum schien heller zu werden, als sie eintrat. Ihr linker Daumen steckte in der Tasche ihrer Jeans, wodurch sich die weinrote Lederjacke etwas aufschob. Das weiße T-Shirt wölbte sich verführerisch.

»Sie sollten sich wärmer anziehen bei dem Wetter.« Hoffentlich hörte sie seiner Stimme nicht an, dass er in Wahrheit kein Stück Kleidung mehr an ihr sehen wollte. »Kommen Sie mit.« Er rollte durch die Diele, vorbei am Esstisch und die Rampe hinunter ins Wohnzimmer.

Die Kommissarin folgte ihm und setzte sich auf die Vorderkante eines Sessels.

»Möchten Sie was trinken? Kaffee, Wasser, Saft?«

»Nein danke. Es ist sehr nett, dass Sie uns helfen wollen, Herr Wesendonk. Aber ich will Sie nicht länger aufhalten als nötig.«

»Ach was. Ich hab ja nix zu tun. Außer Leute empfangen, die mal nach mir schauen wollen.« Jeder schaute jetzt nach ihm. Und alle kamen mit dieser Mischung aus Mitleid, Hilfsbereitschaft und Neugier. Vor allem Neugier. Am Wochenende waren drei Nachbarn da gewesen: Die Kiesgruben-Zuschnitz vom Ende des Lindenwegs hatte angeboten, ihre Beziehungen spielen zu lassen, um den Garten barrierefrei zu machen. Daniela Schlüter, Erichs Frau, hatte Lebensmittel aus ihrem Hofladen gebracht, »schon kurz drüber, aber alles noch tippitoppi«. Gisela Heintze hatte sich bedankt, weil Peer ihre Marleen behütet hatte. Und gefragt, ob alles in Ordnung sei. Er spürte, wie sein Gesicht sich zu einem Lächeln verzog. Zumindest Kommissarin Templin dürfte gern öfter nach ihm schauen.

»Herr Wesendonk?«

Peer schreckte auf. »Ja?«

»Ich hatte gefragt, ob Ihnen noch was eingefallen ist. Details, die Sie für belanglos gehalten haben. Vielleicht haben Sie im Traum was gesehen, woran Ihr Bewusstsein sich nicht erinnern konnte.« Sie senkte die Stimme und sah ihn durchdringend an. »Sie haben davon geträumt, oder?«

Widerstrebend nickte Peer. Im Traum hatten sich die beiden Unfälle noch stärker vermischt. Einmal hatte Frau Kuhn sein Motorrad gefahren, einmal saß er am Steuer des Pick-ups und hielt geradewegs zu auf ... »Andrea.«

»Wie?«

»Entschuldigen Sie, Frau Templin«, Peer rieb sich die Augen, »bis jetzt kann ich das alles nicht klar trennen.«

Sie nickte. »Dann reden wir über den Wagen. Das ist das Wichtigste. Und die Geschichte mit dem Beinaheunfall vom Tag davor.«

Peer runzelte die Stirn, schaute zur Decke und gab alle Details wieder, an die er sich erinnern konnte. Die Kommissarin schrieb mit, stellte Zwischenfragen und half ihm, Dinge konkreter zu formulieren.

»Wenn Sie einverstanden sind, gebe ich das an die Kollegen bei der Polizei weiter, die den Fall bearbeiten.«

»Gern. Was meinen Sie, reicht das für eine richtige Untersuchung?«

»Herr Wesendonk, das ist eine richtige Untersuchung. Alles normal und absolut korrekt. Ein Fall, der kein Kapitalverbrechen ist oder spezielle Ermittlungsmethoden erfordert, wird von der Polizei bearbeitet.«

»Und wenn es um vorsätzlichen Mord geht?«

»Bisher sind Sie der Einzige, der davon ausgeht. Sobald es den offiziellen Verdacht gibt, dass Frau Kuhn vorsätzlich getötet wurde, werden wir ermitteln – wegen Totschlags.«

»Gut!« Er nickte befriedigt. »Wenn ich was herausfinde, sage ich es direkt Ihnen.«

»Herausfinden? Ich hoffe, das meinen Sie nicht ernst. Sie wissen, ...«

»Keine Sorge, ich nehme Ihnen nicht die Arbeit weg. Nur im Dorf umhören über den Pick-up.«

Die Kommissarin schaute ihn schweigend an. So lange, dass Peer eine Gänsehaut bekam. Was tat sie da? Sie versuchte doch nicht ... Nein, das war absurd. Früher wäre der Blick eindeutig gewesen, mehr als eindeutig. Aber heute?

Sie wechselte das Thema, sprach über ihren Kollegen Drewermann, die Unfallstatistik in Mecklenburg-Vorpommern. Dann plauderten sie über den Hausbau ihres Bruders, das Leben auf dem Dorf, die Nachbarn. Peer erfuhr, dass sie in Grevesmühlen wohnte – und Single war. Nach einer

Stunde erhob sie sich, holte eine Visitenkarte hervor und schrieb ihre private Handynummer auf die Rückseite.

»Wenn Ihnen noch was einfällt oder Sie etwas von anderen erfahren, informieren sich mich. Ich verspreche Ihnen, sobald wir genug belastbare Erkenntnisse haben, werden wir die kriminalpolizeiliche Ermittlung starten. Dabei können Sie eine große Hilfe sein.«

Peer steckte die Karte ein, zögerte kurz. »Würden Sie mir auch einen Gefallen tun? Ihre Informationen könnten für mich sehr nützlich sein.«

Die Kommissarin runzelte die Stirn. »Herr Wesendonk, Sie wissen sicher, dass ich das nicht darf. Ich kann Sie nicht einfach Detektiv spielen lassen. Das heißt Polizeiarbeit, weil es die Arbeit der Polizei ist! Außerdem wäre ich untröstlich, wenn Ihnen etwas passiert.«

Peer schluckte. Das war nicht die Äußerung einer pflichtbewussten Polizistin, nicht nur. Er hatte gelernt, kleine Nuancen herauszuhören. Sein Herz schlug schneller.

Ein Schlüssel im Haustürschloss. Gott sei Dank. Zum ersten Mal war er froh, dass die Burow sich nicht an die abgemachte Zeit hielt. Er lehnte sich zurück, sein Puls beruhigte sich. Und plötzlich fühlte er sich Sascha ganz nah, ein wunderbares Gefühl, als stünde sie direkt neben ihm.

»Hallo, Perlchen!«

»Sascha!« Peer verschluckte sich fast, als seine Frau ins Wohnzimmer rauschte.

Sie stoppte abrupt. »Oh, guten Tag, Frau Templin.«

»Sascha! Was machst du hier?« Er musste sich zwingen, den Blick nicht zur Kommissarin schweifen zu lassen.

Seine Frau stemmte die Hände in die Hüften. »Ich hab doch gesagt, dass ich schon am Sonntag fahre, weil ich eine Überraschung für dich habe.«

»Aber du hast nicht gesagt, was für eine Überraschung.«

»Dann wäre es doch keine mehr.« Lachend schüttelte Sascha den Kopf.

Kommissarin Templin grinste matt. »Ich muss dann.«

»Hatten Sie noch Fragen an Peer? Ich dachte, die Kripo ermittelt nicht.«

»Noch nicht. Aber die Aussagen Ihres Mannes nehmen wir ernst, und sobald sich etwas ergibt, werde ich persönlich die Ermittlungen der Kripo anstrengen.«

»Persönlich, soso«, echote Sascha kühl.

Die Frauen gingen hinaus. Peer versuchte, seinen Puls zu beruhigen. Was war das? Kaum wurde er mal wieder vertraulicher mit einer anderen Frau, stand gleich Sascha parat. Hatte sie ihm in der Klinik einen Flirtsensor einpflanzen lassen, der sofort Alarm schlug? Unsinn! Es war ja nicht mal ein Flirt gewesen. Oder?

»Was wollte sie denn?« Sascha stand im Durchgang.

»Gucken, wie es mir geht. Fragen, ob mir noch was eingefallen ist. Das Übliche halt.«

»Das Übliche halt«, wiederholte sie tonlos und nickte. »Und was hast du heute so gemacht?«

Peer runzelte die Stirn. »Saschenka, es ist kurz nach elf. Das Einzige, wozu ich gekommen bin, ehe die Schwester mich überfallen hat, war, zwei Hemden zu bügeln.«

»Toll! Wieso trägst du dann den Sweater?«

»Das musst du die Schwester fragen. Wahrscheinlich lag das Sweatshirt näher dran.«

»Wie bitte? Das ist nicht dein Ernst. Die kann dir doch nicht einfach das Hemd verweigern.«

»Schatz, reg dich ab. Die Schwestern geben sich alle Mühe, aber ich bin nicht der einzige Pflegebedürftige in der Gegend. Und ich hätte mir das Hemd ja später selbst anziehen können, hatte bloß keine Lust.«

»Trotzdem! Das ist doch unmöglich! Ich werde mich beschweren. Wo ist der Prospekt?«

»Sascha, bitte, lass es! Sonst steh ich ... sitz ich am Ende noch ohne Pflegedienst da.«

Sie trat von einem Fuß auf den anderen, atmete mehrmals ein und aus. »Na gut. Komm mal mit!«

So rasch, dass Peer kaum hinterherkam, lief sie in die Diele, schnappte den Autoschlüssel und öffnete die Haustür. Er folgte ihr den Gartenweg hinunter zur Auffahrt, wo sie mit großer Geste die Heckklappe des Vito aufzog. Im Gepäckraum stand ein Monstrum, eine Mischung aus Kinderkarre und Geldschrank.

Peer stockte der Atem, sein Blick wanderte zwischen Saschas stolzem Gesicht und dem Furcht einflößenden Gefährt hin und her. »Was ist das?«

»Ein Elektrorollstuhl natürlich!« Sascha strahlte. »Du hast gesagt, du kommst hier kaum voran auf den Sandwegen und den Steigungen. Und da habe ich den E-Rolli organisiert. Geländegängig, extrabreite Reifen, starker Akku und nur vier Stunden Ladezeit. Was sagst du?«

Was sollte er sagen? Er schürzte die Lippen. »Und wie kriegen wir ihn aus dem Wagen?«

Sascha schaute ihn an, dann den Rollstuhl im Kofferraum. »Mist!«, zischte sie, stampfte den Absatz ihres Pumps in den Kies und lief davon.

Stöhnend wendete Peer und fuhr ihr hinterher. »Das kriegen wir schon hin – irgendwie«, rief er, während er vom Weg auf den Rasen holperte. »Das war eine tolle Idee, Saschenka, wirklich. Wir fragen Erich, ob er ihn mit dem Trecker rausbekommt, okay?«

Ihr Nicken wirkte nicht besonders überzeugt. »Ich hatte gehofft, du freust dich.«

»Das tu ich. Jetzt kann ich durchs ganze Dorf fahren, auch übers Kopfsteinpflaster. Sogar die Baronin kann ich im Schloss besuchen.« Tatsächlich eröffnete ihm das Gerät ganz neue Möglichkeiten.

»Als wenn du das jemals vorgehabt hättest!«

»Vielleicht nicht als Allererstes. Aber ich könnte jemanden finden, der was über Frau Kuhn ...« Verdammt! Peer biss sich auf die Lippen. Immer wieder schaffte Sascha das: Eine Äußerung, eine Geste, ein Blick, und er plauderte alles aus. Sogar Dinge, die sie nicht wissen sollte – vor allem Dinge, die sie nicht wissen sollte.

»Peer? Bitte sag, dass du nicht durchs Dorf fahren und die Leute mit deinen Theorien belästigen wirst.«

»Ich werde nicht durchs Dorf fahren und die Leute mit meinen Theorien belästigen.«

»Sehr witzig. Ich dachte, das hätten wir geklärt.«

»Du hast erklärt, dass du das für albern, absurd und unproduktiv hältst. Ich habe versucht, dir zu erklären, dass ich etwas tun muss, um das traumatische Erlebnis zu verarbeiten. Das hat die Ärztin auch gesagt.«

»Dass du Vertikows rollenden Columbo geben sollst?«

»Dass ich Wege finden muss, das zu verarbeiten. Und diesen Weg hat mir Hermann aufgezeigt.«

Sascha stöhnte. »Wenn du psychologische Beratung brauchst, wende dich an einen Psychologen, nicht an einen senilen Schmied!«

»Immerhin war er mal Bürgermeister.«

»Ja, Perlchen. Von Vertikow!«

»Und die Templin braucht auch meine Hilfe.« Verdammt! Schon wieder verplappert.

Saschas Augenbrauen schnellten hoch. »Ach? Und da hat sie dich mal eben als verdeckten Ermittler verpflichtet?« Wenn ihre Stimme so klang, sollte er umgehend antworten, und zwar die Wahrheit.

»Fast. Sie meinte, wenn mir noch was einfällt oder ich durch Zufall was herausfinde, soll ich mich bei ihr melden.«

»Aha: durch Zufall! Merk dir die beiden Wörter bitte!«

»Ja.«

»Und versprich mir, dass du dich nicht in Gefahr begibst.«

»Okay, Schatz. Ich verspreche dir, dass ich mich nicht unnötig in Gefahr begebe.«

Sascha seufzte. »Es ist hoffnungslos.«

7. Oktober 2014

10:10 Uhr

Am nächsten Morgen war der Elektrorollstuhl endlich voll aufgeladen. Die vier Stunden Ladezeit galten nämlich nur, wenn der Akku zuvor einmal 12 Stunden an der Steckdose gehangen hatte. Erich brachte aber erst nachmittags die Rampe vorbei, um den Rollstuhl aus dem Vito zu bekommen. So hatte Peer die Zeit dazu genutzt, die Anleitung zu lesen und sich an den Anblick des Monstrums zu gewöhnen, das ihn künftig kutschieren sollte.

Das Ding war toll. Peer drehte eine Runde ums Haus, dann noch eine und eine dritte. Was für eine Erleichterung! Er kam kein bisschen außer Atem dabei! Ob das auch auf Rasen funktionierte? Vorsichtig lenkte er von den Porphyrplatten aufs Gras, den Absatz spürte er kaum. Tatsächlich: Es ging zwar langsamer voran, aber stetig und ohne Probleme. Bis zum Komposthaufen und an die Himbeerhecke fuhr ihn das Ding. Schade, dass die Himbeeren schon abgeerntet waren!

Peer wurde mutiger, wagte sich unter die Kiefern, die an der Grenze zum Grundstück der alten Treskow standen. Das hätte er sich mit dem kleinen Alugestell nie getraut; aber die Anleitung des E-Rollis pries schon auf dem Titelblatt die »bisher unerreichte Fahrstabilität durch extratiefen Schwerpunkt«. Etwas unbehaglich war ihm, als er über die Wurzeln und Zapfen holperte. Doch die vollmundige Versprechung stimmte. Peer erreichte den Zaun, ohne nur einmal das Gefühl zu haben, er würde kippen. Nun war er doch außer Atem – vor Aufregung, ja Euphorie. Mit diesem Gefährt käme er überall hin. Fantastisch!

Als die alte Treskow die Gardine beiseiteschob, winkte er ihr zu. Sie schaute ihn erstaunt an, runzelte die Stirn, ließ die Gardine wieder fallen. Peer grinste.

Er musste zu Sascha, jetzt sofort, ihr berichten, wie fabelhaft der Rollstuhl funktionierte. Die Rampe fuhr er hinauf, ohne langsamer zu werden. Wie anstrengend war das mit dem Handrolli gewesen! Mit diesem Ding hier wäre sogar die Steigung an der Kirche ein Klacks, ohne lahme Arme!

Er stieß die Tür auf und rollte in die Diele. »Saschenka! Komm mal! Es ist toll! Einfach toll!«

Ein Metallscheppern aus der Küche, ein »Moment, ich komm schon!« und unterdrücktes Stöhnen. Wenig später kam Sascha in die Diele und blieb ruckartig stehen. Ihre Augen wurden weit, ihr Mund stand offen.

»Was?«

Sie wies hinter Peer und seufzte. Er schaute sich um: Eine Spur aus Erde, Moos und Kiefernnadeln führte von der Haustür, langsam schwächer werdend, bis zu den Hinterrädern des Rollstuhls.

»Hoppla.« Er presste die Lippen aufeinander, um sein Grinsen zu verbergen.

»Das findest du noch lustig? Herrgott, ich muss doch gleich nach Berlin!«

»Reg dich ab, Saschenka. In zwei Stunden kommt Frau Burow und wischt das weg.«

Sascha stemmte die Hände in die Hüften. »Frau Burow war gestern da. Das ist dir nach deinem Date mit der Kommissarin wohl entgangen.«

»Na gut«, meinte Peer und zuckte mit den Schultern. Er spürte, wie er rot wurde. Date? »Dann wischt die Schwester das heute Abend schnell weg.«

»Du stellst dir das immer alles so einfach vor. Die Schwester wird dir was husten. Du hast gestern selbst gesagt, dass sie kaum Zeit hat, dich anständig zu waschen. Da wird sie sicher noch putzen!«

Peer atmete tief durch. »Dann mach ich das eben.«

Schon die Art, wie Sascha die Augenbrauen hob, zeigte ihm, dass sie auch dies für eine schlechte Idee hielt. Sie trat zu ihm und stützte sich mit beiden Händen auf die Armlehnen des Rollstuhls. »Peer, Perlchen, wann begreifst du es endlich? Du kannst nicht mehr ›mal eben‹ was machen. In deinem Zu..., in deiner Situation bist du auf Hilfe angewiesen. Du schaffst das nicht allein.« Sie richtete sich auf und musterte stirnrunzelnd die Spuren auf den Fliesen. »Und da wäre es hilfreich, wenn du uns nicht noch mehr Arbeit machst als unbedingt nötig.«

Peer erstarrte. So sah Sascha ihn? Als Belastung? Es war kaum zu ertragen, wie sie auf ihn herabblickte; er wollte hinaus in die Oktobersonne, raus aus dem dunklen Haus. »Wenn ich nur Arbeit mache, ist es besser, ich fahre wieder.« Er wendete den Rollstuhl und öffnete die Haustür.

»Schatz, ich ...«

»Oh«, er blickte zurück auf den Boden, »ich hoffe inständig, du überstehst es, wenn ich noch eine Spur ziehe. Ich kann nämlich nicht fliegen!« Die letzten Worte schleuderte er Sascha entgegen.

»Perlchen, bitte, so hab ich das doch nicht gemeint.«

»Ach nein? Wie dann?« Peer wollte die Antwort nicht hören. Ehe Sascha etwas sagen konnte, rollte er davon und ließ die Haustür offen stehen.

Er lenkte nach links auf den Lindenweg, krampfte die Hand um den Joystick und presste ihn bis zum Anschlag nach vorn. Weg! Nur weg! So weit und so schnell es ging! Verdammt, das Ding musste falsch eingestellt sein: Er erreichte kaum das Tempo eines Fußgängers, schlich über die Sandpiste vorwärts. Tränen stiegen ihm in die Augen, aber nicht vom Fahrtwind.

Sobald er die Häuser des Dorfes hinter sich gelassen hatte, beruhigte er sich. Hier draußen wehte der Wind stärker, trieb einzelne Blätter vor sich her. Peer zog den Reißverschluss der Jacke zu. Am Ende des Weges konnte er schon den Wald ausmachen, zu seiner Rechten raschelte noch eine Wand aus Mais. In ein paar Tagen hätte er auch dort freie Sicht. Dafür glitt links sein Blick weit über die Stoppelfelder bis zu den Hügeln vor Renzow, nur hin und wieder blieb das Auge an einer Baumgruppe hängen. Er liebte die Sölle, kleine Wasserlöcher, die wie Inseln in einem Ozean in die Landschaft getupft waren.

Ein paar Felder weiter zog ein Traktor seine Bahnen. Erichs Traktor. Es war nicht zu erkennen, was der Bauer tat, die Maschine fuhr in gleichmäßigem Tempo hin und her. Bis mit einem Mal ein Wagen von der Pokrenter Straße aufs Feld fuhr. Ein dunkler Pick-up! Wenn Peer das richtig erkannte, stieg Erichs Frau Daniela aus dem Auto, reichte ihrem Mann etwas in den Traktor und fuhr davon. Wie hatte er das vergessen können: Auch Erich besaß einen Pick-up.

Von vorn näherte sich ein Pritschenwagen auf dem Lindenweg, der linke Scheinwerfer flackerte bei jedem Schlagloch. Sobald Peer eine trockene Stelle gefunden hatte, rollte er an den Wegrand und wartete. Der Wagen wurde langsamer, er zog einen Anhänger, dessen Räder beim Bremsen quietschten. Ein Berg Kies türmte sich darauf.

Die Scheibe fuhr herunter, Rico Templins rundes Gesicht erschien. »Moin.«

»Moin.«

»Cooles Gefährt!«

»Na ja, geht so.«

»Aber weit würd ich damit nich mehr fahren. Dahinten sind die Lunken alle voll Wasser und Matsch. Nich, dass die Elektronik hopsgeht oder du dich festfährst!«

Peer nickte. »Okay, danke.«

»Wie lang hält denn so'n Akku überhaupt? Nachher stehst du irgendwo und Erich muss dich abschleppen.«

Gute Frage. »Und wo kommst du her? Hast du den Kies nicht aus Pokrent geholt?« Erst jetzt kam Peer in den Sinn, dass kaum jemand den Lindenweg befuhr. Er lief im Zickzack durch den Wald, gespickt mit Schlaglöchern.

»Doch, klar. War noch bei Horst im Forsthaus. Wollte mal fragen, ob er Holz für'n Carport überhat. Hat er nich.« Grinsend wandte Rico sich ab, legte den Gang ein, zögerte dann. »Sag mal, was wollte Andrea gestern von dir? Ich dachte, sie arbeitet nicht an dem Fall.«

»Bloß hören, ob mir noch was eingefallen ist.« Peers Puls beschleunigte sich. »Wieso?«

»Ich mein' nur. Mann, das ist nicht deine Sache. Lass das die Polizei machen.«

»Die tut ja nichts.«

»Und deshalb muss so'n abgehobener Möchtegern-Amadeus seine Nase da reinstecken? Halt dich aus der ganzen Sache raus, ja?«

»Welche *ganze* Sache?«

»Das geht dich nichts an!« Rico zog die Augenbrauen zusammen. »Halt dich einfach raus! Aus dem Leben meiner Schwester und am besten auch aus meinem!«

Er trat aufs Gaspedal, der Pritschenwagen entfernte sich röhrend. Hin und wieder rumste der Anhänger durch ein Schlagloch, als wollte er die Warnung bekräftigen.

Peer fröstelte, Oktobersonne hin oder her. Mit einem Mal kam er sich verloren vor, allein in der freien Natur, schutzlos, wehrlos. Er wollte nach Hause, die Geborgenheit spüren, Saschas Umarmung, ihre Wärme. Verdammt, konnte man dieses blöde Teil schneller stellen? Im Schneckentempo rollte er vorbei am Anwesen der Zuschnitz, bei Meier und Rohwedder. Endlich erreichte er das eigene

Gartentor. Doch der Vito stand nicht mehr auf dem Kies. Sascha war bereits auf dem Weg nach Berlin.

12:20 Uhr

Endlich, die Post. Peer hatte den Wagen gehört und rollte schon in die Diele, als die Postbotin an die Tür kam. Das Paket war schwer – solange er es in den Händen hielt. Zum Unterschreiben musste er es auf die Oberschenkel legen. Sofort verschwand es auf unheimliche Weise. Natürlich war es noch da, er sah es vor sich liegen. Aber ob etwas darin war oder ob ein leerer Karton auf seinen Knien lag, wusste er nicht mehr zu sagen.

Peer rollte zum großen Esstisch in der Mitte der Diele. Er nahm die Briefe vom Paket: eine Rechnung, Werbung, ein Schreiben aus dem Amt Lützow. Der letzte Brief, auch nur ein Umschlag im Standard-Querformat, war schwerer als die anderen. Peer sah das blaugrüne Wappen und stöhnte. Es war wieder so weit: Reformationsball bei der Baronin. Wann wäre die schrullige Gutsherrin endlich zu alt, um dieses alljährliche Ereignis auf die Beine zu stellen? Gut, sie hatte nicht viel zu tun, sagte vermutlich ihrem Butler oder ihrer Sekretärin, es sei an der Zeit und man möge dafür sorgen ... Und am Abend des Balls stünde sie wieder kerzengerade auf ihren Stock gestützt am Treppenabsatz und nähme die Huldigungen des Dorfes entgegen. Ein paar Stunden »Preußens Gloria«. Immerhin konnte sie noch auf ihren Beinen stehen. Peer lachte bitter.

Endlich war das Paket freigelegt, ungeduldig riss er es auf: »Kriminalistik in 12 Lektionen – Schritt für Schritt zum Meister-Detektiv«. Ächzend hievte er den Wälzer auf den Tisch. Warum gab es das Ding nicht als E-Book? Von der Beschreibung und den Rezensionen her hatte er erwartet, dass es handlicher wäre, dass man es mitnehmen könnte, um vor Ort etwas nachzuschlagen. Vielleicht hätte er genauer hinsehen sollen. Aber die Aussicht, mit Peggy an diesem Fall zu arbeiten, hatte ihn so euphorisch gestimmt, dass er nicht gezögert hatte. Was hatte er sich nur gedacht? Dieser »Fall«? Mit dem 600-Seiten-Buch auf dem Tisch war er jedenfalls weit von einem Meisterdetektiv entfernt. Bis er die 12 Lektionen durchgearbeitet hätte, wäre Frau Kuhn verwest und der Pick-up verschrottet.

Er entfernte die Schutzfolie, steckte den Finger wahllos im ersten Drittel zwischen die Seiten. Beim Aufschlagen knisterte die Bindung. »Auch wenn genaue Zahlen zum Anteil der innerfamiliären Verbrechen am Gesamt-Verbrechensaufkommen fehlen, ist es ein wichtiger erster Schritt, das familiäre Umfeld des Opfers – und ggf. des mutmaßlichen Täters – zu beleuchten.« Tatsächlich? Auf die Idee wäre Peer niemals gekommen! Wirklich eine große Hilfe, wenn das Opfer eine kinderlose Greisin war und es noch keinen mutmaßlichen Täter gab.

Schnaubend blätterte er ein paar Seiten vor. »Es kann nicht oft genug betont werden, welchen Stellenwert sorgfältiges Notizenmanagement hat. Jede Information, jede Zeugenaussage, mag sie noch so abwegig erscheinen, kann ihren Teil zur Ermittlung beitragen. Halten Sie also den Notizblock stets bereit.«

Peer schaute auf. Daran hatte er in der Tat noch nicht gedacht. Sollte er durch Vertikow rollen und ständig in einen Notizblock kritzeln? Wie unauffällig! Dabei hatte Sascha ihn ermahnt, die Dörfler nicht vor den Kopf zu stoßen. Er gehörte nicht so sehr dazu, dass er hier herumschnüffeln dürfte. Oder gar vergessene Dinge ans Licht holte, die die Vertikower lieber begraben sein lassen wollten. Natürlich war es richtig, Dinge aufzuarbeiten. Aber Sascha hatte recht: Ihm als Wessi stand es nicht zu, Geschehnisse der DDR-Zeit zu bewerten. Das wollte er auch nicht. Es war ihm egal, ob irgendjemand Leichen im Keller hatte. Ihn interessierte die Leiche von Gertrud Kuhn. Und die Person, die sie zur Leiche gemacht hatte.

Auf der gegenüberliegenden Buchseite war eine Magnettafel abgebildet, an der Tatortfotos, Notizen, Porträts und Skizzen hingen. Dazwischen Striche, Pfeile und handschriftliche Anmerkungen – eine Mindmap. Darunter stand: »Alle Informationen, die Sie sammeln, sollten Sie zueinander in Beziehung setzen und übersichtlich darstellen. Merken Sie sich die Faustregel: Notieren – Sortieren – Visualisieren.« Na prima! Sascha würde ausrasten, wenn sie am Freitag die Wohnzimmerwand in diesem Zustand vorfände. Das familiäre Umfeld des Ermittlers schien dem Verfasser egal zu sein.

Peers Smartphone auf der anderen Seite des Tisches piepte, die LED blinkte rot. Verdammt, er hatte vergessen, es aufzuladen. Moment mal! Rasch rollte er um den Tisch herum, aktivierte das Display und schaute sich die verschiedenen Kacheln an. Da: die App für Notizen! Und im Musikzimmer stand sein Laptop. Ein Grinsen machte sich auf Peers Gesicht breit, während er die Telefonnummer von Bastian Peemöller heraussuchte. Der IT-Spezialist wüsste, wie man Beobachtungen, Aussagen, Bilder und Recherchen optimal archivieren und organisieren könnte. Das Handy piepte erneut. Anrufen würde er Bastian besser übers Festnetz.

13:25 Uhr

Es hatte einen Moment gedauert, ehe Peer mit dem Programm vertraut war, das Bastian ihm empfohlen hatte. Farben, Verbindungslinien, Muster, Symbole – alles schön und gut. Aber was sollte er damit anfangen bei den mickrigen Informationen, die er hatte? Er betrachtete seine sechs Notizfelder. Das größte trug die Überschrift »Offene

Fragen«, doch auch in anderen Feldern wimmelte es von Fragezeichen. Und an Verbindungslinien war noch gar nicht zu denken. Am meisten wurmte ihn, dass er so gut wie nichts über Gertrud Kuhn wusste, sie war ein Phantom. Aber wie beleuchtete man das familiäre Umfeld eines Phantoms? Ob er beim Amt in Lützow Auskunft bekäme? Dazu müsste er jemanden kennen, dem Freundschaft wichtiger war als Datenschutz. Aber er kannte niemanden. Ans Kirchenarchiv käme er auch nicht heran; Peggy hatte ihm gestern erzählt, dass man alle Unterlagen zentral in Schwerin verwaltete. Sah aus, als müsste er die Vertikower befragen, Hermann und – er schluckte – die alte Treskow.

Aber Moment! Vielleicht gab es einen anderen Weg. Zumindest ein Teil des Kirchenarchivs befand sich noch im Dorf. Mit einem Jauchzer öffnete Peer den Internet-Browser und tippte ins Suchfeld »verwandte auf dem friedhof finden«.

14:10 Uhr

Die Jacke hätte er nicht mitnehmen sollen. Warum hörte er immer Saschas warnende Stimme, sobald er zur Tür rollte? »Zieh dich warm an! Du bewegst dich kaum noch, da kühlst du schnell aus.« Auskühlen bei Sonne und fast zwanzig Grad? Die Amseln sangen in den Linden, als wären sie auf Brautschau und müssten sich nicht auf den Winter vorbereiten. Vom Moor her zogen Wildgänse in drei Pfeilformationen über den Himmel. Ihr Schnattern klang unaufgeregt und routiniert – wie die Kommunikation im Cockpit eines Flugzeugs. Roger. Over.

Der Rollstuhl ruckelte, als Peer über das Fundament der Friedhofsmauer fuhr. Er hatte den Eingang vom Kirchhof aus gewählt, es war der nächste und einer von dreien ohne Stufe. Das hieß aber, dass er zuerst den ältesten Teil des Friedhofs passieren musste. Hier zu suchen hatte keinen Zweck. Sollte es Vorfahren von Frau Kuhn aus dem Dreißigjährigen Krieg geben, wären die für den aktuellen Fall wohl irrelevant. Die meisten Grabsteine waren ohnehin kaum als solche zu erkennen, sie ragten wie moosbewachsene Riesenpilze aus dem Boden. Also weiter.

Er schaute sich um. Nach rechts? Hier lagen die Toten aus dem 18. Jahrhundert, jene, die für den Bau der neuen Kirche gespendet hatten und besonders dicht am Gotteshaus liegen durften. Auf der linken Seite schimmerte Hermanns Schmiede durch die Bäume. Die Fläche bis dorthin war mit Gräbern aus dem 19. Jahrhundert übersät, prachtvoll verschnörkelte Monumente erweckten den Eindruck, damals wäre jeder Bauer ein Adliger gewesen. Einige Inschriften auf den Steinen waren sogar noch zu entziffern – aber auch nicht relevant.

In der nordöstlichen Ecke endlich, neben Raffaels Garten, ruhten die Vertikower, die seit dem Ersten Weltkrieg gestorben waren. Wenn Peer einen Vorfahren der Kuhn finden könnte, dann hier. Noch lag wenig Laub auf dem Boden, sodass die Wege gut zu erkennen waren. Letztes Jahr um diese Zeit hatte man schon nicht mehr gewusst, ob man auf dem Weg stand oder gleich über Willi Bartels' frisches Grab stolperte. Der alte Friedhofsgärtner hatte den größten Teil des Lebens hier verbracht; viel hatte sich nicht für ihn verändert. Noch immer hieß es: »Willi? Is auf'm Friedhof.« Nur pflegen konnte er ihn nicht mehr.

Es piepste hinter einer großen Eibe, dann hörte Peer den Auslöser einer Kamera. Er lenkte um den Baum herum und sah Raffael Leineweber vor einem Grabstein hocken. Wieder und wieder machte der Maler Fotos von den Moosen und Flechten, die den Stein bedeckten.

»Moin.«

Mit einem Japsen fuhr Raffael herum. »Peer, mein Gott.«

»So hat mich noch niemand genannt. Alter Schmeichler.«

»Musst du mich so erschrecken?«

»Tut mir leid, aber laut durch den Kies schlurfen geht nicht mehr. Und nach Singen war mir nicht zumute.«

Der Maler ließ den Blick über den Rollstuhl gleiten. »Schöne Scheiße. Was machst du hier? Gucken, wo du liegen würdest, wenn du noch weniger Glück gehabt hättest?«

Wider Willen musste Peer grinsen. »Nur ein bisschen frische Luft schnappen. Und du?«

»Ich bin öfter hier, Stimmungen einfangen, Farbspiele. Das Morbide zieht mich an.« Raffael senkte seine Stimme. »Willkommen in Vertikow, dem Reich der Toten.«

»Spinner. Wieso fotografierst du plötzlich? Hast du den Pinsel an den Nagel gehängt?«

»Sweetie, glaubst du ernsthaft, die Herbstsonne wartet, bis ich mein ganzes Zeug hier aufgebaut hab? Der Sinn von Schnappschüssen ist ja, dass sie spontan sind.«

Das mit der Kamera war eine gute Idee. Schnappschüsse machen, Indizien sichern, Verdächtige sammeln. »Und du schleppst immer die Kamera mit dir rum?«

Der Maler zuckte mit den Schultern. »Ist ja nicht groß. Okay, manchmal hab ich sie nicht dabei und muss mein Handy benutzen. Aber die Bilder werden meist scheiße. Am nächsten Tag kann ich nur erahnen, warum ich sie gemacht hab, aber der Spirit ist völlig raus.«

Egal, für Peers Zwecke reichte das Handy. Bei Ermittlungen käme es nicht auf den »Spirit« an. »Sag mal, wenn du öfter hier bist, kennst du eine Menge Grabsteine, oder?«

»Klar. Suchst du jemanden?«

»Ist dir irgendwo der Name Kuhn begegnet?«

Raffael senkte den Kopf. »Bis jetzt nicht. Frag in drei Wochen noch mal.« Er ließ den Blick schweifen. »Das heißt, ich weiß gar nicht, ob sie einen Stein kriegt. Vielleicht wird sie auch anonym beerdigt. Hinten im ...« Seine Augen verengten sich. »Ach nee!«

»Was denn?« Es dauerte eine Weile, bis Peer den Rollstuhl gewendet hatte. Durch die gelben Blätter sah er die Kommissarin vorm Haus von Peggy und Werner Duwe.

»Andrea ist hier. Hat die keine bösen Buben zu fangen?«

»Du duzt sie?« Peer konnte nicht verhindern, dass sich eine Spur Neid in seine Frage mischte.

»Klar, wieso nicht? Ich bin ja fast Ricos Nachbar. Und ich hab von Anfang an Fotos von der Baustelle gemacht. Da kennt man sich.«

»Von der Baustelle? Was hat die denn für'n Spirit?«

»Witzig! Erst haben mich die Erdschichten in der Grube fasziniert, die Farben, die Verläufe. Dann die Proportionen. Irre: Als ich auf dem Fundament stand, dachte ich, das Haus wird noch kleiner als meine Hütte. Ohne Wände und Decken hast du kein Gefühl für die Maße.«

»Okay. Aber jetzt gibt es Wände und Decken.«

»Yes. Hast du eine Ahnung, wie geil die Struktur von Porenbeton als Makroaufnahme rüberkommt? Ich hab schon überlegt, ihn als Malgrund zu verwenden.«

»Und seine Schwester ist oft da?«

»Wie?« Raffael zwinkerte.

»Andrea, ist sie oft da, um zu helfen?«

»Immer, wenn sie frei hat. Die zwei sind sehr eng. Ob sie eine Riesenhilfe ist, weiß ich nicht. Ehrlich gesagt: Ricos Männer machen in der Woche die meiste Arbeit. Ich glaub, Rico will nur sehen, ob er's noch kann.« Er wies zur nördlichen Friedhofspforte. »Schau mal: Wir kriegen Besuch. Mein Gott, so viel Trubel herrscht hier selten.«

Andrea Templin schlenderte den Nordweg entlang. Ihr schmuddeliger Blaumann und das Flanellhemd, das unter ihrer Lederjacke herausschaute, waren grau von Staub. Trotzdem war sie auf ganz eigene Art schön, ihr Haar funkelte im Lichterspiel, das die Herbstsonne durchs Laub warf, wie eine goldene Haube. In der linken Hand schwang sie die halb aufgerauchte Zigarette, während sie mit der rechten lässig winkte. »Hallo, Raffael. Herr Wesendonk. Wie geht's?«

Ohne zu zögern, antwortete Peer: »Es geht nicht, es rollt. Und Ihnen?«

»Hab noch frei, Ausgleich fürs Feiertagswochenende. Und wie verbringt eine gute Schwester ihre freien Tage? Auf der Baustelle ihres Bruders.« Sie zog an der Zigarette, legte den Kopf zurück und ließ den Rauch in den Himmel steigen. »Und was tut ihr hier?«

Peer schürzte die Lippen. »Ermitteln« wäre sicher die falsche Antwort. »Raffael beschwört Geister mit morbiden Fotos.« Er hob die Hände. »Fragen Sie mich nicht.«

»Ach was«, kicherte der Maler, »Mr Magic Organ hat wohl das Falsche geraucht. Ich fange Stimmungen ein.«

»Na ja«, Peer beugte sich zur Kommissarin, »klingt das weniger abgehoben?«

»Und Sie?«

»Ich musste mal raus. Drinnen fällt mir bei dem Wetter die Decke auf den Kopf.«

»Das fürchte ich bei Ricos Haus auch manchmal. Aber ich hüte mich, was zu sagen.« Sie schritt um den Elektrorollstuhl herum. »Cool. War das die Überraschung?«

»Ja«, brummte Peer und spürte, wie er rot wurde, »aber cool ist was anderes. Auf jeden Fall was Schnelleres.« Er wies auf eine Bank ein paar Meter vor ihnen. »Wollen wir ... wollen Sie sich nicht setzen?«

»Gern.« Andrea Templin ging zur Bank.

Raffael grinste vielsagend. »Okay, Stimmung eingefangen. Ihr Herzchen entschuldigt mich? Dahinten sind ein paar ganz tolle Lichtspiele.« Ohne eine Antwort abzuwarten, huschte er davon.

Der Rollstuhl hatte in den Stromsparmodus geschaltet, Peer musste ihn erst einmal wieder starten. Endlich schlich er neben die Bank. »So viel zum Thema cool«, seufzte er.

»Gut, nicht wirklich«, gab die Kommissarin zu, »aber Sie sind mobil. Hier im Dorf ist man mit dem handbetriebenen doch aufgeschmissen, oder?«

Peer nickte.

»Ist so ein Ding teuer? Oder zahlt das die Kasse?«

»Keine Ahnung. Den hat meine Frau von einer Kollegin aus dem Gesundheitsministerium bekommen. Fragen Sie mich nicht, ob und was sie dafür bezahlt hat.« Und frag mich nicht, warum ich Idiot meine Frau erwähne. Peer ballte die linke Hand zur Faust und legte die rechte darum.

Die Kommissarin fingerte eine neue Zigarette aus der Schachtel, hielt ihm die Packung hin. Was für grazile Finger sie hatte.

»Danke. Will kein Raucherbein kriegen.«

Sie lachte auf, wurde dann ernst. »Sie müssen mir nichts vorspielen.«

»Tu ich das?«

»O ja, Sie tun, als könnten Sie über Ihr Schicksal lachen, aber ich höre die Bitterkeit in Ihren Worten. Und noch was: Vielleicht wollen Sie auch frische Luft schnappen, aber in erster Linie sind Sie hier, weil Sie was über Gertrud Kuhn erfahren wollen, stimmt's?«

Peer hob die Hände. »Schuldig in allen Anklagepunkten.«

»Seien Sie bloß vorsichtig.«

»Was ist denn?« Er schaute ihr in die Augen.

»Wenn jemand Gertrud Kuhn nach dem Leben getrachtet hat und erfährt, dass Sie sich dafür interessieren, sind Sie in Gefahr!«

»Glauben Sie?«

»Natürlich. Sie wissen, dass ich Ihr Engagement skeptisch sehe und es mir lieber wäre, Sie würden sich zurückhalten. Aber ich kann nicht viel dagegen tun, solange Sie nicht die Arbeit der Polizei behindern oder illegale Dinge tun, wie ins Haus von Frau Kuhn einzubrechen.«

»Ins Haus von Frau Kuhn? Meinen Sie, da gibt es was?«

»Herr Wesendonk! Mir ist das ernst! Bitte halten Sie sich anderen gegenüber bedeckt.« Sie blickte in die Richtung, in die Raffael verschwunden war. »Noch wissen wir nicht, wer den Pick-up gefahren hat. Und wenn Sie Ihre Erkenntnisse im Dorf herumposaunen, ist die Gefahr groß, dass der Falsche davon erfährt.«

Er senkte den Kopf. »So weit hab ich gar nicht gedacht.«

»Klar, Sie sind eben kein Profi. Umso mehr Vorsicht sollten Sie walten lassen. Ich würde es mir nie verzeihen, wenn Ihnen etwas zustößt.«

Sie legte ihre Hand auf seine. Ein Kribbeln auf Peers Handrücken, als zöge er einen Wollhandschuh aus. Nein, es war angenehmer, viel angenehmer. Er ächzte leise, sein Puls beschleunigte sich.

In diesem Moment zog sie ihre Hand zurück, als hätte sie sich verbrannt. »Oh mein Gott, entschuldigen Sie bitte. Das ist mir sehr ...« Sie wandte sich ab.

Peer schwieg, versuchte, Ordnung in seine Gedanken zu bringen. Was wollte sie? Was wollte er? Im Sonnenlicht, das durch die Linden fiel, tanzten kupferrote Flecken über ihre Lederjacke, goldene über ihren Pferdeschwanz. Jetzt oder nie! Er räusperte sich. »Hielten Sie es für sehr aufdringlich, wenn ich Sie um einen Gefallen bitte?«

»Kommt darauf an.« Sie drehte sich zu ihm, lächelte verhalten. »Ich bin die Polizei, Ihr Freund und Helfer.«

»Würden Sie«, er fuhr sich mit der Hand übers Gesicht, »würden Sie für mich Ihr Haar öffnen?«

Das Lächeln verschwand, sie richtete sich auf. »Für Sie nicht, Herr Wesendonk!«

»Entschuldigung, ich wollte nicht ...«

Sie hob die Hand. »Aber für dich, Peer.« Mit raschem Griff löste sie das Haargummi und warf den Kopf zurück, die blonden Strähnen umflossen ihr Gesicht wie Honig. Auf einmal saß ein Engel neben ihm, strahlend, geheimnisvoll, von einer inneren Kraft erfüllt.

»Wundervoll, Andrea.«

Ihr Lächeln kehrte zurück, fast schüchtern, als würde ein Mädchen zum ersten Mal von einem Jungen angesprochen. Entzückend. Sie stand auf, zwirbelte das schwarze Gummi zwischen den Fingern. »So was mache ich sonst nicht.«

»Was?«

»Mein Gott, du weißt schon.«

Natürlich wusste Peer. »Und diesmal?«

Sie raffte die Haare wieder zusammen und nuschelte, das Haargummi zwischen den Zähnen: »Diesmal auch nicht – in der Öffentlichkeit.«

15:25 Uhr

Eine Zeit lang suchten sie gemeinsam nach Grabsteinen mit dem Namen Kuhn. Andrea hörte sich an, was seine Befragungen ergeben hatten, lobte seinen Einsatz, sogar das Buch, das er bestellt hatte. Für einen Außenstehenden hätte es wie ein ganz normales Gespräch geklungen, doch Peer erkannte die Betonungsnuancen, die bewusste Wortwahl, winzige Gesten. Und er war sicher: Raffael, der immer wieder zwischen den Bäumen auftauchte, erkannte diese Gesten ebenfalls. Na, wenn schon!

»Ich glaube, das hat keinen Zweck«, stöhnte Andrea irgendwann. »Hier gibt es weit und breit keine Kuhns. Weißt du ihren Mädchennamen?«

»Hey, du bist die Polizei! Frau Kuhn war nie verheiratet, meinte Hermann zumindest.«

Andrea nickte. Sie schaute sich um.

»Du musst zurück, was?«

»Rico wird sich fragen, wo ich bleibe.«

»Dann lass uns für heute Schluss machen.« Sie hatten die Südpforte erreicht. »Du musst mich nicht weiter begleiten. Den Weg über den Kirchhof schaffe ich allein.«

Andrea runzelte die Stirn. »Über den Kirchhof sind wir doch gerade gegan..., den haben wir hinter uns.«

»Nein.« Peer lächelte. »Das war der Friedhof. Und das hier«, er wies mit der Hand über die ovale Rasenfläche, »unser Dorfplatz, der heißt Kirchhof.«

»Muss ich das verstehen?«

»Hier stand früher die Kirche, da wo die Steine im Rasen stecken. Wurde von einem starrsinnigen Priester mitten auf den Slawenweg gebaut, der von der Ostsee zur Elbe durch Vertikow führte. Heute kennt man nicht mal den Namen des Priesters, aber damals hat er ein deutliches Zeichen für die Slawen gesetzt: Wer hier lang will, muss an der Kirche, am Christentum vorbei.«

»Und haben die Slawen sich das bieten lassen? Oder haben sie sie zerstört?«

»Nein. Das haben erst die Schweden im Dreißigjährigen Krieg geschafft. Vertikow hatte sich strikt geweigert, protestantisch zu werden, und das gefiel Gustav Adolf gar nicht. Und sein bestes Argument war, die Kirche niederzureißen.«

Andrea nickte. »Raue Sitten damals.«

»Weiß nicht, heute werden Menschen totgefahren.« Er setzte seinen Rollstuhl in Bewegung.

»Warte! Ich komm mit.«

»Lass mal. Du musst doch auf die Baustelle. Außerdem«, er nickte zum Haus der alten Treskow, »Öffentlichkeit und so. Du weißt schon.«

»Ein wichtiger Zeuge erhält Polizeigeleit. Was soll dabei sein?« Sie bogen in den Lindenweg ein, Andrea linste über die Muschelzypresse hinweg. »Hast du Besuch?«

»Nicht, dass ich wüsste. Wieso?«

Dann sah Peer den Wagen auch: ein alter, schmutzig weißer Opel Agila mit abgeklebten Heckscheiben und der Aufschrift »PALU – der Physiotherapeut für alle Fälle«.

»Du hast gar nicht erzählt, dass du einen Termin hast.« Andreas Stimme klang ein wenig enttäuscht.

»Das könnte daran liegen, dass ich keinen habe. Wir haben bisher nicht mal einen Physiotherapeuten gefunden, der mich behandeln kann.«

»Jetzt wohl schon.« Warum wurden ihre Augen so groß?

Wenig später entdeckte Peer den Grund für Andreas erstaunten Blick: den Physiotherapeuten für alle Fälle. Vor der Haustür stand, nein, die Tür wurde verdeckt von einem Kerl, der schon aus der Entfernung Furcht einflößend auf Peer wirkte. Gut eins fünfundneunzig groß, die Schultern fast genauso breit, der Stiernacken ging in eine sauber rasierte Glatze über. Na wunderbar!

Peer hielt Andrea fest. »Lass mich nicht allein mit dem!«

»Wieso?«

»Ich bitte dich: Da kommt unangemeldet ein finsterer Skinhead vorbei! Wer weiß, was der vorhat!«

»Krankengymnastik und Massage?«

»Das glaubst du! Therapeuten kündigen sich vorher an, die kommen nicht einfach so. Es ist doch ein Leichtes, sich als Therapeut auszugeben und hilflose Menschen zu überfallen. Es gibt böse Leute! Ricos Auto ist auch gestohlen worden! Wer weiß, vielleicht kutschiert es einen Gasableser, der alte Frauen ausraubt.«

Andrea stemmte die Hände in die Hüften. »Nimm's mir nicht übel, Peer, das klingt echt ein bisschen paranoid. Ich weiß, ich hab gesagt, du sollst auf dich aufpassen. Aber nur weil eventuell«, sie hob den Zeigefinger, »*eventuell* die Möglichkeit besteht, dass Frau Kuhn absichtlich überfahren wurde, ist nicht jeder Mensch ein Gewaltverbrecher.« Sie schürzte die Lippen. »Wenn du so übertrieben reagierst, muss ich mich fragen, wie ernst ich deinen Verdacht überhaupt nehmen kann. Denk mal darüber nach!«

Peer schluckte. Sie hatte recht. »Kommst du trotzdem mit zur Tür?«

»Na klar«, lachte sie. »Ich bin schon über den Kirchhof mitgekommen, da schaffe ich das Stück zur Tür auch.« Sie ging den Weg entlang, Peer folgte ihr. »Guten Tag, können wir Ihnen helfen?«

Der Bulle wandte sich um und streckte Andrea die Hand entgegen. »Moin. Frau Wesendonk?«

»Templin. Andrea Templin.«

»Ach? Okay.« Er blies die Backen auf und trat um sie herum zu Peer. »Aber Sie sind Herr Wesendonk. Moin!«

Peer musterte den bulligen Kerl, der dabei war, seine Hand zu zerquetschen. »Und Sie sind?«

»Oh sorry!« Er ließ Peers Hand los und richtete sich auf, als ob das nötig wäre, um Eindruck zu schinden. »Ich bin PALU – Ihr Physiotherapeut für alle Fälle.«

Aus dem Augenwinkel sah Peer, wie Andrea sich ein Lachen verkniff. »Das haben wir gelesen. Aber bestimmt ist Palu nicht Ihr richtiger Name, oder?«

»Nein, klar.« Der Bulle presste die Lippen aufeinander. Dann murmelte er: »Mein Name ist Heinz Palupke. Aber Sie dürfen mich gern Palu nennen«, setzte er rasch mit erhobener Stimme hinzu. »Oder Luppi.«

Hoffentlich musste Peer das nicht tun. Ein finsterer Türsteher namens Luppi war so ziemlich das Albernste, was er sich vorstellen konnte. »Und warum sind Sie hier?«

»Ich habe Ihnen doch auf den AB gesprochen.«

»Hab ich noch nicht abgehört.«

Palupke nickte. »Jedenfalls hab ich heute Morgen die Anfrage bekommen, ob ich Sie für eine Paraplegie-Therapie übernehmen kann. Und weil ich heute einen Hausbesuch in Gadebusch machen musste, hab ich gedacht, ich fahr gleich bei Ihnen vorbei. Dann können wir uns ein bisschen beschnuppern und sehen, ob wir zusammenpassen.«

Wieder kämpfte Andrea hinter Palupkes Rücken gegen das Lachen an. Bestimmt passten sie wunderbar zusammen: der mickrige, hilflose Krüppel und The Incredible Hulk. Wenigstens war Palupke nicht grün.

»Ich muss dann auch.« Andreas Stimme vibrierte noch immer. »Mein Bruder wartet mit einem Carport-Bausatz. Außerdem hab ich einen Schmachter und der Zigarettenrauch würde euch beim Beschnuppern stören.« Die letzten Wörter bekam sie kaum noch klar heraus. Sie wandte sich ab, ihr Körper schüttelte sich.

Sehr witzig. »Schöne Grüße an Rico.«

Während sie kichernd davonging, schloss Peer die Tür auf und fuhr hinein. Palupke sah Andrea nach.

»Was ist denn nun? Kommen Sie rein?«, fragte Peer.

»Oh, klar.« Der Physiotherapeut duckte sich, trat ein und schloss die Tür. Er nickte noch einmal in Richtung Garten. »Die steht auf Sie, oder?«

»Wie bitte?«

»Die blonde Rakete. Das sieht man.«

»Ich weiß nicht, was Sie sehen, aber das ist Blödsinn.«

Palupke zuckte mit den Schultern. »Gut.«

Es war beklemmend, wie diese Muskelberge sich bewegten. Wäre der Kerl nicht Physiotherapeut geworden, hätte er auch als Schrottpresse arbeiten können.

»Hören Sie, Herr Palupke, ...«

»Sie dürfen mich gern Palu nennen.«

»Nein danke, Herr Palupke.«

»Dann vielleicht Luppi?«

»Nein!«, gab Peer barsch zurück. Und etwas leiser fügte er hinzu: »Allerhöchstens nenne ich Sie Heinz.«

Palupke seufzte. »Okay. Immerhin das kleinere Übel.«

22:15 Uhr

»Bevor ich es vergesse: Ich soll dich von Raffael grüßen.«

»Danke, das ist ja nett. Hat er dich besucht?« Da war wieder etwas in Saschas Stimme, das Peer riet, vorsichtig zu sein.

»Nein, ich hab ihn draußen getroffen.«

»Auf der Straße?«

»Auf dem ... Friedhof.« Und er war wieder einmal nicht vorsichtig gewesen.

»Was machst du auf dem Friedhof?«

Er saß in der Klemme. »Luft schnappen« hatte ihm nicht einmal eine fast fremde Kommissarin abgenommen, seine eigene Frau würde das erst recht nicht glauben. »Na ja, ich war nur mal so ...«

»Peer, bitte sag mir nicht, dass du noch immer deinem mordenden Pick-up-Phantom nachjagst.«

Sie hatte es geschafft, ihn gleich doppelt aus dem Konzept zu bringen: Dass sie ihn so zielsicher ertappte, hatte er erwartet, aber dass sie so locker mit dem Wort »Mord« umging, erschreckte ihn. »Nei...ja, so direkt kann man das nicht sagen. Phantom ... Du, da könnte was dran sein. Das hab ich auch von Andre-« Verdammt! »... anderen gehört.«

»Von wem? Raffael? Der ist ein Träumer und freut sich über alle spannenden und verstiegenen Dinge. Und was deine Kommissarin betrifft ...«

»Was heißt hier meine Kommissarin?«

Sascha überging den Einwurf – und das Zittern in seiner Stimme. »Die bestätigt dich nur, damit du ihre Arbeit machst. Die interessiert sich nicht für Gertrud Kuhn.«

»Woher willst du das wissen?«

»Peer, wie würdest du das nennen, wenn du seelenruhig am Schreibtisch sitzt oder bei deinem Bruder auf der

Baustelle arbeitest und dafür den erstbesten Rollstuhlfahrer losschickst, damit der sich in Gefahr begibt?«

»So, ich bin also der erstbeste Rollstuhlfahrer?«

»Natürlich nicht.« Sie gluckste. »Du bist *der* beste.«

»Hoho! Dann wart erst mal ab, bis mich dein Gorilla auf Trab gebracht hat.«

»Mein was?«

»Na ja, ›Palu‹ war heute hier. Den hast du doch geschickt, oder?«

»Wovon redest du?«

»Von einem Physiotherapeuten, der gerade eben durch unsere Tür passt.«

»Du hast einen gefunden? Das ist ja wunderbar!«

»Nein, ich hab ihn nicht gefunden. Ich dachte, du hättest ihn engagiert.«

»Von Berlin aus? So weit reicht der Arm des Ministeriums nicht.«

Peer runzelte die Stirn. Dann blieb nur noch die Ärztin. Hatte sie ihn geschickt?

»Und was habt ihr gemacht?«

»Uns beschnuppert.«

»Wie?«

»Er hat sich vorgestellt, wir haben uns darauf geeinigt, wie ich ihn nennen darf, und er hat mir erzählt, was mich alles erwartet. Schon dabei bin ich ins Schwitzen geraten.«

»So schlimm?«

»Eigentlich ist es wunderbar. Wir werden mein ADL-Training ausdehnen, damit ich im Alltag besser zurechtkomme. Wart's ab: Irgendwann kann ich nicht nur Hemden bügeln, sondern sogar Fenster putzen.«

»Und bringst eine Rentnerin um ihren Wochenlohn.«

»Mein Gott, ich *muss* ja keine Fenster putzen!« Er stöhnte. »Schrecklich, ihr Sozis.«

»Und wie ist er so?«

»Riesig. Ein Muskelberg. Wahrscheinlich könnte er den E-Rolli allein in den Vito heben. Aber auch seltsam sanft, behutsam. Therapeut halt.«

»Du machst mich echt neugierig.«

»Nächsten Freitag wirst du ihn kennenlernen. Ich wusste gar nicht, dass du auf Muskeln stehst.«

»Da kannst du mal sehen, Perlchen. Ich wusste auch nicht, dass du auf Kommissarinnen stehst.«

8. Oktober 2014

10:15 Uhr

Das Telefon klingelte, als Peer sich gerade halb von seinem Indoor-Rollstuhl in den E-Rolli gehievt hatte. Keuchend hielt er inne. Verdammt! Gab es hier eine versteckte Kamera oder woher wussten die Leute das so genau abzupassen? Er schob sich zurück, ließ sich aufs Polster fallen; Schmerz fuhr durch einige der Wirbel, die noch etwas spürten. Wieder ein Klingeln. Gleich würde der Anrufbeantworter anspringen und er könnte nur zuhören, wie Andrea ... ja, was würde sie sagen? Wollte sie ihn sehen?

Er trieb die Räder mit aller Kraft voran, erreichte den Tisch an der Standuhr mit dem letzten Klingeln. »Andrea?«

»Herr Wesendonk, störe ich?«

Verdammt, was war er für ein Idiot! »Nein, entschuldigen Sie. Es ist nur ... ich bin gerade ... worum geht es?«

»Polizeimeisterin Maria Velten hier.«

Natürlich, die Stimme war ihm bekannt vorgekommen.

»Passt es Ihnen oder soll ich später wieder anrufen?«

»Nein, ich bin ganz für sie da. Was gibt es?«

Ein Moment Schweigen. »Das wollte ich Sie fragen.«

»Wie?«

»Sie hatten angerufen und wollten mich sprechen.«

»Was habe ich?« Peers Augenbrauen zogen sich zusammen.

»Entschuldigen Sie«, die Antwort kam zögernd, »da habe ich wohl was missverstanden. Kriminalkommissarin Templin hatte gestern mit mir gesprochen. Weiß der Himmel, wie sie das mit dem Staatsanwalt gedeichselt hat.«

»Was hat sich da denn genau ergeben?«, fragte Peer. Er wählte jedes Wort mit Bedacht. Offenbar erwartete die Polizistin, dass er über all das Bescheid wusste.

»Nach Aussage von Frau Templin hat der Staatsanwalt zugestimmt, Sie als verdeckten Ermittler einzusetzen. So was ist mir auch noch nicht untergekommen.«

Peer riss die Augen auf. Das war ja ... Nein, ruhig bleiben! »Schön, dass es geklappt hat. Dann kann ich jetzt Auskunft von Ihnen bekommen?«

»Verstehen Sie mich nicht falsch, Herr Wesendonk. Aber ich würde schon gern abwarten, bis das Schreiben der Staatsanwaltschaft vorliegt.«

Er seufzte. »Das kann dauern. Und wir verlieren wertvolle Zeit, in der der Täter seine Spuren verwischen kann.«

Sie brummte, sagte aber nichts.

»Kommissarin Templin hält es für möglich, dass ich recht habe. Und wenn jemand Frau Kuhn vorsätzlich getötet hat, will sie ihn auf jeden Fall schnappen.«

»Das wollen wir alle. Aber dafür kann ich nicht einfach die Vorschriften über Bord werfen. Nicht ohne was Schriftliches. Das sind streng vertrauliche Daten!«

»Das bleiben sie ja.« Peer bemühte sich, einen bittenden Tonfall anzuschlagen. »Frau Velten, Sie vertrauen mir doch? Und Sie wollen auch, dass der Täter seine gerechte Strafe erhält.« Ein letzter Versuch in die unerbittliche Stille: »Sonst fragen Sie Kommissarin Templin noch mal.«

Endlich hörte er Tastaturklappern, ehe die Polizistin deutlich reservierter brummte: »So, dunkler Pick-up, dunkle Fenster, hohe Geschwindigkeit, kein Licht, keine Bremsen, das hatten Sie ausgesagt.«

»Und dass er dreckig war. Voller Erdspritzer.«

»Lehm, um genau zu sein, den haben wir an der Kleidung des Opfers gefunden. Gibt es bei Ihnen in der Nähe eine Lehmgrube oder größere Lehmflächen?«

»Nicht, dass ich wüsste. Wir haben eine Kiesgrube bei Pokrent. Aber ob es da Lehm gibt, weiß ich nicht.«

»Und der Wagen hatte ein Ludwigsluster Kennzeichen.«

»Moment. Das hab ich nicht gesagt. Hier rasen immer mal Pick-ups mit LWL durchs Dorf, ja. Aber letzten Donnerstag hab ich kein Kennzeichen bewusst erkannt. Und so hab ich das gesagt.«

»Ach so. Und ich war schon erstaunt, als Kommissarin Templin sagte, der Wagen kommt aus Ihrem Dorf.«

Andrea? »Wie kommt sie darauf? Sind die Untersuchungen schon durch?«

»Nein. Ich dachte, Sie hätten noch mal mit ihr darüber gesprochen. Sie hat Sie doch besucht, oder?«

»Ja, hat sie.« Aber nicht danach gefragt. Peer schluckte. »Frau Velten, seien Sie bitte ehrlich: Untersuchen Sie den Fall wirklich?«

»Natürlich. Was soll die Frage? Jede Anzeige, jeder Tathergang wird von uns untersucht. Aber wir suchen eben nur nach einem Unfallflüchtigen. Mehr nicht.«

»Und davon sind Sie überzeugt?«

Es raschelte im Telefon, die Stimme der Polizeimeisterin klang auf einmal seltsam dumpf. »Sagen wir so: Ich selbst heiße es keinesfalls gut, dass Sie auf eigene Faust ermitteln und der Polizei Informationen entlocken wollen. Aber die Kommissarin hat recht und der Staatsanwalt sieht es offenbar genauso: Sie sind der einzige Zeuge des Unfalls. Und wer, wenn nicht Sie, kann dafür sorgen, dass aus der Unfallermittlung eine Mordermittlung wird?«

»Wollen Sie das denn?«

»Bei meiner Arbeit geht es um Fakten und Gesetze, vielleicht um Hypothesen, nicht um meinen Willen.«

Peer nickte. »Welche Fakten und Hypothesen sind das?«

»Das darf ich Ihnen nicht sagen.«

»Aber Frau Templin hat doch ...«

»Nein, wirklich, tut mir leid.« Ihre Stimme wurde noch leiser, fast unverständlich. »Sie müssen mir versprechen, dass Sie diese Informationen für sich behalten, ja?«

»Natürlich. Ich würde nie meinen Informanten preisgeben. Organisten-Ethos.«

PM Velten kicherte. »Ja, bis später!« Auf einmal klang ihre Stimme wieder normal. »So, wir sind unter uns. Hören Sie, Sie müssen mir versprechen, niemandem etwas zu sagen. Zumindest nicht, bis die Erlaubnis da ist. Wenn das hier die Runde macht ... Also, Bremsspuren gibt es keine, was nichts heißen muss. Ihrer Aussage nach war es schummrig und Frau Kuhn trug einen dunkelbraunen Mantel. Sie war klein, wog nur wenig, die Straße war durch die Landwirtschaft verschmutzt. Es könnte sein, dass der Fahrer vom Unfall gar nichts mitbekommen hat. Ein Widerstand, ein leichtes Ruckeln, das er einem Erdplacken zugeschrieben hat. War das Opfer sicher zu Fuß?«

»Ich kannte sie kaum. Aber sie hat noch alles allein gemacht, sogar ihren Garten.«

»Und an dem Nachmittag?«

»Was soll da anders gewesen sein? Ach, Sie meinen, sie war betrunken?«

»Auf dem Totenschein steht etwas von Alkoholgeruch. Das kann auch ein Gläschen Likör zum Kaffee gewesen sein. Aber wo Sie es ansprechen: Hat sie getrunken?«

»Ich weiß nicht. Die einen sagen so, die anderen so. Ich hab sie nie torkelnd oder mit einer Fahne erlebt.«

»Nun, Sie kannten sie ja kaum. Aber die Notärztin, die auch ihre Hausärztin war, berichtet von einem ›bekannten Alkoholproblem‹. Und da sowohl sie als auch Hauptkommissar Drewermann eine Obduktion für unnötig hielten, hat der Staatsanwalt keine angeordnet.«

»Also doch«, seufzte Peer. »Ich hab davon gehört. Dann glauben Sie wirklich an einen Unfall? Dass Frau Kuhn gestolpert und vor den Wagen gefallen ist?«

Die Polizistin sog scharf die Luft ein. »Tut mir leid, mehr kann ich Ihnen dazu nicht sagen«, rief sie plötzlich ins Telefon, »zu laufenden Ermittlungen geben wir grundsätzlich keine Auskünfte an Außenstehende.«

»Hauptsache, es wird ermittelt.«

»Durch uns schon, im Rahmen unserer Möglichkeiten. Aber nicht durch die Kripo, tut mir leid.«

»Muss es nicht, Frau Velten. Sie haben doch alles Ihnen Mögliche getan.«

»Und ich tue es auch weiterhin.« Ein geflüstertes »Aber versprechen kann ich nichts«, ein gerufenes »Ja, vielen Dank. Tschüs!«, dann war das Telefonat beendet.

10:40 Uhr

Noch zwanzig Minuten, bis der rollende Kaufmann da wäre. Jetzt rasch aus dem Handrolli in das Motor-Teil wechseln! Hatte er alles dabei? Nicht, dass er wieder mit dreckigen Reifen durchs Haus rollen musste. Er schaute in die Seitentasche: Portemonnaie, Notizblock mit Einkaufsliste, ein Apfel als Proviant, Handy, Fotoapparat. Und das Fernglas. Mitunter war es hilfreich, Dinge von Weitem zu betrachten.

Ein Schatten vor der Milchglasscheibe der Haustür ließ ihn aufschrecken. Andrea? Es wurde kurz hell, der Türgong ertönte, dann tauchte der Schatten wieder auf. Eine Frau – mit Brille und auftoupierter Frisur. Die Rohwedder von nebenan oder die Meier von gegenüber. Auf jeden Fall eine der Buchholz-Schwestern, Pest oder Cholera.

»Herr Wesendonk?«

Wenn er sich ruhig verhielte, würde sie vielleicht ...

Der Schatten verschwand wieder aus dem Blickfeld, es gongte erneut. Dann ein lautes Klopfen.

»Herr Wesendonk!« Das Klopfen wurde hektischer. »Herr Wesendonk? Geht es Ihnen gut? Oh mein Gott, da wird doch nichts ... Herr Wesendonk!« Nach dem Kreischen musste es die Rohwedder sein, die Stimme ihrer Schwester lag eine Quarte tiefer. Und wenn Peer nicht reagierte, würde sie womöglich den Rettungsdienst rufen.

Er öffnete die Tür. »Ach, Frau Rohwedder, ich hab Sie erst gar nicht gehört.«

»Gott sei Dank, da sind Sie ja, Herr Wesendonk.« Sie schlug die Hände zusammen und seufzte. Sofort erschien auf ihren Lippen das zuckersüße Lächeln, das den beiden Schwestern von Geburt an eingebrannt zu sein schien. »Ich hatte schon gedacht ... Jedenfalls wollte ich Sie herzlich willkommen heißen zurück im Dorf.«

Peer runzelte die Stirn. »Ich bin fast zwei Wochen wieder hier. Dass ausgerechnet Sie das nicht bemerkt haben!«

»Wir waren bis gestern in Wernigerode bei Georgs Cousine. Sie wissen schon, die mit ...«, sie brach ab und schaute auf den Rollstuhl. Für einen Moment wich das Lächeln einem verblüfften Ausdruck. »Sie wollen weg?«

»Sieht so aus, oder?«

»Ja, aber, Sie können doch nicht ... ich meine, geht das? Einfach so?« Zaghaft meldete sich das Lächeln zurück.

»Das geht nicht, das rollt.« Warum musste man als Rollifahrer ständig lahme Witze machen?

Die Rohwedder lachte auf. Sie schüttelte den Kopf, nahm die Brille ab und ließ sie auf ihre flache Brust fallen; die Kunstperlen der Brillenkette klickerten. »Aber müssen Sie nicht ... ich weiß nicht ... im Bett liegen, oder so?«

»Ich hab ja keine Grippe.«

»Nein, nein, natürlich. Aber«, sie blinzelte mit den Augen, ihr Kopf zuckte nach rechts, dann nach links, »verstehen Sie mich nicht falsch; ich meine nur: Können Sie das denn? Dürfen Sie das?«

»Wir leben in einem freien Land.«

»Weiß Ihre Frau davon?« Sie setzte die Brille wieder auf, ihre Stimme wurde spitz. »Hat sie das erlaubt?«

»Meine Frau muss mir nichts erlauben. Und sie muss auch nicht wissen, wo ich den Tag über hinfahre.«

Wieder zuckte der Kopf der Rohwedder hin und her. Die Augen – hinter der Brille doppelt so groß – warfen ihm anklagende Blicke zu. Doch sie wartete einen Moment, ehe sie mit bemüht ruhiger Stimme entgegnete: »Ich muss zu jeder Zeit wissen, wo mein Mann ist und was er macht.«

Du würdest am liebsten zu jeder Zeit wissen, was das ganze Dorf macht. Peer lächelte. »Warum?«

»Na, stellen Sie sich vor, er wird überfahren wie die arme Frau Kuhn.«

»Dann rettet es ihn, wenn Sie wissen, wo er hinwollte?«

Sie presste die Lippen aufeinander, nahm die Brille ab, räusperte sich. »Müssen wir über meinen Mann reden?«

»Im Gegenteil: Ich muss sehen, dass ich den rollenden Kaufmann erwische. Sonst hab ich nichts im Haus.«

»Ah, deshalb bin ich hier.« Schlagartig war ihre Stimme wieder zuckersüß. Sie beugte sich hinunter und hob eine Pyramide von Kochtöpfen an. »Das ist jetzt ja alles so viel schwerer für Sie. Und da habe ich gedacht, ich bringe Ihnen ein bisschen was vorbei.«

»Damit ich mir die Töpfe nicht selbst schmieden muss?«

»Also, Sie sind mir ja einer.« Das krampfhafte Lächeln, während gleichzeitig ihre Lippen immer schmaler wurden, gab ihr das Aussehen eines Lebkuchenmanns. »Ich habe für Sie gekocht. Blutwurst und Fliederbeersuppe. Damit Sie wieder auf die Bei...«, sie verstummte jäh, ihr Lächeln zuckte wie das Bein einer sterbenden Fliege.

Peer unterdrückte ein Würgen. Blutwurst! »Frau Rohwedder, was halten Sie von einem Deal: Ich erzähl Ihnen, wo ich heute noch hinwill und was ich alles vorhab, und Sie nehmen Ihr Zeug und verschwinden.«

»Wie?«

Er versuchte, seine Stimme ruhig zu halten. »Ich kann mir selbst Essen kochen. Und ich hasse Blutwurst!«

Das Lächeln war endgültig aus dem Gesicht der Rohwedder verschwunden, vermutlich für den Rest des Tages. »Bitte«, zischte sie, »man will ja nur helfen. Aber wenn die Hilfe mit Füßen getreten wird.«

»Keine Sorge; ich trete niemanden mehr mit Füßen. Und die größte Hilfe für mich wäre im Moment, wenn Sie mich in Ruhe lassen.«

Sie starrte ihn an, ihre Brille schrammte am oberen Topf entlang, während ihr Kopf hin- und herzuckte. Dann richtete sie sich auf und meinte spitz: »Und so was von einem Kirchenmann!«

»Ich bin kein Kirchenmann«, erwiderte Peer sanft, »ich bin Kirchenmusiker. War.«

Die Rohwedder wandte sich brüsk ab. Mit einem »Ihr Wessis seid alle gleich!« rauschte sie zur Pforte. Das Stampfen ihrer Absätze wurde leiser, aber nicht weniger energisch, als sie über die Sandpiste des Lindenwegs verschwand.

Peer sah ihr nach. Was für ein Leben mochte ihr Georg führen, kein Schritt ohne ihre Erlaubnis. Ob er an der Haustür warten musste, bis seine Frau wusste, wo er hinwollte, und ihm aufschloss? Peer grinste und fuhr zum E-Rolli.

Moment mal: »... wo er ist und was er macht ...« Das war doch die Frage aller Fragen: Wo war jeder Pick-up-Besitzer an jenem Abend gewesen und was hatte er gemacht? Auf einmal hätte er die Rohwedder küssen können. Er rollte zur Tür, um ein »Danke!« hinauszuschmettern, hatte schon den Griff in der Hand, als ihn ein Hupen aufschreckte. Verdammt, der rollende Kaufmann! Rasch fuhr Peer zum Tisch zurück und schnappte sich die Einkaufstasche.

11:00 Uhr

Der weißrote Lkw stand bereits an der Bushaltestelle am Kirchhof. Was für ein vertrauter, heimeliger Anblick! Auch das Stimmengewirr im Inneren des Wagens wirkte auf Peer, als wäre er nie fort gewesen. Das Mittwochvormittag-Ritual. Endlich hätte er wieder Kontakt zur Nachrichtenzentrale des Dorfes; so kurz nach dem Tod von Gertrud Kuhn könnte er unschätzbare Informationen erhalten. Es sei denn, die Frauen wollten etwas über ihn wissen, über seinen Zustand, seine Erlebnisse im Krankenhaus, in der Reha, wie er im Alltag zurechtkam ... Er stoppte den Rolli. Daran hatte er bisher nicht gedacht. Am Dorftratsch teilzuhaben, war eine Sache, aber selbst Gegenstand zu sein ...

Zögerlich rollte er weiter – bis an die Stufen des Verkaufsraums. Verdammt! Noch etwas, das er nicht bedacht hatte! Wie viele Dinge es gab, die früher so selbstverständlich gewesen und jetzt zu einem unüberwindlichen Hindernis geworden waren. »Scheiße!«

Das Schwatzen im Inneren des Wagens verstummte. Die alte Treskow erschien in der Tür – ausgerechnet.

»Herr Wesendonk.«

»Hallo Frau Treskow.«

»Sie kommen hier nicht rein«, stellte sie kühl fest.

»Nein, wohl nicht.«

Sie musterte ihn eine Weile, hob die Augenbrauen und seufzte. Beide Hände an die Griffe neben der Treppe geklammert, kletterte sie die drei Stufen herunter. »Bald schaffe ich das auch nicht mehr«, ächzte sie und streckte ihm eine Hand entgegen.

Peer ergriff sie und schüttelte zaghaft. »Guten Tag.«

Kopfschüttelnd schnalzte sie mit der Zunge. »Was ist denn mit Ihnen los? Wir haben uns noch nie die Hand gegeben und ich sehe keinen Grund, warum wir plötzlich damit anfangen sollten.«

»Äh, nein ... ja, aber ...«, Peer beugte sich vor und raunte: »Ich dachte, wir sind jetzt Partner.«

»Wie bitte? Nur, weil Sie etwas Selbstverständliches tun und ich Ihnen dabei eventuell behilflich bin?« Sie spitzte die Lippen. »Was natürlich stark von Ihrem Verhalten abhängt.« Sie hielt die Hand noch immer in seine Richtung gestreckt. »Was ist denn nun?«

Fragend schaute Peer auf die Hand.

»Tasche und Einkaufszettel!«, kommandierte sie.

»Wie? Sie wollen ...?«

»Mein Gott, Sie können es ja nicht. Und solange Martin keinen barrierefreien Zugang hat ...« Sie schnalzte erneut mit der Zunge. »So was: Nennt sich rollender Kaufmann und ausgerechnet die rollenden Kunden kommen nicht rein!«

Peer versuchte, ein Schmunzeln zu unterdrücken. Aus der Seitentasche des Rollstuhls kramte er den Notizblock heraus und reichte ihn ihr zusammen mit der Tasche.

»So viel?«

»Nein, keine Sorge. Hab nur den Zettel nicht abgerissen.«

Sie schlug den Block auf und hob ihre Hornbrille an. »Meine Güte! Hoffentlich kann Martin das lesen.« Keuchend stieg sie die Stufen hinauf; auf der letzten sah sie sich um. »Glauben Sie nicht, dass ich das gern mache.«

»Warum tun Sie es dann?«

»Bei uns im Osten hat man sich immer gegenseitig geholfen, egal, wie man zueinander stand.« Sie wandte sich in den Wagen. »Anders als bei euch.«

Die Stimmen klangen nur noch gedämpft aus dem Laden; jetzt ging es definitiv um ihn! Eine blasse Frau kam heraus, schaute ihn mit großen Augen an und tippelte rasch davon; der Inhalt ihrer Plastiktüten klackerte, wenn sie sich nach ihm umsah. Sicher eine aus dem Schlossgetto.

Langsam wuchs der Stimmenpegel wieder an, offenbar hatten die Frauen unverfänglichere Themen gefunden. Mitunter meinte Peer, den Namen »Gertrud« zu hören, ab und zu drang ein unterdrückter Entsetzensschrei oder ein Laut ungläubigen Staunens aus dem Wagen. Na prima! Künftig beschränkte sich seine soziale Teilhabe auf Hörspiele.

Nach einer Ewigkeit – mittlerweile drehte er mit dem Rolli Runden ums Buswartehäuschen – kam die alte Treskow aus dem Wagen, gefolgt von Peggy, Daniela, Erichs Frau, und der Meier. Die Schwester der Rohwedder! Sie nickte ihm nur kühl zu und verschwand im Lindenweg. Ob sie schon vom Blutwurst-Eklat wusste?

Peggy umarmte ihn. »Peer, wie schön. Wir müssen uns unterhalten! Wie laufen die Ermittlungen? Ich hab ...«

»Nicht hier.« Er wies mit den Augenbrauen auf die anderen Frauen. Tatsächlich hatte die alte Treskow den Kopf ein Stück vorgereckt.

»Ups, stimmt.« Sie senkte die Stimme. »Dann warte ich bei Eilien auf dich. Bis gleich!«

»Bis gleich.«

Sie winkte. Daniela gab ihm die Hand, er bestellte Erich schöne Grüße und die beiden Frauen gingen davon. Zurück blieb die alte Treskow.

»Martin! Wo bleibst du?«, rief sie ungeduldig.

»Komm schon.« Martin Schneiders Bass brummte aus dem Wageninneren, ehe der Kaufmann selbst erschien. Für einen Moment sah es aus, als passte er nicht durch die Tür, als müsste er im Laden leben, bis jemand mit dem Schneidbrenner ein größeres Loch hineinschnitt. Doch er drehte den massigen Körper, zwängte sich seitwärts durch die Öffnung und stieg herunter. »Tachschön, Peer.«

»Hallo Martin.«

»Schön, dass du wieder da bist. Dann hab ich nächste Woche auch Matjessalat. Außer dir kauft den hier keiner.«

Die alte Treskow sah ihn auffordernd an. »Die Tasche!«

»Ja, klar.« Er reichte Peer die Tasche mit den Einkäufen. »Hab dir noch ein Stück Höhlenkäse mit reingepackt. Für meinen Premiumkunden«, gluckste er.

»Wow, Premiumkunde. Danke.«

Der Blick des Kaufmanns ging auf Peers Schoß, dann auf die Tasche. »Äh, wo soll ich ...?«

»Pack sie hinten ins Netz.«

Peer nahm den Kassenzettel und bezahlte. Mit dem Geld in der Hand blieb Martin vor ihm stehen.

Die alte Treskow hob die Augenbrauen. Ihr »Danke« klang wie »Verschwinde«.

»Ja«, sagte der Kaufmann und scharrte mit den Füßen. »Ich muss dann auch.«

»Genau, die Wakenstädter warten schon.«

»Tschüs Peer.« Er zwängte sich in den Laden zurück.

»Tschüs Martin«, antwortete Peer grinsend.

Die Tür klackte ins Schloss, der Motor tuckerte für einen Moment im Leerlauf, ehe der Wagen auf die Straße rollte. Er umrundete die Grünfläche und fuhr die Dorfstraße hinauf. Ein kurzes Hupen, als er Peggy und Daniela vor der »Alten Eiche« passierte, dann verlor sich das Motorengeräusch in der Ferne.

»Also«, begann die alte Treskow, »was haben Sie herausgefunden?«

»Wie?« Peer zog die Augenbrauen zusammen.

Sie atmete scharf aus. »Über Gertrud, mein Gott! Ich habe Sie zum Ermitteln aufgefordert, schon vergessen? Da können Sie mich ja wohl auf dem Laufenden halten.«

Könnte er. Wollte er aber nicht. »Frau Treskow, das ist leider nicht so einfach.«

»Wieso? Was sagen zum Beispiel Maik und Sonja?«

»Wie kommen Sie auf die?«

»Ich gehe davon aus, dass Sie Gertruds Nachbarn als Erstes befragt haben. Wenn jemand was über ihren angeblichen Alkoholismus weiß, dann doch die beiden.«

Er gab sich alle Mühe, einen wissenden Gesichtsausdruck aufzusetzen. Warum war er nicht auf die Idee gekommen? »Nun, die Aussagen der beiden sind leider nicht sehr aufschlussreich«, fabulierte er drauflos.

Wieder schnalzte die alte Treskow mit der Zunge. »Haben Sie wenigstens einen Hinweis auf das Tatfahrzeug?«, raunzte sie.

»Genaues wissen wir noch nicht, ... und die Erkenntnisse, die wir haben, sind zu ... sensibel, um sie mitzuteilen.« Das klang ziemlich professionell.

»Es war jemand aus dem Dorf.«

»Wie bitte?«

»Wenn Sie so um den heißen Brei herumreden, war es entweder jemand aus dem Dorf oder Sie haben noch gar nicht richtig angefangen.«

»Frau Treskow, wir folgen verschiedenen Spuren, aber haben noch keinen konkreten Verdacht.«

Die Alte kniff die Augen zusammen und schürzte die Lippen. »Haben Sie mit Paula gesprochen?«

»Dr. Martensen, wieso?«

»Die hat doch behauptet, dass Gertrud ein Alkoholproblem gehabt hat.«

»Und wenn es so war?«

»So war es nicht!«

»Warum hat sie es dann behauptet? Und wieso ist Ihnen dieser Punkt so wichtig?«

Die Alte zögerte. »Entweder hat sie sich geirrt, das soll auch guten Ärzten passieren. Oder«, sie beugte sich vor und senkte ihre Stimme, »sie hat etwas zu verbergen.«

»Und was?«

»Muss ich alles allein machen? Sie sind der Detektiv.«

»Bin ich nicht. Ich bin Musiker, verdammt!« Er schlug mit beiden Händen auf die Armlehnen des Rollstuhls. »Ich hab keine Ahnung von dem ganzen Kriminalkram.«

Sie schürzte die Lippen. »Nein, in der Tat nicht. Sie haben noch viel zu lernen. Hoffen wir, dass Peggy sich geschickter anstellt. Sie ist ohnehin die Einzige, die damit etwas anfangen kann.« Mit diesen Worten griff sie in ihre Tasche und streckte ihm einen Schlüssel entgegen.

»Was soll ich damit?«

»Das ist der Schlüssel zu Gertruds Haus. Prüfen Sie, wie viele Schnapsflaschen Sie darin finden.« Sie hob die Augenbrauen. »Und vor allem: welche anderen Spuren.«

»Spuren? Sie ist doch nicht zu Hause getötet worden.«

Kopfschüttelnd seufzte die alte Treskow. »Nein, Sie haben in der Tat keine Ahnung. Sehen Sie keinen Tatort?«

»Krimis interessieren mich nicht«, brummte Peer.

»Wenn jemand Gertrud absichtlich totgefahren hat, hat er einen Grund gehabt. Und wo finden Sie diesen Grund?«

»Bei dem Jemand.«

»Den kennen Sie doch nicht. Also, wo könnten Sie sonst suchen?«

Ein Lächeln breitete sich auf Peers Gesicht aus, als er den Schlüssel nahm. »Klar, bei ihr zu Hause. Danke.«

»Für Gertrud, nicht Ihretwegen!«, gab die alte Treskow kühl zurück. »So, nun wenden Sie Ihren Panzer und machen sich auf den Weg in die ›Eiche‹. Peggy wartet. Und heute Nachmittag befragen Sie endlich die Röders!«

Verdammt! Woran hatte sie das gemerkt? Ehe Peer etwas erwidern konnte, schnappte sie ihren Korb und verschwand hinter ihrer Gartenpforte.

11:25 Uhr

Er lenkte den Rolli über die Krembzer Straße an der Eiche vorbei auf den Bürgersteig zu. Das Gasthaus – verdammt! In der Euphorie hatte er die Stufen vergessen.

»Hi, Peer!« Eilien Krumme stand auf der Fensterbank eines offenen Fensters neben der Tür zur »Alten Eiche«, Putzlappen und eine Pumpflasche in der Hand. Ihr rotblau geblümtes Kopftuch war verrutscht und hatte ein paar der schwarzen Stoppelhaare freigegeben. Sie pumpte Glasreiniger auf eine Scheibe, der tätowierte Schmetterling auf ihrem Unterarm sah aus, als würde er flattern. »Wieder unterwegs?«

»Ja, ich wollte zu Peggy. Sie hat was zu besprechen.«

Eilien nickte. »Die is drinne und hält sich an ihr'm Malzbier fest. Aber schon traurig, dass de mich nur wegen die Pastorin besuchst, wa?«

»Wie soll ich denn? Ich kann dich nicht mal wegen der Pastorin besuchen.« Er wies auf die Treppe ins Wirtshaus.

»Wat meinste?«

»Hallo? Eilien? Ich sitz im Rollstuhl, schon gemerkt? Das da sind Stufen, die komm ich nicht hoch!«

»Wat'n Schwachsinn! Wart ma!« Sie sprang ins Zimmer zurück und verschwand.

Peers Blick glitt über das Gasthaus. Die Fenster der beiden Fremdenzimmer im angebauten oberen Stock strahlten schon mit den Gaststubenfenstern links vom Eingang um die Wette. Nur die Scheiben rechts, hinter denen der Saal lag, waren staubgrau. Aber das trübe Dunkel passte besser zur maroden Fassade: Verschorfte Wunden in der blassgelben Haut, die an vielen Stellen aufgeplatzt und mit grau-weißen Geschwüren gesprenkelt war – oder sogar bis auf den roten Backsteinknochen blicken ließ.

Wenig später kam die Wirtin durch die Tür, ohne Tuch und Reiniger. Als wollte sie ihn ärgern, hüpfte sie die Stufen herab. »So, du kommst hier nich hoch, wa?«

»Nee.«

»Und deswegen jeht jetze die Welt unter, oder wie?«

Peer zuckte mit den Schultern. »Quatsch! Aber ich kann eben nicht mehr ins Gasthaus.«

»Bullshit!« Sie sprang die letzte Stufe hinunter. »Komm mit!« Mit einem knappen Wink marschierte sie los, an der Eiche vorbei in die Krembzer Straße.

Peer folgte ihr. »Sag mal, ist bei dir jemand krank oder putzt du die Fenster immer selber?«

Sie blieb abrupt stehen, wandte sich um und fixierte ihn mit großen Augen. »Wie? Wat denkste dir eigentlich? Dat hier dreißich Anjestellte rumtoben und die Chefin bequem in den Sessel furzt? Det is hier nicht Boltenhagen, Herzchen. Hier mach ick alles allein.« Sie schnaubte und lief weiter. Als Peer um die Ecke bog, war sie schon mindestens zehn Meter gegangen.

»Wat is denn? Viel hat deine Maschine aber nich drauf! Muss Heiko wohl ma frisieren, wa?« Sie tippte ungeduldig mit einem Fuß aufs Kopfsteinpflaster. »Ja, nu mach hinne! Hast doch jesehn, ick hab zu tun.«

Peer presste den Joystick nach vorn, so stark es ging. Endlich hatte er sie erreicht. »Was soll ich hier?«

Eilien wies auf die Einfahrt ein paar Meter weiter.

»Ja, das ist die Feuerwehr, und?«

»Mensch, wie lang wohnste hier jetze? Det is nich bloß Feuerwehr, det is auch mein Hof. Wo ick die Lieferungen krieg. Komm!« Sie lief durch die Einfahrt, schloss eine Tür auf. »Hier: rechts Lager und Kühlraum, dahinter die Küche. Da links kommste zu den Toiletten. Und von da ...«

»In den Gastraum«, vollendete Peer den Satz. Mit einem Mal fühlte er sich wunderbar leicht.

»Richtig. Also: Wenn de Lust aufn frisches Pils hast, rufste an, ick mach auf und denn kannste janz bequem hier rinrolln. Und raus kommste so. Is ja der Notausgang. Weißte Bescheid?«

Peer nickte strahlend und rollte hinein – ganz bequem. Vorbei an Lager und Küche, vorbei an den Toiletten, um die Ecke in den Gastraum. »Perfekt!«

Peggy fuhr herum. »Peer! Wo kommst du denn her?«

»Toilette«, gab er schulterzuckend zurück. Er schaute Eilien an, die bestätigend nickte. »Machst du mir ein Bier?«

Als die Wirtin das Pils an den Tisch brachte, hatte Peer Peggy schon über die neuesten Erkenntnisse unterrichtet. Er wollte gerade von der alten Treskow anfangen, brach aber ab, sobald er Eiliens Schritte hörte.

»Schlimme Sache, det mit der Kuhn. Und du warst dabei?«

Er schaute auf. »Fast. Hast du sie gekannt?«

»Kaum.«

Nichts anderes hatte Peer erwartet. Er ließ sein Glas gegen die Malzbierflasche klirren und nahm einen Schluck.

»Nur, wat man so erzählt, wa? Erich zum Beispiel. Die Kuhn hat ihn janz schön mit der Pacht bedrängt. Konnt den Hals nich vollkriegen.«

»Pacht?«

»Ja sicher, ihr hat doch hier det janze Land jehört. Jut, bis auf det von der RWG, klar. Hat sie sich keene Freunde mit jemacht im Dorf.«

»Dann war sie nicht oft bei dir, was?«

»Fast nie. Hat lieber zu Haus jetrunken.«

Peer runzelte die Stirn und sah fragend zu Peggy. »Wie? Was meinst du damit?«

»Erzählt Maik.« Eilien zog das Kopftuch von der Stoppelmähne und band es neu. »Meist war se total nett, quicklebendig und hilfsbereit. Hat sich ja früher um die Kleenen von Maik und Sonja jekümmert. Aber zuletzt, sagt er, war se oft total mies drauf, hat nich jegrüßt, nur dumpf vor sich hinjebrütet. Und jesoffen, sagt er. Is öfter durch'n Garten jetorkelt, hat auf Gott und die Welt jeflucht, sagt er.«

Peggy schüttelte den Kopf. »Bist du sicher? Das hat Maik gesagt? Da hab ich nie was von gehört.«

»Das hat die alte Treskow gemeint«, warf Peer ein. »Ich soll dafür sorgen, dass Frau Kuhn im Dorf nicht länger als Schnapsdrossel verleumdet wird.«

»Ach, det Valentinchen. Die hat det nötig. Die zwee ham doch zusammen jesoffen.«

»Hör auf, Eilien«, rief Peggy, »das kann nicht sein. Ich kenne die beiden zwar nicht so gut, sie kamen ja kaum zum Seniorennachmittag. Aber glaub mir: Gerade deswegen wäre das ein Thema gewesen. Es wird am meisten über die geredet, die nicht da sind.«

»Denkste, Madame Pastorette. Kennste eine Frau in Vertikow, die sich trauen würde, wat Böses über Valentina Treskow zu sagen? Die ham doch alle Angst vor ihr.«

Peggy hob die Augenbrauen, sagte aber nichts.

Verwirrt starrte Peer auf sein Bierglas. Hatte Frau Kuhn denn nun getrunken oder nicht? Er hatte sie fast nur bei Festen und Veranstaltungen getroffen und da trank jeder. Tagsüber war sie kaum ins Dorf gekommen und er nie weiter Richtung Pokrent als bis zur Kirche. Die Vertikower hinter der Brücke hatten immer außerhalb seines Radius gelegen. Und Maiks Aussage? Ja, er wohnte zwei Häuser neben ihr. Aber konnte man sich auf ihn verlassen? Es war dringend nötig, ihn heute Nachmittag zu befragen.

Ein leises Schnarren zerschnitt die Stille, gefolgt von einem krächzenden Kiekser, der früher mal ein Kuckucksruf gewesen sein mochte. Peer sah zur Uhr an der Wand:

Kein Wunder, dass der Kuckuck nicht richtig rufen konnte, wenn nicht einmal die Klappe aufging.

»Shit, drei viertel zwölf! Hermanns Schnitzel!« Eilien klopfte auf den Tisch und verschwand in Richtung Küche.

Peer sah ihr nach. »Wie heißen noch die anderen Nachbarn von Frau Kuhn?«

»Zwischen ihr und Maik?« Peggy seufzte. »Da wohnt seit zwei Monaten niemand mehr. Krauses sind nach Schwerin gezogen. Betreutes Wohnen.«

»Na toll! Da wird man mal eben zum Krüppel und das halbe Dorf geht flöten!« Er lachte bitter. »Und Schwarzmeier auf der anderen Seite der Schilde, der interessiert sich sowieso für nichts und niemanden.«

»Wenn er mal zu Hause ist.«

»Eben. Dann sind also Röders die einzigen Zeugen für das Getorkel. Oder noch genauer: Maik ist der Einzige, der Frau Kuhn als Alkoholikerin darstellt.«

»Nicht ganz. Dr. Martensen auch.«

Peer tippte sich mit dem Zeigefinger auf die Unterlippe. »Kann Maik in ihren Garten gucken? Kann er das sehen?«

»Wie meinst du das? Warum sollte er so was erfinden? Was hätte er davon?«

»Keine Ahnung.«

»Und dann verschwört er sich mit der Ärztin?«

Die Erkenntnis durchzuckte Peer wie ein Blitz. »Nein!«, rief er so laut, dass Eilien aus der Küche schaute. Er gab ihr einen Wink und sie verschwand wieder. »Nein, andersrum!«, fuhr er leiser fort. »Sonja arbeitet doch bei Dr. Martensen. Was, wenn die Ärztin ihr den Floh mit dem Alkohol ins Ohr gesetzt hat und die Röders einfach davon ausgehen, dass Frau Kuhn grölend durch den Garten getorkelt sein muss?«

»Gibt es so was? Dass Zeugen etwas gesehen haben wollen, weil sie glauben, es muss so sein?«

»Keine Ahnung«, meinte Peer schulterzuckend, »ich schlag es nachher mal im Handbuch nach. Und heute Nachmittag befragen wir die beiden.«

»Wie, heute Nachmittag?« Peggy runzelte die Stirn. »Das geht nicht, ich muss nach Schwerin, Mama besuchen. Meinst du, du schaffst das allein?«

»Klar. Ich bin zwar nicht eng befreundet mit Maik, aber wir verstehen uns ganz gut.«

»Dann frag die beiden auf jeden Fall, warum Frau Kuhn sich nicht mehr um die Kinder kümmern durfte. Vor ein paar Wochen hat sie mir mit traurigen Augen davon erzählt. Gut, wenn Frau Kuhn tatsächlich ein Alkoholproblem gehabt hat, hätte ich mein Kind auch nicht mit ihr allein gelassen. Wenn!«

»Lauter offene Fragen.« Jetzt würde Peer seinen Trumpf ausspielen. Er zog die Stirn in Falten und seufzte. »Und Antworten darauf könnten wir am besten bekommen, wenn wir ins Haus von Frau Kuhn kämen.«

»Tolle Idee«, schnaubte Peggy. »Und wie?«

Grinsend zog er den Schlüssel aus der Tasche. »So?«

Peggys Augen wurden groß. »Woher hast du den?«

»Detektivgeheimnis.«

»Valentina Treskow.«

»Okay«, brummte Peer, »kein Detektivgeheimnis.«

»Wow, das ist klasse! Damit kommen wir endlich weiter. Gleich morgen früh. Ich hol dich um zehn ab.«

»Komm doch zum Frühstück vorbei.«

Peggy zögerte. »Wird das nicht zu viel für dich? Frühstück machen?«

»Zwei Scheiben mehr in den Toaster schieben? Das werde ich schaffen. Ich lasse mich auch sonst nicht von der Schwester mit Brei füttern.« Er sah zur Uhr. »So, jetzt müssen wir aufbrechen. Hermann kommt gleich. Der muss nicht alles mitkriegen. Reicht schon, dass Eilien ...«

Peggy stieß ihn an, in dem Moment hörte er die Schritte der Wirtin nahen.

»Noch'n Wunsch?«

»Nein danke! Was kriegst du, Eilien?«

Sie winkte ab. »Lass ma, jeht aufs Haus. Rolli-Bonus.«

»Wow, danke!«

»Aber nur einmal, jewöhn dich nich dranne!«

Peggy sah sie an. »Für mich auch?«

»Hör mal, Madame Pastorette, bin ick die Heilsarmee? Denn kann ick ja gleich die Bierkisten zur Selbstbedienung an die Straße stellen.«

Peer presste die Lippen aufeinander, um sein Grinsen zu verbergen. »Tja, harte Sitten in Mecklenburg. Sein Freibier muss man sich schon erarbeiten.« Er klopfte auf die Armlehnen seines Rollstuhls.

»Wirklich, Peer«, raunte Peggy kopfschüttelnd, während sie die Münzen aus ihrem Portemonnaie kramte.

Eilien lachte schallend. »Find ick jut! Ick kann ja'n Schild an die Straße stellen: Freibier für Rollifahrer. Mal kieken, wie sich die Unfallrate entwickelt.«

Der Kuckuck in der Uhr räusperte sich vernehmlich; im selben Moment knarrte die Eingangstür.

»So, Herzchen, ick muss. Der Chef will sein Schnitzel!«

17:40 Uhr

Peer war extra spät aufgebrochen, um Maik anzutreffen, doch der Plan war nicht aufgegangen: Als er bei den Röders auf die Auffahrt fuhr, stand der VW-Bus nicht da. Er hätte vorher anrufen sollen! Immerhin parkte Sonjas Smart auf dem Hof. Also rollte er an die Tür und klingelte.

Sonja öffnete nach kurzer Zeit. Ihre Tochter kam angelaufen und klammerte sich an ihr Bein. »Peer! Tachschön.

Wolltest du zu Maik? Der ist noch nicht da. Ist was mit eurer Heizung? Jetzt scheint's wirklich kalt zu werden.«

Er schaute auf die Kleine, dann auf Sonja. Die trug einen Jeansrock und ein grünes T-Shirt mit Pailletten am Kragen. Ihre Haare waren zu zwei Zöpfen geflochten, die sich wie eine Krone um ihren Kopf legten. Das warme Lächeln, mit dem sie ihn begrüßte, spiegelte sich in den leuchtenden Augen.

»Hallo Sonja. Nein, alles in Ordnung bei uns. Ich bin hier, weil mich eine Sache sehr beschäftigt und ich mehr darüber herausfinden muss.«

Sie nickte, schloss für einen Moment die Augen und bückte sich dann zu ihrer Tochter hinunter. »Kira, Schatz, gehst du zu deinem Bruder und spielst mit ihm?«

Das Mädchen schob sich hinter die Beine seiner Mutter. »Leon ist doof, der will nur mit Autos spielen.«

»Dann spiel doch einfach mit. Und morgen spielt ihr dann beide mit Puppen, ja?«

Die Kleine nickte zögernd, ließ ihre Mutter los und stapfte die Treppen hinauf.

Sonja wartete, bis ihre Tochter außer Hörweite war, und wandte sich mit ernstem Gesicht zu Peer. »Es geht um Gertruds Tod, oder? Komm rein.«

Sie leitete ihn in die Küche, wo eine Rolle Pizzateig auf einem Backblech lag. »Schlimme Sache mit Gertrud, was? Ich kann mir denken, dass im Dorf geredet wird.«

»Worüber?«

»Na ja, wer den Pick-up gefahren hat, wohin der verschwunden sein soll und so weiter.« Der Teig schmatzte leise, als sie ihn ausrollte.

»Und über den Alkohol?«

Sonjas Lider flatterten, sie griff nach dem Glas Tomatensoße und schraubte es auf. »Auch, vielleicht.«

Peer beobachtete ihre Reaktion genau. »Maik hat gesagt, Frau Kuhn ist betrunken durch ihren Garten getorkelt.«

»Hat er?« Gleichgültig verteilte sie die Soße auf dem Pizzaboden, nur ihre Hände schienen ein wenig zu zittern.

»Hast du sie mal betrunken erlebt?«

Sonja hielt inne, betrachtete das leere Glas in ihrer Hand, als stünde die Antwort darauf. »Ich ... glaube nicht. Ja, mitunter schwankte sie ein wenig. Aber ...«

»Wieso hat sie eure Kinder nicht mehr betreut?«, setzte Peer rasch nach.

Sie sah ihn an. »Was wird das hier? Bist du Polizist?«

»Ist die Frage denn ein Fall für die Polizei?«

»Peer, bitte. Ich bin hier beim Essenmachen. Ich kann jetzt nicht auf solche verstiegenen Fragen antworten.«

»Wieso verstiegen? Frau Kuhn hat früher eure Kinder betreut und tat es zuletzt nicht mehr. Warum?«

»Wir ... wir haben einen Kitaplatz gefunden.«

»Einen oder zwei?«

»Zwei natürlich. Wir hatten Glück.«

Ein Wagen brummte die Auffahrt herauf. Wenig später klickte ein Schlüssel im Schloss und die Haustür sprang auf. Laute Kinderrufe, Schritte trampelten die Treppe herab.

Sonja lächelte sacht. Sie schaute Peer an. »Er hat einen langen Tag hinter sich. Bedräng ihn nicht zu sehr. Er ... lass ihn einfach in Ruhe, ja? Bitte!«

Wieso bedrängen? Peer holte Atem, stockte. »Okay.«

Maik Röder betrat die Küche. »Peer!«

»Moin Maik!«

»Na, wieder unterwegs?«

»Jo.«

»Gut. Alles dicht bei euch? Heizung läuft?«

»Alles klar«, nickte Peer.

»Schlimme Sache mit Gertrud, was?« Maik ließ sich schwer neben Peer auf die Küchenbank fallen. Er brummte eine Weile kopfschüttelnd vor sich hin. »Irgendwann bekommt halt jeder, was er verdient«, murmelte er endlich.

Was war das? Peer bemühte sich, sich nichts anmerken zu lassen. Vielleicht redete Maik weiter; auf jeden Fall würde er nicht nachhaken.

Ein Messer fiel zu Boden, Sonja bückte sich, lächelte entschuldigend. »Maiki, Peer hat nach Gertrud gefragt.«

Maik sah ihn an.

Jetzt konnte Peer nicht länger schweigen. »Habt ihr viel Kontakt gehabt, als Nachbarn? Ich hab gehört, sie hat auf eure Kinder aufgepasst?«

»Schon. Früher.«

»Und wieso jetzt nicht mehr?«

»Weiß nicht. Hat sich so ergeben.«

»Aber Maiki!« Sonja fuhr zu ihm herum, das frisch gewaschene Messer zog eine Tropfenspur über die Fliesen. »Das ist doch wegen der Kita.«

Maik blickte sie an. »Richtig, ... wegen der Kita.«

»Hat Frau Kuhn denn so viel Geld verlangt?«, insistierte Peer. »Ich kann mir nicht vorstellen, dass sie teurer war als die Kita-Gebühren für zwei Kinder.«

»Mein Gott, Peer!« Sonja knallte das Messer auf den Tisch und funkelte ihn an. »Kannst du's nicht einfach gut sein lassen? Wenn du es genau wissen willst: Sie ...«, Sonja kniff die Augen zusammen, »sie hat sie geschlagen.«

»Was?« Maik fuhr vom Stuhl auf. »Sie hat was?«

Seine Frau zuckte zusammen, schluckte und sagte leise: »Ich weiß es nicht genau, ich hatte den Eindruck.« Sie sank auf den Küchenstuhl, vergrub das Gesicht in den Händen.

Am liebsten wäre Peer ohne weitere Fragen davongerollt. Doch er wusste, das konnte er nicht. »Und wieso habt ihr sie dann eingeladen?«

»Wann?«, brummte Maik.

»Als man sie totgefahren hat. Da wollte sie zu euch.«

»Wer sagt das?«

»Hat sie gesagt. Sonja hat sie angerufen und eingeladen.«

Maik sah seine Frau an, die blass und mit offenem Mund vor sich hinstarrte.

»Das ist nicht wahr«, flüsterte sie, »das ist nicht wahr.«

18:45 Uhr

Lassen Sie das bloß niemanden sehen! M.V.

Dieser Betreff war der einzige Inhalt der Mail von schnuppe1993@gmail.com. Wer mochte das sein? Peer nahm einen Schluck Cola und gabelte sich ein Cevapcici aus der Aluschale. Sollte er den Anhang öffnen? Der Satz klang sehr nach einer Spammail. Andererseits bestand der Anhang nur aus einer PDF-Datei, was konnte die für Schaden anrichten?

Er klickte auf das PDF-Symbol und wusste wenig später, wer Schnuppe1993 war. Und warum Polizeimeisterin Velten nicht ihre dienstliche Mailadresse benutzt hatte. Ein eingescannter Bogen mit der Überschrift »Opferprofil«, darin fein säuberlich zusammengetragen wichtige Informationen zu Gertrud Kuhn:

Geboren: 13.08.1936 in Fürstenwalde/Spree, Brandenburg;
Letzter Wohnort: Pokrenter Straße 6 in Vertikow (Gem. Pokrent), dort gemeldet seit 24.03.1993;
Vorheriger Wohnort: Neukruger Straße 69, Güstrow;
Beruf: Leiterin des staatlichen Kinderheims »Goldene Sonne«, seit Februar 1991 berentet;
Religionszugehörigkeit: keine;
Angehörige: nicht bekannt;
Soziales Umfeld: Kontakt zur Dorfgemeinschaft, mitunter Tagesmutter für die Familie Röder (Nachbarn), befreundet mit Valentina Treskow;

Finanzielle Situation: staatl. Rente (volle Bezüge!), keine laufenden Darlehen, Eigentümerin mehrerer Landflächen in und um Vertikow (zumeist verpachtet, s. Anlage).

Es folgte der Totenschein mit Angaben zum Gesundheitszustand – Frau Kuhn hatte tatsächlich Dr. Martensen als Hausärztin gehabt! Neben einem »Alkoholproblem« stand etwas von schwerem Rheuma und einem »metastasierenden Leberkarzinom« darin.

Peer sah auf. Krebs? Davon hatte ihm niemand erzählt. Hätten Hermann und die alte Treskow das nicht wissen müssen? Gut, er hatte nicht gefragt und auch von Frau Kuhns Rheuma nichts erfahren.

Aus den Unterlagen ging weiter hervor, dass eine DNA-Probe analysiert worden war. Man wollte wohl, sobald man ein verdächtiges Fahrzeug fand, prüfen, ob es Spuren von Frau Kuhn aufwies. Hätte das noch Erfolg? In Peers Kopf begannen andere Gedanken zu rotieren: Was man mit einer DNA-Probe alles anstellen könnte. Wenn man die nötigen Daten hatte, war das auf jeden Fall aussichtsreicher als das Suchen auf dem Friedhof.

Er scrollte zurück. Was sollte das rote Ausrufezeichen hinter der Berentung? Was war besonders daran, dass jemand die volle Rente bezog? Peer rechnete nach. Das war in der Tat auffällig: Frau Kuhn war im August 1936 geboren, beim Renteneintritt im Februar 1991 also keine 55 Jahre alt gewesen. Warum konnte sie bei vollen Bezügen so früh in Rente gehen? Den Krebs hatte sie damals sicher noch nicht gehabt. Und auch das Rheuma konnte nicht zur Erwerbsunfähigkeit geführt haben; dann hätte sie sich jetzt nicht mehr so gut bewegen können. Gab es nach der Wende vielleicht besondere Regelungen? Hatte man DDR-Personal loswerden wollen? Sicher wusste Hermann so etwas.

Peer scrollte den Bildschirm wieder hinunter, aber es folgte keine dritte Seite. Stand nicht etwas von einem Anhang im Profil? Wieso war der nicht dabei? Verdammt, er müsste sich bis morgen gedulden, um herauszufinden, was »mehrere Landflächen in und um Vertikow« bedeuten mochte. Und Geduld war nicht seine Paradedisziplin.

9. Oktober 2014

8:30 Uhr

Peer hatte sich gerade ins Kriminallehrbuch vertieft, las über die Zuverlässigkeit von Zeugenaussagen, als der Türgong ihn aufschreckte. Hatte die Schwester etwas vergessen? Womöglich wieder die Rohwedder, die ihm Rippenbraten zum Frühstück servieren wollte. Vielleicht war auch der alten Treskow noch etwas eingefallen.

Nein, viel besser: Als Peer in die Diele rollte, sah er eine blonde Lockenmähne durch die Milchglasscheibe schimmern. Andrea. Sie trug die Haare offen.

»Guten Morgen«, rief er, ehe die Tür ganz offen stand.

»Guten Morgen.« Sie trat ein.

»Womit hab ich die angenehme Überraschung verdient?«

»Ich muss zurück nach Grevesmühlen. Aber vorher wollte ich noch mal bei dir vorbeischauen.« Sie ließ den Blick schweifen. »Wirklich schön habt ihr es hier. Die Diele als Mittelpunkt des Hauses.«

Er geleitete sie ins Wohnzimmer. Während Andrea den Raum abschritt und er neben ihr herrollte, entspann sich ein belangloses Gespräch über Siedlungshäuser aus den 20er-Jahren und wie sie nach der Wende individuell umgebaut wurden, über den Vorteil von Kachelöfen gegenüber Kaminen, über die Frage, wie Peer ans Holz für den Ofen kam.

Irgendwann hatte er keine Lust mehr, bautechnische Fragen zu beantworten. »Warum bist du hier? Willst du selbst ein Haus kaufen? Oder dich nach meinen körperlichen Fähigkeiten erkundigen?«

»Nein.« Andreas Lächeln verschwand. »Wegen Dienstag, Peer, ich ...« Sie schluckte.

»Du brauchst nichts zu sagen.« Seine gute Laune, die Freude, sie zu sehen, schlug in Schwermut um. Er hatte sich etwas vorgemacht, vorgestern auf dem Friedhof. Niemand wollte eine Beziehung mit einem Krüppel führen. Das würde Andrea nicht so sagen, sie wäre feinfühliger. Aber es lief darauf hinaus.

»Oh doch! Schon am ersten Abend hab ich gespürt, dass da was ist. Ja, ich weiß, professionelle Distanz und so. Aber dein Blick, das kaum verhohlene Interesse ...«

»Wie? Das hast du gemerkt?« Peers Herz schlug schneller. Ihre Stimme klang, als hätte ihr das nicht missfallen.

»Natürlich! Eigentlich müssten alle es gemerkt haben. Gut, Jochen, mein Kollege, der merkt gar nichts. Doch deiner Frau ist es aufgefallen.«

Peer winkte ab. »Schon. Aber darum macht sie sich überhaupt keine Sorgen. Nicht mehr. Sie kann sich heute ja um genug andere Dinge Sorgen machen.«

»Und früher?«

Früher? Hatte es Sinn, darüber nachzudenken? Es gegenüber Andrea zu erwähnen? Was sollte das bringen? »Da war halt alles anders.«

»Das reicht mir nicht als Antwort. Was war anders?«

»Kommt da die unerbittliche Kommissarin durch?«

Andrea lächelte. »Wenn du willst. Ich würde es eher ...«, sie biss sich auf die Lippen, »als interessierte Frau bezeichnen. Puh!« Mit dem Kragen ihrer Lederjacke fächelte sie sich Luft zu, ihre Mundwinkel zuckten. »Ich lehne mich weit aus dem Fenster. Vielleicht sollte ich besser ...«

»Setz dich.« Peer staunte selbst über den bestimmten Tonfall in seiner Stimme.

»Peer, ich ...«, sie ließ sich auf einen Stuhl sinken und griff seine Hand, »ich will dir nichts vormachen. Ja, ich fühle mich zu dir hingezogen. Aber falls die Kuhn-Sache doch unser Fall werden sollte, will ich nicht so unprofessionell sein, was mit einem Zeugen anzufangen.«

Was war das? Sie fühlte sich zu ihm hingezogen! Er spürte ein Prickeln auf der Haut, der Oberkörper kribbelte, sein Puls beschleunigte sich. Andrea, dieses wunderbare Geschöpf, hatte Interesse an ihm!

»Kein Problem«, flüsterte er und schluckte. »Ich kann warten. Wenn der Fall abgeschlossen ist, reden wir noch mal drüber. Ich lauf dir nicht weg.«

»Ach Peer! Wie stellst du dir das vor? Mein Bruder wohnt bald hier. So eine«, sie hob die Augenbrauen, »so eine Affäre wäre rasch im Dorf rum.«

»Dann haben die Rohwedders und Treskows wenigstens was zum Reden.«

»Und du könntest nicht mehr auf die Straße treten.«

»Das kann ich sowieso nicht mehr.«

Andrea hob eine Hand vor den Mund. »Entschuldige, ich bin so blöd.«

»Blöd ist, sich wegen etwas Tratsch nicht zu trauen.«

»Und deine Frau?«, fiel sie ihm ins Wort. »Das ist ja wohl der wichtigste Grund: Du bist verheiratet.«

Peer sank in den Rollstuhl. Ja, er war verheiratet. Aber was bedeutete das? »Das war nie ein Problem. Wir sind ... waren beide ziemlich flippig, Spät-Hippies, die letzten Kommunarden und so.« Vor seinem inneren Auge sah er Sascha, die kleine Saschenka mit Blumen in den langen blonden Haaren. Die kleine Saschenka, wie sie nackt auf der Matratze lag und unter seinen Berührungen zuckte. Die kleine Saschenka, wie ihre Haare wild um den Kopf schwirrten, während sie sich von seinem WG-Genossen Thomas vögeln ließ und er die zwei filmte. »Bei Musikern erwartet man doch so was, oder?«

»Auch bei Kirchenmusikern?«, fragte Andrea irritiert.

»Das sind die Schlimmsten!« Peer grinste. »Na ja, gleich nach Politologie-Studentinnen. Jedenfalls war für uns klar, dass wir uns in der Beziehung nicht gegenseitig einschränken wollten. Jeder sollte die Erfahrungen machen, die er brauchte. Freiheit – das war die Maxime.«

»Und heute?«

Peer zögerte. Er würde nicht erzählen, dass mit der Hochzeit alles anders geworden war. Dass sie sich auf eine neue Zweisamkeit geeinigt hatten und es ihm lange schwerfiel, sich auf diese Zweisamkeit zu beschränken. Dass er mit seinen Eskapaden fast die Beziehung aufs Spiel gesetzt hatte, bis er begriff, dass er Sascha mehr als alles andere wollte – mehr als alle anderen. »Na ja, mit der Zeit sind wir ruhiger und gesetzter geworden. Hier und da ein Flirt, mehr läuft bei mir kaum.« Er wies auf seine Beine. »Und jetzt ...«

Andrea unterbrach ihn. »Jetzt sitzt du hier und bemitleidest dich, während eine Polizistin kurz davor ist, gegen all ihre Prinzipien zu verstoßen.«

Wieder fühlte Peer, wie ihn Glücksgefühle durchströmten, sein Körper vibrierte. »Na dann, Frau Polizistin, zurück zum Dienstlichen.« Er grinste. »Ich gehe davon aus, dass kein Staatsanwalt weiß, was ich hier mache, geschweige denn, sein Einverständnis gegeben hat.«

Sie erwiderte das Grinsen. »Man weiß nie, was Staatsanwälte so machen. Hat PM Velten das geglaubt?«

»Halb. Und lange wird sie das nicht mitmachen ohne etwas Schriftliches.«

»Beamte!«, stöhnte Andrea. »Hauptsache, sie spielt mit. Und was hast du sonst herausgefunden?«

»Ich hab mich mit Maik und Sonja Röder unterhalten.«

»Röder?« Überrascht sah sie ihn an.

»Ja, Frau Kuhns Nachbarn. Wieso?«

Andrea schüttelte den Kopf. »Nur so. Der Name ist mir neulich in einem Fall begegnet, aber ganz woanders. Und? Hat das Gespräch etwas ergeben?«

Peer berichtete von den Widersprüchen in den Aussagen der beiden und von Sonjas merkwürdiger Reaktion.

»Gute Arbeit«, lobte sie. »Die beiden verhalten sich in der Tat verdächtig. Warum streitet sie ab, Frau Kuhn angerufen zu haben? Und dann ist da Herrn Röders Aussage, dass er den Pick-up am Tatabend nicht gesehen hat.«

»Vielleicht hat er das einfach vergessen. Ich wüsste auch nicht zu sagen, welches Auto mir auf dem Weg von Pokrent hierher entgegengekommen ist. Oder der Wagen ist durch den Wald auf und davon.«

»Dafür hat der Bauer, Herr Schlüter, sich ganz genau daran erinnert, dass Frau Kuhn schon einmal beinahe angefahren wurde. Und zwar kurz vor dem zweiten Mal.«

Peer stockte der Atem. »Du meinst, Erich steckt mit drin?«

»Das habe ich nicht gesagt. Mir fiel nur auf, dass er der einzige Zeuge für diesen Vorfall ist. Und erstaunlich schnell am Unfallort war.«

»Habt ihr die Pick-ups im Ort untersucht? Gibt es da schon Hinweise? Dein Bruder hat ja auch welche.«

»Noch keine Ergebnisse. Rico ist etwas sauer, dass er auf seine Dienstwagen verzichten muss, aber sonst ...«

»Ich glaube nicht, dass es einer der Bauarbeiter war. Was für einen Grund sollten die haben, Frau Kuhn zu töten?«

Andrea nickte. »Dann wäre es wirklich ein Unfall gewesen. Wer weiß, vielleicht hat der Fahrer an der Brücke noch mal aufs Handy geschaut. Und die Schlingerlinien ... was, wenn *er* getrunken hatte? Es gibt ein paar Mitarbeiter, mit denen Rico da Probleme hat.« Sie griff erneut nach seiner Hand. »Aber genug damit. Deswegen bin ich nicht hier, nicht heute. Heute geht es nur um ...«

In diesem Moment summte Peers Smartphone. Er sah aufs Display und seufzte. »Doch, auch heute geht es darum. In einer Stunde kommt Peggy, die Frau vom Pastor. Mit der will ich ... noch mal die Einzelheiten durchsprechen.«

Sicher war es nicht ratsam, einer Polizistin zu erzählen, dass er ins Haus der alten Kuhn eindringen wollte, Schlüssel hin oder her. Nicht einmal Andrea sollte das wissen.

Sie stand wieder auf. »Klar. Kann ich dir helfen?«

Peer schaute ihr in die Augen. »Ich glaube nicht. Wenn du bleibst, führt das eher dazu, dass um zehn nichts fertig ist.«

10:40 Uhr

Peer musste sich während des Frühstücks mit Peggy Mühe geben, seine Euphorie im Zaum zu halten. Andrea war doch geblieben und hatte geholfen, alles vorzubereiten. Sie hatten geschäkert, sich Komplimente gemacht, sich gegenseitig auf den Arm genommen ... Ein bisschen hatte es sich angefühlt wie das erste gemeinsame Frühstück nach der ersten gemeinsamen Nacht. Dabei war Andrea lange vor der Mahlzeit gegangen, und eine gemeinsame Nacht würde es wohl nie geben. Egal! Es war wunderbar gewesen, mit ihr zusammen zu sein. Und während Peggy schon über den Fall sprach, war er noch bei Andreas blonden Engelhaaren, die sie immer wieder schwungvoll aus dem Gesicht geworfen hatte. Ihren knackigen Hintern, der in der engen Jeans umwerfend zur Geltung kam, hatte sie stets höher gereckt als nötig, wenn sie sich über den Tisch gebeugt hatte – so war es Peer jedenfalls vorgekommen.

»Was sagst du zu dem Plan, Peer?«

»Wie? Welcher Plan?«

Peggy sah ihn stirnrunzelnd an und schüttelte den Kopf. »Du hörst mir nicht zu!«

»Tut mir leid. Mich beschäftigt was anderes.« Zum Glück gab es wirklich etwas, das er mit Peggy klären wollte. »Weißt du was darüber, dass Frau Kuhn Krebs hatte?«

»Nein. Wer sagt das? Hermann?«

»Nein. Der wusste das genauso wenig wie Frau Treskow. Aber es steht in ihrer Krankenakte.«

Ihre Augen weiteten sich. »Und die hast du woher?«

»Da ist gestern eine Mail gekommen.«

»Und das wolltest du mir wann erzählen?«

Er senkte den Kopf. »Entschuldige. Ich war ein bisschen abgelenkt.«

»Ach was! Hauptsache, du bist nicht zu abgelenkt, um unseren heutigen Plan durchzuführen.«

»Plan?«

»Vergiss es! Ich deck den Tisch ab.«

11:30 Uhr

Nach einer knappen Stunde machten sie sich auf den Weg. Es war das erste Mal, dass Peer wieder die Pokrenter Straße hinauffuhr; vorbei an der Bushaltestelle, am Haus der Heintzes. Hier war die Katze herausgeschossen, die der kleinen Marleen beinahe zum Verhängnis geworden wäre. Hätte der Pick-up das Mädchen auch überfahren? Oder hätte er rechtzeitig gebremst?

»Du hörst mir immer noch nicht zu!«

»Was?«

»Sag ich doch!«, schnaubte Peggy und knuffte ihn gegen die Schulter. »Ich habe gefragt, ob du schon eine Vorstellung hast, wonach genau wir suchen.«

»Es gibt ein paar Dinge, die ich wissen will. Da müsste Frau Kuhn Akten drüber gehabt haben. Hast du zum Beispiel das mit dem Land gewusst? Sie soll eine Art Großgrundbesitzerin gewesen sein.«

Peggy blieb stehen. »Großgrundbesitzerin ist wohl zu viel gesagt. Aber irgendwer hat mal so was erwähnt, frag mich nicht, wann und wo. Seniorennachmittag, Osterfeuer, keine Ahnung.«

»Ach ja, und die Rentengeschichte interessiert mich.«

»Geschichte?«

»Sie ist mit 55 in Rente gegangen, bei vollen Bezügen.«

»Woher weißt du das plötzlich alles??«

Peer schluckte. »Tut mir leid, stand auch in der Mail.«

»So?«, knurrte Peggy, die Lippen gekräuselt, zwei Falten über der Nasenwurzel. »Schön, dass ich das immerhin jetzt erfahre.«

»Sorry, es gab irgendwie keine Gelegenheit ...«

»Nein, der Herr war ja beim Frühstück damit beschäftigt, mich selig lächelnd zu ignorieren.«

»Entschuldige. Ich bin zurzeit ein bisschen ...«

»Abgelenkt, ja.« Sie blieb direkt vor ihm stehen und stützte sich auf die beiden Armlehnen, ihr Gesicht nur ein paar Zentimeter von seinem entfernt. »Aber als Detektiv brauchst du deine Konzentration.«

Peer senkte den Kopf. »Ich weiß. Und gelobe Besserung, Chef.«

»Blödmann!«, blaffte Peggy und wandte sich um. Sicher war er sich nicht, aber kurz vor dem Umdrehen meinte er, ein Lächeln auf ihrem Gesicht gesehen zu haben.

Endlich standen sie vor Frau Kuhns Haus. Und vor dem ersten Problem: Zur Pforte führten zwei Stufen hinauf, zur Haustür noch einmal drei. Die einzige Möglichkeit für Peer, aufs Grundstück zu kommen, war die Auffahrt. Da Frau Kuhn aber kein Auto besaß, war das Tor mit einem Vorhängeschloss gesichert. Peer holte den Schlüsselbund aus der Tasche. Daran hingen genau zwei Schlüssel: für die Haustür und für den Briefkasten. Ob die alte Treskow das gewusst hatte und ihn auflaufen lassen wollte?

»Und jetzt?«

Peggy stemmte die Hände in die Hüften. »Sieht aus, als müsste ich rein und nach dem Torschlüssel suchen.«

»Und währenddessen steh ich hier als Deko rum?«

Ein Auto fuhr heran, bremste ab, der Fahrer musterte die beiden, ehe er langsam wieder beschleunigte.

»Na toll«, brummte Peer, »jeder der mich hier sieht, weiß doch sofort, was ich vorhab.«

»Reg dich ab, das war Harry Ritter aus Wakenstädt, der kennt dich nicht.«

»Aber dich. Und er wird nicht der Einzige sein, der hier vorbeikommt. Also such bitte schnell, ja?«

Peggy nickte, sah noch einmal die Straße hinauf und hinunter und huschte durch die Pforte zur Haustür. Sie winkte Peer zu und verschwand im Haus.

Da saß er. Eine Minute. Zwei. Fünf. Vier Autos waren an ihm vorbeigerollt – so gemächlich, dass die Fahrer ihn in aller Ruhe betrachten konnten. Einer hatte angehalten und gefragt, ob er ihm helfen könnte. Das war doch zu blöd! Peer setzte den Rollstuhl in Gang und fuhr bis zum Ortsschild. Er umrundete es zweimal und machte sich auf den Weg zurück. Als er das Kuhn-Haus passierte, war Peggy noch immer nicht zu sehen. Irgendwann musste sie diesen blöden Schlüssel finden! Er rollte über die Schildebrücke und näherte sich der Kirche, als sein Telefon klingelte.

»Mann, Peer, wo bleibst du?«

»Ich fahr rum, bis du das Tor aufschließt«, fauchte er.

»Das ist längst offen.«

»Hab ich nicht gesehen.«

»Mein Gott, ich kann doch bei einer Toten, die niemals Auto gefahren ist, nicht plötzlich das Gartentor offen stehen lassen. Oder mich hinters geschlossene Tor stellen und jedem, der vorbeifährt, freundlich zuwinken.«

Da hatte sie recht. »Ich komme.« Er wendete den Rolli.

Kaum hatte er das Haus von Frau Kuhn erreicht, schlüpfte Peggy aus der Tür und kam zum Tor gelaufen.

In diesem Moment rauschten zwei Autos heran und hielten keine zwanzig Meter entfernt am Kunze-Grundstück. Starr vor Schreck verfolgten Peer und Peggy, wie aus einem protzigen Van ein Mann in Anzug und Krawatte ausstieg. Den Golf dahinter verließ ein Paar mit einem etwa zwölfjährigen Jungen.

»... ruhige Wohnlage, optimal für junge Familien ...«, wehten Wortfetzen herüber. Der Mann im Anzug, offenbar der Makler der Kunzes, ließ seine ausgestreckten Arme über den Ort gleiten. »Die Nachbarfamilie hat ebenfalls zwei Kinder ...«, hörte Peer, während die Makler-Arme aufs Haus der Röders wiesen, »... und die alte Dame auf der anderen Seite ist vor Kurzem gest...« – Arme und Rede des Maklers erstarrten.

»Los, weg hier!«, flüsterte Peer und schob Peggy beiseite.

»Aaaaach! Wie nett!« Die Frau aus dem Golf trippelte heran. »Sie müssen die Nachbarn sein.« Sie streckte Peggy die Hand entgegen.

»Wissen Sie«, gab die ausweichend zurück, »in so einem kleinen Dorf sind wir ja alle Nachbarn.«

»Wie schööööön!« Die Frau gab Peer die Hand. »Ich find's toll, dass Sie sich trotz der Behinderung für ein Leben auf dem Dorf entschieden haben. Wir sind beide sehr offen und haben kein Problem mit Behinderten. Wenn Sie Hilfe brauchen, sagen Sie einfach Bescheid.« Sie kicherte kurz. »Herrje, ich weiß noch gar nicht, ob wir herziehen. Da hat Achim ja auch mitzureden. Na dann, tschüssi erst mal!«

Ohne Regung verfolgten Peer und Peggy, wie sie zurücktrippelte und sich wieder der Besichtigungsgruppe anschloss.

»Gott sei Dank«, murmelte Peggy, »sie schöpfen keinen Verdacht.«

»Die Frau nicht. Aber hast du nicht gehört? Der Makler weiß, dass wir nicht die Nachbarn sind, die hier wohnen.«

»Und jetzt?«

»Wir tun einfach, als seien wir die Kinder von Frau Kuhn, die sich um das Eigentum ihrer Mutter kümmern.«

»Meinst du, das nimmt er uns ab?« Sie linste zum Haus der Kunzes hinüber, wo der Makler ihr vom Treppenabsatz aus einen skeptischen Blick zuwarf.

»Nicht, wenn wir hier noch lange mit schuldbewussten Gesichtern rumstehen.«

Peggy ließ ihn glucksend ein und Peer rollte auf den Hof. Durch die Vordertür kam er nicht ins Haus, hoffentlich gab es auf der Rückseite eine Tür zu ebener Erde. Er lenkte seinen Rollstuhl um die Ecke und stoppte. Auf der Rückseite zog sich eine Terrasse über die halbe Hauslänge, zwei Stufen über dem Gartenniveau. Peer seufzte. Er würde von draußen verfolgen müssen, wie Peggy die einzelnen Räume durchsuchte – und zusätzlich durfte er noch darauf achten, dass er sich für den Makler nicht zu verdächtig machte. Na wunderbar!

Also verschwand Peggy hinter der Ecke und tauchte wenig später am ersten Fenster wieder auf, das auf Peers Höhe lag. Es gehörte zum Schlafzimmer. Sie öffnete Schrank um Schrank, berichtete ihm, was darin war, und reichte ihm mitunter ein Stück nach draußen.

»Schau mal rein! Dann hast du auch was zu tun.« Sie stellte eine Schmuckschatulle auf die Fensterbank.

»Danke, genau das Richtige für mich«, feixte Peer. »Hast du irgendwo Alkohol gefunden? Vielleicht im Nachtschrank als Schlummertrunk?«

Peggy schüttelte den Kopf.

»Und irgendwelche Medikamente?«

»Nee, hat sie bestimmt im Bad. Nach was suchst du?«

»Ich weiß nicht.« Er kniff die Augen zusammen, versuchte, sich die Szene in Erinnerung zu rufen. »Etwas war seltsam: Als sie mir im Garten beim Feuer geholfen hat, war sie flink wie ein Wiesel. Okay, ein altes Wiesel. Aber zwei Stunden später, wo sie nur eine ebene Straße entlanglief, wirkte sie plötzlich unsicher und hinfällig.«

»Und du meinst, sie hat sich mit Tabletten zugedröhnt?«

»Zumindest behauptet die Treskow steif und fest, dass es kein Alkohol war.«

»Gibt es vielleicht noch andere Möglichkeiten?«, fuhr Peggy ihn an. »Nicht jeder, der torkelt, ist auf Alkohol oder Drogen! Sie könnte Schmerztabletten genommen haben, die irgendwann aufgehört haben zu wirken. Außerdem war Gertrud 78. Die wird nach ihrem Einsatz als Lebensretterin fix und alle gewesen sein. In dem Alter erholt man sich nicht so schnell.«

Peer spürte, wie ihm das Blut in den Kopf stieg. Er seufzte. »Daran hab ich nicht gedacht.«

»Wie gut, dass du mich hast. Klare Arbeitsteilung: Du stellst die falschen Fragen und ich gebe die richtigen Antworten.« Peggy kicherte. »Nun mach dich mal über den Schmuck her, du Experte.«

Sie zog sich ins Schlafzimmer zurück und nahm sich den Kleiderschrank vor, während Peer die Kassette öffnete. Er ließ den Blick über die wenigen Ketten und Ringe gleiten, zwei Armbänder, zwei Uhren – das war's. Er klopfte Boden und Seiten des Kästchens ab, zog an den Perlenbesätzen, versuchte, die mit rotem Samt bezogene Bodenplatte abzuheben. Nichts.

Aus den Augenwinkeln nahm er eine Bewegung wahr: Vom Giebelfenster der Kunzes aus verfolgte der Makler jede seiner Bewegungen – und telefonierte dabei! Peers Kehle schnürte sich zu.

»Peggy!«

Ein Poltern drang durchs Fenster, gefolgt von einem leisen Schrei. »Was ist denn?«

»Entschuldige. Alles in Ordnung?«

»Nur ein paar Schuhkartons.«

»Wir müssen hier weg!«

»Wieso?« Sie trat ans Fenster.

»Weil der Makler gerade die Polizei ruft.« So unauffällig wie möglich nickte Peer zum Nachbarhaus. »Wenn die uns hier finden, gibt es Ärger.«

»Oh mein Gott!« Sie nahm Peer den Schmuckkasten ab und knallte ihn auf die Kommode zurück.

Sein Telefon klingelte. Das auch noch!

»Sind Sie zufällig gerade hinter dem Haus von Gertrud Kuhn?« Polizeimeisterin Velten. Peer atmete auf.

»Da ich der einzige Rollifahrer in Vertikow bin, ist Leugnen zwecklos, was?«

»Herr Wesendonk, was machen Sie denn wieder?«

»Auf jeden Fall behindere ich nicht die polizeilichen Ermittlungen – im Gegenteil, ich unterstütze Sie, wo ich kann.«

Ein lang gezogenes Seufzen. »Ich gehe davon aus, dass Kommissarin Templin das abgesegnet hat.«

»Natürlich«, versicherte er rasch. »Hat sie Ihnen das nicht gesagt?«

»Nein. Dafür habe ich Herrn Burland, dem Makler nebenan, gesagt, dass Sie sich ums Haus Ihrer Mutter kümmern. Er denkt jetzt, alles hat seine Richtigkeit. Und ich hoffe sehr, dass er sich da nicht täuscht.«

»Aber nein, Frau Velten. Ach, und noch vielen Dank für die Mail. Die hat mir echt weitergeholfen.«

»Hören Sie bloß auf!«

Als er das Tuten in der Leitung hörte, steckte er erleichtert das Telefon in die Tasche.

»Sag mal, was machen wir, wenn wir hinten fertig sind?« Peggy lehnte sich zu ihm heraus. »Ich habe keine Lust, ständig Anrufe von der Polizei zu bekommen, weil dich jemand vor dem offenen Fenster einer Toten sitzen sieht.«

»Dann musst du wohl mit jedem wichtigen Fundstück zu mir nach hinten kommen.«

Peggy nickte seufzend. »Muss ich wohl. Bis jetzt ist jedenfalls nichts Relevantes aufgetaucht. Aber merkwürdig: Alles hier wirkt eher ärmlich, dabei soll Gertrud eine Menge Geld gehabt haben.«

»Sagt wer?«

»Einige im Dorf. Sogar Valentina Treskow. Und als ich Gertrud damals angesprochen hab, kurz nachdem sie hergezogen ist – ich dachte, eine DDR-Rentnerin könnte ein wenig Unterstützung gebrauchen –, hat sie selbst zu mir gesagt, sie hätte mehr als genug.«

Peers Herz schlug schneller. »Dann hat der Erbe sie umgebracht.«

»Du und deine Spekulationen. Wir wissen ja nicht mal, ob sie einen Erben hat. Womöglich kriegt Vater Staat alles. Und der bringt keine alten Frauen um.«

»Nicht direkt zumindest.«

»Oder sie hat tatsächlich davon Grundstücke gekauft.«

»Die kriegst du hier doch nachgeschmissen!«

»Na, abwarten. Vielleicht finde ich noch was. Wertvolle Gemälde, goldene Teller ...«

»... ein geheimes Rauschgiftdepot.«

»Du Spinner«, stöhnte Peggy. »Ich geh ins Bad.«

Während sie das Badezimmer auf der Vorderseite des Hauses untersuchte, schaute Peer aus dem Augenwinkel zum Nachbarhaus. Durch die Tannen machte er Bewegung in dem Raum aus, der die Küche sein musste. Sie hatten das Interesse verloren. Er atmete auf. In dem Moment tippte ihm jemand auf die Schulter. Peer zuckte zusammen, sein Kopf fuhr so schnell herum, dass ein Wirbel knackte.

»Was machen Sie da? Sind Sie Einbrecher?« Offenbar fand der Junge aus dem Golf Hausbesichtigungen deutlich weniger interessant als Hausfriedensbruch.

»Nein, natürlich nicht.« Peer war es, als könnte man seine Worte über dem hämmernden Puls kaum hören. »Wir sehen nur nach dem Rechten. Meine Mutter hat hier gewohnt und ist vor Kurzem gestorben.« Lügen einer Polizistin durfte man bestimmt weiterverbreiten.

»Verstehe«, raunte der Junge, verschränkte die Hände hinter dem Rücken und zog die Augenbrauen zusammen, sodass sich auf seiner Stirn eine Falte bildete. »Und jetzt suchen Sie das Geld.«

»Wie?«

»Ist doch immer so. Wenn jemand stirbt, kommen die Kinder und suchen nach dem Geld.«

»Wir nicht«, beteuerte Peer, »wir wollen wissen, warum Frau Kuhn gestorben ist.«

»Ach so.« Die Falte auf der Stirn des Jungen vertiefte sich. »Und Sie nennen Ihre Mutter Frau Kuhn?«

Verdammt! »Insider«, stammelte Peer, »war so bei uns.«

»Dann hat sie Sie Herr Kuhn genannt?«

»Wie heißt du eigentlich?« Hoffentlich ließ sich der Junge auf den Themenwechsel ein.

»Irrelevant. Meine Eltern kaufen das Haus sowieso nicht. Wir werden uns nie wieder begegnen.« Er musterte das Bedienfeld von Peers Rollstuhl.

»Deshalb interessiert dich das Haus nicht.«

»Korrekt. Ich habe oft genug gehört: ›Guck mal, das wird dein Zimmer!‹, und nichts ist daraus geworden. Das wird auch diesmal so sein.«

»Schade.« Erstaunt stellte Peer fest, dass er meinte, was er sagte. Der Junge gefiel ihm, auch wenn er ein wenig unheimlich wirkte. Vielleicht gefiel ihm genau das. »Hättest du Lust, uns zu helfen? Ich komm ja nicht rein.«

»Klar. Gemeinsam finden wir sicher, was Sie suchen.«

Der Junge nahm Anlauf und hangelte sich durchs Schlafzimmerfenster. Ehe Peer etwas sagen konnte, verschwand er im Haus.

Ein Schrei gellte heraus. Peggy erschien mit hochrotem Kopf im Fenster. »Peer«, flüsterte sie, »wer zum ... ist das?«

»Irrelevant. Er hilft uns suchen.«

Es kostete Peer ein wenig Mühe, Peggy zu überzeugen. Und am Anfang sah sie dem Jungen genau auf die Finger. Aber nachdem er die Küche zu ihrer Zufriedenheit durchsucht hatte, ließ sie ihn im Wohnzimmer gewähren.

Den letzten Raum, das Arbeitszimmer von Frau Kuhn, inspizierten sie gemeinsam, Peggy und der Junge von innen, Peer von außen.

»Ich hätte gleich hier begonnen«, sagte der Junge.

Peggy verdrehte die Augen. »Haben wir aber nicht. Das Beste zum Schluss.« Stöhnend wandte sie sich an Peer. »Akten über Akten.«

»Dann reich mir welche raus und wir sehen sie gemeinsam durch. Hab ich auch was zu tun.«

»Die meisten dürften belanglos sein«, dozierte der Junge, »Gas, Wasser, Strom, Holz, Reparaturen – das können wir uns alles sparen.«

»Wird gemacht, Chef!« Peggy rollte mit den Augen.

»Vorteil: Sie müssen die Ordner nicht wieder einsortieren.«

»Wieso einsortieren?«, fragte sie unwillig. »Das wird doch alles weggeschmissen.«

»Aber wenn jemand ins Haus kommt und wüste Unordnung vorfindet, wird der mit Sicherheit Verdacht schöpfen«, setzte der Junge nach.

»Das ist ja in unserem Sinne. Dann wird der Fall vielleicht offiziell untersucht.«

»Und als Erstes findet man Ihre Fingerabdrücke.« Er schaute Peggy direkt an. »Vor allem Ihre! Ist das auch in Ihrem Sinne?«

Peggys Gesicht wurde weiß wie der Putz der Hauswand. »Oh mein Gott! Du meinst ...« Sie sackte in sich zusammen. »Und welche Ordner sollen wir anschauen?«

Der Junge musterte die Reihen in den Regalen. »Am besten übernehmen Sie den Ordner ›Land‹ und Herr Kuhn den Ordner ›Rente‹.«

»Herr Kuhn?«

»Insider«, sagte der Junge, ohne das Gesicht zu verziehen, und reichte Peer einen Ordner. »Ich werde mir die Kontoauszüge ansehen.«

Grinsend betrachtete Peer Peggys verblüfftes Gesicht, ehe er sich den Rentenordner vornahm. Frau Kuhns Ordnungssinn war bemerkenswert. Jedes einzelne Schreiben war nach Datum sortiert, wichtige Inhalte und der jeweils aktuelle Rentenbetrag mit gelbem Textmarker hervorgehoben. Wer zu viel Zeit hatte ...

Er blätterte die Seiten sorgfältig durch, bis zum hintersten Blatt. Es war vom 23.04.1993 und bestätigte die Speicherung der neuen Adresse in Vertikow. »Gibt es noch einen zweiten Rentenordner?«, fragte Peer und reichte die Akte wieder hinauf.

»Nicht hier im Regal.«

»Merkwürdig: Wenn sie seit Februar '91 Rente bezogen hat, wieso beginnt dieser Ordner erst im April 1993?«

»Seltsam, nicht?« Auf der Stirn des Jungen zeigte sich wieder die Falte. »Dasselbe haben wir bei den Kontoauszügen, der GEZ und der Krankenkasse. Alle beginnen erst im April 1993.«

»Die hast du alle schon durch?«, staunte Peggy.

»Und ich wage die Prognose, dass auch die anderen Ordner erst im April 1993 beginnen.« Er verschränkte die Hände vor der Brust. »Aber warum?«

»Zu dem Zeitpunkt ist sie hergezogen«, antwortete Peer. »Vielleicht war das für sie so eine Art Neuanfang.«

Das Kopfschütteln des Jungen war kaum wahrnehmbar. »Jemand, der sein Leben so penibel im Griff hat, trennt sich nicht ohne guten Grund von seinen Daten.«

»Woher weißt du das? Lebenserfahrung?« Ein Anflug von Ironie schwang in Peggys Frage mit. Doch der Junge hob nur eine Augenbraue.

»Was mich viel mehr interessieren würde«, warf Peer ein, »wie hoch ist eine Standard-DDR-Rente?«

Peggy blies die Backen auf und wollte gerade antworten, als der Junge anfing: »Damals hat man einen festen Beitrag zur Sozialversicherung eingezahlt, einheitlich 60 Mark im Monat, dadurch wusste man genau, wie viel Rente man am Ende bekommt.«

»Es gab also eine Einheitsrente? Wie hoch war die?«

»Das hing von der Dauer der Werktätigkeit ab. Außerdem gab es eine Art Zusatzrente, die FZR. Wer viel verdient hat, konnte noch einmal bis zu 60 Mark einzahlen und hat eine entsprechend höhere Rente bekommen.«

»Woher weißt du das alles?« Jetzt mischte sich tatsächlich ein bewundernder Unterton in Peggys Stimme.

Er hob sein Smartphone. »Steht alles bei Wikipedia.«

»Und meint ihr, bei dieser Einheitsrente kämen inklusive FZR 3700 DM Rente raus?«

Peggys Augen wurden groß. »Wie viel?«

»3700. Das ist die erste Summe, die da steht.«

»Das sind über 1800 Euro. 1993? Bestimmt nicht, vielleicht die Hälfte.« Sie griff nach dem Ordner. »Zeig mal!«

»Bekam sie als Leiterin eines Kinderheims besondere Prämien? Oder war sie eine verdiente Bürgerin der DDR? Vielleicht sogar«, Peer senkte die Stimme, »Stasi-IM?«

Der Junge runzelte die Stirn. »Müssten Sie das nicht wissen über Ihre Mutter?«

Peer sah ihn an. »Irrelevant«, gab er grinsend zurück.

Peggy sah zwischen den beiden hin und her, schien es aber aufgegeben zu haben, nachzufragen. »Wenn sie IM gewesen wäre, wär das längst rausgekommen und dann hätte man bestimmt die Rente gekürzt.« Sie legte die Stirn in Falten. »Wieso bekam sie so viel Geld? Immerhin wissen wir jetzt, dass sie die Landkäufe locker finanzieren konnte.«

»Und dass noch einiges übrig geblieben sein dürfte.«

Ein Pfiff ertönte. Der Junge sah auf. »Mein Vater ruft. Sie haben sich entschieden.« Er sprang aus dem Fenster und reichte Peer die Hand. »Hat mich sehr gefreut, Herr Kuhn.« Dann nickte er Peggy zu. »Wiedersehen.«

Er drehte sich um und ging mit gemessenen Schritten davon, so aufrecht und elegant, dass ihm nur Gehstock und Zylinder fehlten.

Peggy sah ihm nach. »Mein Gott, was war das?«

»Irrelevant«, meinte Peer schulterzuckend.

»Meinst du, er ist vertrauenswürdig?«

»Wieso?«

»Nicht, dass er ausplaudert, was wir entdeckt haben.«

Daran hatte er in der Tat nicht gedacht. Aber jetzt war es zu spät, sich Gedanken darum zu machen. Er wies auf den grünen Ordner in Peggys Hand. »Was hast du gefunden?«

»Sie hat tatsächlich eine Menge Grund und Boden von den Dörflern zusammengeklaubt. Nach und nach. Die Nummern der Flurstücke in den Verträgen sagen mir nicht viel, zum Glück sind Karten beigefügt.« Sie riss eines der Blätter aus dem Ordner. »Schau: die Pfaffenwisch, das Feld am Mühlenredder, das hinter ihrem Haus, einen Großteil der Obstwiese an der Schilde und die halbe Mühlenwisch.«

»Fast ein zusammenhängendes Areal«, staunte Peer, »bis auf den Rest der Mühlenwisch. Und Raffaels Grundstück.«

»Und die beiden Straßen. Was wollte sie damit? Eine Ferienhaussiedlung bauen?«

Peer grinste. »Hier im Nichts? Eher einen Gewerbepark.«

Peggy schürzte die Lippen. »Oder teuer verkaufen.«

»Ich bitte dich! Wer kauft ein Grundstück in Vertikow? Außer so Verrückte wie wir.«

»Vielleicht die Eltern von dem verrückten Kind.«

13:30 Uhr

Aus der Seitentasche des Rollstuhls ertönte der Big-Ben-Gong. Peer stöhnte. Das hatte er völlig vergessen.

»Was ist los? Termine?«

Seine Kehle schnürte sich zusammen. Schweiß trat ihm auf die Stirn. Was sollte er sagen? »Ich muss nach Hause.«

Er wusste, er konnte mit Peggy über alles reden. Theoretisch. Aber er brachte es nicht über sich. Nicht einmal Sascha kannte alle Einzelheiten über seine Schließmuskeln, sein Blasenvolumen und das regelmäßige Katheterisieren.

»Ein Medikament nehmen«, presste er hervor.

»Oh, klar. Willst du den Land-Ordner mitnehmen?« Peggy hob die Akte. »Ich kann ihn morgen zurückbringen.«

»Gute Idee«, brummte Peer und wendete den Rollstuhl. Warum hatte er den Einmal-Katheter nicht mitgenommen? Dann hätte er ... ja, was? Sich hinter einem Busch verkriechen und über ein Plastikrohr die Blase entleeren können, während der Makler ihn mit dem Handy filmte? Immerhin funktionierte die Idee der Ärztin: Er war so abgelenkt durch die Ermittlungen, dass seine Gedanken nicht mehr nur um die Einzelheiten der Lähmung kreisten. Wer weiß, vielleicht wäre er in ein paar Monaten nicht mehr der Detektiv spielende Rollifahrer, sondern einfach Ermittler mit Handicap. Ach Peer, vergiss es, ein Detektiv wird nie aus dir!

»Peer, nun warte doch mal!«, rief Peggy aus dem Fenster. »So eilig kann es ja nicht sein.«

Oh doch, es war eilig. Schließlich musste er noch nach Hause, den Rollstuhl wechseln und ins Bad. In der Reha hatte er Schauermärchen darüber gehört, was passieren konnte, wenn die Blase nicht rechtzeitig geleert wurde. Wie gut, dass der Junge den einen Flügel des Gartentors offen gelassen hatte, so war der Weg frei.

»Peer!« Kurz bevor er das Tor erreichte, kam Peggy aus der Haustür gelaufen.

Er sah sich zu ihr um.

»Vorsicht!«, schrie sie und riss die Augen auf.

Zu spät! Im selben Moment ging ein Stoß durch den Rollstuhl. Peer hatte ihn mit voller Geschwindigkeit gegen den anderen Torflügel gelenkt. Die Wucht des Aufpralls warf ihn nach vorn; ehe er sich besinnen konnte, flog er auf die Straße. Wie in Zeitlupe sah er sich stürzen – der ewig lange Flug, die Scheinwerfer des Autos, das Schleifen von Metall – nein! Nicht noch einmal! Zum Glück funktionierten seine Reflexe, er konnte sich mit den Händen abstützen.

»Oh Gott, Peer!« Wie der Blitz war Peggy da und hockte sich neben ihn. »Alles in Ordnung?«

Peer nickte. »Meine Hände tun weh, aber sonst ...« Sonst hing er da, mit zitternden Armen auf der Straße, ohne den blassesten Schimmer, wie er zurück in den Rollstuhl kommen sollte. Nein, nichts war in Ordnung.

»Kann ich dir irgendwie helfen?«

»Siehst du nicht?«, schrie er. »Mir kann keiner helfen!«

Er spürte, dass ihm Tränen über die Wangen liefen. Peggy war zurückgewichen und stand stocksteif neben ihm. Ihre Lippen zitterten ebenfalls.

Er schloss die Augen. Was tat er da? Peggy war seine einzige Chance. »Tut mir leid. Ich bin ein Idiot. Hilfst du mir?«

Sie hockte sich wieder zu ihm. »Natürlich. Wie kommt man am besten zurück in den Rollstuhl?«

»Keine Ahnung.«

»Hast du das nicht gelernt?«

»Nicht direkt.« Vor allem hatte es ihn nie interessiert. Jeder hatte ihm gesagt, er würde nie mehr aus dem Rollstuhl herauskommen; wieso sollte er dann lernen, wie er wieder hineinkäme? Er hatte ja nicht ahnen können, dass er so bald als Häufchen Elend auf der Pokrenter Straße landen würde.

»Erst mal musst du von der Straße runter.« Sie versuchte, ihn zur Seite zu ziehen. »Mann, bist du schwer.«

»Ja«, keuchte er, »auch lahme Beine wiegen.« Er griff nach einer Strebe des Stuhls, zog mit aller Kraft, um seinen Körper hochzuwuchten. »Fass mal mit an!«

»Wo denn?«

»Ich weiß nicht.«

Peggy zog und zerrte an ihm, sank schließlich auf dem Randstreifen ächzend neben ihn. »Hat keinen Zweck.«

»Trotzdem danke«, japste Peer, »immerhin bin ich in Sicherheit. Jetzt brauch ich nur noch einen starken Kerl, der mir reinhilft.«

Er kauerte am Straßenrand und kämpfte gegen die Erschöpfung. Wenigstens waren der Makler und die Familie nicht mehr da. Die Schmach, den hilflosen Krüppel vor Publikum zu geben, blieb ihm erspart.

Eine gefühlte Ewigkeit später kam ein grüner Lieferwagen um den Radenowschen Berg und rollte heran.

»Wie bestellt«, rief Peggy, »ein starker Kerl.«

»Wer ist das?«

»Rico.«

»Meinetwegen«, seufzte Peer. Inzwischen war ihm alles egal. Auch, dass ihm ausgerechnet der Mann unter die Achseln greifen würde, der eine Armada potenzieller Tatfahrzeuge im Fuhrpark hatte. Der ihm vorgestern gedroht hatte, sich aus der Sache herauszuhalten, und ihn jetzt dabei erwischte, wie er sich nicht heraushielt.

»Mach das Tor zu, schnell!«, rief er.

Peggy sprang auf. »Zu spät.« Sie hielt den Wagen an.

Rico kam heraus, lief zu Peer. »Was ist passiert?«

»Bin aus dem Stuhl gekippt. Könntest du ...?«

»Klar. Mannmannmann, du machst Sachen.« Rico trat vor ihn. »Peggy, geh hinter den Stuhl!« Er griff Peer unter die Arme, hob ihn ächzend hoch. »Und jetzt schieb!«

Eine Sekunde später saß Peer wieder im Rollstuhl. Die Hose war über dem rechten Knie aufgerissen. Zu Hause müsste er nachsehen, ob das Knie selbst noch heil war. »Danke.« Er streckte die Hand aus.

»Kein Problem.« Rico griff sie und schüttelte sie. »Ist doch normal unter Nachbarn. Wie ist das passiert? Habt ihr'n Ausflug gemacht?« Er schaute die Straße entlang. »Hm, alles eben. Wenn du hier schon nen Unfall baust, solltest du dich nicht mehr auf den Lindenweg wagen!« Er lachte. Dann fiel sein Blick auf das offene Tor. Das Lachen erstarb.

»Nein«, sagte Peggy rasch und schaute zum Haus. »Wir wollten mal ... nach dem Rechten sehen. Ob ... alles zu ist, im Garten alles in Ordnung und so. Kümmert sich ja keiner mehr drum.«

Rico runzelte die Stirn. »Und das da?« Er wies auf den grünen Aktenordner neben der Pforte. »Ihr schnüffelt doch nicht etwa hier rum?«

»Ach was«, kiekste Peggy, »das ist meiner, der ist mir vor Schreck aus der Hand gefallen.«

Peer schaute sie an. Ob er es auch geschafft hätte, dabei so treuherzig dreinzuschauen?

»So so«, Rico griff sich mit der Hand in den Nacken. »Lasst euch nicht einfallen, die Nase in Dinge zu stecken, die euch nichts angehen. Haltet euch da raus! Das ist Sache der Polizei!«

»Die tut ja nichts«, entfuhr es Peer.

»Dann hat das, verdammt noch mal, seinen Grund!« Ricos Gesicht hatte eine hellrote Farbe angenommen. »Hier gibt's nichts rumzuschnüffeln! Wenn ich euch noch mal erwische, zeige ich euch an wegen ... was weiß ich, Hausfriedensbruch!« Er beugte sich zu Peer. »Wegen dir sind schon meine Wagen lahmgelegt. Überspann den Bogen nicht!« Er stieg in den Wagen und brauste davon.

»Was ist denn mit dem los?« Peggy schüttelte den Kopf.

»Keine Ahnung, aber er macht mir ein bisschen Angst.« Peer sah dem Kastenwagen nach, sein Puls raste. »Er hat mir vorgestern schon gedroht, wenn auch nicht so massiv. Meinst du, er hat was zu verbergen?«

»Ich weiß nicht. Aber in dem Zusammenhang fällt mir was ein: Vor ein paar Monaten, kurz, nachdem Rico angefangen hat mit dem Bau, hat er mich mal nach Gertrud Kuhn gefragt. Ich hielt das einfach für Interesse an den Nachbarn, er hat das Grundstück ja von ihr gekauft. Aber die Fragen waren schon speziell. Nicht nur, wie sie als Mensch ist, auch, was sie von Beruf war, wo sie gearbeitet hat und wie lange. Ich hab mich damals schon gewundert, warum er sie nicht selbst gefragt hat.«

»Und jetzt?«

Peggy biss sich auf die Lippen. »Jetzt denke ich, wenn er so übertrieben reagiert, könnte mehr dahinterstecken. Sonst wär ihm doch egal, was wir machen, oder?«

Peers Augen verengten sich zu Schlitzen, er atmete tief durch. »Oder eben nicht. Womöglich hat er die Kuhn beim Grundstückskauf übers Ohr gehauen. Oder sie mit irgendwas erpresst und das Land umsonst bekommen?«

»So ein Blödsinn!«, rief Peggy. »Halt mal deine Fantasie im Zaum. Du bist Detektiv, kein Märchenerzähler.«

»Ich bin Musiker, kein Detektiv.«

»Noch ein Grund mehr, sich vor Spekulationen zu hüten.« Langsam ging sie zurück und sammelte den Ordner auf. »Willst du ihn mitnehmen?«

»Das ist doch deiner, der dir vor Schreck aus der Hand gefallen ist«, frotzelte Peer. »Na, gib schon her.«

Sie packte den Ordner in das Netz hinter der Rückenlehne. »Sag mal, musstest du nicht dringend nach Hause?«

Es durchfuhr ihn siedend heiß. »Oh Scheiße!«

14:45 Uhr

Wie lange er so da gesessen hatte, wusste Peer nicht. Sobald Peggy fort war, hatte er die Hände gründlich gewaschen und desinfiziert. Das Desinfektionsmittel brannte wie Salzsäure in den Schürfwunden, aber es nützte nichts: Erst so konnte er sich endlich katheterisieren. Die Urinmenge war auch eine Stunde nach der regulären Zeit nicht wesentlich größer gewesen – kein Grund zur Sorge.

Nun saß er regungslos vor der Kaffeemaschine. Irgendetwas stimmte nicht. Peer nahm die Hände vom Gesicht, schaute darauf. Sie waren nicht nur aufgeschürft, sie waren feucht. Verdammt, er heulte! Wie jämmerlich! Was war aus ihm geworden? Auf die Straße gepurzelt, weil er pinkeln musste. Wie sollte so ein Weichei einen Mord aufklären? Nimm dich zusammen, Peer!

Aber war er dazu in der Lage? Diese Ermittlersache war von vornherein eine Schnapsidee gewesen! Wie waren Hermann und die alte Treskow nur auf den Gedanken gekommen, er könnte Detektiv spielen? Ohne deren Aufforderung hätte er nie Nachforschungen angestellt. Gut, der alten Treskow traute er zu, dass sie ihn dumm dastehen lassen, ihm eine Lektion erteilen wollte. Aber Hermann war ein Vertrauter, fast ein Freund. Und ein weiser alter Mann. Zumindest besaß er Menschenkenntnis. Hatte im Leben genug erlebt, um Peers Situation einschätzen zu können. Hermann meinte, er könnte das schaffen – und Peer wollte ihm nicht das Gegenteil beweisen. Er wischte das Gesicht trocken und schaltete die Kaffeemaschine ein.

Das Tablett mit Thermoskanne, Becher und Zucker auf dem Schoß, rollte er durch Diele und Wohnzimmer ins Musikzimmer an seinen Laptop. Höchste Zeit, Ordnung in die Dinge zu bringen, die er in den letzten Tagen erfahren hatte. Peer öffnete das Mindmap-Programm und legte einen zentralen Punkt »Verdächtige« an. Um das Feld herum gruppierte er »Maik«, »Sonja (?)«, »Rico«, »Bauarbeiter« und »Unbekannter«.

Er starrte auf den Monitor. Das ging so nicht! Also löschte er alles, schrieb in die Mitte »Fall Gertrud Kuhn« und setzte die Wörter »Verdächtige« und »Zeugen« zu beiden Seiten. Wie von Zauberhand erschienen Rahmen um die Wörter und Verbindungslinien zwischen den Kästen. Aber wer gehörte jetzt wohin?

Rico hatte sich auffällig verhalten. Vorhin und vorgestern: Was hatte er auf dem Lindenweg gewollt? Die Kiesgrube lag in entgegengesetzter Richtung. Und von einem Förster Bauholz für einen Carport zu holen, war mehr als abwegig – erst recht für einen Bauunternehmer! Außerdem besaß er vier Pick-ups, von denen einer fehlte ...

Aber wenn Rico in der Sache steckte, wie würde Andrea damit umgehen? Sicher zöge man sie wegen Befangenheit von dem Fall ab. Sofern sie es zu diesem Verdacht kommen ließe. Er schloss die Augen und zwang sich, Andrea ohne Emotionen zu betrachten; versuchte es zumindest. Traute er ihr zu, dass sie Hinweise vertuschte, um ihren Bruder zu schützen? Wenn sie davon wüsste. Und womöglich tat sie das.

Auf jeden Fall setzte er Rico auf die Seite mit den Verdächtigen. Und natürlich Maik. Er hätte seinen Kastenwagen im Wald parken und nach dem Mord an Frau Kuhn rasch umsteigen können.

Peer holte das Detektiv-Lehrbuch hervor und blätterte darin. Irgendwo hatte er doch ... da: Motiv, Mittel und Gelegenheit. Die Gelegenheit hatte Maik. Aber wäre es nicht schlauer gewesen, zu erzählen, dass der Wagen mit hoher Geschwindigkeit an ihm vorbeigefahren wäre? Egal, Maik blieb einer der Verdächtigen.

Zwei weitere Kästen kamen auf diese Seite, auch wenn sie nicht weiterhalfen: »Bauarbeiter« und »Unbekannter«. Wie sollte er da eine Spur finden? Rico würde ihn von der Baustelle jagen, wenn er die Angestellten befragen wollte.

Sonja kam vorerst auf die Seite der Zeugen. Natürlich konnte es sein, dass sie gelogen hatte und Maik die Wahrheit sagte. Sie hatte keine Zeugen dafür, dass sie bis 18:00 Uhr in der Praxis von Dr. Martensen an der Anmeldung gesessen hatte. Trotzdem hatte Peer das Gefühl, dass sie unschuldig war.

Aber Moment: Dr. Martensen. Ihrem Totenschein war es zu verdanken, dass Frau Kuhn nicht obduziert worden war. Warum war ihr das so wichtig gewesen? Und wieso hatte sie diese Alkoholgeschichte in die Welt gesetzt? Peer runzelte die Stirn. Zeugin oder Verdächtige? »Verdächtige«, murmelte er und schob den Kasten nach links.

So füllte er nach und nach den Bildschirm, erst mit Namen, dann mit Aussagen, Alibis und persönlichen Verdachtsmomenten. Zufrieden lehnte er sich zurück. Das sah gut aus, richtig professionell. Und was stellte er jetzt damit an? Er warf einen weiteren Blick ins Buch, auf die Seite hinter dem Foto mit der Mindmap. »Denken Sie daran, alle Erkenntnisse festzuhalten und Ihre Skizzen so flexibel zu halten, dass Sie sie ggf. leicht anpassen können. Schnell wird ein Zeuge zum Verdächtigen.«

Sein Blick fiel auf den Kasten mit Erich – noch stand er unter den Zeugen. Obwohl Andrea nicht von seiner Unschuld überzeugt war. Aber Peer kannte Erich, er würde nie einem Menschen etwas zuleide tun. Andererseits gab es im Dorf Gerüchte über Frau Kuhns Gier hinsichtlich der Pacht. Reichte das als Motiv?

Wozu groß spekulieren, wenn der Ordner mit Frau Kuhns Landangelegenheiten neben ihm lag? Peer goss sich frischen Kaffee in den Becher und schlug die Akte auf.

Die markierte Flurkarte, die Peggy herausgerissen hatte, lag lose auf den Unterlagen. Er legte sie neben den Ordner und ging die Urkunden des Amtsgerichts Schritt für Schritt durch, glich jeden Erwerb mit der Karte ab. Tatsächlich: Nach und nach war fast der gesamte Osten Vertikows Eigentum der Kuhn geworden. Was konnte sie mit all dem Land gewollt haben? Hinten im Ordner gab es einen Reiter ohne Beschriftung, als befänden sich dahinter Dokumente zu einem anderen Thema. Peer übersprang die letzten Flächen und schaute ans Ende der Akte.

Merkwürdig: ein Brief und eine Broschüre über Abläufe und Formalitäten zur Gründung einer Stiftung. Das hatte die alte Dame vorgehabt? Sah aus, als hätte sie so ärmlich gelebt, weil sie eine Stiftung gründen wollte. Aber auch mit stattlicher Rente und sparsamer Lebensweise musste das schwierig gewesen sein. Immerhin hatte sie viel Geld in den Grunderwerb investiert. Wie viel man wohl brauchte für die Gründung?

Die Antwort gab der Brief ihrer Hausbank vom 14.08.2014. Man gratulierte Frau Kuhn, dass die empfohlene Summe von 100.000 Euro bald erreicht sei, und empfahl ihr, konkrete Schritte zur Gründung einzuleiten, die in der beiliegenden Broschüre beschrieben seien.

Als Nächstes folgte ein Plan, eine computererstellte Grafik der Flurkarte neben dem Ordner. Hier aber waren Gebäudegrundrisse, Wege, Flächen und Bäume eingezeichnet. Die Umrisse auf der Obstwiese und dem Feld am Mühlenredder waren in gedecktem Rot gefüllt, auf dem Feld hinter dem Haus der Kuhn grau schraffiert, die Flächen auf der Mühlenwisch in einem dezenten Grün, daneben stand »Optimaler Standort«. Optimal wofür?

Die Antwort erhielt Peer auf den nächsten Seiten, eine »Vorläufige und unverbindliche Beurteilung verschiedener Areale der Gemarkung Vertikow (Kreis Nordwestmecklenburg) zur Eignung als Standort für ein Kindererholungsheim/Schullandheim«. Das war es! Frau Kuhn wollte eine Stiftung gründen, um ein Kinderheim zu bauen. Peer lächelte. Eine großartige Frau! Schade, dass sie das Ganze falsch angegangen war. Hätte sie erst diese Beurteilung erstellen lassen und nur die betreffenden Flurstücke erworben, hätte sie das Stiftungsvermögen längst zusammengehabt.

Als Letztes war in den Ordner ein brauner C4-Umschlag eingeheftet, mitsamt Inhalt. Vom selben Notar aus Wismar wie alle anderen. Wieso hatte Frau Kuhn die Unterlagen nicht einsortiert? Sie war doch sonst so penibel gewesen. Peer löste die Heftung und zog den Umschlag über die Schienen. Als die Blätter herausrutschten, schlug sein Herz schneller. »Testament und Vermächtnis von Frau Gertrud Kuhn«. Wenn das kein Fund war!

Gleich zu Beginn wurde festgestellt, dass Frau Kuhn keine gesetzlichen Erben besaß. Sie war Einzelkind, die Brüder ihres Vaters waren kinderlos im Krieg umgekommen, ihre Mutter war Waise gewesen. Da sie selbst weder verheiratet war noch Kinder hatte – was für eine schreckliche Vorstellung: ihr Leben lang keine Familie außer ihren Eltern! –, sollten ihr gesamtes Vermögen und ihr Grundbesitz in die von ihr gegründete Stiftung gehen.

Peer runzelte die Stirn. Gab es diese Stiftung bereits? Und wäre das Testament sonst hinfällig? Er blätterte weiter – und hielt den Atem an. Frau Kuhn hatte vorgesorgt: Falls es bis zu ihrem Ableben nicht zur Gründung der Stiftung gekommen wäre, sollte ihr gesamtes Vermögen an das Kinderhilfswerk gehen; ihr Eigentum an Grund und Boden vermachte sie »Herrn Erich Schlüter, geb. 18.09.1971, wohnhaft Mühlenredder 1 in 19205 Vertikow«.

Peer lehnte sich zurück. Ausgerechnet Erich, der sich mit Gertrud Kuhn wegen der Pacht in der Wolle hatte, erbte ihr ganzes Land. Zumindest, bis es die Stiftung gab.

Dann wären die Grundstücke für Erich verloren gewesen. Höchste Zeit also! Peer rieb sich übers Gesicht und nahm einen großen Schluck Kaffee.

22:30 Uhr

»Und wie war dein Tag? Hat alles gut geklappt? Bist du zurechtgekommen?«

Peer schloss die Augen. Drehte sich jetzt jedes Telefonat um dieses Thema? Früher hatten sie sich so viele Dinge zu erzählen gehabt, Kurioses, Belangloses, Dorfklatsch – das Leben halt. Heute kreiste alles um seine Behinderung. Reichte es nicht, wenn sie ihn den Tag über begleitete? Musste Sascha auch den Abend damit belasten?

»Bist du noch da, Perlchen?«

»Ja.«

»Ich dachte, die Leitung sei wieder zusammengebrochen. Sag, was du willst, ich bin überzeugt, dass irgendwo auf dem Weg von Berlin nach Vertikow noch ein altes DDR-Kabel steckt. Immer diese schlechte Verbindung.«

»Hey, Lady Besser-Wessi. Schon dran gedacht, dass das auch an deinem tollen VoIP-Anschluss liegen kann?«

Sascha gluckste. »Ich weiß ja nicht mal, was das ist.«

»Telefonieren übers Internet, mehr weiß ich auch nicht. Nur, dass das in Ballungsräumen zu den Stoßzeiten heikel sein kann.«

»Apropos heikel: Wie kommst du inzwischen mit dem E-Rolli zurecht?«

Peer seufzte. Die Ablenkung war nicht von langer Dauer. »Gut, bisher hat er mich hingebracht, wo ich hinwollte. Ich hab noch mal die Anleitung durchgelesen und endlich gefunden, wie man die Geschwindigkeit erhöhen kann.«

»Peer, muss das sein?«

»Oh ja! Übrigens steht da auch drin, dass das Ding geländegängig ist. Das werde ich morgen ausprobieren.«

»Sei bitte vorsichtig, Perlchen. Da steht nämlich genau genommen ›ebene Feldwege mit fester Wegedecke‹.«

»Klar, dass du das auswendig gelernt hast.«

Kurz kicherte Sascha über den Witz. »Und – was passiert sonst so in Vertikow?«

»Letzte Woche ist doch genug passiert. Ich bitte dich: ein Mord! Das wiegt so viel wie zwei Jahre Dorfleben. Inklusive aller mutmaßlichen und tatsächlichen Seitensprünge.«

»Wieso Mord? Steht das fest? Hat sich was Neues ergeben?« Sascha klang beunruhigt.

Verdammt! Konnte er nicht besser aufpassen, was er sagte? »Nein, nein. Keine Sorge, wir werden nicht zum Brennpunkt des organisierten Verbrechens. Das hab ich bloß gesagt, weil ... es noch ein paar Ungereimtheiten gibt.«

»Wer sagt das? Die Kommissarin? Diese Templin?«

»Schatz, bist du eifersüchtig?« Peer konnte sich einen spöttischen Unterton nicht verkneifen.

»Sollte ich?« Auch Sascha schaffte es nicht, ihre Stimme neutral zu halten. Dafür gelang es ihr – wieder einmal –, die Tonskala von belustigt über anklagend bis hin zu wehleidig zu durchlaufen. In zwei Wörtern!

»Saschenka, meine kleine Blume, du hattest nie einen Grund, eifersüchtig zu sein.«

»Weiß ich doch. Genauso wenig wie du.«

Da war er sich nicht mehr sicher. Früher hatte er nie die Konkurrenz der Berliner Männer gefürchtet. Selbst der blonde Joe hatte Sascha nichts bedeutet; Peer hatte gewusst, dass sie bei ihm bleiben würde, dass sie zu ihm gehörte. Wie er zu ihr. Jetzt war er nur noch ein halber Mann, wenn überhaupt. Jeder Prolet aus Marzahn war ein Traumprinz dagegen. Natürlich würde Sascha bei ihm bleiben – aber nicht, weil sie ihn begehrte. Eher aus Pflichtgefühl oder Mitleid.

»Nun sag schon, Peer, wer hat dir was erzählt? Und vor allem: Was hast du daraufhin unternommen?«

»Ich? Gar nichts! Also fast nichts.«

»Aha!«

»Nichts ›aha‹! Wir haben herausgefunden, dass Frau Kuhn jede Menge Land in Vertikow gekauft hat. Und rate mal, wer der Alleinerbe ist!«

»Was weiß ich, Sohnemann Kuhn?«

»Den gibt es nicht!« Peer würde nicht erzählen, dass er für eine Stunde ihr Sohn gewesen war, um in ihr Haus einzusteigen. »Halt dich fest: Das Land erbt Erich.«

»Ach? Weiß er das?« Auf einmal klang Sascha interessiert.

»Keine Ahnung, hab ich heute erst rausgefunden.«

»Wie?«

Verdammt! Peer, pass auf! »Was?«

»Ich habe gefragt, wie du das herausgefunden hast.«

Erst denken, dann reden! »Das hab ich ... kombiniert. Zum einen hab ich eine Mail von der Polizistin erhalten, Frau Velten, du erinnerst dich?«

»Und zum anderen?«

»Hat Peggy mir einen Ordner vorbeigebracht.«

»Und da stand das drin?«

»Was?«

»Ihr Testament?«

»Ja. Nein. Mehr oder weniger.« Peer geriet ins Schwitzen. »Übrigens komme ich mit dem Rolli jetzt prima zurecht. Der Weg zu Peggy geht mühelos. Sie hilft mir viel, weißt du.«

»Das höre ich. Habt ihr noch etwas herausgefunden?«

»Was meinst du?«

»Über Frau Kuhn!« Plötzlich schwang ein aufgeregter Unterton in Saschas Stimme mit. »Wenn ich schon nicht verhindern kann, dass du auf eigene Faust Dinge untersuchst, für die die Polizei zuständig ist, will ich wenigstens erfahren, was du herausfindest!«

Peer lächelte. Das war seine Sascha. Ein kraftvolles Gefühl durchströmte ihn. Endlich war er nicht mehr der Pflegebedürftige, sondern ein vollständiger Mensch. Mehr noch: der draufgängerische Detektiv, der schlitzohrige Ermittler. »Da ist schon noch was«, brummte er mit tiefer Stimme, »aber das bleibt unter uns, klar?«

»Was denn, du Spinner?«, lachte Sascha.

»Die Kuhn hat früher ein Kinderheim geleitet.«

»Ach, jetzt wird es spannend.«

»Wieso?«

»Das ist hier ein großes Thema, der Hilfsfonds für ehemalige DDR-Heimkinder und so. Könnte knapp werden mit dem Geld.«

Stimmt, Peer hatte davon gelesen, vor dem Unfall. »Hast du einen Draht zu der Abteilung? Kannst du herausfinden, ob sie sich was hat zuschulden kommen lassen?«

»Wie kommst du denn darauf?«

»Sie ist mit 55 in Rente gegangen, bei vollen Bezügen.«

Sascha brummte. »Das klingt nicht nach zuschulden kommen lassen; höchstens nach weggelobt werden. Aber ich kann mal nachschauen. Welches Heim war es denn?«

»Moment!« Peer rollte zum Schreibtisch und bewegte die Maus des Laptops; der Bildschirm wurde hell, noch immer war das PDF geöffnet. »›Goldene Sonne‹ in Güstrow. Da hat sie auch gewohnt.«

»Respekt, Perlchen! Was du alles über den Fall weißt. Aber das reicht dann auch!« Erschreckend, wie schnell sich die Besorgnis wieder in Saschas Stimme gedrängt hatte. »Ich möchte nicht, dass du noch weiter forschst.«

»Wie bitte? Ich dachte, du glaubst mir.«

»Gerade deshalb. Wenn was an der Mordsache dran ist, bist du dem Ganzen nicht gewachsen. Du bist nicht ausgebildet, kannst dich nicht wehren! Versprich mir, nichts zu tun, was du nicht vom Schreibtisch aus tun kannst, ja?«

Für einen Moment wusste Peer nicht, was er sagen sollte. »Ich wollte eigentlich morgen mit Erich ...«

»Bist du verrückt?«, rief sie. »Stell dir vor, er hat was mit der Sache zu tun. Stell dir vor, Frau Kuhn wollte ihr Land verkaufen und Erich hat davon Wind bekommen! Stell dir vor, er hat sie wirklich ... oh mein Gott! Und du fährst seelenruhig zu ihm, um ihm das unter die Nase zu reiben? Du schaufelst dir dein eigenes Grab!«

»Ja, und gib zu, du hättest nicht gedacht, dass ich dazu noch in der Lage bin, oder?«

»Peer, darüber macht man keine Witze!« Saschas Stimme begann zu zittern. »Ab hier wird es echt gefährlich. Zu gefährlich für dich! Erzähl dieser Polizistin, was du herausgefunden hast, und lass sie den Rest machen. Meinetwegen auch deiner Kommissarin. Hauptsache, du bist da raus. Versprichst du mir das?«

Er zögerte. »Nur, wenn du mir versprichst, der Sache mit dem Kinderheim nachzugehen.«

»Natürlich.«

»Denkst du, Erich könnte so was tun?«, fragte Peer leise.

»Ich weiß nicht, Perlchen. Hier in Berlin habe ich gelernt, dass man jedem Menschen alles zutrauen sollte.«

»Meine Güte, was für ein düsteres Fazit. Dann war es vielleicht doch die Treskow, weil sie Frau Kuhn ihr Liebesglück nicht gegönnt hat.«

»Darüber macht man keine Witze, Peer!«

»Hast du schon gesagt. Wann kommst du morgen?«

»Hoffentlich rechtzeitig, um dich vor einer Dummheit zu bewahren. Soll ich was zu essen mitbringen?«

»Nee, lass mal, ich koch uns was Feines.«

»Ehrlich?«

»Wieso nicht? Das hab ich doch immer gemacht.«

»Ich dachte nur ... Ich wusste nur nicht, ob du schon wieder in der Lage bist.«

»Ich bin zu allem Möglichen in der Lage, Schatz.«

»Das fürchte ich auch. Und was gibt es?«

»Mal sehen. Wenn ich das Gespräch mit Erich überlebe, vielleicht Bauernfrühstück.«

»Peer!«

»Ich weiß, darüber macht man keine Witze.«

10. Oktober 2014

7:55 Uhr

Peer versuchte, das Gewicht noch einmal hochzustemmen. Trizeps-Training. Obwohl er Handschuhe trug, schmerzten die Abschürfungen an seinen Handflächen. Aber Peggy hatte recht: Wenn er das nächste Mal aus dem Stuhl fiel, wollte er selbst wieder hineinkommen.

Der Türgong. Da hatte er sich endlich überwunden, sich an dieses Monstrum aus Stahlrohren und Gewichten zu setzen, und dann kam jemand vorbei. Wer konnte das sein um diese Zeit? Hatte die Schwester den Schlüssel vergessen? Nein, die kam eher später als zu früh. So würde er jedenfalls niemandem öffnen, im verschwitzten T-Shirt und der Jogginghose, die ihm an den dürren Beinen klebte. Er könnte tun, als wäre er nicht zu Hause.

Blödsinn! Rasch ließ er die Griffe der Trainingsmaschine los, es klackte, als die Metallscheiben auf die anderen trafen. Mit dem Handtuch, das neben ihm lag, fuhr er sich übers Gesicht, legte es sich um den Hals.

Noch einmal ertönte der Gong. Peer rollte die Rampe hinauf, durchs Wohnzimmer in die Diele. Vor der Tür stand Andrea. Dieser bezaubernde Schattenriss hinter der Milchglasscheibe. Sie trug die Haare wieder offen, im Licht des Sonnenaufgangs schimmerte eine Seite ihres Kopfes wie Reflexe auf dem Mühlenteich, die andere glänzte verhalten wie Buchenlaub im Wald.

War sie dienstlich hier oder privat – am helllichten Tag? Peers Herz schlug schneller. Vielleicht wollte sie fortführen, worin sie gestern unterbrochen worden waren. Seine Finger zuckten vor Erregung. Oder es ging um den Fall, sie hatte Neuigkeiten für ihn. Egal, sie war da!

»Guten Morgen«, rief er, als er die Tür öffnete, »was treibt dich hierher? Ich dachte, du bist in Grevesmühlen.«

Andrea trat ein. »Guten Morgen.« Sie biss sich auf die Lippen. »Ich muss mit dir reden.« Ohne seine Reaktion abzuwarten, ging sie ins Wohnzimmer.

Das klang ernst. Hatten sie den Täter gefunden? War es jemand aus dem Dorf? Oder wollte sie ihm mitteilen, dass die Ermittlungen eingestellt wurden? Das konnte nicht sein!

Er rollte ihr hinterher. »Ich war fleißig. Wir haben einiges über Frau Kuhn herausgefunden. Ihr Testament!«

»Ach ja?«

Kurz zögerte er. Das war dumm gewesen. Er hatte ihr nicht mit dem Verdacht gegen Rico kommen wollen. Allerdings wollte er Erich genauso wenig anschwärzen. »Ja. Sie hat jede Menge Land gekauft.«

»Und an Herrn Schlüter verpachtet.«

»Genau.«

»Und Herr Schlüter ist auch der Erbe.«

Er starrte sie an. »Woher weißt du das?«

»Mutmaßung. Aber das erhärtet den Verdacht gegen ihn.«

Peer schluckte. Das hatte er befürchtet. »Wirklich? Ich dachte, ihr verdächtigt niemanden.«

»Es geht alles seinen geregelten Gang. Und selbst wenn jemand Frau Kuhn aus Versehen überfahren hat, wird derjenige gefunden.« Sie runzelte die Stirn. »Bei Erich Schlüter würde ich jedoch nicht von einem Versehen ausgehen.«

»Wieso?«

»Überleg mal: Er hat angeblich den Pick-up schon vorher beobachtet, richtig?«

»Stimmt.«

»Das Hauptargument für deine Vorsatz-Hypothese. Ohne diese Aussage hättest du kaum Anhaltspunkte dafür.«

»Na ja.«

»Aber viel wichtiger: Damit gibt er sich ein Alibi.«

»Ein Alibi?«

Andrea nickte. »Wenn er den Pick-up vorher beobachtet hat, kann er ihn nicht selbst gefahren haben. Wenn die Aussage allerdings nicht stimmt, er das Ganze nur behauptet, um sich zu schützen, kommt er durchaus als Täter in Betracht.«

Verdammt! »So hab ich das noch gar nicht gesehen. Und selbst wenn er die Wahrheit sagt, könnte ihn der erste Beinaheunfall auf die Idee gebracht haben.«

»Langsam fängst du an, wie ein Detektiv zu denken.« Andrea lächelte schmal. »Aber deshalb bin ich nicht hier.«

Ein Kloß bildete sich in Peers Hals. Wenn sie das nicht wollte – keinen Austausch von Ergebnissen, keine Kommunikation zwischen Ermittlerin und Zeugen –, wollte sie dann wenigstens eine Fortsetzung ihres Flirts? Ihr Gesicht machte nicht den Eindruck. »Weshalb dann?«

Sie fuhr sich durch die Haare. »Peer, ich hab nicht viel Erfahrung mit so was.«

»Womit?« Er rollte dicht an sie heran, wollte ihre Hand greifen. Erst jetzt merkte er, dass er noch die Sporthandschuhe trug, und zog sie sich von den Fingern.

Andrea wich zurück. »Ich kann das nicht. Mit einem verheirateten Mann.« Sie schüttelte den Kopf.

Peer erstarrte. »Aber ... wieso?« Sein Blick fiel auf die Schürfwunden. War es das? Er war aus dem Rollstuhl gestürzt, unfähig gewesen, wieder hineinzukommen. Unfähig, den Fall zu untersuchen, unfähig, sein Leben auf die Reihe zu kriegen. »Es ist nicht, weil ich verheiratet bin, sondern weil ich ein Krüppel bin.«

»Blödsinn. Aber ich habe lange nachgedacht. Über alles, was du mir gestern erzählt hast, euer Vorleben, das Verhältnis zu deiner Frau ...«

»Was für ein Verhältnis?«, schnaubte Peer. »Für sie bin ich ein Pflegefall, kein Verhältnis.«

Andrea atmete scharf aus. »Genug! Mal abgesehen davon, dass ich mit so was nicht zurechtkommen würde, finde ich es unerträglich, wie du dein Selbstmitleid auf deine Frau projizierst, um dich als Opfer darzustellen.«

»Wie?« Peer starrte sie mit offenem Mund an.

»Merkst du das nicht? Natürlich ist deine Frau besorgter um dich als früher. Die Situation ist auch für sie neu, ihr müsst euch beide einleben und damit zurechtkommen, nicht nur du. Aber für sie kommt erschwerend hinzu, dass sie die ganze Woche fort ist und das Gefühl hat, dich zu vernachlässigen. Wenn sie Schuldgefühle bekommt und diese etwas überkompensiert, ist das doch verständlich.«

»Ja, schon.«

»Aber dass du das ausnutzt, um dich als unverstanden und nicht als vollwertiger Mensch akzeptiert zu fühlen, entschuldige, das ist dreist!«

Was redete sie da? »Andrea, hör mal!«

»Nein, ich höre nicht. Ich gehe jetzt. Und ich hoffe, du bekommst das alles auf die Reihe: dein eigenes Bild von dir, das Bild von deiner Frau. Und dann kannst du überlegen, ob du wieder in freier Wildbahn auf die Suche gehst.«

»Pah! So? Im Rollstuhl?«, höhnte Peer.

Andrea nickte. »Genau das meine ich. Rück dein eigenes Bild zurecht, ehe du anderen unterstellst, ein falsches Bild zu haben.«

Das traf. Peer ließ die Schultern hängen. Schweigend rollte er hinter ihr her; erst vor der Haustür griff er nach ihrer Hand.

»Und dann? Wenn ich mein eigenes Bild zurechtgerückt habe?«, fragte er leise. »Könntest du dir dann vorstellen ...?«

»Dann bist du immer noch verheiratet, Peer.« Sie zog ihre Hand zurück und knöpfte die Jacke zu.

»Aber ich ...«

»Ich gehe jetzt. Wäre schön, wenn wir uns künftig als Freunde begegnen, ob es um den Fall geht oder wir uns im Dorf treffen. Mehr kann ich nicht versprechen. Wenn dir das nicht reicht, musst du damit fertigwerden.«

»Andrea, bleib!«

»Mach's gut, Peer. Ich melde mich, wenn ich weitere Infos habe, die ich dir mitteilen darf.«

Sie öffnete die Tür. Als im selben Moment der Gong ertönte, ließ sie vor Schreck den Griff los. Von der anderen Seite erklang ein ähnlich erschrockener Laut. Langsam schwang die Tür auf; draußen stand Dr. Martensen.

»Frau Kommissarin?«

»Morgen, Frau Doktor.«

Die Lider der Ärztin flatterten. Sie schaute zu Peer, dann zu Andrea. »Ich ... ich kann später wiederkommen.«

»Nein. Wir sind fertig.« Andrea sah zu Peer. »Schönen Tag noch.« Sie trat hinaus und lief davon.

»Was wollen Sie hier?«, fragte Peer tonlos.

Die Ärztin schob sich an ihm vorbei Richtung Wohnzimmer. »Bei euch Wessis klingt das ›Tachschön‹ immer eine Spur distanzierter«, sagte sie kühl.

»Entschuldigung.« Peer rollte ihr hinterher. »Ich hatte nur nicht mit Ihnen gerechnet.«

»Das sehe ich. Ich bin eben unberechenbar.«

»Kein Wunder, Sie sind eine Frau.« Er schürzte die Lippen. »Ist das heute so ein Frauen-überfallen-wehrlose-Männer-mit-schlechten-Nachrichten-Tag?«

»Kommt darauf an.« Dr. Martensen musterte ihn. »Legen Sie sich bitte auf die Couch. Soll ich helfen?«

»Das schaff ich schon. Ich bin nicht der unfähige Krüppel, für den Sie mich halten.«

»Habe ich das gesagt?« Sie holte ihr Stethoskop aus der Tasche, zögerte. »Was wollte die Kommissarin von Ihnen? Gibt es neue Erkenntnisse über den Tod von Frau Kuhn?«

»Was für neue Erkenntnisse? Sie haben den Tod doch selbst bescheinigt. Und noch mal gestorben ist sie meines Wissens nicht.«

»Ich dachte, es gäbe vielleicht noch Fragen.«

»Was für Fragen? Füllen Sie Ihre Totenscheine so aus, dass Fragen offen bleiben, Frau Doktor?«

»Was ist Ihnen denn heute über die Leber gelaufen?«

Er musterte sie. »Für mich ist zum Beispiel die Frage mit der Krebserkrankung noch nicht geklärt.«

Dr. Martensen erstarrte. »Sie ... haben den Totenschein gelesen? Der ist vertraulich. Wie kommen Sie da ran?«

»Ermittlungsgeheimnis.«

»Was soll das heißen? Was ermitteln Sie? Sagen Sie nicht, dass Sie sich in die Arbeit der Polizei einmischen.«

Als er lächelnd mit den Schultern zuckte, ächzte sie auf und strich sich mit einer fahrigen Geste die Haare aus dem Gesicht, die Halsschlagadern pochten. »Selbst wenn Sie ihn kennen, erfahren Sie von mir nichts über meine Patientin. Arztgeheimnis! Ich bin Ihretwegen hier. Also würden Sie sich jetzt bitte auf die Couch legen!«

Sie spielte mit der Lampe vor seinen Augen herum, testete die Reflexe, drückte verschiedene Stellen an Brust und Bauch, horchte Herz und Lunge ab. Dieselbe Prozedur wie bei den letzten Untersuchungen, wenngleich Peer den Eindruck hatte, sie ginge ein wenig rauer mit ihm um.

Während sie nacheinander die Pulse an beiden Händen und am Hals kontrollierte, fragte sie: »Haben Sie Schmerzen nach dem Sturz?«

Deshalb war sie hier. Peggy! Musste man es gleich als Beichte deklarieren, damit dieses schwatzhafte Pastorenweib etwas für sich behielt?

»Hallo, Herr Wesendonk! Tut Ihnen etwas weh?«

»Bis knapp unterm Bauchnabel nicht. Weiter unten: keine Ahnung.«

»Sehr witzig.«

»Danke.«

»Hat Ihnen seit Montag etwas wehgetan?«

Peer überlegte. »Meine Hände.« Er streckte sie vor.

Dr. Martensen musterte die Schürfwunden. »Warum sind sie gefallen? Einfach so? War Ihnen schwindelig?«

»Ich bin gegen den Pfosten der Gartenpforte gefahren.«

»Wie das denn? Ihre Pforte ist doch breit genug.«

»Es ... war nicht hier.«

»Sagen Sie nicht, das ist passiert, als Sie an Ihren Kriminalfall gebastelt haben.« Sie stemmte die Hände in die Hüften und runzelte die Stirn. »War die Kommissarin deshalb hier?«

»Was dachten Sie denn? Glauben Sie, ich vermarkte mich als Attraktion? Fünf Minuten den verschwitzten Krüppel anschauen für drei Euro?«

»Das gefällt mir nicht«, sagte die Ärztin leise.

»Entschuldigen Sie. Das war blöd.«

»Ach, ich meine doch nicht Ihren Ton. Der ist kaum schlimmer als sonst. Mir gefällt Ihr Eifer nicht. Sie verrennen sich da in etwas. Je tiefer Sie graben, umso mehr Menschen machen Sie sich zum Feind.«

»Wie bitte?« Peer zog die Augenbrauen zusammen. »Sie haben mich doch dazu angestiftet.«

»Was habe ich?«

»Sie haben gesagt, ich soll mir Ablenkung suchen.«

»Aber sich doch nicht in Gefahr bringen. Stellen Sie sich vor: Wenn Frau Kuhn tatsächlich ermordet wurde ...«

»Dann bekommen Sie große Probleme, weil Sie die Obduktion abgelehnt haben.«

Dr. Martensen schluckte, ihre Lider zitterten, ehe sie fortfuhr: »... dann sollten Sie sich vorsehen. Sie sind neugierig und ziehen mitunter richtige Schlüsse. Aber ich fürchte, Sie verkennen Ihre Situation. Vergessen Sie nicht:

Gegen einen kaltblütigen, entschlossenen, starken, jungen Mörder haben Sie keine Chance.«

»Kennen Sie ihn?«

»Wen?«

»Den Mörder. Woher wissen Sie das alles über ihn?«

Ihre Augenlider flatterten erneut. »Das ... war ein Beispiel. Auch, was weiß ich, ein älterer, dicker, panischer Mann kann Ihnen gefährlich werden.«

»Mir kann sogar eine Ärztin gefährlich werden.«

Dr. Martensen sprang auf. »Wie meinen Sie das?«

»Entschuldigen Sie«, murmelte Peer, erschrocken über den heftigen Ausbruch. »Nur einer meiner üblichen dummen Scherze.«

Sie atmete flach und schnell. Was ging da in ihr vor? Was hatte er gesagt, dass sie ...

»Seien Sie vorsichtig, Herr Wesendonk!« Etwas war anders an ihrer Stimme, ein Unterton, den er nicht kannte.

»Was meinen Sie?«

Sie hob die Augenbrauen und presste die Lippen aufeinander. Mit einem Mal war sie wieder die Alte und setzte sich zu ihm. »Lassen Sie sich nicht so weit in die Ermittlungen ziehen, dass sie Ihnen gefährlich werden. Nächste Woche habe ich Urlaub. Ich kann Sie also nicht wieder zusammenflicken.«

»Sie mussten heute doch auch nichts flicken.«

Lächelnd griff sie nach Peers Hand. »Versprechen Sie mir, dass Sie sich vorsehen.«

»Meine Güte, Frau Doktor, Sie sorgen sich ja um mich.«

»Natürlich. Ich sorge mich um alle meine Patienten. Sogar um solche wie Sie.«

11:30 Uhr

Noch immer saß Peer am Tisch. Die Leberwurst bekam schon braune Ränder, die Ecken der Käsescheiben bogen sich. Andreas Besuch – Abschiedsbesuch! – machte ihm zu schaffen. Sie hatte ihn zurückgewiesen. Und sie hatte ihn angelogen, da war er sicher. Es war dasselbe wie bei jeder anderen Frau: Sie würde keine Beziehung mit einem Krüppel anfangen. Klar, eine so fantastische Frau wie Andrea hatte einen ganzen Mann verdient, einen, der sie in jeder Hinsicht glücklich machen konnte. Aber war da nicht etwas gewesen, gestern, als sie seine Hand berührt hatte? Hatte sich da nicht etwas geregt? Zum ersten Mal seit ...

Er seufzte. Was für ein Scheiß-Anmachspruch: »Hey, ich bin zwar gelähmt, aber wenn du dir Mühe gibst, krieg ich vielleicht trotzdem einen hoch!« Er musste sich damit abfinden, für Frauen nicht mehr attraktiv zu sein. Auch dieser Teil seines Lebens war Geschichte. Was blieb, war zu armselig, um dafür morgens aus dem Bett zu kriechen. Verdammte Scheiße! Peer fegte das Geschirr vom Tisch und ließ die Stirn auf die Holzplatte knallen.

»Hallo! Jemand da?«

Mist, halb zwölf. Er hatte Peggys Ansage auf dem AB völlig vergessen. Sie wollte vorbeikommen. »Neues im Fall Gertrud Kuhn«, mehr hatte sie nicht gesagt.

»Peer, bist du da?«

Es half nichts. »Hier!«

Verdammt! Die Küche war ein Saustall. Und er machte vermutlich auch den Eindruck, als sei er schlachtreif.

Peggy trat ein. »Die Haustür war ... oh mein Gott!«

Sie starrte auf die Reste vom Frühstück, die über die Fliesen verstreut lagen. Ihr linker Fuß stand nur Zentimeter von dem halben Block Butter entfernt, der wie ein riesiger Vogelschiss auf der Terrakotta thronte. Das Fett würde nie wieder rausgehen! Sascha würde ausflippen.

»Was ist denn hier passiert?«

Wonach sah es wohl aus? »Mir ... mir ist das Tablett aus der Hand gerutscht.«

Peggy neigte den Kopf zur Seite. »Meinst du das Tablett, das da hinten an der Wand lehnt?« Sie stakste vorsichtig durch die Speisereste zu Peer und legte ihm eine Hand auf die Schulter. »Du sollst nicht falsch Zeugnis ablegen wider dein Frühstück.« Nach einem Glucksen wurde sie ernst, legte Tasche und Mantel ab und bückte sich.

»Was wird das?«

»Ich will aufräumen.«

»Lass das«, stöhnte Peer, »das kann ich auch.«

»Ich weiß. Aber bei mir geht es schneller.«

Peer sah zu, wie sie die Scherben aufsammelte und in den Mülleimer warf. Sie konnte es nicht lassen. Warum gab es nichts, wo Peggy nicht mit anpackte, sich einsetzte oder zumindest ihre Nase hineinsteckte?

»Hast du einen Besen?«

»Die Ärztin war eben da.«

Peggy schien nicht die Spur eines schlechten Gewissens zu haben. »Gut. Ich hoffe, es ist alles in Ordnung. Besen?«

»Nein, ist es nicht. Wie kommst du dazu, gegen meinen Willen und ohne mein Wissen die Ärztin zu informieren?«

»Jetzt hör mal zu!« Sie stützte sich auf die Armlehnen des Rollstuhls, ihr Kopf war kaum zwanzig Zentimeter von Peer entfernt. »Was wir hier machen, kann gefährlich werden. Umso wichtiger, dass du in guter Verfassung bist.«

»Hast du das von ihr oder sie das von dir?«, schnaubte er. »Du steckst doch mit der Ärztin unter einer Decke.«

»Irgendwer muss ja auf dich aufpassen, wenn du es selbst nicht tust.« Sie richtete sich auf, griff nach der Rolle Küchenpapier und rupfte rabiat daran herum.

Mit einem Mal fühlte Peer sich elend. »Tut mir leid«, murmelte er, »ich bin ein Idiot. Irgendwie denke ich, es gibt niemanden, der so schlimm dran ist wie ich. Alle anderen strotzen vor Gesundheit, sind unangreifbar. Alles Unglück der Welt lastet auf mir.«

Peggy verharrte mit einem Bündel Küchenpapier in der Hand, ihre grünen Augen strahlten ihn an. »Entschuldige. Ich kann gar nicht ahnen, was du durchmachst.«

Nein, konnte sie nicht. Und Peer wusste nicht, ob er es über sich bringen würde, es jemandem zu erzählen. Andererseits – wem, wenn nicht Peggy? Er atmete tief durch.

»Es ist furchtbar, so hilflos zu sein. Ständig zu sehen, wie gut alle anderen mit ihrem Leben zurechtkommen.«

»Du bist doch nicht hilflos. Ganz ehrlich: Du kommst besser mit dem Leben zurecht als mancher Gesunde.«

»Ja ja, ich kann doch noch so vieles selbst machen, ich weiß. Aber es deprimierend, zu sehen, dass mir die Einkäufe von einer Frau nach Hause geschleppt werden, die vierzig Jahre älter ist.«

Peggy nickte.

»Manchmal, wenn ich allein bin, oft schon morgens im Bett steht die Frage vor mir: Warum ich? Warum ausgerechnet ich? Was hab ich verbrochen?« Er schluckte.

Zunächst brummte Peggy nur, dann fragte sie behutsam: »Machst du es dir da nicht zu leicht?«

Peers Unterkiefer klappte herunter. »Wie bitte?«

»Wir Menschen geben gern jemand oder etwas anderem die Schuld für unser eigenes Verhalten. Am liebsten Gott. Wie kann er das zulassen? Warum muss er mich strafen?« Sie hob die Augenbrauen. »Aber wenn du ehrlich bist, warst du es selbst, der entschieden hat, trotz Alkohol Motorrad zu fahren. Du selbst hast auf die Protektoren verzichtet. Und du selbst hast das Auto übersehen. Was konnte Gott da noch machen?«

»Er hätte mich beschützen können«, knurrte Peer.

Peggy nahm seine Hand. »Hey, du lebst, du kannst Arme und Hände bewegen, allein essen, sprechen, denken. Ich finde, er hat einen ziemlich guten Job gemacht.«

»Na wunderbar. Du bist natürlich auf seiner Seite. Wenn du dich erinnerst«, Peer hob den Zeigefinger, »ich hab für ihn musiziert.«

»Nein«, sagte sie entschieden, »du hast Orgel gespielt, weil du dafür bezahlt wurdest, nicht für ihn. Und trotzdem hat er dafür gesorgt, dass du nicht stirbst.«

Peer schnaubte. »Sieh mich an, Peggy: Ich bin ein Krüppel, mitten auf dem Land, wo man den kompletten Körper braucht, um zu bestehen.« Verdammt, wieso begannen seine Lippen zu zittern? »Ich komm kaum den Gehweg hoch, ich lieg hilflos auf der Straße, ich ...« Beim Gedanken an Andreas Abfuhr war es mit seiner Fassung endgültig vorbei. Er heulte wie ein Kind. »Scheiße!«

Peggy nahm ihn in den Arm. »Peer, ich kann nicht mal ahnen, wie du dich fühlst. Aber ich selbst wäre sicher auch voller Verzweiflung, Missmut und Hoffnungslosigkeit, dass ich das nicht ständig in mir drinnen halten könnte, ohne durchzudrehen.«

»Du?«, schniefte er. »Glaube ich nicht. Nach so einem Schicksalsschlag würdest du zwei, drei Tage jammern und dann merken, wie viel Kraft und positive Energie in dir steckt, und ratzfatz machst du das Beste aus der Situation.«

Sie schürzte die Lippen, lächelte. »Kann sein. Dann mach das doch auch so.«

»Sieht aus, als hätte ich nicht so viel Kraft wie du. Und positive Energie?«

»Da könnten gewisse Defizite bestehen.« Sie gab Peer ein paar der Küchentücher, die sie in der Hand hielt.

Er wischte sich das Gesicht trocken. »Tut mir leid.«

»Es gibt nichts, was dir leidtun muss.«

»Vermutlich hat Erich recht und ich bin für das Leben hier nicht mehr geeignet. Vielleicht zieh ich zu Sascha nach Berlin. Kurze Wege, Barrierefreiheit, niemand, der mich kennt. Hätte ich gewusst, dass ich mal im Rollstuhl sitze, wäre ich bestimmt nicht hierher gezogen!«

»Wie gut, dass wir nie wissen, was passiert. Ob Gott die Menschen erschaffen hätte, wenn er gewusst hätte, was für Arschlöcher daraus werden?«

Peer runzelte die Stirn. »Ist das nicht ein bisschen blasphemisch? Lass das nicht Werner hören!«

»Mir ist jedes Mittel recht, wenn ich dir in deinem Hadern den Wind aus den Segeln nehmen kann.«

»Tja, geschafft!« Peer grinste matt. »Flaute!«

»Gut.« Sie setzte sich neben ihn und griff seine Hand. »Es wird immer wieder solche Momente geben. Und dann hast du ein Recht, zu hadern, zu jammern, deinen Zorn auf die Welt rauszulassen. Aber was auch passiert, du kannst sicher sein: Du bist nicht allein, nicht hier in Vertikow und nicht da drin.« Sie tippte ihm an die Stirn.

Wieder einmal stellte Peer fest, wie gut sie roch. Ihr leichtes, frisches Eau de Toilette, ein Hauch von Vanillepudding; das hatte etwas Heimeliges, Mütterliches, dass ihm warm ums Herz wurde.

Er lächelte. »Warum bist du eigentlich gekommen? Einen Job als Putzfrau suchst du sicher nicht, oder?«

»Ich weiß nicht«, sie zögerte, ließ das T einen Moment zischen, »ob das der richtige Augenblick ist ...«

»Hat es mit dem Fall zu tun?«

Sie nickte. »Aber wir können auch später ...«

»Ach was. Hader-Anfall vorbei. Worum geht's?«

»Das hier ist für dich.« Peggy griff nach ihrer Tasche, holte eine Plastiktüte heraus und ließ sie auf den Tisch fallen. »Das sind alle Medikamente, die ich bei Gertrud Kuhn gefunden hab. Der Rest ist dein Job.«

Peer starrte sie an, ihn fröstelte. »Du warst noch mal da. Ohne mich.«

Peggy schloss die Augen, holte Atem. »Die Zeit drängte. Was, wenn Rico seiner Schwester davon erzählt oder der Makler zur Polizei geht? Dann kommen wir vielleicht nie wieder da rein.«

»Das ist doch alles geklärt.« Langsam streckte Peer die Hand nach der Tüte aus. »Danke.« Er schniefte laut und richtete sich auf. »Aber ich denke nicht, dass das noch eine Rolle spielt.«

»Wieso nicht?«

»Ich hab den Ordner durchgesehen, mit der Kommissarin gesprochen. Und jetzt bin ich sicher: Es war Erich.«

Einen Moment lang blickte Peggy ihn schweigend an. Dann prustete sie los. »Du spinnst ja!«

»Nein wirklich, es ist alles schlüssig. Er erbt halb Vertikow von Frau Kuhn.«

»Selbst wenn«, Peggy schüttelte vehement den Kopf, »Erich bringt niemanden um. Wenn er könnte, würde er vorm Pflügen die Maulwürfe auf den Feldern evakuieren.«

»Die haben ja auch nichts zu vererben.«

»Peer, das ist Blödsinn. Du kennst Erich.«

»Deshalb wollte ich es erst nicht glauben. Aber er ist der Einzige, der gesehen haben will, dass Frau Kuhn schon mal fast angefahren wurde. Er hat einen Pick-up. Er hatte Probleme mit ihr und die ist er jetzt los. Und er wollte mich überzeugen, Vertikow zu verlassen. Warum wohl? Weil ihm sonst niemand auf den Fersen ist.«

Peggy ergriff seinen Arm. »Du verrennst dich da in was.«

»Aber ich hab wenigstens eine Spur. Eine heiße.«

»Ansichtssache. Gestern waren dir die Medikamente noch wichtig. Und heute?«

»Meinetwegen«, stöhnte Peer und leerte die Tüte auf den Esstisch. Fünf halb volle Pappschachteln, zwei

Braunglasfläschchen, eins mit Pillen, eins mit einer sirupartigen Flüssigkeit gefüllt. Ein paar lose Blister, in denen sich nur noch einzelne Tabletten befanden. Erstaunlich, wie viel Chemie so ein alter Körper verkraften musste. Zuletzt – beinahe hätte Peer ihn übersehen – rutschte ein blassrosa Notizzettel bis an den Rand der Tüte. Er fischte ihn heraus. In akkurater Schrift stand darauf: »Letzter Anrufer« und eine Handynummer. Peer sah auf. »Ist der von dir? Das ist bestimmt nicht Frau Kuhns Schrift.«

»Nee. Der lag auf der Kommode, direkt vorm Telefon. Ich wäre gar nicht auf die Idee gekommen, die Anruferliste anzugucken.«

Na klar: Irrelevant. »Hilft uns aber nicht weiter, das ist sicher Sonjas Handynummer.«

»Eben nicht!«, rief Peggy. »Ihre Nummer habe ich im Telefon abgespeichert. Aber die da kenne ich nicht. Und noch was: Ich hab gedacht, wenn dieser Junge nachschauen kann, schaff ich das auch. Und irgendwann bin ich tatsächlich auf die Anruferliste gestoßen. Es gibt seit Wochen keinen Anruf vom Anschluss der Röders.«

»Dann hat sie von einem anderen Telefon angerufen.«

Peggy zuckte mit den Schultern. »Keine Ahnung. Das da auf dem Zettel ist jedenfalls die einzige Nummer, die in den Tagen vor Frau Kuhns Tod dort erscheint.«

»Und hast du angerufen?«

»Da geht keiner ran, nicht mal eine Mailbox.«

»Na toll«, stöhnte Peer, »dann soll ich jetzt nicht nur herausfinden, wie die Medikamente wirken, sondern auch den Besitzer dieser Nummer ermitteln. Damit bin ich den ganzen Nachmittag beschäftigt, mindestens.«

»Wohl eher den ganzen Abend«, warf Peggy ein.

»Wieso?«

»Das ist der zweite Grund, weshalb ich hier bin: Um vier treffen wir uns in der Kirche. Mandy spielt Orgel.«

»Um Gottes willen! Und was soll ich da?«

»Ihr zuhören natürlich. Beurteilen, ob sie geeignet ist. Das ist Werners Wunsch.«

»Und das wird über meinen Kopf hinweg bestimmt!«, schnaubte Peer. »Wie kommt ihr darauf, dass ich Zeit habe?«

»Wieso solltest du keine Zeit haben? Was musst du machen? Du, der du doch unfähig und hilflos bist. Joggen? Zeitungen austragen? Trauben stampfen?«

Grinsend hob er die Hände. »Gut, ich ergebe mich. Unter einer Bedingung: Wenn es zu schlimm wird, darf ich gehen.«

Peggy grinste ebenfalls. »Ich glaube nicht, dass Mandys Orgelspiel Wunder vollbringen kann. Aber falls doch, dann darfst du gehen.«

15:15 Uhr

Inzwischen hatte Peer dreimal die Handynummer vom Zettel gewählt. Immer ließ er es klingeln, bis die Verbindung abbrach. Der Besitzer des Telefons – nein, die Besitzerin, es war ja eine Frau gewesen – hatte entweder ihr Handy nicht dabei oder einen guten Grund, nicht zu antworten: Sie hatte mit diesem Handy Frau Kuhn auf die Straße gelockt!

Wenigstens lief die Recherche nach den Medikamenten schneller; auch, weil die meisten Präparate gängige Mittel waren. Mit einer Ausnahme: Die Blister, die ohne Packung auf dem Tisch lagen, enthielten alle Tabletten derselben Sorte, ein Medikament zur Behandlung schwerster Schmerzen bei Krebspatienten. Peer las etwas von »mäßiger bis starker Einschränkung der Reaktionsfähigkeit«. Dieser rätselhafte Krebs, den Frau Kuhn sogar Hermann und der alten Treskow verheimlicht hatte. Wenn sie so starke Schmerzen gehabt hatte, musste es ernst gewesen sein.

Hätte sie dann nicht auch andere Krebstherapien erhalten müssen? Bestrahlung oder Chemo?

Wen könnte er darauf ansprechen? Dr. Martensen hatte auf stur gestellt – klar, sie durfte nichts sagen. Ob er von Sonja etwas erfahren würde?

Sein Blick fiel erneut auf den Zettel mit der Telefonnummer. Er mochte sich nicht vorstellen, dass Sonja die alte Dame in den Tod gelockt hatte. Blieb die Frage, wie sicher Frau Kuhn gewesen war, wen sie am Telefon gehabt hatte. Schließlich gab es keinerlei Verbindung zwischen Sonja und Erich. Die andere Möglichkeit war, dass ihr Anruf nichts mit dem Unfall zu tun hatte. Aber warum sollte sie von einem fremden Telefon aus anrufen? Vor allem hatte sie keinen Grund, Frau Kuhn einzuladen; war sie doch der Meinung, sie hätte ihre Kinder geschlagen.

Darum müsste er sich später kümmern. Jetzt war Peggy dran. Vielleicht war die Antwort ganz einfach, sobald er wüsste, wem die Telefonnummer gehörte.

15:45 Uhr

Peer stoppte den E-Rolli, ehe er den Friedhof ganz passiert hatte. Durch die Bäume hindurch nahm er eine Bewegung auf dem Platz vor der Kirche wahr. Er konnte Peggys rote Haare ausmachen. Sie folgte ihrem Mann und einer jungen Frau durchs Portal.

Langsam rollte er weiter, spähte um die Friedhofsmauer. Niemand mehr zu sehen. Nur die Kirche. Seine kleine Kirche. Peer spürte, wie sich etwas in ihm zusammenzog, als würde sein Herz schrumpfen. Der Geruch aus dem Inneren des Gotteshauses wehte durch seine Erinnerung, so vertraut wie der des heimischen Kaminofens. Wie er die Stunden an der Orgel vermisste! Reglos starrte er aufs Portal. Schon der letzte Sonntag war schwer gewesen: in der

Kirche zu sitzen, ohne Orgel spielen zu können. Heute würde es noch schlimmer, jemand anders würde sie spielen. Seine kleine Orgel.

Ein Auto rauschte an ihm vorbei. Maiks Kastenwagen. Kurz vor der Grundstücksauffahrt der Röders leuchteten die Bremsleuchten auf. Von hier aus hatte Peer vor einer Woche die Bremsleuchten des Pick-ups an der Brücke gesehen. Heute glommen die roten Lichtpunkte weiter entfernt; dafür lenkten sie seine Aufmerksamkeit auf den Platz dazwischen: die Hecktür mit Maiks Namen, Adresse und Handynummer. Konnte das die Nummer vom Notizzettel sein? Aus der Entfernung ließ sich das nicht prüfen. Aber Peer hatte noch ein paar Minuten. Er könnte rasch hinrollen, die Nummer notieren und wäre um Punkt vier in der Kirche.

Als er das Grundstück der Röders erreichte, stand Maik vor den geöffneten Hecktüren und räumte schwere Werkzeuge von einer Seite des Wagens zur anderen. Peer stöhnte leise. Das Scharren von Metall auf Metall jagte ihm Schauer durch den Körper. Hoffentlich dauerte es nicht zu lange, bis der Installateur mit der Aufräumaktion fertig war. Solange Maik die Türen nicht schloss, wäre die Nummer nicht zu lesen – und bis dahin musste Peer sich hinter dem gemauerten Torpfeiler verstecken. Die Begegnung mit Rico hatte ihm gereicht. War zu hoffen, dass kein Auto vorbeikam und der Fahrer ihn womöglich mit einem Hupen grüßte.

Endlich! Maik setzte eine Schirmmütze auf, zog die Jeans unterm Kugelbauch zurecht und hob einen Werkzeugkasten aus dem Wagen. Dann warf er die Türen zu und drückte den Knopf der Zentralverriegelung. Pfeifend wandte er sich zur Haustür.

In diesem Moment drangen die ersten Töne von Bachs d-Moll-Toccata aus der Seitentasche des Rollstuhls. Verdammt! Eine SMS jetzt. Ob Peggy wissen wollte, wo er blieb? Wenigstens hatte sie nicht angerufen. Dieses kurze Signal hatte Maik vielleicht überhört.

Ein lautes Scheppern ließ Peer zusammenfahren.

Der Installateur stand direkt vor ihm, der Werkzeugkasten war ihm aus der Hand geglitten, ein paar Werkzeuge lagen auf dem Pflaster. »Mann, Peer! Jag mir nicht so'n Schreck ein! Was ist denn jetzt schon wieder?« Maik schob die Mütze in den Nacken und bückte sich stöhnend.

Gute Frage. Peer war zu verärgert, um nach einer passenden Antwort zu suchen. Warum hatte er das Telefon nicht lautlos geschaltet? »Ich brauch deine Handynummer.«

Ohne aufzusehen, sortierte Maik die Werkzeuge ein. »Wozu? Ich bin da. Wenn du eine Frage hast, stell sie.«

Verdammt! Peer hatte keine Frage. Er wollte nur die Nummer aufschreiben, die keine fünf Meter von ihm entfernt auf den Türen stand. Aber konnte er es wagen, Stift und Zettel herauszuholen? Wie sah das aus?

Maik hielt inne, schaute Peer an, seine Nasenflügel blähten sich, als witterte er etwas. »Ist es wegen meinem Vater?«

»Dein Vater? Was ist mit dem?«

Langsam richtete Maik sich auf, die Wasserpumpenzange rotierte in seiner Hand. Endlich sagte er: »Nichts weiter. Ich dachte nur ...«

»Was dachtest du?«

»Nichts, wirklich. Lass gut sein, Peer.« Er bückte sich wieder nach dem Werkzeugkasten.

»Was hat dein Vater mit Frau Kuhns Tod zu tun?«

Der Installateur sprang so stürmisch an den Rollstuhl, dass ihm die Mütze vom Kopf flog, die Wasserpumpenzange stoppte Zentimeter vor Peers Nase. »Halt dich da raus, Mann! Ich hab keinen Bock drauf, dass sie darin rumwühlen, wieder von Selbstmord reden, ihn in den Dreck treten. Ich hab die Schnauze voll!« Sein Gesicht war dunkelrot.

»Okay okay. Beruhige dich.« Starr vor Schreck spürte Peer seinen Herzschlag im gesamten Oberkörper. Er setzte den Rollstuhl langsam ein Stück zurück.

Maik sammelte keuchend Mütze und Werkzeugkasten auf. Ohne Peer eines Blickes zu würdigen, ging er davon. Erst an der Haustür wandte er sich um. »Ist mir scheißegal, was damals passiert ist. Und genauso scheißegal, dass du ein Krüppel bist. Meine Familie macht keiner kaputt! Schon gar nicht du! Da sorg ich für! Klar?«

Ja, das war klar. Spätestens jetzt. Nachdem die Haustür zugeknallt war, wartete Peer ein paar Sekunden, ehe er den Block zückte und Maiks Nummer notierte. Sein Puls raste noch immer. Erst als er den Rollstuhl gewendet hatte und zur Schildebrücke rollte, beruhigte er sich langsam.

Peggys SMS. Musste er die lesen? Reichte es nicht, dass sie ihn in Teufels Küche gebracht hatte? Er stoppte, holte sein Telefon hervor. Sieh mal an, die SMS war nicht von Peggy. Sie war von Andrea! Was wollte sie denn jetzt noch? Mehr als Schluss machen ging doch kaum.

Hab deine aussage noch mal gelesen.
Hast du schon unter der brücke nachgesehen?

Unter der Brücke, natürlich! Der Fahrer hatte etwas in die Schilde geworfen, ehe er auf Frau Kuhn losgedonnert war. Was, wenn es nicht im Bach gelandet und davongetrieben war, sondern am Ufer lag?

Peer presste den Joystick nach vorn und rollte an die Steinmauer heran. Wo würde etwas landen, das man von hier warf? Ein Stück Papier wäre vermutlich knapp hinter der Mauer zu Boden gesegelt, ein Apfelrest – hoffentlich war es nichts so Banales! – würde weiter fliegen. Bei einer Schachtel hing es davon ab, ob sie leer oder voll war. Verdammt! Die Mauer war zwar niedrig, reichte kaum an die

Armlehnen des Rollstuhls heran, war aber zu breit, als dass er darüber hinwegsehen konnte.

Sein Blick fiel auf den Weg, der neben der Brücke an der Schilde entlangführte. Natürlich, vom Mühlenstieg aus könnte er mehr sehen, zumindest vom westlichen Ufer. Er musterte den Boden des Weges. »Nun zeig mal, was du drauf hast!«, raunte er dem Rollstuhl zu und gab dem Joystick einen Schubs.

Es war erschreckend, wie viel Müll sich innerhalb eines Jahres sammelte. Und enttäuschend, dass das Meiste davon nur schemenhaft durch Gräser, Scharfgarbe, Löwenzahn und einige kleine Weidenbüsche hindurchschimmerte. Peer konnte kaum etwas genau erkennen. Er rollte so dicht wie möglich an die Kante, machte Zigarettenpackungen aus, Kaugummipapier, zwei Getränkedosen. Aber der Rest?

Verdammt! Selbst für solche Lappalien war er auf Hilfe angewiesen. Musste er jemanden beauftragen, für ihn Müll zu sammeln? »Scheiße!« Er schlug mit den Fäusten auf die Armlehnen des Stuhls.

Und jetzt? Er schaute auf die Straße, dann den Mühlenstieg entlang. Der führte zum Mühlenteich und weiter zu Erichs Hof.

Erich. Höchste Zeit, seinen Hauptverdächtigen zu befragen. Auch wenn Peggy überzeugt war, dass er nichts damit zu tun haben könnte, auch wenn er selbst es nicht glauben wollte – Erich profitierte am meisten von Gertrud Kuhns Tod. Er hatte Streit mit ihr gehabt. Und er war am letzten Donnerstag kurz vorher am Tatort gewesen. Für ihn wäre es ein Leichtes gewesen, den Traktor abzustellen und auf den Pickup umzusteigen. Grund genug, dem Bauern auf den Zahn zu fühlen. Sascha hatte davon abgeraten. Ein Grund mehr.

Sein Blick ging nach oben. Dichte graue Wolken zogen über den Himmel. Würde er den Hof im Trockenen erreichen? Egal, er hatte extra die leichte Regenjacke statt des Wollblousons angezogen; und wenn seine Beine nass würden, merkte er es ohnehin nicht.

Er hatte vergessen, wie idyllisch der Mühlenstieg war. Das Wasser rauschte über das Wehr am Mühlenteich, kleine Schaumkronen trieben die Schilde hinab. Die Erlen am Ufer hatten schon die Blätter verloren und standen schwarz über dem Gras. Auf der anderen Seite des Weges am Feldrand leuchteten die Früchte des Pfaffenhütchens wie tausend rote Laternchen direkt neben dem Wehr.

Peer blieb stehen und ließ den Blick schweifen. Bis an den Waldrand reichte das Feld, das demnächst Erich gehören würde. Er stutzte, als ihm eine Strohmiete vor den fernen Kiefern ins Auge fiel. Seit Jahren lagerte Erich dort die Strohballen, die er an die Reiterhöfe in Rögnitz und Mühlen Eichsen lieferte. Eine Reihe von zehn oder mehr dreieckigen Stapeln aus jeweils sechs Rundballen, ein typischer Querschnitt. Nur stimmte das eine Ende nicht mit diesem Querschnitt überein. Selbst ein einzelner Ballen hätte eine andere Form, runder, voluminöser. Was steckte dort unter der grünen Plane?

Prüfend musterte Peer das Stoppelfeld. Der Boden schien feucht, aber tragfähig. Vielleicht kein »ebener Feldweg mit fester Wegedecke«, doch fest genug, um sich daraufzuwagen. Einen anderen Weg gab es nicht. Also lenkte er behutsam über die Graskante aufs Feld. Sein Puls beschleunigte sich, als er auf den schwarzen Boden glitt. Die Kante war höher als gedacht, um ein Haar wäre er mit dem Stuhl umgekippt – schon wieder! Sobald jedoch alle vier Räder auf dem Feld waren, fuhr der Rollstuhl gleichmäßig, mit schmatzenden Geräuschen vorwärts.

Das Grau des Himmels wurde dunkler, aus den Wolken drang ein leises Grollen. Langsam verschwamm die grüne Strohmiete mit dem Wald im Hintergrund; noch langsamer näherte sich der Rollstuhl. Es schien, als hätten die Räder doch zu kämpfen. Wie lange der Akku des Motors wohl auf einem feuchten Stoppelfeld durchhielt?

Endlich erreichte er das Ende der Strohballenreihe. Tatsächlich steckte etwas unter der Plane, das keinesfalls rund war; eher länglich, quaderförmig mit einer Erhöhung im vorderen Teil ... Peer hielt den Atem an, als er die Plane anhob: ein dunkelgrüner Pick-up.

Das Auto freizulegen, erwies sich als schwierig. Wenn er die Plane an der einen Seite nach oben zerrte, rutschte sie auf der anderen wieder hinunter. Endlich gelang es ihm, einen Großteil auf der Ladefläche zu deponieren. Was sollte er jetzt tun? Fast schmerzte es ihn, dass Peggy sich geirrt hatte. Dass es doch Erich war, die treue Seele, die niemandem Böses tat. Es sei denn, er könnte 50 Hektar Land von ihm erben. Es half nichts: Peer musste die Polizei rufen.

Er holte sein Smartphone aus der Tasche des Rollstuhls. Aber Moment, Polizeimeisterin Velten würde ihn nach dem Kennzeichen fragen. Rasch rollte er vor den Wagen. Inzwischen war es so düster, dass er die schwarzen Lettern nur von Nahem sehen konnte. Und dann geschah es: Beim Heranrollen sackte das rechte Vorderrad in ein Loch, der Rollstuhl neigte sich schräg nach vorn. Peer klammerte sich verzweifelt an die Armlehnen, um nicht herauszurutschen. Im letzten Moment verharrte der Stuhl, das Rad war bis zur Hälfte im Morast versunken.

Sobald sein Atem wieder ruhiger ging, versuchte Peer, sich gegen die Rückenlehne zu werfen, um den Rolli in eine aufrechte Position zu bringen – vergeblich. Er konnte nicht weit genug ausholen, aus Angst, in den Dreck zu fallen. Er müsste dringend einen Rollstuhlgurt bestellen!

Er versuchte, sich mit dem Motor herauszubugsieren. Doch ein Antriebsrad drehte sich frei in der Luft, das andere fräste sich in die weiche Erde. Er saß fest. Wenigstens konnte er das Kennzeichen des Pick-ups von hier wunderbar erkennen: SN. Wie war Erich an einen Wagen aus Schwerin gekommen? Egal, das sollte die Polizei klären! Verdammt, wo war das Telefon? Er schaute neben sich, durchsuchte die Taschen – nichts. Es musste auf den Boden geglitten sein. Außer Reichweite!

Wieder und wieder versuchte Peer, sich aus dem Morast zu befreien, schob den Steuerknüppel nach vorn, nach hinten, nach links, nach rechts. Erst als das Summen des Motors immer tiefer und leiser wurde, gab er auf.

Er saß im trüben Dämmerlicht. Wären die Scheißwolken nicht, wäre es noch taghell. Wie käme er hier wieder weg? Um diese Zeit und bei dem Wetter ging niemand den Mühlenstieg entlang, kein Mensch würde ihn entdecken. Hätte er doch jemandem von seinem Vorhaben erzählt! Was hieß da Vorhaben? Es war ein spontaner Entschluss gewesen. Eigentlich hatte er ...

Verdammt! Eigentlich hatte er in die Kirche zu Mandys Orgelspiel gewollt. Wie hatte er das vergessen können? Er hatte es Peggy versprochen. Es begann zu regnen, so unvermittelt, als wäre eine Dusche aufgedreht worden. Na wunderbar, eine gerechte Strafe. Ob Peggy doch enger mit dem da oben stand, als er gedacht hatte?

Der Regen durchnässte Peers Jeans im Nu; und auch wenn er nichts spürte, wusste er, dass das nicht gut war. Die Regenjacke schützte seinen Oberkörper zwar vor dem Wasser, nicht aber vor der Kälte. Er musste sich bewegen, etwas tun, um nicht auszukühlen. Zittern war auf Dauer zu wenig und ihm fehlte die Kraft, mit den Armen zu rudern. Es wurde immer finsterer, immer kälter.

Durch das Pladdern der Tropfen auf der Plane drang leise eine Melodie: »Those Were The Days«, Alexandras tiefe Stimme konnte sich kaum gegen den Regen durchsetzen. Peer sah das Display seines Telefons neben dem rechten Vorderrad vom Boden heraufleuchten: »Sascha ruft an«. Sie musste zu Hause angekommen sein und sich fragen, wo er steckte. Würde sie ihn finden? Käme sie auf die Idee, irgendwo in der Wildnis zu suchen? Das Leuchten erlosch, Alexandra verstummte.

Jäh zerriss ein Blitz den Himmel, keine zwei Sekunden später folgte ein dröhnender Donner. Das Gewitter stand fast senkrecht über Peer. Und direkt neben ihm stand ein großer metallener Klotz. Wie mochte der Rollstuhl auf einen Blitzschlag reagieren? Würden die Reifen ausreichend isolieren? Schon sprengte ein weiterer Blitz Peers Gedanken, wieder dröhnte der Donner ummittelbar darauf. Und auf einmal war in Peers Kopf nur noch Platz für ein einziges Gefühl: Angst.

Dann plötzlich ein tiefes Brummen; hinter der Baumreihe am Weg konnte er einen Lichtschein ausmachen. Ein Traktor. Gott sei Dank, man suchte nach ihm.

Moment: Erich suchte nach ihm! Der Erich, der hier das Auto versteckte, mit dem er Frau Kuhn umgebracht hatte.

Es musste doch möglich sein, hier wegzukommen. Peer wollte weder durch Blitzschlag noch unter den Reifen eines Traktors sterben! Noch einmal setzte er den Rollstuhl in Gang, warf sich gegen die Rückenlehne, dass das Wasser in hohem Bogen aufspritzte. Er rüttelte hin und her, doch erreichte er damit nur, dass rechts und links Wasser über die Räder schwappte – und der Stuhl noch tiefer im Morast versank. Verdammt! Er musste hier weg sein, ehe der Traktor ihn erreichte. Er musste!

Wieder grelles Licht. Doch diesmal verschwand es nicht. Es war kein Blitz. Peer erstarrte. Die grellen Scheinwerfer, die quietschenden Bremsen, der ewig lange Flug ... Nein! Verdammt, Peer, wach auf! Das ist nicht dein Unfall, hier geht es um Leben und Tod – wieder! Langsam drehte er den Kopf. Sechs Strahler durchschnitten die Dunkelheit, ließen Hunderte Regentropfen wie Eiskristalle aufblitzen, hatten ihn ins Visier genommen. Unerbittlich näherte sich der Traktor. Und Erich hatte an alles gedacht: Aus dem gleißenden Gegenlicht ragten die vier Spitzen der Mistgabel am Frontlader hervor, etwa einen Meter über dem Boden. Genau auf Peers Höhe.

18:30 Uhr

Sascha griff zum vierten Mal nach der Packung mit den Taschentüchern. Wenn sie wollte, konnte sie endlos zwischen Entsetzen und Entrüstung hin- und herpendeln. Bis sie Peer weichgekocht hätte.

Er wusste längst, was sie seinetwegen durchgemacht hatte. Dreimal hatte er es sich schon anhören müssen: Als sie nach Hause gekommen war und Peer nirgendwo gefunden hatte, hatte sie erst bei Peggy angerufen, die ziemlich sauer war. Über eine Stunde hatten sie zu zweit auf Peer gewartet. Dann hatte sie mit Hermann und Raffael gesprochen und sich schließlich mit gemischten Gefühlen an Erich gewandt, der schallend gelacht hatte, als er von dem Verdacht gegen ihn erfuhr. Doch sobald er gehört hatte, dass Peer zu ihm hatte kommen wollen und seit zwei Stunden nicht mehr gesehen worden war, hatte er sich auf den Weg gemacht, um nach ihm zu suchen. Was sich seitdem ereignet hatte, wusste Peer.

Kleinlaut saß er jetzt zwischen Sascha und Erich unter einem Zelt der Spurensicherung, bibberte in einer grauen Polizei-Wolldecke und wärmte die Hände an einem Teebecher. Sobald Erich Sascha und die Polizei angerufen hatte, hatte er Peer zur Schnecke gemacht. Wie er so dumm habe sein können, einen halb aufgeladenen E-Rolli über derart schweres Gelände zu lenken. Wieso er ihn nicht vorher angerufen habe. Wie er überhaupt auf die Idee kommen könne, ohne Hilfe auf eigene Faust zu ermitteln.

Und Sascha hatte weitergemacht: Ob Peer lebensmüde sei, ob man ihn gar nicht mehr allein lassen könne, ob ihr Wort in seinen Ohren überhaupt nichts mehr bewirke. Sie hatte ihn als waghalsig, egoistisch, verbohrt und unbelehrbar bezeichnet. Erst als die Polizei kam, hatte ihr Gezeter ein wenig nachgelassen. Jetzt wartete sie sicher darauf, dass er ihr recht gab. Peer ließ sie warten. Obwohl er, wenn er ehrlich sein sollte, hätte zugeben können, dass sie nicht in allen Punkten komplett unrecht hatte.

Erich stand auf. »So, ich muss dann wieder. Ich mach noch meine Aussage und gut is.«

Auch Sascha erhob sich. »Oh Erich, wir sind dir so dankbar. Nicht wahr, Peer?«

»Ja, klar. So dankbar.«

»Och, lasst man, bin ja bloß froh, dass ich nu nich mehr verdächtig bin. Hab ja von dem Testament nix gewusst.« Seine Augen strahlten. »Is schon irre, was? Jetzt bin ich'n echter Bauer mit eignem Land!«

»Toll.« Peer bemühte sich nicht, Begeisterung zu heucheln; er war deprimiert. Tagelange Recherche hatte zu einer so sicher geglaubten Theorie geführt – und war durch die Kennzeichenüberprüfung der Polizei auf einen Schlag zu unnützer Stümperei deklassiert worden.

»Och Peer, mach dir nix draus. Du findst schon den Richtigen.« Erich beugte sich zu ihm herunter. »Aber denk immer dran, vor allem auf'm Land: Verlass dich nie allein auf Technik, nur auf die eignen Hände! Und da drauf!« Grinsend gab er Peer eine Kopfnuss und ging.

Sascha schaute ihm nach und zischte dann: »Ich hoffe, du hörst nicht auf Erich. Du findest nicht den Richtigen, sondern hörst gefälligst sofort auf zu suchen!«

»Wieso? Ich bin so dicht dran! Und wenn du mich fragst, Erich ist noch nicht aus dem Schneider.«

»Peer, wenn du an irgendwas dicht dran bist, dann daran, dich umzubringen!« Sie tigerte im Zelt auf und ab. »Brauchst du noch mehr Beweise? Das ist zu viel, zu groß, zu gefährlich für dich!«

»Für einen Krüppel wie mich, meinst du?«

»Peer, bitte! Hör auf, dich zu bemitleiden, und denk auch mal an andere. Wenigstens an deine Frau!«

»Was soll das denn heißen?«

»Herr Wesendonk, haben Sie Zeit für ein paar Fragen?«

Peer war selten froher, eine Polizistin zu sehen – es hätte nicht einmal PM Velten sein müssen. »Natürlich.«

»So dankbar wir Ihnen sind, dass Sie das vermutliche Tatfahrzeug gefunden haben ...«

»Was heißt vermutlich? Nehmen Ihre Kollegen von der Spurensicherung keine Proben von der Stoßstange?«

»Schon, und sie würden sicher mehr Spuren finden, wenn nicht jemand die Plane ausgerechnet vor dem großen Guss entfernt hätte. Aber darf ich weiterreden: Ich ersuche Sie dringend, Ihre ... Tätigkeit jetzt einzustellen.«

»Wie?«

»In das Haus einer Toten einzudringen ist eine Sache.«

»Wie bitte?«, schaltete Sascha sich ein.

»Aber jetzt haben Sie sich selbst in Lebensgefahr gebracht. Das muss aufhören! Sie sind solchen Aufgaben nicht gewachsen.«

»Was soll das heißen? Sie sagen doch selbst, Sie hätten den Wagen nicht gefunden«, rief Peer. Eine Hitze legte sich auf seine Haut, obwohl er im Innern unterkühlt war.

»Das habe ich nicht gesagt. Und es wäre für Sie ein Leichtes gewesen, uns anzurufen, sobald Sie die ungewöhnliche Form der Strohmiete gesehen hatten.«

»Klar, da wären Sie bestimmt gekommen. ›Frau Velten, hier ist eine Delle im Stroh, Sie müssen den Bauern verhaften.‹« Er lachte bitter.

»Peer! Wie redest du mit der Polizistin?«, raunte Sascha.

»Dann hätten wir ihn genauso wenig verhaftet wie jetzt. Der Wagen ist regulär in Schwerin registriert und es gibt für uns keinerlei Verdachtsmomente, dass Herr Schlüter ein Autoknacker ist. Schließlich hat er Sie gerettet. Wäre er tatsächlich der Täter, hätte er Sie einfach in der Schilde versenken und das Ganze als Unfall hinstellen können. Oder einen Ballen Stroh auf Sie werfen.«

»Und wenn er mich gerettet hat, um den Verdacht von sich abzulenken? Wenn er den Pick-up woanders angemeldet hat ... mit einem gefälschten Ausweis?«

PM Velten richtete sich auf. »Herr Wesendonk, ich glaube, Sie sehen zu viele schlechte Krimis.«

»Ich gucke gar keine Krimis.«

»Dann liegt es daran. Zügeln Sie Ihre Fantasie und lassen Sie in Zukunft das Detektivspielen.« Sie sah zu zwei herannahenden Männern. »Die Kollegen von der Rettung. Die schauen noch mal nach Ihnen und dann dürfen Sie nach Hause.«

»Danke sehr«, blaffte er, was ihm einen Rippenstoß von Sascha einbrachte.

Die Polizistin nickte und verschwand in die Dunkelheit, an ihrer Stelle erschien ein Sanitäter. »Nabendschön. Ach nee, Sie schon wieder?«

Peer schaute ihn fragend an.

»Wir kennen uns vom Unfall letzte Woche. Haben Sie so was wie einen Unglücksmagnet eingebaut?«

»Richtig, Sie waren bei Frau Kuhn.« Peers Augen weiteten sich. »Was genau haben Sie bei ihr gemacht?«

»Na ja, nicht viel. Wir sind gerufen worden, um sie medizinisch zu versorgen, aber da war nichts mehr zu machen. Eigentlich wollten wir sie in die Rechtsmedizin bringen, doch ihre Hausärztin, die den Notdienst gemacht hatte, meinte, das ist nicht nötig. Steht auch auf dem Totenschein: eindeutige Todesursache Unfall, keine Obduktion erforderlich. Uns hat's gefreut. Damit war das eine Sache für die Kollegen Totengräber.«

»Ist das üblich?«

»Peer, lass es!« Sascha legte ihm die Hand auf die Schulter.

Er entwand die Schulter ihrem Griff. »Sagen Sie, kann ein Hausarzt einfach so ohne Untersuchung bestimmen, dass ein Opfer nicht in die Pathologie kommt?«

Der Sanitäter blies die Backen auf. »Untersucht hat sie sie ja. Aber die Lage war klar. Und wenn sie das Opfer kennt, haben wir erst recht keinen Grund zu zweifeln. Meistens sind wir froh, wenn wir uns Arbeit sparen können. Je mehr Fragen, desto mehr zu tun.« Er beugte sich vor und senkte die Stimme. »Drüben in Schleswig-Holstein soll es eine Wache geben, da warten die Kollegen neben den Schwerverletzten, bis sie sterben, und rufen dann den Leichenwagen. Hab ich gehört.« Er zwinkerte Peer zu und fuhr dann in normalem Tonfall fort: »So, dann wollen wir Sie mal auf die Trage hieven.«

»Wieso?«

»Ich habe gehört, Ihr Rollstuhl ist hinüber. Sie haben also nur zwei Möglichkeiten: Wir fahren Sie oder Sie laufen hinter uns her.«

Peer trank den Tee aus. »Was würden Sie empfehlen?«

13. Oktober 2014

11:15 Uhr

Die Stimmung im Hause Wesendonk war das Wochenende über trübe gewesen wie das Herbstwetter. Nach dem Erlebnis auf dem Stoppelfeld hatte Peer sich zu schwach gefühlt, etwas zu unternehmen. Er wusste nicht, ob ihm die Unterkühlung so zusetzte oder ob er dabei war, in eine Depression zu rollen. Auf jeden Fall verspürte er nicht die geringste Lust, den Laptop zu öffnen, die ominöse Handynummer anzurufen oder gar mit Sascha über den Fall zu sprechen. Auch, weil er hoffte, das würde sie milder stimmen.

Tat es nicht. Sie redete kaum mit ihm. Und wenn, dann um ihn anzugreifen oder ihm klarzumachen, dass er ohne Hilfe mit seinem Leben nicht mehr zurechtkäme.

Warum konnte sie sich nicht wenigstens einen kleinen Schritt auf ihn zu bewegen? Sie musste immer wieder in der Wunde bohren. Natürlich hätte Peer zugeben können, dass er zumindest in bestimmten Bereichen auf Hilfe angewiesen war. Vielleicht hätte er es sogar über sich gebracht, ihr zu beichten, dass Andrea ihn hatte abblitzen lassen. Dass er nichts mehr hatte, nichts mehr war. Aber – dieser Gedanke quälte ihn am meisten – er war sich nicht mehr sicher, wie Sascha darauf reagieren würde. Noch vor einer Woche wäre er überzeugt davon gewesen, dass sie ihn getröstet und ihm Mut gemacht hätte. Jetzt könnte es sein, dass ihre Genugtuung die Oberhand behielt und Sascha nicht zu mehr als einem »Hab ich's doch gewusst« fähig war. Also schwieg er. Schwiegen sie beide.

Das setzte sich beim heutigen Frühstück fort: Sascha deckte schweigend den Tisch und nahm Peer alle Arbeitsgänge ab, ehe er nur in die Nähe der Geräte rollen konnte.

Ebenso schweigend saßen sie am Tisch und knabberten ihre Brötchen. Auch beim Abräumen griff Sascha wie zufällig stets nach den Dingen, nach denen Peer die Hand ausstreckte, und verstaute sie in Kühlschrank, Spülmaschine oder Sideboard. Peer sagte nichts, obwohl er innerlich kochte.

Nach dem Frühstück ging Sascha hinauf in ihr Homeoffice, das mit dem Schlafzimmer das Stockwerk getauscht hatte. Sie hatte zu arbeiten, klar, vor allem aber konnte Peer ihr dorthin nicht folgen. Sie floh vor ihm. Peer ließ sie fliehen. Mehrmals rollte er an die Treppe, schaute hinauf. Wie einfach es wäre, sie zu rufen, ein paar versöhnliche Worte zu sagen, ihr einen schönen Tag zu wünschen. Nein, es war nicht einfach. Jedes Mal rollte er davon, ohne zu rufen, ohne versöhnliche Worte – ohne schönen Tag.

Eine Stunde später hörte er sie auf Strumpfsocken die Stufen hinunterstapfen. Verdammt, sie machte den ersten Schritt, wie immer. Er wendete den Rollstuhl und lächelte der Tür entgegen.

Doch nach einem Augenblick stapften die Strumpfsockenfüße wieder hinauf. Peers Lächeln erstarb.

Er rollte in die Diele und sah sofort, dass sie ein anderes Friedensangebot hinterlassen hatte: Auf dem Tisch lag ein dicker Papphefter. Ein Klebezettel darauf trug Saschas Handschrift: »Ich hoffe, du schaffst es, ihn durchzuarbeiten, ohne dich umzubringen!« Sein Gesicht verzog sich zu einem Grinsen, als er den Zettel abzog und an die Brust drückte.

Der Ordner trug einen Stempelaufdruck: »BMFSFJ – vertraulich«. Mehr stand nicht darauf. Als Peer die erste Seite aufschlug, fühlte er sich wie elektrisiert: Im Hefter befand sich ein »Bericht der Kommission zur Aufarbeitung der Zustände und Geschehnisse in Normal-, Spezial- und

Sonderkinderheimen sowie Jugendwohnheimen und -werkhöfen auf dem Gebiet des heutigen Bundeslandes Mecklenburg-Vorpommern von 1951 bis 1990«. Er schaute die Treppe hinauf. Sie hatte ihm die Informationen gegeben – trotzdem. Ein warmes Gefühl breitete sich in ihm aus. Sein erster Impuls war, Sascha zu rufen, ihr zu danken ... sich bei ihr zu entschuldigen. Nein, er würde nicht den ersten Schritt machen; sollte sie sich bei ihm entschuldigen. Er schnappte sich den Hefter und rollte ins Musikzimmer.

Rasch klappte er den Laptop auf und schaute nach dem Namen des Heims, in dem Gertrud Kuhn gearbeitet hatte: »Goldene Sonne«. In der Liste auf der zweiten Seite fanden sich fast 40 Einrichtungen. »Goldene Sonne in Güstrow«, murmelte er, »Spezialkinderheim, Seite 697.« Er blätterte eine Seite weiter: 697. Was für eine clevere Amtsrätin er hatte.

Ein Großteil des Inhalts war trockene Information, aber einige interessante Details fand Peer doch. So erfuhr er, dass die Kuhn das Heim seit 1983 geleitet hatte, dass zeitweise bis zu 120 Kinder darin lebten, wie viel Personal es zu den unterschiedlichen Zeiten gab.

»Spezialkinderheim« – was hieß das eigentlich? Er tippte den Begriff bei Wikipedia ein. Beim Lesen lief es ihm kalt den Rücken herunter. Spezialheime waren für schwer erziehbare Kinder gedacht, die dort mit harten und durchaus umstrittenen Methoden auf Linie gebracht werden sollten. Drakonische Strafen und Demütigungen waren an der Tagesordnung, auch sexuelle Übergriffe kamen vor. So ein Heim sollte Frau Kuhn geleitet haben? Die nette, hilfsbereite Frau Kuhn.

Er griff wieder nach der Akte. Tatsächlich, im weiteren Verlauf fand er Berichte von Betroffenen, Aussagen von Angestellten, sogar zwei Anzeigen bei der Bezirksverwaltung. Ihm sträubten sich die Haare bei manchen Details.

Kinder, die nach tagelangem Arrest bei jedem Geräusch vor Angst zu weinen begannen. Einem Jungen wurde so lange das Essen entzogen, bis er vor Hunger seine Bettdecke aß. Vor allem aber fanden sich Berichte von Misshandlungen: Schläge mit der Hand, dem Gürtel, einem Stock, einer Kette. Es schien, als wäre jeden Tag irgendjemand verprügelt worden, teils mit Begründung, teils einfach, um die Atmosphäre der Angst aufrechtzuerhalten. Mädchen ging es anders, zumindest den hübschen. Mehrmals las Peer von sexuellem Missbrauch. Manche Männer gingen behutsam vor, schienen auf perverse Art Gefühle für die Schutzbefohlene zu entwickeln, andere nahmen sich, was sie brauchten, mit aller Gewalt, die erforderlich war. Manche der Mädchen sollen tagsüber nur noch wie Schatten über die Flure geschlichen sein.

Und immer wieder fand sich ein bedrückendes Fazit: Die Heimleiterin G. Kuhn musste, wenn sie auch nie ausdrücklich den Befehl gegeben hatte, von fast allen Straf-, Arrest- und Demütigungsmaßnahmen gewusst haben. Und war nie eingeschritten.

Peer atmete tief durch. Gertrud Kuhn, diese nette alte Dame, hatte jahrelang zugesehen, wie ihre Schützlinge misshandelt, erniedrigt, missbraucht worden waren. Wenn einer von denen sich rächen wollte, hatten Peggy und Hermann recht und es war niemand von hier. Jemand aus der Region Güstrow. Jemand, den er nie finden würde.

Das käme jedoch mit dem Pick-up nicht hin; seit Freitag kannte er schließlich das Kennzeichen: SN. Schwerin. Der Wagen, der aus Rico Templins Firma gestohlen worden war. Ob jemand in seinen Rachegelüsten so gewieft war, dass er von Güstrow 70 Kilometer fuhr, in Schwerin einen Pick-up stahl, um in einem noch einmal 20 Kilometer entfernt liegenden Dorf eine alte Frau damit umzubringen? Andererseits war Gertrud Kuhn vor langer Zeit hierhergezogen; das könnte der Täter auch getan haben. Vielleicht arbeitete einer der Heiminsassen sogar in Ricos Firma. Dem sollte er nachgehen.

Oder war es sinnvoller, sich auf die Verdächtigen in der Umgebung zu konzentrieren? Er öffnete seine Mindmap, auf der sich noch nicht viel getan hatte, außer dass er Erichs Kasten ausgegraut und seinen Namen in Klammern gesetzt hatte. Rico rückte auf jeden Fall wieder in den Fokus. Maik weniger. Auf Ricos Baustelle war für ihn noch nichts zu tun gewesen, man hätte sicher Fragen gestellt, was er dort wollte. Also doch einer der Bauarbeiter. Vielleicht stammte wirklich einer aus Güstrow.

Im Grunde gehörte auch Dr. Martensen zu den Verdächtigen. Das hatten die Aussage des Sanitäters und ihr seltsames Verhalten am Freitagmorgen noch einmal unterstrichen. Zum Glück hatte Sascha sie nicht am Samstag gleich wieder herbeigerufen. Wo wohnte die Ärztin? Auch mit einer Praxis in Gadebusch könnte sie in Schwerin leben. Vielleicht direkt in Görries, dicht bei Ricos Firma. Dann könnte sie den Pick-up dort entwendet haben.

Der Pick-up! Peer schaute auf. Ob die Untersuchung schon abgeschlossen war? Und ob Polizeimeisterin Velten ihm Auskunft geben würde? Was würde sie ihm überhaupt noch mitteilen? Das Untersuchungsergebnis sicher nicht. Er könnte Andrea deswegen antexten. Aber am liebsten wollte er den Kontakt zu ihr meiden. Und wenn, wäre später noch Zeit dazu, jetzt ging es um die Akte.

Gerade griff er nach dem Ordner, um sich über das zweite Drittel herzumachen, als das Telefon klingelte. Es war Peggy!

»Ich will nichts hören, ich weiß, was passiert ist.«

»Morgen Peggy, tut mir leid, ich ...«

»Ich will nichts hören! Heute um 14 Uhr treffen wir uns noch einmal in der Kirche. Deine letzte Chance!«

Peer schluckte. So eisig hatte Peggy noch nie geklungen. »Natürlich, ich werde ...«

»Und ob du wirst! Ich schreibe eine SMS an Sascha, damit sie Bescheid weiß und dich zur Not bis dahin im Haus einschließt. Und ich hol dich um drei viertel zwei ab, sonst kommst du bloß wieder auf dumme Gedanken.«

»Alles klar, ich ...« Peer verstummte. Aus dem Telefon drang nur noch ein Tuten.

13:45 Uhr

»Wo willst du hin?«

Peer schrak zusammen, als er Peggys Stimme so scharf hörte. »Ich warte auf dich. Hab mich extra schon vor die Tür gestellt. Meinen guten Willen beweisen.«

Sie runzelte die Stirn. »Vielleicht hast du auch geglaubt, du könntest im letzten Moment entwischen.«

»Bestimmt nicht.« Er rollte auf Peggy zu.

»Das würde ich dir auch nicht raten. Werner war echt sauer am Freitag.«

»Sollte Mandy denn Sonntag schon spielen?«

»Nein. Aber darum geht es nicht. Er hat sich auf dich verlassen. Und du hast ihn enttäuscht.«

Peer blieb stehen und senkte den Kopf. »Tut mir leid. Es war einfach ...«

»Das ist egal, Peer. In deiner Situation bist du von der Hilfe anderer Menschen abhängig. Und je leichter du es den Menschen machst, je offener, verständnisvoller und dankbarer du ihnen begegnest, umso weniger spürst du diese Abhängigkeit. Dazu zählt auch das Einhalten von Verabredungen.«

»Ich wollte ja kommen, stand schon vor der Kirche.«

»Und dann?«

»Dann kam Maik vorbei.«

Peggy seufzte. »Ich kann verstehen, dass dir dein neues Leben als Detektiv wichtig ist. Aber in erster Linie bist du Mitglied der Dorfgemeinschaft und auf diese Gemeinschaft angewiesen.«

»Ich war immer unabhängig«, wisperte er und rollte auf den Lindenweg.

»Warst du nicht. Wenn wir jung sind, denken wir gern, wir bräuchten niemanden, wir könnten unser Leben allein gestalten. Wenn wir was haben wollen, einen Liter Milch, was weiß ich, steigen wir ins Auto, fahren zum nächsten Laden und kaufen es uns. Aber hoppla! Das Auto – hast du das konstruiert? Die Teile geschmiedet? Das Erz abgebaut? Und die Milch im Laden – hast du die vorher gemolken? Betreibst du den Laden? Hast du ihn gebaut?«

Seufzend schloss Peer die Augen. »Du hast recht.« Er bog auf den Kirchhof ab.

Doch Peggy war noch nicht fertig. »Wir sind alle von anderen abhängig, Teil des großen Ganzen. Nur bist du jetzt in einer Situation, in der dir das besonders bewusst wird. Und damit musst du zu leben lernen.«

Peer nickte. »Schon gut, ich hab's begriffen.« Und nach einer kurzen Pause setzte er hinzu: »Und irgendwann werde ich damit auch leben können.«

Peggy griff nach seiner Hand und drückte sie. »Wirst du. Und bis dahin wische ich hinter dir her und kehre die Scherben zusammen, in deiner Küche und in Vertikow.«

»Danke.«

»Ich bin ja nicht umsonst Pfarrersfrau.«

Eine Weile rollte Peer schweigend weiter. Peggy schien fürs Erste besänftigt zu sein; bei Werner würde das nicht so einfach.

»Wie habt ihr das eigentlich bisher gemacht ohne Orgel?« Er rollte auf den Glockenstuhl zu, der einige Meter vor der Kirche stand. Der türkis leuchtende Grünspan der kleinen Bronzeglocke schien sich gegen den dunklen Efeu aufzulehnen, der die andere Seite der Holzkonstruktion überwuchert hatte. Ein Verband, um die Wunde zu verschließen, die durch die fehlende zweite Glocke schwärte.

»Unterschiedlich. Mal mit Gitarre, mal mit Orgel-CD.«

»Nie mit Organisten?«

»He, du warst nicht da!«

»Und wieso sucht ihr jetzt einen?«

»Zum einen bist du wieder da und kannst einen würdigen Nachfolger auswählen. Zum anderen hofft Werner, dass die Kirche zum Erntedank-Gottesdienst noch mal so voll wird wie zu Gertruds Trauerfeier.«

»Dann hat das geklappt? Erntedank um zwei Wochen zu verschieben?«

»Nach der furchtbaren Geschichte mit Gertrud hatte Werner gleich beim Propst angerufen. Der war nicht begeistert, hat aber eingesehen, dass man nach so einem Todesfall keinen Festgottesdienst veranstalten kann.«

»Na dann.« Peer schaute auf die Fassade seines ehemaligen Arbeitsplatzes. Das schlichte Fachwerk, die weißen Fenster, das rote Ziegeldach. Schmunzelnd dachte er zurück an das erste Mal, als er hier gestanden und mit einer Mischung aus Borniertheit und Abscheu zu Sascha gesagt hatte, er würde nie in einem Bauernhaus spielen. Sascha hatte lächelnd gemeint, sie fände den Bau gemütlich, was es für ihn noch schlimmer gemacht hatte. Nun stand er davor und fühlte sich, als käme er nach Hause – obwohl er auf dem Weg war, einen neuen Mieter zu suchen.

»Seltsam, oder?« Auch Peggy schaute auf die Kirche. »Mir geht es hier immer so, als würde ich den Platz erreichen, an den ich gehöre. Das hab ich in keiner anderen Kirche erlebt. Und ich habe viele Kirchen gesehen, große, prächtige, beeindruckende.« Sie legte den Kopf schief.

»Aber ich glaub, wenn ich Gott wär und mir ein Haus aussuchen sollte, wär es so eins. Ja, ich würde hier einziehen.« Strahlend wies sie auf eine Metallplatte vor der Eingangstür. »Schau mal, die Rampe hat Hermann geschmiedet.«

»Für Gott?«, fragte Peer grinsend.

»Sehr witzig!«

»Unser Hermann?«

»Wer sonst? Er war früher Schmied, du erinnerst dich?«

Peer runzelte die Stirn. »Eben, er war. Du meinst, er hat mit über achtzig seine Esse noch mal angeschmissen, nur um diese Rampe zu bauen?«

»Diese und die drinnen. Aber keine Sorge: Er hatte Hilfe von ein paar Jugendlichen. Die fanden es spannend, mit Feuer und heißem Eisen herumzuhantieren.«

»Das glaube ich«, raunte Peer. Hermann, der wusste, wie man sinnvoll helfen konnte.

Peggy öffnete die Eichenholztür und Peer rollte über die Rampe. Vielleicht hätte er die Schwelle mit dem E-Rolli sogar geschafft, aber so war es sicherer und viel bequemer.

Aus dem Innenraum drangen zarte Orgelklänge, Hohlflöte und Viola da Gamba. Eine gute Übungsregistratur, die einem das Gefühl gab, man säße allein und still für sich in einer kleinen Kammer, nur die Orgel und die Musik um sich. Wahrscheinlich war die Einstellung noch von seiner letzten Probe erhalten. Was spielte diese Mandy da? Sollte das Bach sein?

Auf einer der hinteren Bänke, gerade vor der Empore, saß Hermann. Als die Tür ins Schloss fiel, wendete er den Kopf und winkte. Peer lenkte durch den Gang, bis er die Bank erreicht hatte. »Moin Hermann.«

»Tachschön, Jung.«

»Vielen Dank für die Rampe.«

Der Alte winkte ab. »Ist das in Ordnung, wenn ich mit zuhör? Ich war grad bei Annemie auf dem Friedhof, als ich

Werner und Mandy kommen sah. Werner meint, er hat nichts dagegen, aber ich soll dich auch fragen.«

Schmunzelnd schüttelte Peer den Kopf. »Hör mal, du bist Kirchenältester. Da hab ich dir doch keine Vorschriften zu machen. Bin ich hier die graue Eminenz?«

Hermann zuckte mit den Schultern. »Auf jeden Fall eine Respektsperson. Und ich glaub, die Kleine hat Angst vor dir.« Er wies mit dem Kopf nach oben.

»Ist Werner bei ihr?«

Hermann nickte. Er rutschte zur Seite, um Peggy seinen Platz anzubieten. Kaum saß sie, verstummten die Töne. Peer hörte, wie die einzelnen Registerzüge in ihre Position rutschten – so laut war das hier unten? Dann folgte Stille, nur das Rauschen des Gebläses war zu hören. Der atemberaubende Moment, dieses dunkle Nichts, das sich auszudehnen schien zu unendlicher Hoffnungslosigkeit, bis endlich, strahlend und kraftvoll, der erste Ton erklang.

Das C-Dur-Präludium von Bach, BWV 547. Zu langsam, mindestens einen Schlag! Und viel zu legato, typisch Pianistin! Peer versuchte, sich zusammenzureißen, konnte aber nicht verhindern, dass erst sein Kopf, dann die Hände in Bewegung gerieten, um das Tempo anzutreiben. »Oh Gott, sie wird unterwegs einschlafen«, murmelte er.

Peggy knuffte ihn in die Seite und schaute ihn mahnend an. Also rollte Peer nur mit den Augen und bemühte sich, still zuzuhören. Klangbrei. Wie konnte man in einer kleinen Kirche die Töne so ineinander verschwimmen lassen? Bach musste sich im Grab umdrehen. Doch Mandy quälte nicht nur den alten Meister, sie bereitete auch Peer Qualen; je weiter sie kam, umso langsamer wurde sie. »Das ist ein Präludium, kein Requiem«, quengelte er.

»Pst«, zischte Peggy, Hermann räusperte sich ungehalten.

Einen kurzen Hoffnungsschimmer gab es, als sie von A-Dur zu d-Moll wechselte: Ihr Tempo nahm etwas Fahrt auf; offenbar lag ihr die Tonart. Doch schon ein paar Takte später bremste sie erneut ab. Peer schüttelte den Kopf. Das ging doch nicht! Man konnte nicht einfach die Stellen, die man beherrschte, schneller spielen und sich durch den Rest irgendwie hindurchschleichen. »Cis!«, jammerte er, »im Pedal!« Was konnte man schon erwarten von jemandem, der das Pedal sonst nutzte, um auch auf dem Klavier solchen Klangbrei zu erzeugen.

Wie gut, dass es bei Bach immer irgendwo einen Orgelpunkt gab; solange ihr Fuß auf dem G ruhte, konnte er keinen Schaden anrichten. Und sofort klang das ganze Stück erleichtert; keinesfalls *leichter,* aber so, als glaubte jemand, er könnte es spielen. Peers Erleichterung rührte eher daher, dass das Stück nur noch wenige Takte dauerte und keine Stolperstellen mehr beinhaltete. Gut, sie ließ die Akkorde klappern und die Sechzehntelgruppen davonrennen, immer schneller hin zur Ziellinie! Dafür ruhte sie sich auf den Unisono-Tönen des Schlussmotivs dermaßen aus, dass Peer fürchtete, der letzte Takt käme nie ans Ende.

Kurz hallte das C nach, dann machte sich die erlösende Stille breit, ließ Peer aufatmen und die Augen schließen. »Nicht auch noch die Fuge!«

»Jetzt ist aber genug!« Peggys Augen funkelten. »Und du fragst im Ernst, warum ich nicht mehr Orgel spiele?«

»Peggy, bitte, das war grauenvoll! Pathetisch und zäh, sogar Karl Richter hätte das schneller und leichter gespielt. Würde er jetzt aus dem Grab heraus noch!«

»Peer!«

»Das Einzige, was mich gestört hat«, schaltete sich Hermann ein, »war das Gemecker und Gezappel von rechts.«

»Ihr wollt mir nicht erzählen, dass ihr das gut fandet?«, fragte Peer entsetzt.

Peggy schob das Kinn vor. »Mein Gott, es waren ein paar Fehler drin, ja und?«

»Ich hab keine gehört«, brummte Hermann.

»Das ist doch verständlich, Peer, sie ist keine ausgebildete Organistin, sie hat erst angefangen. Außerdem ist das kein Konzert. Bis Sonntag hat sie genug Zeit zu üben.«

Peer verschränkte die Arme vor der Brust. »Wenn ich ein Stück vorspiele, dann muss das anders klingen, egal ob vor drei Zuhörern oder der ganzen Gemeinde. Das sind ja auch nicht mehr als dreizehn. Üben kann ich vorher.«

»Nu halt mal den Mund, Jung!«, fuhr Hermann dazwischen, die Augenbrauen so dicht zusammengezogen, dass kaum noch eine Lücke zu erkennen war. »Mandy ist nicht du, und sie muss nicht deine Ansprüche erfüllen, sondern die der Gottesdienstbesucher. Also schraub deine gehässigen Kommentare runter!«

»Stören wir? Oder dürfen wir weitermachen?«, schallte es von oben. Alle drei drehten den Kopf und sahen hinauf. Pastor Werner Duwe stand dort, die Hände auf die Brüstung gestützt wie sonst auf die Kanzel, und blickte mit finsterer Miene nach unten. »Dies ist eine Kirche, kein Kaffeehaus! Und hier findet eine Orgelprobe statt, keine Diskussionsrunde.«

Hermanns Augenbrauen schnellten nach oben und trennten sich wieder voneinander. Er wandte sich um, stützte sich auf seinen Stock und starrte reglos auf den Altar. Peggy zog den Kopf ein und grinste. Peer lehnte sich seufzend zurück. Er würde sich Mühe geben, so behutsam wie möglich zu reagieren. Blieb nur zu hoffen, dass Mandy sich nicht weiterhin so gnadenlos an den alten Meistern verging.

Als Nächstes spielte sie die Rheinberger-Cantilene, gut fürs Abendmahl geeignet. Ruhige, romantische Stücke lagen ihr offenbar besser; die Interpretation klang nach dem Bach angenehm ... brauchbar. Es folgten die Choräle, für die Mandy einfache Vorspiele improvisierte, gar nicht mal so schlecht. Peer atmete auf. Wenn der Gottesdienst so ähnlich verliefe, hätte man genug Zeit, die Bach-Katastrophe vom Anfang zu verarbeiten.

14:55 Uhr

Nach der Probe warteten die drei vor der Kirche auf Werner und Mandy. Niemand sagte ein Wort. Hermann stand auf den Stock gestützt, paffte seine Pfeife und fixierte die Krone der Schwarzpappel, die sich halb entlaubt über die Häuser an der Pokrenter Straße erhob. Peggy zog in kleinen Schritten Kreise um die beiden Männer, die Arme vor der Brust verschränkt, die Lippen zu einer Flunsch gezogen, dass man ihr Schmollen schon von hinten sehen konnte. Peer saß im Rollstuhl und fühlte sich mies. Es deprimierte ihn, wenn sich jemand an Bach verging. Noch schlimmer aber: Er hatte mit seiner Kritik – höchst berechtigter Kritik! – seine Freunde vor den Kopf gestoßen.

Endlich trat Werner heraus und schloss hinter sich ab.

»Was ist mit Mandy?«, fragte Peggy.

In dem Moment wurde das einzige Auto auf dem Parkplatz angelassen, der Motor heulte auf, der Wagen machte einen Satz nach vorn und preschte an ihnen vorbei. Ohne zu blinken, beinahe ohne abzubremsen, bog er in Richtung Kirchhof ab und raste davon.

»Ich hoffe, sie kommt wieder«, sagte Werner tonlos und ging auf den Friedhof zu.

Peggy wollte ihm folgen.

»Peggy, warte«, rief Peer, »ich ... es tut mir leid.«

Sie wandte sich um. Mit einem Mal rannte sie auf ihn zu und stellte sich vor ihm auf, die Hände in die Hüften gestemmt. Statt jedoch loszupoltern, hielt sie inne, starrte ihn an, presste die Lippen aufeinander. »Mir auch, Peer«, sagte sie endlich leise, »mir auch.« Ohne ein weiteres Wort folgte sie ihrem Mann.

Hermann räusperte sich. »Ich glaub, du hast grad deinen Dr. Watson verloren, Sherlock.«

Peer sank in sich zusammen und verbarg das Gesicht in den Händen. Er hatte es verbockt. Endgültig. Nein, eigentlich war diese Mandy schuld. Wie konnte Peggy sie verteidigen. Das musste doch jeder hören, wie schlecht sie spielte. Gut, jeder außer achtzigjährigen Ex-Schmieden.

»Ach, Hermann«, seufzte er, »alles Scheiße.«

»Na Jung, so schlimm wird es schon nich sein.«

»Schlimmer!«

Der Alte setzte sich auf die Bank vorm Glockenstuhl. »Wenn du drüber reden willst, ich hab Zeit.«

Geduldig hörte Hermann zu und paffte an seiner Pfeife, während Peer ihm sein Leid klagte. Hin und wieder grinste er, über die Rohwedder mit ihren Kochtöpfen und die alte Treskow vor dem Kaufmannswagen. Manchmal schüttelte er den Kopf und nahm hastig ein, zwei Züge aus der Pfeife. »Jung, nimm dich in Acht! Peggy hat recht: Wer Hilfe braucht, darf die Helfer nicht vor den Kopf stoßen! Auch wenn die Hilfe in die falsche Richtung geht.«

»Ich versuch ja, freundlich zu bleiben. Aber mir wird das alles zu viel. Ich hab doch genug Scheiße am Hals. Können die das nicht verstehen?«

»Nein, Jung, können sie nicht. Hast du vor einem halben Jahr gewusst, wie es sich anfühlt, gelähmt im Rollstuhl zu sitzen?«

Peer schwieg.

»Siehste. Du kannst froh sein, dass die Leute kommen und nach dir sehen. Wär viel schlimmer, wenn niemand sich für dich interessiert. Werner hätt schon längst'n Organisten haben können. Wollt er aber nich, ohne dich!«

»Und er entscheidet sich ausgerechnet für Mandy.«

Hermann lächelte und deutete mit dem Pfeifenhals auf Peer wie mit einem erhobenen Zeigefinger. »Verbitterung und das Gefühl, man nimmt dir deinen Platz weg, helfen kaum, ein vernünftiges Urteil zu fällen.«

Peer brummte nur. Er hasste es, wenn andere recht hatten, sogar bei Hermann – und der hatte fast immer recht. »Sag mal, wieso hast du nie erzählt, dass Frau Kuhn in einem Kinderheim gearbeitet hat?«

»Ja, in Güstrow.« Hermann wurde bleich. »Schiet noch eins! Woher hast du das, Jung?«

»Wieso?«

»Gertrud hat mir das ganz vertraulich gesagt. Sie wollt nicht, dass das in Vertikow die Runde macht, wo in den letzten Jahren so viel über die Skandale zu lesen war. Und ich hab ihr versprochen, nix zu sagen. Hab ich auch nich. Woher weißt du das also?«

Peer grinste. »Ich musste auch versprechen, nichts zu sagen. Hat sie noch mehr erzählt?«

»Mann, Jung, hätt ich gewusst, dass du so auf mich eindringst, hätt ich nie gesagt, du sollst Detektiv spielen. Du bist schlimmer als Valentina.«

»Ach nee! Die Treskow? Was will die denn von dir?«

Hermann rang die Hände, sog mehrmals den Pfeifenrauch tief ein und ließ ihn langsam durch die Lippen hinauskräuseln. »Sie ist schon ewig hinter mir her. Hat sich damals Hoffnungen gemacht, bevor ich Annemie kennengelernt hab. Und nach Annemies Tod ging es wieder los. Als sie merkte, dass das mit Gertrud ... na ja, ein büschen enger geworden war, hätt sie ihr fast die Freundschaft gekündigt. War so'n kleiner kalter Krieg im Dorf.«

»Das hab ich gar nicht gemerkt.«

»Wie auch? Ihr wart grade hergezogen und hattet genug mit Haus und Garten zu tun.« Er seufzte. »Tscha, und nu sieht sie ihre Chance zum dritten Mal; sie will mich zum Herbstball mitschleppen.«

»Zum Reformationsball bei der Baronin?«

»Jo. Dabei geh ich da seit Jahren nich mehr hin.«

Um sich das Grinsen zu verkneifen, täuschte Peer einen Hustenanfall vor. »Weil die Baronin auch auf dich steht?«

»Von wegen«, schnaubte Hermann, »die macht mir das Leben schwer, seit sie hier ist. Lebt vierzig Jahre in Saus und Braus irgendwo im Rheinland und dann kommt sie, holt sich ihr ›Eigentum‹ zurück und meint, uns blöden Ossis zeigen zu müssen, wie man gut und christlich zu leben hat.« Missmutig starrte er auf seine Pfeife, die erloschen war. »Schiet noch ein! Ich sag dir, bei jeder Gemeinderatssitzung war sie dabei, immer klug geschnackt, immer gegen alles.« Er schüttelte den Kopf.

»Und du als Bürgermeister ...«

»Ich als Bürgermeister hab ständig von den Leuten zu hören gekriegt, was sie alles Gutes tut. Wie aufwendig sie das Schloss restauriert hat. Wie schön sie die Allee zum Schloss aufgeforstet hat. Wie vielen Vertikowern sie Arbeit gegeben hat. Geh mir weg!«

»Und die Treskow? Was hält die von der Baronin?«

Hermann hatte sein Feuerzeug gezückt und versuchte mit kurzen, schnellen Atemzügen, die Pfeife wieder in Gang zu bekommen. »Viel, ... hat ja früher ... da gearbeitet. Und Frauen ... schwärmen doch ... für'n Adel, oder?« Der Tabak glomm, Rauchwölkchen drangen aus Hermanns Mund, zufrieden lehnte er sich an den Glockenstuhl.

Peer biss sich auf die Unterlippe und zog sie langsam zwischen den Zähnen hervor. »Und könnte sie ... könntest du dir vorstellen, dass sie, vielleicht aus Rache ...?«

»Was? Dass sie Gertrud umgebracht hat?« Hermann schaute ihn von unten herauf an, die Pfeife zitterte im Mund. »Jung, kannst du dir vorstellen, dass Valentina sich in so'n Pick-up setzt und hier durch die Gegend brettert?« Er gluckste. »Die hat, glaub ich, nich mal ne Fahrerlaubnis. Und bestimmt hat sie nich die riesige Plane bewegt, um den Wagen darunter zu verstecken, und ist dann seelenruhig durch den Matsch nach Hause gestakst.«

»Schon gut«, gluckste Peer. Dann wurde er ernst. »Es hatte alles so gut auf Erich gepasst.«

»Erich?« Hermann schüttelte den Kopf. »Auf was für Ideen du kommst!«

»Immerhin war es deine Idee, dass ich ermitteln soll.«

»Ja, vielleicht doch kein guter Vorschlag.«

»Hör mal! Ich hab eine Menge rausgefunden.«

»Du hast vor allem eine Menge Wind gemacht. Und alles im Dorf herumgeplaudert.«

»Hab ich nicht.«

»Mann Jung, in der ›Eiche‹ mit Peggy über den Fall reden – dann kannst du's auch in die Zeitung setzen. Eilien ist ein Goldkind, aber zwei Sachen kann sie nich: Schnitzel braten und den Mund halten.«

Peer senkte den Kopf. »Wusste ich nicht. Beides.«

»Nu weißt du's. Und übrigens hast du noch'n eindeutigen Beweis, dass Erich unschuldig ist.«

»Welchen?«

Grinsend erhob Hermann sich. »Wär er schuldig, würdest du jetzt mit unter der Plane liegen, durchbohrt von seiner Mistgabel.«

15:50 Uhr

Endlich hatte sich Hermann auf den Weg nach Hause gemacht. Es war nicht einfach gewesen, den Schmied loszuwerden, schließlich hatten sie zunächst einen gemeinsamen Weg – wenn Peer nach Hause gewollt hätte. So hatte er sich damit herausgeredet, dass er noch einmal um die Kirche fahren wollte, um sich zu beruhigen, und dass Hermann ruhig schon vorgehen sollte; er würde ihn einholen.

Er wartete drei Minuten, bis der alte Schmied ausreichend weit gegangen war, dann hatte er freie Bahn. So schnell es ging, rollte er zur Brücke und ein Stück in den Mühlenstieg hinein wie am Freitag. Dort holte er sein Handy aus der Seitentasche. Das neue, das Sascha ihm vor zwei Monaten gekauft hatte, weil es umfangreiche Notruffunktionen besaß, hatte den Regenguss auf dem Feld nicht überlebt. Das alte, ein ganz normales Smartphone für gesunde Menschen, besaß eine hochwertige Fotokamera; perfekt für die Recherche.

Um diese Uhrzeit stand die Sonne schon im Westen, er müsste mit der Gegenlichteinstellung arbeiten. Andererseits war er nicht an Profiaufnahmen interessiert, er wollte nur erkennen können, was da im hohen Gras lag.

Jedes Stück, das nicht grasgrün war, knipste er mindestens einmal. Zunächst hatte er das Bild sofort auf dem Display betrachtet. Doch viel mehr hatte er dort auch nicht erkennen können. Was genau da unten lag, würde er erst auf dem Monitor zu Hause sehen.

Jetzt müsste er einen Weg finden, auch am anderen Ufer Bilder zu schießen – jetzt bräuchte er jemanden wie Peggy. Was war er für ein Idiot gewesen, die Einzige, die zu ihm stand, so zu verärgern, dass sie sich von ihm abwendete. Obwohl es gar nicht seine Schuld war. Mandys »Interpretation« des Präludiums war grottenschlecht gewesen, durfte er das nicht sagen? Wem wäre geholfen, wenn er brav Beifall geklatscht und sich auf dem Weg nach Hause übergeben hätte, nur damit am Sonntag die Leute über Mandy lachten? Nein, er hatte sich nichts zuschulden kommen lassen. Peggy hatte überreagiert und ihn sitzen lassen, Pastorenfrau hin oder her, sie war halt auch nur ein Mensch.

Am Ende der Straße erschien ein Fahrzeug hinter dem Radenowschen Berg. Blau, groß – Maiks Installateurwagen. Verdammt! Peer hatte keine Lust, Maik zu begegnen – und womöglich doch Bekanntschaft mit der Wasserpumpenzange zu schließen. Der Wagen näherte sich langsam, aber stetig. Wenn er nicht bald stoppte, hätte Peer keine Chance, davonzurollen. Jetzt musste er auf der Höhe des Röder-Grundstücks sein. Bieg ab! Verdammt, bieg ab!

Maik bog nicht ab. Der Wagen beschleunigte und hielt mit quietschenden Bremsen neben Peer. Die Fensterscheibe auf der Beifahrerseite fuhr herunter.

»Was verloren? Oder schnüffelst du immer noch rum?«

»Hallo Maik.«

»Scheiß auf hallo Maik! Was du hier machst, frag ich.«

Peer schluckte. Wie weit konnte er gehen, ohne dass Maik aus dem Auto sprang? »Ihr wusstet, dass Frau Kuhn im Kinderheim gearbeitet hat, oder?«

Maik erstarrte, sein Gesicht lief rot an, er sagte nichts.

»Wolltet ihr deshalb die Kinder von ihr weg haben?«

Die Fingerknöchel des Installateurs traten hervor, so fest krampfte er die Hände ums Lenkrad. Und schwieg.

»Und was hat dein Vater mit alldem zu tun? Hat er sich umgebracht oder nicht?«

Dieses Thema hatte neulich das Fass zum Überlaufen gebracht. Auch diesmal jaulte Maik auf, zischte ein »Lass mich in Ruhe!« und ließ den Motor aufheulen. Er setzte zurück, wendete, wobei er haarscharf an Peers Rollstuhl vorbeiglitt, und raste davon. Als der Wagen aufs Grundstück bog, sackte Peer erleichtert in sich zusammen.

19:30 Uhr

Also alles auf Anfang! Peer starrte auf die Unterlagen auf dem Schreibtisch, den leuchtenden Laptop-Monitor mit der hübschen, aber ergebnislosen Mindmap. Eine Woche forschte er nun schon und hatte keinen greifbaren Hinweis – keinen mehr! Vielleicht hätte er von Anfang an auf Peggy hören und sich nicht auf Erich versteifen sollen.

Peggy. Die hatte er auch nicht mehr. Er ließ den Kopf auf die Tischplatte sinken. War es besser, die Ermittlungen aufzugeben? Das würde das Verhältnis zu Sascha entspannen. Er könnte einfach tun, was man als Paraplegiker so machte. Aber was war das? Im Rollstuhl rumsitzen und sich zu Tode langweilen? Während der Reha hatte man ihm geraten, sich zu vernetzen. Es musste in Mecklenburg doch Leute geben, denen es ging wie ihm und die Übung darin hatten, mit der Situation zurechtzukommen.

Peer griff nach der Maus. Der Monitor wurde hell, Gertrud Kuhn blickte ihm entgegen. Das Foto hatte er letzte Woche per Mail von Peggy erhalten, weil man doch ein Bild des Opfers haben müsste. Er starrte in ihr Gesicht. Sie war tot. So oder so. Niemandem half es, ihren Mörder zu finden. Niemand außer ihm interessierte es, dass sie ermordet worden war. Überfahren von ... Ja, von wem? Wer kam noch infrage, nachdem Erich ausgeschieden war? Da hatte er sich endlich auf einen Verdächtigen eingeschossen und zack! war der aus dem Rennen.

Blieben Maik und Rico – beide hatten ihm deutlich gesagt, er solle sich raushalten. Warum? Sie konnten nur dann ein Interesse daran haben, den Mord an Frau Kuhn zu vertuschen, wenn sie darin verwickelt waren. Rico war Eigentümer des Tatwagens, um Maik woben sich Geheimnisse, die Peer noch ergründen musste. Aber für beide fehlte ein schlüssiges Motiv.

Ansonsten fiel Peer niemand mehr ein, abgesehen vom großen Unbekannten, vom traumatisierten Heimkind, das nach Jahrzehnten endlich ...

Moment: Das Heimkind könnte eine Frau gewesen sein. Sollte Maik ein Motiv haben, könnte seine Frau Sonja dasselbe haben. Wäre sie in der Lage, einen Pick-up über das Feld zu fahren und unter einer Plane zu verstecken? Daniela, Erichs Frau, die hatte er Pick-up fahren sehen; und sie wusste von der Strohmiete. Nur stammte sie aus Pokrent, war nie im Heim gewesen. Aber sie könnte Frau Kuhns Testament gekannt und die alte Dame deswegen umgebracht haben. Aus Liebe zu ihrem Mann, der kurz vorm Ruin gestanden hatte. Doch niemand in Vertikow wusste vom Testament; wie sollte sie davon erfahren haben?

Da war noch der Kasten mit Dr. Martensen. Sie stand schon vorher bei den Verdächtigen. Und blieb dort. Warum behauptete sie steif und fest, Frau Kuhn sei Alkoholikerin gewesen? Peggy hatte im Haus nur eine Flasche Goldkrone gefunden, noch drei viertel voll.

Verdammt, das half nicht weiter, immer mehr Einträge auf der Verdächtigen-Seite der Mindmap, dafür gingen ihm die normalen Zeugen aus. Was hatte er vergessen? Was übersehen? Natürlich, die Handynummer! Peer hatte sie bis heute nicht mit Maiks Nummer verglichen.

Mit fahrigen Fingern suchte er den Zettel in den Unterlagen, dann die Notiz, die er bei Maiks Wagen geschrieben hatte. Verdammt! Sie stimmten nicht überein. Warum hatte er das schon erwartet? Er versuchte noch einmal, jemanden unter der Nummer zu erreichen. Vergeblich.

Es war zum Verrücktwerden. Er musste sich für einen entscheiden, einer Spur folgen. Vielleicht half die richtige Musik, eine Antwort zu finden. Die Orgelwerke von Johann Ludwig Krebs förderten das konzentrierte Arbeiten hervorragend – vor allem jene, die er selbst nie gespielt hatte. Peer schloss die Mindmap und wollte seinen Audioplayer öffnen. Auf dem Bildschirm stand eine Meldung:

37 Dateien erfolgreich übertragen.

Die Fotos vom Handy! Wieder etwas, das er vergessen hatte. Rasch öffnete er sein IrfanView, um die Bilder zu betrachten. Zerknüllte Taschentücher, ein paar Flaschen, zwei Papierfetzen, die einmal Einkaufszettel oder Kassenbons gewesen sein mochten. Eine Zigarettenschachtel, Marke »Pall Mall rot«, die noch recht neu aussah. Zumindest im Gegensatz zur zweiten Schachtel, Marke »Club«, die stark verwittert war und keinen Warnhinweis trug. Sie musste seit Jahren da unten liegen. Eine verblasste Packung Capri-Sonne, ein Handzettel, der für das Dorffest in Stöllnitz im Sommer 2013 warb. Und eine Medikamentenpackung.

Konnte das sein? Peer zoomte dicht heran, bis die Packung den gesamten Bildschirm ausfüllte. Der Name war pixelig, aber lesbar: das Krebsmedikament, von dem Peggy bei Frau Kuhn nur einzelne Blister gefunden hatte. Warum hatte jemand die Packung in die Schilde geworfen? Peer dachte an die Ereignisse vom 2. Oktober zurück: Er hatte etwas aus dem Pick-up fliegen sehen. Könnte es die Schachtel gewesen sein? Dr. Martensen wäre nicht so dumm, sich damit zu belasten. Sonja hätte hingegen die Schachtel mit genau dieser Absicht dort deponieren können.

Ein Geräusch schreckte ihn auf. Jemand war an der Haustür. Er ließ die Maus los und rollte in die Diele.

Im gelben Licht der Straßenlaterne sah er einen Schatten durch die Milchglasscheibe. Einen Schatten, der sich bewegte. Wer besuchte ihn jetzt? Peggy? Verdammt, er hätte sie anrufen und um Verzeihung bitten müssen.

Erst als Peer den Türgriff hinunterdrückte, kam ihm der Gedanke, dass der Schatten dem Mörder Gertrud Kuhns gehören könnte, der ihn von weiteren Ermittlungen abhalten wollte. Zu spät: Die Tür schwang auf.

Andrea schrak zusammen. »Peer!« Sie schob die Hände in die Taschen ihrer Jeans, ihr Blick zuckte nach links, dann nach rechts. »Ich bin ... ich wollte gar nicht ...«

»Komm rein.« Er stieß die Tür auf.

Vor dem Couchtisch blieb sie stehen, an der Stelle, an der Peer sie zum ersten Mal gesehen hatte. Sie wandte den Kopf, schaute ihn aber nicht an. »Würdest du ... könnten wir uns auf die Couch setzen? Ich möchte gern mit dir auf Augenhöhe reden.«

»Dann setz dich, ich bin schon hier unten«, konterte er. Ob seine Stimme so unbedarft klang, wie er hoffte?

»Nein, bitte«, sie rang die Hände, atmete schwer, »es ist mir wichtig, dass wir ... in derselben Position sind, auf einer Ebene.« Seufzend ließ sie sich auf die Couch sinken.

»Gut.« Sein Puls beschleunigte sich. Er hatte nicht damit gerechnet, Andrea wiederzusehen, abgesehen von einer kurzen Begegnung im Dorf. Jetzt saß sie auf seiner Couch und wollte ihn bei sich sitzen haben.

Sie wandte den Blick zum Fenster, tat, als merkte sie nichts von Peers Bemühungen, sich aus dem Stuhl zu stemmen und aufs Sofa zu bugsieren. Sie bot ihm keine Hilfe an, ließ ihn einfach machen. Eine tolle Frau!

Endlich saß Peer auf dem Rand des Sofas und ließ sich zurückrutschen. »Und? Warst du bei Rico?«, keuchte er.

»Nein, wieso?«

Dann war sie seinetwegen hier. Er würde sich hüten, vom Verdacht gegen ihren Bruder zu sprechen, er hatte nichts in der Hand. Wenn er Beweise gegen Rico fände, könnte sie nicht mehr umhin, dem nachzugehen – oder den Fall abzugeben. Aber heute ...

»Ich sitze. Zufrieden?« Er wischte sich über die Stirn.

Andrea nickte. Eine Weile schwieg sie, fragte dann beiläufig: »Und, hast du was Neues herausgefunden?«

»Na ja, Maik Röder hat sich verdächtig verhalten.«

»Inwiefern?«, fragte sie, ihre Augen weiteten sich.

»Er hat seinen Vater erwähnt, als hätte der was mit Gertrud Kuhn zu tun. Und als ich nachfragte, ist er ausgerastet, hat gemeint, ich soll mich da raushalten.«

»Kein Wunder. Ich hab nachgeforscht: Der andere Fall Röder betrifft Maiks Vater. Er hat Selbstmord begangen.«

Peer nickte. »Ich weiß! Aber was hat das mit Frau Kuhn zu tun?«

»Sein Vater hat«, ihre Stimme brach, sie musste sich räuspern, »im selben Heim gearbeitet wie Frau Kuhn. Sie war seine Chefin.«

Das Kinderheim! In dem diese unvorstellbaren Dinge geschehen waren. Womöglich hatte Maiks Vater mitgemacht. Oder Frau Kuhn hatte ihn dazu gezwungen. »Mann, Mann, Mann.«

Andrea nickte. »Es kommt noch dicker: Maik war damals überzeugt, dass sein Vater sich nicht umgebracht hat, sondern ermordet worden ist.«

»Was?«, rief Peer stirnrunzelnd. »Genau wie bei mir.«

»Nicht ganz. Bei Selbstmorden geschieht es oft, dass Familienmitglieder nach anderen Todesursachen suchen, um sich die Tat nicht eingestehen zu müssen. Aber du kanntest Frau Kuhn nur wenig, hattest also keinen Grund, den Unfall nicht wahrhaben zu wollen.«

»Aber deswegen bist du nicht gekommen, oder?«

Sie lächelte. »Dein Können als Detektiv entwickelt sich.«

»Lenk nicht ab. Was willst du?«

Mit geschlossenen Augen atmete Andrea tief ein und aus. »Peer, ich bin eine Frau mit Prinzipien. Wenn ich mich entscheide, bleibe ich dabei. Und ich bemühe mich, mich für das Richtige zu entscheiden, oder das, was ich für richtig halte.« Sie zögerte. »Nur selten kommt es vor, dass ich an einem Tag das eine für richtig halte und am nächsten Tag das andere.«

»Willst du damit sagen, dass ...«

Sie legte ihm den Zeigefinger auf den Mund. »Scht! Ich mache ungern Fehler, die ich später bereuen werde. Aber ich kann nicht anders. Seit ich aus Vertikow weggefahren bin, habe ich darüber nachgedacht und festgestellt, dass ich auf jeden Fall einen Fehler mache – wenn ich dich abblitzen lasse oder wenn ich was mit dir anfange.«

»Das ziehst du in Betracht?«, hauchte er.

»Dummkopf! Das ziehe ich nicht in Betracht, das ist alles, woran ich denke. Nicht ganz. Denken tu ich an alles Mögliche, die Probleme, die für uns entstehen können, die Konsequenzen für dich im Dorf und für mich auf der Dienststelle, die Beziehung zu deiner Frau ... Aber fühlen kann ich nur eins: das Verlangen, dich zu umarmen.«

Peers Herz hüpfte. »Mich? Bist du sicher? Sieh mich an. Meine schwächlichen Ärmchen, den Bauch, der langsam wächst, ganz zu schweigen von ...«

»Das Einzige, was mich an dir stört«, fiel sie ihm ins Wort, »ist, dass du nicht weißt, wann du den Mund halten solltest.« Sie zog ihn zu sich und gab ihm einen Kuss.

Sie küsste ihn! Dieser Rauschgoldengel in Jeans und Lederjacke, diese atemberaubende Frau, die attraktivste Polizistin, die Mecklenburg-Vorpommern, ach, Deutschland je gesehen hatte – saß neben ihm auf der Couch, schlang die Arme um ihn und küsste ihn. Mehr noch: Sie begehrte ihn. Als er sie ebenfalls umarmte, spürte er ihren Körper zittern, hörte ihren Atem, roch durchs Eau de Toilette hindurch den süßen Duft des Verlangens.

Er hätte heulen können vor Glück, vor Dankbarkeit. Es gab eine Frau, die ihn begehrte, die in ihm den Mann sah. Den Mann, der er einmal gewesen war und der er noch immer sein konnte, der er durch sie wieder werden würde.

Er bedeckte ihren Hals mit Küssen, schob die Lederjacke über ihre Schultern und biss ihr zärtlich in den Nacken.

Ihr Keuchen wurde lauter, ihre Hand glitt über Peers Brust, drückte sanft auf den Bauchnabel und fuhr unter das T-Shirt. Er begann zu schwitzen. Wie sollte er sich verhalten? Es war anders als früher. Er würde sie machen lassen, nicht die Initiative übernehmen. Wenn er sich in Zukunft an diese passive Rolle gewöhnen müsste, war es eine Frau wie Andrea, von der er es lernen wollte. Er gab dem Druck ihrer Hand nach, ließ sich ins Polster sinken. »Du ...«

»Scht!« Wieder legte Andrea ihm einen Finger auf den Mund, setzte sich im Reitersitz auf seinen Schoß, drückte seine Schultern gegen das Polster. »Das dürfen wir nicht tun«, stöhnte sie, schälte sich aus ihrer Lederjacke und ließ sie zu Boden gleiten.

»Dann hör doch auf.«

»Bestimmt nicht!« Sie nahm seine rechte Hand, presste sie gegen ihre Brust und rutschte in rhythmischen Bewegungen auf seinen Beinen auf und ab. »Spürst du was?«

Peers Atem ging stoßweise. Er nickte, erst zaghaft, dann kräftiger. Ja, mitten im Nichts, im dumpfen, tauben Grau des Unterkörpers spürte er Erregung. Anders als früher, spitzer, greller, weniger körperlich. Aber er spürte sie.

»Ich auch. Das ist ...«

Aus ihrer Lederjacke summte es.

»Oh nein! Nicht jetzt!« Sie stieg von Peer herunter, angelte nach der Jacke und fischte ihr Telefon heraus.

»Bist du im Dienst?«

»Eigentlich nicht, aber ...« Sie hob eine Hand und hielt mit der anderen das Handy ans Ohr. »Templin?«

Verdammt! Das konnte nicht wahr sein! Seufzend sackte Peer in sich zusammen. Er sah auf die Uhr: zwanzig vor neun. Keine zehn Minuten hatte der Spaß gedauert.

Andrea gab kurze Antworten, stellte kaum Fragen. Ihr Gesicht war wieder das der Kommissarin, professionell, ein wenig kühl, ein wenig gnadenlos. Nach einer Minute steckte sie das Telefon ein und zog ihre Jacke an.

»Mist! Ein Kollege ist ausgefallen. Und ausgerechnet dann passiert natürlich was. Ich muss los.« Sie fuhr sich durch die Haare, griff nach Peers Hand und half ihm, sich aufzusetzen. »Kommst du zurück in deinen Stuhl?«

»Klar«, brummte er. »Ich komm jeden Morgen rein. Und jedes Mal, wenn ich auf Klo war. Da werde ich es auch nach einem abgebrochenen Liebesakt schaffen.«

14. Oktober 2014

9:30 Uhr

Kaum war der Laptop hochgefahren, ertönte ein Signal – eine E-Mail von schnuppe1993. Gott sei Dank, sie schrieb ihm noch! Rasch überflog Peer die Zeilen: erneut der Hinweis, dass die Bestätigung des Staatsanwalts weiterhin ausstand. Dann die wichtige Nachricht: Der Pick-up gehörte tatsächlich zu Ricos Fuhrpark.

Der Dieb hatte kein Interesse am Inhalt von Handschuhfach oder Kofferraum gehabt, laut Ricos Aussage war alles unangetastet. Zwei Zigarettenpackungen im Fußraum identifizierte er als Andreas. Sie musste sie bei ihrer letzten Fahrt dort vergessen haben. »Pall Mall rot«.

Peer sah auf. Natürlich, Andrea rauchte. Er versuchte, sich zu erinnern, ob er sie mit einer Packung in der Hand gesehen hatte. War das eine »Pall Mall« gewesen? Das hieß noch lange nicht, dass Andrea die Schachtel in die Schilde geworfen hatte; die Marke wurde von vielen geraucht. Andrea hatte oft in dem Auto gesessen und war über die Brücke gefahren. Der Täter – der Dieb und der Mörder – könnte bewusst eine Pall-Mall-Schachtel aus dem Wagenfenster geworfen haben. Vielleicht hatte er gemerkt, dass er beobachtet wurde, und hatte den Verdacht auf Andrea lenken wollen. Würde Rico so etwas tun?

Fingerabdrücke fanden sich von Rico, Andrea und etwa fünf weiteren Personen im Pick-up. Spuren am Lenkrad wiesen darauf hin, dass jemand Handschuhe getragen hatte. Das Labor hatte unterschiedliche Fasern sowie Abrieb von Gummi und Leder gefunden. Aber es sei unmöglich, dieses Material irgendwelchen Kleidungsstücken zuzuordnen oder gar einen Hinweis auf den Mörder daraus abzuleiten, so der resignierte Kommentar der Polizistin. Dafür konnte man Erich Schlüter als Fahrer eindeutig ausschließen. An jedem Teil seiner Arbeitskleidung ließen sich Getreidestaub und Reste von Biodünger nachweisen, nicht jedoch im Auto. Und laut Peers Aussage hatte der Bauer keine Zeit gehabt, sich umzuziehen.

Erich war raus, immerhin etwas. Peer biss in sein Brötchen. Er hatte das Frühstück ausfallen lassen wollen. Aber er musste regelmäßig essen. Sein Körper brauchte einen Rhythmus, ob es darum ging, was hereinkam oder was hinaussollte. Also hatte er Kaffee gekocht, Brötchen geschmiert und alles in die Ermittlungszentrale gefahren.

Gestern Abend hatte er kurz überlegt, ob er ohne Peggy überhaupt eine Chance hatte oder doch die Ermittlungen abbrechen sollte. Ja, er war auf sich gestellt und musste sehen, wie er allein klarkam. Aber das war kein Grund, aufzugeben. Im Gegenteil, es war ein Ansporn, sich mehr Mühe zu geben, noch genauer und gewissenhafter zu arbeiten. Vielleicht war es besser, wenn er für sich blieb, niemandem von den Ergebnissen berichtete. Es stimmte: Je weniger Menschen im Dorf davon wussten, umso geringer die Gefahr, dass der Mörder informiert war. Er würde es allen zeigen. Peggy. Der Ärztin. Und Sascha.

Moment mal – die Ärztin. In der Mail stand etwas von Handschuhen und Gummiabrieb. Ärzte hatten immer Gummihandschuhe dabei, wenn sie auf Hausbesuche gingen. Dann kam Dr. Martensen als Fahrerin infrage. Hatte sie doch die Medikamentenschachtel geworfen?

Peer raufte sich die Haare. Je mehr er herausfand, umso komplizierter wurde das Ganze. Vielleicht brauchte er Abstand. Da lag der Ordner zum Kinderheim »Goldene Sonne«, den er noch nicht ganz durchgearbeitet hatte. Darin gab es mehr Motive, als er zählen konnte.

Sein Blick fiel auf die Personalliste: Über zwei Drittel waren Männer, die meisten Frauen hatten nach kurzer Zeit wieder gekündigt. Ob die Kuhn sich da hatte durchsetzen können? Womöglich hatte sie den Mund halten müssen, um nicht in Gefahr zu geraten. Auf jeden Fall bot das hier genug Anlass für ihre Pläne in Vertikow: Sah aus, als hätte sie ihre Verfehlungen wiedergutmachen und wenigstens heutigen Waisenkindern das Leben schön gestalten wollen.

Die Aussagen einiger Pfleger entwarfen ein anderes Bild von Frau Kuhn. Die Heimleiterin hatte nichts von der netten alten Dame aus Vertikow gehabt. Nach den Aufzeichnungen hatte sie Pfleger gemaßregelt, die ihre Kindergruppe nicht im Griff hatten, sie aufgefordert, härter durchzugreifen, um sich Respekt zu verschaffen, und lieber einmal mehr als zu wenig zuzuschlagen. Mehr noch: Sie hatte sich stets hinter ihre Pfleger gestellt und alle Beschwerden über Gewalt gegen die Schutzbefohlenen abgeblockt, egal, ob von den Kindern selbst, vom Personal oder von Außenstehenden. Sogar die sexuellen Übergriffe waren ihr angeblich bekannt gewesen. Einer der Pfleger, die rasch das Heim verlassen hatten, zitierte sie mit den Worten: »Ehe sie die Schwestern schwängern, sollen sie sich lieber über die Mädchen hermachen. Meinetwegen auch über die Jungs.«

Peer lehnte sich zurück. Jetzt brauchte er einen Kaffee. Gertrud Kuhn. Das arme, unschuldige Opfer. Die Frau, die ihm im Feuer beigestanden hatte. War sie das Monster aus dem Bericht? Vom Saulus zum Paulus?

Dann konnte die Personalliste ein Ansatz sein. Wenn die Kuhn einen Pfleger rausgeworfen hatte, wollte der sich vielleicht schon immer an ihr rächen und hatte endlich die Gelegenheit genutzt. Wie leicht war es zu DDR-Zeiten gewesen, nach einer Entlassung wieder eine Stelle zu finden? Womöglich war man dort eingesetzt worden, wo Bedarf war – zum Beispiel als ... Bauarbeiter.

Oder es war anders herum. Gertrud Kuhn schien ihre Taten in den letzten Lebensjahren bereut zu haben; mit dem geplanten Heim wollte sie Abbitte leisten. Vielleicht sogar noch mehr: ihre Vergangenheit aufarbeiten. Reinen Tisch machen. Die Wahrheit über die Zustände im Heim erzählen. Ihre Aussage fehlte in diesem Bericht. Gab es jemanden, der verhindern wollte, dass die »neue« Gertrud Kuhn die Ereignisse der Vergangenheit enthüllte?

Peer ging die Liste der Mitarbeiter Punkt für Punkt durch. Nur etwa jeder Zweite hatte eine Aussage gemacht, einige waren unauffindbar, die anderen ... verstorben! So viele? Wie konnte das angehen? Die meisten Toten wären heute noch keine sechzig Jahre alt. Alles Selbstmorde?

Auf der dritten Seite der Mitarbeiterliste stockte Peer. Dort war er: Unter der laufenden Nummer 87 fand sich »Markus Röder, geb. 23.06.1955 in Bützow, verstorben«. Bützow. Maiks Geburtsort.

Gertrud Kuhn und Maiks Vater. Er war in die grauenvollen Ereignisse im Heim verwickelt gewesen, vielleicht daran beteiligt. Oder hatte er dagegen protestiert? Wie war sein Verhältnis zu Frau Kuhn gewesen? Fragen, die sich nicht mehr stellen ließen. Markus Röder war tot, hatte sich nach offizieller Meinung umgebracht. Damit könnte für Maik Frau Kuhn schuld gewesen sein am Tod seines Vaters. Und er hätte ein Motiv. Was hatte er während seines Ausbruchs gebrüllt? »Sie« würden von Selbstmord reden. Aber er glaubte nicht daran. Die hohe Zahl an toten Pflegern war tatsächlich auffällig; zu hoch für eine natürliche Ursache. Und, das fand Peer nach kurzer Internetrecherche heraus, sogar zu hoch für Suizide von Straftätern. Aber wenn es kein Selbstmord gewesen sein sollte und Maiks Vater nicht an einer Krankheit gestorben war, dann hieß das ...

12:10 Uhr

Es holperte kaum, als der E-Rolli die Auffahrt zum Hof der Feuerwehr hinaufrollte. Peer zückte sein Handy und rief Eilien an; zwei Minuten später öffnete sie.

»Ach wat, da biste ja schon!«

»Hab von hier aus angerufen.«

»Mann, hättste det jesacht, hätt ick'n Zahn zujelegt!«

»Alles gut«, grinste Peer und rollte in den Gang hinein. »Hermann schon da?«

»Wat denkste denn? Um zwölfe jibt's Essen.«

Auf Hermann war Verlass. Peer musste sich mit jemandem austauschen, brauchte einen Rat. Und er wusste keinen klügeren Ratgeber als den ehemaligen Bürgermeister, der seit seiner Geburt Krimis las und die Menschen in Vertikow kannte wie niemand sonst.

Der Alte saß im leeren Schankraum an seinem Stammtisch vor einem Teller Bratwurst mit Sauerkraut und einem Pils. Peer klopfte auf den Tisch. »Moin.«

»Tachschön, Jung. Was treibt dich hierher? Willst auch hier essen?«

»Nee, lass mal. Ich mach so viel selbst, wie ich kann. Und kochen geht ganz gut.«

»Tscha, und sonst hast ja immer noch die Rohwedder.« Hermann grinste schmatzend.

Ehe Peer etwas entgegnen konnte, kam Eilien heran und stellte ihm ein Bier auf den Tisch.

»Super, danke.«

»Det wird bezahlt, wa?« Grinsend verschwand sie in der Küche.

Peer wartete, bis die Schwingtür stillstand, und beugte sich zum alten Schmied. »Kann ich dich was fragen?«

Hermann sah zur Küche und legte einen Finger auf die Lippen. »Du weißt nich weiter, was?« Er seufzte. »Ich hab mich wohl getäuscht, du bist kein geborener Detektiv. Aber ich hoffe, du bleibst trotzdem dabei.«

Peer hob eine Augenbraue und musterte ihn. »Jetzt erst recht. Der Kreis der Verdächtigen wird langsam kleiner.«

»Erzähl! Wer kommt infrage?«

Nichts überstürzen. Es war sinnvoller, erst die Informationen zu verifizieren. »Hermann, bist du sicher, dass Gertrud Kuhn dir nie was von Krebs erzählt hat?«

Der Schmied schüttelte vehement den Kopf. »Hab ich doch schon gesagt. Wie kommst du bloß darauf?«

»Sie hat ein Schmerzmittel genommen, das nur Krebspatienten gegeben wird. Und es steht in ihrer Krankenakte. Aber niemand außer der Ärztin weiß was darüber.«

»Du hast ja doch 'ne Menge rausgefunden!«, brummte Hermann anerkennend.

Peer schnaubte. »Zu viel! Eine Tatsache ist verwirrender als die andere.«

»Dann erzähl mal, wen du verdächtigst?«

Schritt für Schritt setzte Peer ihm seine Theorien auseinander. Er begann mit Dr. Martensen, was von Hermann mit ungläubigem Kopfschütteln quittiert wurde. Der Verdacht gegen Sonja hielt ebenfalls nicht stand.

»Ich glaub nich, dass eine Frau so was fertigbringt«, sagte der Alte kategorisch und trank sein Glas leer.

Damit traf er Peers Bauchgefühl. Also weiter: Er brachte Maik Röder ins Spiel, dessen aggressive Ausbrüche, die Verbindung zwischen Frau Kuhn und Maiks Vater. Doch beim Thema Kinderheim verschloss sich Hermanns Gesicht, der Schmied wandte sich ab und stocherte nur noch brummend im Essen herum.

»Möglich, dass Vater Röder die Zeit im Heim nicht verarbeitet und sich umgebracht hat«, schloss Peer. »Kann aber auch sein, dass er was sagen wollte, Frau Kuhn vielleicht sogar erpresst hat.« Er machte eine Pause. »Maik meint, sein Vater hat keinen Selbstmord begangen, sondern ...«

»Was?«, fuhr Hermann ihn an. »Glaubt er, Gertrud hat ihn ermordet?«

»Pst!« Peer legte eine Hand auf den Arm des Schmieds. »Gerade das muss nicht jeder wissen.«

»Jung, das ist alles Blödsinn!«, herrschte Hermann ihn leise an. »Die ganze Kinderheimsache.«

»Das wünschte ich auch. Aber es ist wahr. Das Heim in Güstrow war ein Spezialheim. Und nach allem, was ich gelesen hab, war das mehr ein Straflager als ein Heim.«

Hermanns Gesicht färbte sich rötlich, seine Fingerkuppen trommelten auf den Tisch. »Wo steht das?«

»Was?«

»Wo du so'n Schietkram liest? Is doch alles nich wahr!«

»Hermann«, versuchte Peer es so vorsichtig wie möglich, »das steht im offiziellen Bericht der Regierung. Die haben eine Untersuchungskommission ...«

»Ja, mit lauter Wessis, die keine Ahnung haben, wie das hier früher war!« Das Gesicht des Schmieds war inzwischen tiefrot, er ruckelte so vehement auf seinem Stuhl hin und her, dass sein Gehstock zu Boden fiel, der an der Lehne aufgehängt war. »Oh, Schiet noch eins!« Er knallte mit der Faust auf den Tisch.

Eilien schaute aus der Küche. »Allet in Ordnung?«

»Alles wunderbar.«

»Noch'n Bier!«, kommandierte der Alte.

»Hermann, so'n Tisch kostet fuffzig Euro. Wenn de den kaputthaust, jehste Teller spülen.« Sie ging wieder.

»Mensch, beruhige dich«, flüsterte Peer, »ist ja gut.«

»Nee, Jung, gar nix is gut!« Hermanns Augen blitzten erbost. »Du lässt sofort diese alberne Detektivspielerei, statt meine Gertrud so in' Dreck zu ziehen!«

»Jetzt mach aber einen Punkt! Du hast mich zum Ermitteln aufgefordert. Und wo ich endlich eine brauchbare Spur hab, soll ich abbrechen, nur weil dir das Ergebnis nicht passt?«

Die Tür öffnete sich, Erich trat ein – ausgerechnet.

»Tachschön, Hermann! Peer! Na, esst ihr zusamm'?« Ohne zu fragen, setzte der Bauer sich zu den beiden.

Der Alte brummte nur und widmete sich seiner Mahlzeit, offensichtlich mit weniger Appetit als zuvor. Peer bemühte sich zu lächeln, während er schweigend überlegte, wie er Erich loswerden könnte. Auch wenn er außer Verdacht und mit Peer befreundet war – Erich wäre schon einer zu viel, der von den Ermittlungen wusste.

Nach einer gefühlten Ewigkeit kam Eilien mit Hermanns Pils an den Tisch. »Na, Erich, auch eins?«

»Nee, Erich hat keine Zeit«, nuschelte Hermann durchs Sauerkraut hindurch, »muss gleich wieder los.«

Der Bauer schaute ihn an, dann Peer, der nur mit den Schultern zuckte. »Jo«, sagte er zögernd, »bin nur ... hab keine Zeit und muss ... gleich wieder los.«

»Jut.« Die Wirtin rauschte davon.

Schwerfällig erhob Erich sich. »Will die Detektive nich stör'n. Wenn ihr manchmal Hilfe braucht, sacht Bescheid.«

»Alles klar. Danke.« Peer winkte ihm nach und wandte sich an Hermann. »Das war ein Rausschmiss.«

Schulterzuckend antwortete der Alte: »Was Erich weiß, weiß Daniela. Und was Daniela weiß, weiß der halbe Landkreis.« Er steckte den Wurstzipfel in den Mund, kaute genüsslich und spülte alles mit einem großen Schluck Bier hinunter. Wohlig seufzend lehnte er sich zurück. Wurstzipfel schienen eine beruhigende Wirkung zu haben. »Nun sag mal, warum glaubt Maik nicht an Selbstmord?«

Peer runzelte die Stirn. »Keine Ahnung, darüber kann ich mit ihm nicht sprechen. Aber mir ist aufgefallen, dass eine Reihe von ehemaligen Angestellten im ... an derselben Arbeitsstelle nicht mehr am Leben sind. Über zehn Leute sind gestorben, bevor sie sechzig waren.«

»Und jetzt glaubst du, wenn Maik recht hat, sind die alle«, Hermann senkte die Stimme, »ermordet worden?«

»Ich weiß nicht.« Vor Schreck verschluckte Peer sich und musste husten. »Du mit deinen Krimi-Ideen.«

Die Augen des Schmieds verengten sich. »Jung, vielleicht hast du recht. Wenn es in diesem Heim jemand gab, der'n Grund hat, die Mitarbeiter umzubringen ...«

»Zum Beispiel ein paar hundert misshandelte Kinder?«

»Nu lass doch diese Schauermärchen«, raunzte Hermann. »Wenn's da in der Belegschaft was gab, ein Geheimnis, das ans Licht zu kommen droht, und nu is jemand bereit, dafür zu morden.«

»Jetzt klingst du wirklich wie ein Krimi.«

»Egal, Jung! Wir brauchen die Polizei.«

»Ach, wozu?«

»Die muss aufklären, ob es zwischen diesen Toten einen Zusammenhang gibt.«

Peer lachte auf. »Die Polizei wird dir was husten! Wegen deiner absurden Theorie werden die nicht eine Handvoll Unfälle, Selbstmorde und natürlicher Tode zu einer Mordserie machen.«

»Trotzdem, Jung: Diese Polizistin ist klug und weiß, was sie will. Wenn du der erzählst, was du herausgefunden hast, geht sie der Sache auch nach.«

Natürlich. Mit Andrea musste er sowieso sprechen. Seltsam, dass sie noch nicht angerufen hatte. Peer hob den Kopf. »Danke, Hermann. Entschuldige, ich hab noch was vor.« Er wendete den Rollstuhl. »Ach bitte, kein Wort zu niemand, okay?«

»Hör mal, Jung!« Der Alte grinste. »So was musst du mir doch nich erzählen, weißt Bescheid?«

12:55 Uhr

An der Kreuzung stoppte Peer den Rollstuhl. Apropos Verdächtige: Von der anderen Straßenseite leuchtete die Badewanne auf Maik Röders Kastenwagen. Seltsam, der Klempner hatte nicht im Gasthaus gesessen. Und wenn er einen Einsatz bei Eilien in der Küche gehabt hätte, hätte Peer ihn vorhin dort sehen müssen. Dann stünde der Wagen auch auf dem Hof und nicht an der Friedhofsmauer – entgegen der Fahrtrichtung.

Hinter den getönten Scheiben nahm Peer eine Bewegung wahr: Maik saß im Wagen. Und beobachtete ihn! Peers Herz schlug schneller. Was hatte das zu bedeuten? Würde er gleich aus dem Wagen stürmen und ihn kidnappen? Nein, nicht mitten auf der Straße. Er verfolgte ihn nur, wollte ihm Angst einjagen, ihn mürbe machen.

Peer schluckte, versuchte, seinen Atem unter Kontrolle zu bringen. Die Worte Dr. Martensens gingen ihm durch den Kopf: Ablenkung oder Konfrontation. Für Ablenkung war es zu spät. So gelassen wie möglich rollte er auf den Ford Transit zu. In dem Moment startete Maik den Motor, trat das Gaspedal durch und röhrte davon. Peer stand mitten auf der Dorfstraße, sah ihm hinterher und atmete auf. Sein Herz hämmerte noch immer.

»Was machen Sie denn da? Passen Sie doch auf!«

Peer wandte sich um. »Gar nichts mache ich.«

Mit steifen Beinen stakste die alte Treskow heran und winkte ihn zu sich auf den Gehweg. »Sie machen sogar in einer Tour etwas.« Mit gesenkter Stimme fuhr sie fort: »Sie stiften Unruhe. Unter den Unschuldigen und den Schuldigen. Also passen Sie auf!«

»Was meinen Sie damit?«, fragte Peer zögernd.

Die alte Treskow spitzte die Lippen und wippte einmal auf den Zehen. »Man beobachtet Sie.«

»Das hab ich gemerkt.«

»Ach was, ich meine doch nicht Maik.« Ohne dass ihr Kopf sich bewegte, wanderten ihre Augen auf einen Punkt hinter Peer, irgendwo auf dem Friedhof. »Sehen Sie sich nicht um. Hinter den Rhododendronbüschen am Ahlmann'schen Grab hockt eine Gestalt, seit Sie in der ›Eiche‹ verschwunden sind. Und als Sie eben vom Hof rollten, sprang sie plötzlich auf.«

»Sie? Meinen Sie ›die Gestalt‹ oder ist es eine Frau?«

»Beides.«

»Dann haben Sie sie erkannt?«

Die alte Treskow verengte die Augen zu Schlitzen. »Das nicht. Aber sie hat ... eindeutig weibliche Körperformen. Das sah man sogar durch dieses ... ach, wie heißen diese neumodischen Kapuzendinger?«

»Sie trägt einen Hoodie?«

»Was?«

»Ein Kapuzen-Sweatshirt?«

»Ja, so was. Deshalb habe ich ihre Haare nicht sehen können. Aber sie wirkten dunkel.«

Eine Frau mit dunklen Haaren beschattete ihn. Wer hatte einen Grund dazu? Sonja, die in Wirklichkeit ihren Mann verfolgte? Die Ärztin hatte auch braune Haare. »Frau Treskow, was halten Sie von Dr. Martensen?«

»Von Paula? Wieso?« Sie hob die Augenbrauen und nickte zum Friedhof. »Glauben Sie, Ihre Ärztin nimmt Urlaub, um Ihnen hinterherzuschleichen?«

Peer runzelte die Stirn. »Paula? Kennen Sie Dr. Martensen näher?«

Der Unterkiefer der alten Treskow sank herab. Sie sah ihn mit großen Augen an und schüttelte langsam den Kopf. »Wieso wollen Sie das wissen?«

»Nur so«, wiegelte er ab. »Aus Interesse.«

»Sie haben an vielen Dingen Interesse. Und das gefällt nicht jedem.« Rasch gewann sie ihre Fassung zurück. »Vielleicht brechen Sie Ihre Ermittlungen lieber ab.«

Jetzt klappte Peer der Unterkiefer herunter. »Wie bitte? Ich bin quasi in Ihrem Auftrag unterwegs! Sie wollten, dass ich den Mord an Ihrer Freundin aufkläre.«

»Schon. Aber was Sie stattdessen tun, ist das ganze Dorf in Aufruhr bringen. Sehen Sie sich um: Peggy hat mit Ihnen gebrochen, Sie werden von Maik und einer ominösen Frau beschattet. Jeder verdächtigt langsam jeden. Wohin soll das noch führen?«

»Machen Sie sich Sorgen meinetwegen? Nur weil eine dunkelhaarige Frau mich beobachtet?«

»Ihretwegen? Pah. Im Übrigen habe ich nie von einer dunkelhaarigen Frau gesprochen. Ich habe die Haare gar nicht gesehen, vielleicht sind sie dunkel, vielleicht trägt sie eine Mütze.« Sie spitzte die Lippen. »Dann könnte es auch Ihre blonde Kommissarin sein.«

Die Art, wie sie die Arme vor der Brust verschränkte, machte Peer klar: Sie wusste, dass zwischen ihm und Andrea etwas lief. Vermutlich wusste sie sogar, was zwischen ihnen lief. Vielleicht besser, als er selbst es wusste.

»Tja, danke, Frau Treskow.«

Sie nickte nur. »Man tut ja seine Pflicht. Trotzdem, passen Sie auf sich auf. Meine tote Freundin hat Sie aus dem Feuer gerettet. Wenn Sie eine Woche später aus eigener Dummheit Ihr Leben verlieren, bekommen Sie von mir noch einen Tritt gegen den Sarg dazu!« Ohne eine Antwort abzuwarten, stakste sie davon.

Peer sah ihr hinterher. Wieso wollten plötzlich alle, dass er die Ermittlungen abbrach? Klar, er begriff auch, dass die Sache gefährlich werden konnte. Aber das wäre der Treskow egal, oder? Ein Tritt gegen den Sarg ...

Sein Blick ging zu den Rhododendronbüschen hinter der Feldsteinmauer. Da stand Andrea und beobachtete ihn? Das wäre wundervoll. Sie passte auf ihn auf, sie sorgte sich um ihn.

Er holte sein Handy heraus. Gleich würde es drüben auf dem Friedhof klingeln. Wieder musste er grinsen. Doch es klingelte nicht. Er hörte zweimal den Rufton, dann das Besetztzeichen. Andrea musste auf eine falsche Taste gekommen sein. Er versuchte es noch einmal. Der Rufton, das Besetztzeichen. Sie hatte den Anruf weggedrückt. Verstört ließ er das Handy sinken. Und nun?

Ehe er sich entscheiden konnte, summte sein Telefon. »SMS von Andrea«. Rasch öffnete Peer die Nachricht:

Sorry brauch abstand! bitte ruf nicht an!
xxx A

Was sollte das? Gestern Abend hatte sie ihn nach allen Regeln der Kunst verführt, auf seinen Lenden gesessen und Gefühle in ihm erzeugt, die er nicht mehr für möglich gehalten hatte. Und heute brauchte sie Abstand? Andererseits standen die drei x für drei Küsse, oder? Diese Frau brachte ihn um den Verstand. Peer tippte auf »Antworten«:

Das kannst du nicht machen! Gestern war einfach unglaublich. Ich liebe

Er hielt inne, starrte auf das Display, presste den Daumen auf die Rücktaste, bis das Textfeld leer war. Erneut begann er zu tippen:

Maiks Vater im selben Heim wie Gertrud Kuhn – ist das der Schlüssel? Bitte melde dich!

Wie würde sie reagieren? Wäre das ein Köder, der sie zu ihm zurückbrächte? Er drückte auf »Senden«. Einen Moment wartete er, dann schrieb er eine neue SMS:

Ich vermisse dich!

Rasch noch einmal den Senden-Knopf drücken, ehe er es sich anders überlegte.

Peer wartete. Eine Minute, zwei. Es kam keine Antwort. Er schaute auf, ließ das Handy in die Tasche des Rollstuhls gleiten.

Noch immer stand er auf der Straße. Sein Blick glitt in Richtung Friedhof, ein Schauer lief ihm den Rücken hinunter. Wenn Andrea Abstand wollte und sich nicht dort versteckte, um auf ihn aufzupassen – wer stand dann hinter den Büschen? Und was hatte die Unbekannte vor? Vielleicht hatte die alte Treskow recht und sein Leben war in Gefahr. Ein Tritt gegen den Sarg! Er schluckte.

14:45 Uhr

Wieso ging der Türgong? Der Termin mit dem Physiotherapeuten war für vier Uhr angesetzt. Wenn der Kerl jetzt schon kam, konnte er sich sein »Palu« endgültig abschminken. Nein, der Umriss hinter der Milchglasscheibe gehörte mit Sicherheit nicht dem Muskelmann. Aber ein Mann war es.

Peer öffnete. »Raffael.«

»Hi, Peer! Schön, dich zu sehen. Gut siehst du aus!«

»Spar dir die Schmeicheleien, mich kriegst du nicht rum. Mit mir ist nicht mehr viel anzufangen.«

»Och, mir fiele da schon was ein. Was hältst du von einer Spazierfahrt? Draußen ist herrliches Oktoberwetter.«

»Nette Idee. Dann musst du deine Fotoausrüstung nicht selbst tragen, was?«

»Aber Herzchen«, der Maler presste mit großer Geste die Fingerkuppen seiner linken Hand auf die Brust, »glaubst du, ich wäre so selbstsüchtig?«

Peer überlegte kurz. »Ja. Außerdem hab ich keine Zeit. Mein erster Physio-Termin steht in einer Stunde an.«

»Okay. Dann setzen wir uns wenigstens einen Moment auf die Terrasse. Die Sonne wird dir guttun, du blasses Hemd!« Er rauschte an Peer vorbei ins Wohnzimmer.

»Fühl dich wie zu Haus.« Brummend rollte Peer hinterher.

Als er den Raum erreichte, hatte Raffael schon die Terrassentür geöffnet und hielt ein Sitzpolster in der Hand. »Und, wie geht's Sascha?«

»Gut. Glaube ich.«

»Glaubst du?«

»Na ja ...«

»Dicke Luft?«

Peer zuckte mit den Schultern.

»Wegen Andrea?«

Verdutzt schaute Peer ihn an. »Woher weißt du ...?«

»Ich bitte dich! Ich hab euch letzte Woche gesehen.« Raffael trat auf die Terrasse und legte das Polster auf einen der Gartenstühle. Mit wohligem Seufzen ließ er sich hineinsinken und schloss die Augen.

»Letzte Woche? Da war doch nichts«, schnaubte Peer, als er über die Rampe nach draußen rollte.

»Mag sein. Aber denk dran, wo du bist! Jeder in Vertikow weiß irgendwas darüber. Und was sie nicht wissen, haben sie dazugedichtet. Die beste Version, die ich gehört hab: Sie ist schon lange deine Geliebte und du hast den Mord an der Kuhn nur erfunden, damit sie ständig bei dir sein kann.«

»Echt?«

Raffael öffnete die Augen und richtete sich auf. »Reg dich ab. Ist alles bald wieder vergessen. Ich weiß noch, als Denny das erste Mal bei mir übernachtet hat, hieß es am Montag schon, wir wollten uns verpartnern.«

»Denny«, murmelte Peer und legte den Zeigefinger ans Kinn, »hilf mir auf die Sprünge, welcher war das?«

»Werd nicht frech, Freundchen! Du hast den Zölibat auch nicht erfunden!«

Das Grinsen versickerte auf Peers Wangen wie Wasser im Sand. »Was willst du? Geht's nur um Andrea?«

»Quatsch! Du spielst doch noch Detektiv, oder?«

»Was heißt spielen? Das ist inzwischen ziemlich ernst.«

»Gut. Ich muss eine Aussage machen.«

Peer hob die Augenbrauen. »Zu dem Fall?«

»Nein, Herzchen, zum perfekten Promi-Dinner«, stöhnte Raffael augenrollend. »Natürlich zum Fall!«

»Und was hast du gesehen?«

»Gesehen und gehört. Bei meiner Fototour gestern habe ich mit Rico gesprochen.«

Peer runzelte die Stirn. »Planst du immer noch Landschaftsbilder mit Baustellen?«

»Ich halte die Kamera auf alles, was ich interessant finde. Nach welchen Regeln Rico baut, welche Materialien er verwendet, wie das Bauwerk sich zu dem entwickelt, was es einmal werden soll.«

»Okay, wenn du meinst. Ich bin Detektiv, kein Maler.«

»Du bist Musiker, kein Detektiv«, korrigierte Raffael und stand auf. »Jedenfalls hat Rico mir erzählt, dass der ›böse‹ Pick-up gefunden worden ist. Und dabei sind mir ein paar Sachen aufgefallen.«

»Nämlich?«

»Erstens, dass nicht Rico den Diebstahl gemeldet hat.«

»Ach nein?«

»Nein, der war zu der Zeit im Krankenhaus bei seiner Frau. Es gab Komplikationen vor der Geburt seiner Tochter. Oder bei der Geburt, weiß ich nicht genau. Als alles wieder im Lot war und er zurück auf der Baustelle, hat Andrea ihm erzählt, dass ein Pick-up gestohlen wurde.«

»Dann hat sie den Diebstahl gemeldet.«

»Genau.«

»Und?«

»Wo steht dein Laptop?«

»Im Musikzimmer, wieso?«

»Dann wart mal!«

Raffael war so rasch von seinem Stuhl gesprungen und im Haus verschwunden, dass Peer ihm nicht mal nachsehen konnte. Vor ein paar Monaten war er selbst auch noch so flink auf den Beinen gewesen. Und wahrscheinlich hätte er sich ähnlich gedankenlos bewegt, wenn ein Rollifahrer dabeigewesen wäre.

Wenig später kam der Maler zurück, hielt den Laptop mit der einen Hand, tippte mit der anderen. »Mann, du solltest über ein Passwort nachdenken. Wenn du jetzt brisantes Ermittlungsmaterial da drauf hast.«

Raffael hatte recht. Von seinen eigenen Eintragungen abgesehen, lagen im Mailordner vertrauliche Unterlagen der Polizei, die Frau Velten ihm nur unter der Voraussetzung gegeben hatte, dass sie niemand anders sah. In diesem Moment hatte ein an allem interessierter Maler Zugriff darauf, zweimal die Woche könnte Frau Burow beim Putzen alles durchforsten, jeden Morgen die Schwester Fotos davon machen ... Verdammt!

»Mann, in der Sonne ist das echt Scheiße mit den Farben«, stöhnte Raffael. »Aber darauf kommt es nicht an. Hier, da ist es.« Er stellte den Laptop vor Peer auf den Tisch. »Siehst du?«

Auf dem Monitor waren schwach zwei Bilder zu sehen: der Rohbau in unterschiedlichen Entwicklungsstufen, davor einer von Ricos Pick-ups. Peer erkannte das Kennzeichen sofort. »Der Tatwagen.«

»Schau auf die Daten.«

Das eine Bild war vom 24.06.2014, rohe Gasbetonsteine, die kaum bis zur Fensterkante reichten. Das andere, mit hochgemauerten Wänden und den ersten Dachbalken, stammte vom 30. August. Peer sah zwischen den beiden Bildern hin und her. »Und?«

»Schau auf die Daten!«, wiederholte Raffael.

»Tu ich doch. Was ist damit?«

Stirnrunzelnd sah der Maler ihn an. »Du hast schon gecheckt, wann der Wagen gestohlen gemeldet wurde?«

Verdammt! Peer durchlief es eisig. »N...nein.« Einmal mehr wünschte er sich sein altes Leben zurück. Oben auf der Empore war es so einfach gewesen. Alles, was er brauchte, war da, die Noten, verlässliche Daten, die er nur interpretieren musste. Jetzt musste er alle Daten selbst sammeln, sie richtig zusammensetzen – und sie dann auch noch richtig interpretieren. Und sobald ein Detail fehlte, war der Rest nicht zu gebrauchen.

»Oh my God!« Der Maler seufzte. »Ich sag's doch: Du bist Musiker, kein Detektiv. Also, nach Ricos Aussage hat einer seiner Mitarbeiter Andrea am 26. August gesagt, dass ein Pick-up fehlt. Sie hat das überprüft und den Wagen am 27. August als gestohlen gemeldet. Den da. Wieso steht er dann am 30. August auf der Baustelle?«

Peer sog scharf die Luft ein. »Danke. Sieht aus, als müsste ich mal mit Rico sprechen.«

»Der ist erst Freitag wieder da, wenn die Fenster geliefert werden. Bis dahin arbeiten seine Männer in Crivitz.«

»Ach nee. Dann könnte ich mir den Bau vielleicht mal in Ruhe ansehen?«

»Du?«

»Wieso nicht?«

»Glaubst du, du findest Spuren in einem Rohbau?«

»Im Rohbau nicht«, Peer tippte auf eine blaue Fläche auf dem Monitor, »aber vielleicht im Bauwagen.«

Raffaels Augen weiteten sich. »Alle Achtung, manchmal denkst du doch wie ein Detektiv. Nur wie kommst du in den Wagen rein? Wenn man den überhaupt aufkriegt.«

»Was hast du morgen Mittag vor?«

»Warte mal! Du willst nicht, dass ich ...«

Wieder ging der Türgong. Zeit für die Physiotherapie.

»Tut mir leid, Raffael. Mein Termin.«

»Ich weiß, die Physiotherapeutin. Ich mach auf.«

Ehe Peer etwas entgegnen konnte, verschwand Raffael im Haus. Grinsend wendete er den Rollstuhl. Als er auf die Rampe fahren wollte, fiel ihm eine Bewegung im Spiegelbild der Fensterscheibe auf. Er wendete erneut. Im Garten war nichts zu sehen. Nur die Zweige der Hecke am Grundstücksrand bewegten sich stärker als das andere Laub. Einen Moment fixierte er die Stelle. Stand dort jemand und beobachtete ihn? Die schwarze Frau.

Er zwang sich, ruhig zu bleiben, klappte den Laptop zu und legte ihn auf den Schoß. Sobald er im Haus war, schloss er die Terrassentür und drückte den Schließknopf zu. Erst dann rollte er in die Diele.

Heinz Palupke und Raffael standen noch immer an der Haustür. Der Maler starrte den muskulösen Mann mit glasigen Augen an.

»Peer, das ist Palu«, säuselte er.

»Tachschön, Peer.« Der Physiotherapeut streckte die Hand aus und strahlte Peer an. »Ich sehe, du hast Besuch? Stör ich?« Er sah zu Raffael.

Peer grinste. »Ach was. Darf ich vorstellen: Raffael Leineweber, unser Maler. Er wollte gerade gehen.«

»Ach, ihr wollt renovieren?«

»Nein. Er ist kein Maler-Maler, sondern Kunstmaler.«

»Cool.« Palupke ergriff Raffaels Hand. »Freut mich. Und was malst du?«

»Freut mich auch«, echote Raffael. »Meist Landschaften. Aber wenn du willst, auch Porträts.« Er ließ die Hand des Therapeuten nicht los. »Oder Akte.«

Peer schloss die Augen. »Wolltest du nicht Fotos machen?«

»Wie? Nein, ich könnte ...«

»Du musst doch das Licht ausnutzen, oder? Wir sehen uns morgen um zwei.«

»Oh ja. Sicher. Wenn du meinst.« Zögernd ließ der Maler Palupkes Hand aus seiner gleiten. »War nett, dich zu treffen, Palu.« In der Tür wandte er sich um. »Und wenn du doch mal ein Aktbild brauchst ...«

»Raffael! Schluss jetzt!«

»Mal sehen.« Palupke schloss grinsend die Tür.

21:45 Uhr

Alle Muskeln in Peers Körper schmerzten. Zumindest alle die, die er noch spüren konnte. Jeden einzelnen hatte Heinz sich vorgenommen, zunächst behutsam durchbewegt, abgetastet und durch sanfte Massage die Durchblutung angeregt. Es hatte sich toll angefühlt. Peer hatte sich schon fragen wollen, wie es sein konnte, dass jemand mit dieser Knochenbrecher-Erscheinung so sensibel, ja fast zärtlich war. Doch dann kam das dicke Ende!

Im Grunde war Palupkes Vorhaben klasse: Peer wieder, soweit es ging, ins Leben zu integrieren. Und die Aussicht, Autofahren zu können, war verlockend. Aber spätestens, als er treuherzig meinte, es wäre jetzt schon Zeit, dass Peer sich wieder in ein Auto setzte, hätten alle Alarmglocken schrillen müssen. Dennoch war Peer mit ihm zur Auffahrt gerollt – nicht zuletzt, weil er gedacht hatte, um die angekündigten Muskelübungen herumzukommen. Doch Heinz hatte die Beifahrertür seines PALU-Wagens geöffnet und gemeint, Peer solle sich »mal eben auf den Sitz setzen«. Natürlich wäre er ihm behilflich, würde ihm zeigen, wo er anfassen müsse und wie er sein Gewicht nutzen könne, um den Schwung zu erhöhen. Peer fasste an, zog und – nichts mit

Schwung! Er schaffte es mit Müh und Not, sich ein Stück aus dem Stuhl zu ziehen, dann ließen seine Kräfte nach.

Peer sagte nichts, ließ alles über sich ergehen: Palupkes Tiraden darüber, dass er sich vernachlässige, dass er nichts leisten könne, wenn er nicht an sich arbeite, dass er doch nicht zu den erbärmlichen Waschlappen zählen wolle, die nicht mal ins Auto einsteigen könnten. Was mit ihm los sei, hatte dieser Lackaffe gefragt und seine Muskeln spielen lassen. Doch Peer hatte nicht geantwortet. Stattdessen hatte er – hoffentlich, ohne dass Heinz es merkte – geheult. Vor Wut. Auf Palupke. Auf seinen Zustand. Auf seine Schwäche.

Welches Recht nahm dieser Muskelprotz sich heraus, ihn runterzuputzen? Gut, mit manchem hatte er recht: Was Peer an Kraft in den Beinen fehlte, musste er durch Arme, Schultern und Oberkörper ersetzen, so gut es ging. Und dazu brauchte er Muskeln. Aber musste er die alle an einem einzigen Tag aufbauen? Fast eine Stunde hatte der Kerl ihn anschließend in der Mangel gehabt, es war schweißtreibend und erschöpfend gewesen. Beim Gedanken an den Muskelkater, den er morgen haben würde, begann Peer gleich wieder zu schwitzen.

Er hatte es nach dem Duschen nicht geschafft, die Beine komplett auf die Couch zu heben. Und so saß er nun halb, halb lag er, das linke Bein angewinkelt auf der Couch, das rechte hing zum Boden hinunter. Sascha würde schimpfen, weil das seinem Rücken nicht gut täte. Und wenn schon – seine Lendenwirbelsäule war eh hin, da machte falsches Liegen auch nichts mehr aus.

In zehn Minuten würde sie anrufen – hoffentlich. Und in zehn Wochen würde Peer sie in Berlin besuchen. Gut, eher zwanzig. Ohne Beine Auto zu fahren war eine Sache. Ohne Beine durchs chaotische Berlin Auto zu fahren, eine andere. Aber tun würde er es, so viel war sicher.

15. Oktober 2014

9:20 Uhr

Peer hatte es sich zur Gewohnheit gemacht, beim Zähneputzen alles zu durchdenken, was er am Tag zuvor herausgefunden hatte, und zu überlegen, wie es in das Puzzle passte. Abends waren manche Eindrücke zu frisch, das hatte ihn mehrmals auf falsche Fährten gelockt. Aber nach sieben Stunden Schlaf und zwei Tassen Kaffee sah er vieles klarer.

Den Diebstahl des Pick-ups hatte er die ganze Zeit außer Acht gelassen. Er hatte überlegt, wer als Täter infrage kommen konnte, hatte spekuliert und sich Ideen als Tatsachen zurechtgelegt, dabei aber das Wichtigste übersehen: die Tatwaffe. Der Wagen gehörte zur Baustelle, und er hatte immer nur im Dorf gesucht. Wieso hatte er den Gedanken nicht verfolgt, dass es einer der Bauarbeiter gewesen sein könnte?

Die Antwort war klar: Er kannte keinen von Ricos Leuten, wusste nicht, ob einer von ihnen eine Verbindung zu Gertrud Kuhn hatte. Und damit ein Motiv, sie zu töten. Das war das Problem: Wenn er sich auf den Bau konzentrierte, riskierte er, herauszufinden, dass es sich doch um einen Unfall gehandelt hatte, dass ein betrunkener Arbeiter Frau Kuhn »einfach so« überfahren hatte. Dass alles keinen Sinn ergab.

Vielleicht war es besser, diesen Teil der Ermittlungen weiterhin Andrea zu überlassen. Sie hatte einen viel direkteren Zugang zu Ricos Leuten, wusste, wie sie tickten – und wem sie vertrauen konnte.

Was nicht hieß, dass Peer untätig blieb. Zwar nahm er die Warnungen inzwischen ernster, zog zumindest in Betracht, dass jemand ihn daran hindern wollte, den Fall zu lösen. Aber Hindernisse waren schon immer ein Ansporn gewesen. Sie wären es auch in der Beziehung mit Andrea – wenn er nur wüsste, was er von ihrem Hin und Her halten sollte. Er nahm einen Schluck Wasser, presste ihn mit der Zunge zwischen den Zähnen hindurch, gurgelte.

Was war das? Rasch spuckte er aus. Ein fremdes Geräusch, ein Klappern. Er schaute sich im Bad um. Alles stand an seinem Platz. Da, wieder! Die Briefkastenklappe! Für die Post war es zu früh. Er rollte ans Fenster, spähte durch die Lamellen der Jalousie. Für einen Moment sah er sie deutlich: eine Gestalt in schwarzer Jeans, schwarzem Hoodie, schwarzen Sneakern. Sogar schwarze Handschuhe. Ihre flinken, geschmeidigen Bewegungen ließen erkennen, dass es sich um eine Frau handelte.

Verdammt, bis er draußen wäre, hätte sie sich längst in Luft aufgelöst. Jetzt hätte er jemanden gebraucht, der die Verfolgung aufnehmen könnte. Sein altes Ich. Peggy. Diese Frau konnte nur mit ihm spielen, weil er ihr allein nicht gefährlich werden konnte. Sie wusste um seinen Zustand. Er schnaubte. Ganz Vertikow wusste um seinen Zustand.

Trotzdem: Je eher er herausfand, was sie am Briefkasten gemacht hatte, umso besser. Mit feuchtem Kinn und nassen Händen rollte Peer in die Diele, riss die Haustür auf und flitzte zum Briefkasten. Scheiß auf Outdoor-Rollstuhl! Verdammt! Der Schlüssel lag auf der Kommode. Hektisch fingerte er in den Spalt, bekam ein Stück Papier zu fassen. Gut, dass seine Finger feucht waren, das Blatt klebte daran und er konnte es aus dem Kasten ziehen.

Ein Notizzettel in DIN A5, nur ein Satz stand darauf, von Hand geschrieben: »Trau Rico's Schwester nicht!«

Peer starrte auf den Zettel. Sollte das heißen, Andrea würde die Tat von Ricos Leuten vertuschen? Vielleicht war Rico doch darin verwickelt. Er musste ja nicht rund um die Uhr im Krankenhaus bei seiner Frau gewesen sein. Dann wäre es kein Wunder, dass Andrea noch keine wesentlichen Erkenntnisse zur Ermittlung beigesteuert hatte. Kurz durchzuckte ihn ein anderer Gedanke: Womöglich wollte die Frau andeuten, dass Andrea selbst die Täterin war. Aber das war absurd. Oder?

Die Nachricht stand auf der Rückseite des Zettels. Als er das Blatt wendete, fand er oben rechts einen Werbeaufdruck: »Simvastatin 100 cosapharm«.

Also doch: Sonja Röder! Natürlich kam jeder an Notizblöcke von Pharmafirmen. Aber wie Maik in den letzten Tagen reagiert hatte, nach dem, was Peer über seinen Vater herausgefunden hatte, kam nur Sonja infrage. Sie versuchte, den Verdacht von ihrem Mann abzulenken. Oder sie steckte mit drin. Vielleicht hatten die beiden sich gemeinsam an Gertrud Kuhn gerächt.

Wie gut, dass er gestern die Nummer der Röders in seinem Telefon gespeichert hatte. Es klingelte sechs Mal, acht Mal, dann sprang der Anrufbeantworter an. Sie war nicht zu Hause. Noch nicht wieder. Klar, sie huschte irgendwo auf der Pokrenter Straße durchs Gebüsch oder durch die Gärten. Gut, dass er so schnell reagiert hatte.

Peer wartete, drückte auf Wahlwiederholung. Nach drei Rufzeichen keuchte eine Frauenstimme: »Röder?«

Lächelnd brach er das Gespräch ab.

09:50 Uhr

Nur fünfzehn Minuten später rollte er über die Brücke, unter der er die Medikamentenschachtel gefunden hatte, vorbei am Haus der toten Frau Kuhn. Ja, es fügte sich alles zusammen. Maik war kurz nach der Tat aufgetaucht, um sich zu überzeugen, dass Frau Kuhn tot war. Er hätte den Pick-up leicht irgendwo abstellen können. Sonja hatte ihr Alibi in der Arztpraxis, das aber niemand bestätigen konnte. Dafür wusste sie, dass Dr. Martensen in Vertikow unterwegs war. Und der Täter – oder die Täterin – hatte die Schachtel aus dem Wagen geworfen, um die Ärztin zu belasten. Also war es doch Sonja gewesen, die vorher bei Frau Kuhn angerufen hatte. Wie leicht war es, ein neues Handy mit einer Prepaid-Karte zu nutzen.

Mit gemischten Gefühlen rollte er die Einfahrt der Röders hinauf. Zum Glück stand Maiks Wagen nicht da; dann wäre er wahrscheinlich wieder umgekehrt. Er klingelte und wartete, sicher eine Minute. Noch einmal drückte er den Klingelknopf, hörte das Schrillen im Flur. Sonjas Fiat stand im Carport, das Fahrrad dahinter. Sie musste zu Hause sein. War sie noch beim Umziehen?

Endlich eine Stimme aus dem Garten: »Was denn? Hier!«

Ein Stöhnen, das Schlurfen von Holzclogs auf Waschbeton, dann bog Sonja um die Hausecke. Sie wischte mit dem Ärmel über ihr verschwitztes Gesicht, klopfte Dreck von der geblümten Kittelschürze. »Peer! Tachschön.«

»Hallo Sonja.«

Sie hatte sich umgezogen, nur das schwarze Shirt schaute unter der Kittelschürze hervor. Ansonsten sah sie aus, als arbeitete sie seit Stunden im Garten. Geschickt. Nur ein Detail hatte sie übersehen: Ihre Hände waren sauber.

»Was gibt's?« Ihr Blick fiel auf einen Stahlrechen, der neben der Haustür an der Wand lehnte. »Ach, hier ist das Ding.« Sie packte ihn, stützte sich darauf und schaute Peer auffordernd an.

Wie anfangen? Er hätte den Weg über genug Zeit gehabt, sich eine Strategie zurechtzulegen. Stattdessen hatte er sich – mal wieder – Spekulationen hingegeben. So würde nie ein guter Detektiv aus ihm! »Ich hab Post gekriegt.«

»So?«Sie zwinkerte wissend.

»Also, keine Post. Eine Nachricht. Von dir.«

»Von mir?« Sie lachte auf. »Da musst du dich irren.«

»Ich glaub nicht.«

»Peer, ich schicke keine Nachrichten im Dorf rum. Wenn, dann rede ich direkt mit den Leuten. Es sei denn, ich lade jemand ein. Aber du siehst nicht aus, als hättest du eine Einladung erhalten.«

Er kannte sie zu wenig, um beurteilen zu können, ob sie die Wahrheit sagte oder eine gute Schauspielerin war. »Was hast du mit Frau Kuhns Tod zu tun?«

Sonja wurde bleich. Volltreffer! Einen Moment lang starrte sie Peer an, dann richtete sie den Stahlrechen auf ihn, die Zinken schwebten knapp über seinem Kopf.

»Komm mit!« Sie nickte zum Durchgang zwischen Haus und Garage, der in den hinteren Garten führte, trat beiseite und wartete darauf, dass Peer an ihr vorbeirollte. Die Zinken des Rechens blitzten bedrohlich nahe. »Na los!«

Das Herz schlug Peer bis zum Hals. Durch das Pochen in seinem Kopf hallten Andreas Worte wider. Zu gefährlich! Vor allem, wenn man so blöd war, sich ohne Schutz in die Höhle des Löwen zu begeben. Seine Hand zitterte, als er den E-Rolli in den Garten lenkte.

»Sonja«, wisperte er, »lass uns darüber reden. Bitte!«

»Das werden wir.« Ihre Stimme – eben noch fest und stark – klang fast so schwach wie seine. »Bleib stehen.«

Peer sah sich zu ihr um. Sie legte den Rechen neben einen Eimer voller Unkraut, auf dessen Rand ein Paar dreckiger Gartenhandschuhe lag. Dann sackte sie auf eine Holzbank und seufzte tief.

»Das tut mir alles so leid. Gertrud war eine liebe und lebenslustige Frau. Unsere Kleinen haben sie vergöttert.« Sie schüttelte den Kopf. »Aber als das mit Maikis Vater rauskam, ich weiß nicht, da ging es nicht mehr.«

»Das mit Maiks Vater? Er hat sich umgebracht, oder?«

Sie zuckte schweigend mit den Schultern. »Ich weiß nicht. Das haben sie gesagt. Aber Maiki glaubt nicht dran.« Sie wischte sich über die Augen. »Bitte, Peer, du darfst ihm nichts davon sagen: Ich hab rausgefunden, dass er glaubt, man habe seinen Vater beseitigt. Er spricht nicht darüber, aber er ist fast besessen von dem Gedanken, dass sie ihn zum Schweigen bringen wollten.«

»Sie?«

Wieder zuckte sie mit den Schultern. »Keine Ahnung, wen er meint. Vielleicht Gertrud. Vielleicht sitzt auch immer noch jemand im Jugendamt in Bützow, der darin verwickelt war. Oder im Ministerium.«

Peer nickte nur, ließ sie reden.

»Maikis Vater Markus litt schon lange an Depressionen. Er hat nie Einzelheiten über die Arbeit im Heim erzählt, nur angedeutet, dass er Schuld auf sich geladen hätte, die er nie wiedergutmachen könnte. Sein Leben sei nichts wert, hat er gesagt.«

»Auch direkt, dass er nicht mehr leben wollte?«

»Das nie. Eigentlich war er gerade im letzten Monat vor seinem Tod aufgeblüht. Er schien etwas vorzuhaben. Mir hat er mal gesagt, dass er hoffte, wenigstens noch einen Teil Schuld abzutragen, ehe er stirbt.«

»Und plötzlich war er tot.«

»Ja. Sogar einen Abschiedsbrief haben sie gefunden.«

»Ihr glaubt trotzdem nicht an Selbstmord?«

»Vor allem Maik nicht.« Sie schluchzte auf. »Peer, ich hab solche Angst, dass Maiki eine Dummheit gemacht hat, dass er Gertrud ...« Sie konnte nicht weitersprechen.

11:30 Uhr

Die alte Treskow stakste die Stufen hinunter, gefolgt von Daniela Schlüter. Der Verkaufsraum des »Rollenden Kaufmanns« schwankte, als Martin sich schließlich in die Türöffnung schob.

»So, ich hoffe, wir haben an alles gedacht. Und falls was fehlt, muss dir's jemand aus Gadebusch mitbringen.«

»Oder ich sag Sascha Bescheid. Bis Freitagabend werde ich wohl überleben.«

»Abwarten«, murmelte die alte Treskow.

Martin Schneider sah sie stirnrunzelnd an, während er die Tür des Ladens schloss.

Daniela war direkter. »Was meinen Sie damit?«

»Ach, man weiß ja nie«, meinte die Alte leichthin.

Peer schaltete sich rasch ein. »Sag mal, wo ist Peggy?«

»Die ist nicht im Dorf. Sie wollte nach Schwerin. Zu ihrer Tochter. Oder Mutter? Na ja, Verwandtschaft halt.«

Die alte Treskow schürzte die Lippen. »Vielleicht tut sie auch alles, um Ihre Gesellschaft zu meiden.«

»Was ist los, Frau Treskow? Schlecht geschlafen?«

»Was ist los, Daniela?«, äffte die Alte sie nach. »Bleibt dein Laden heute geschlossen?«

»O ja, es wird Zeit für mich. Übrigens, Peer, ich soll dich von Erich grüßen. Er hat gleich gemerkt, dass du und Hermann gestern was geheimhalten wolltet. Und jetzt will er wissen, ob du schon einen neuen Verdächtigen hast.«

Peer schüttelte treuherzig den Kopf, nicht, ohne einen Seitenblick auf die alte Treskow zu werfen. Kaum hatte Daniela sich verabschiedet und war mit ihren Einkaufsnetzen losgezogen, wandte er sich seiner Nachbarin zu.

»Was meinen Sie, Maik oder Rico?«

Die Alte zog die Augenbrauen zusammen. »Auf jeden Fall ist keiner der beiden die schwarze Frau, die Sie beschattet. Ich habe sie heute Morgen hier hinter der Bushaltestelle gesehen. Wo sie jetzt ist, weiß ich nicht.«

»Und wer könnte das sein? Daniela fällt ja auch raus.« Er sah Erichs Frau nach, die die alte Schmiede passierte.

»Na ja. Wer vor einer Stunde in Schwarz rumstreunt, kann jetzt in Jeans und Pulli einkaufen. Und wieso ›auch‹?«

Gerade wollte Peer von seinem Besuch bei Sonja berichten, von den neuen Erkenntnissen über Maiks Vater, von ihrer Angst, Maik könnte in den Fall verwickelt sein, von den Versuchen, den Verdacht von ihm abzulenken, indem sie eine Medikamentenschachtel unter die Brücke geworfen hatte. Doch ehe er ein Wort sagen konnte, ließ ein Motorengeräusch sie beide den Kopf wenden. Maik Röders Wagen näherte sich, bremste ab und rollte in die Haltebucht der Bushaltestelle. Peers Herz schlug schneller. Hatte Sonja recht mit ihrer Befürchtung?

Der Installateur kurbelte das Fenster herunter. Er war blass, hatte dunkle Ränder unter den Augen. Aus dem Wagen strömte der Geruch von zu viel Kaffee und zu vielen Zigaretten. »Tachschön. Na, alles klar, Peer?«

»Ja, was gibt's?« Nichts anmerken lassen. Ruhig bleiben.

»Tut mir leid wegen Montag. Ich war ein bisschen ... aufgebracht. Ich hoffe, du denkst jetzt nicht ...«

»Nein, nein.« Wenn nur die alte Treskow nichts Dummes sagte! Peer musterte sie aus dem Augenwinkel. Sie tat, als kämpfte sie mit einem Faden an ihrer Handtasche. Doch Peer wusste, dass sie alles genau verfolgte.

Maik leckte sich über die Lippen. »Weißt du, ich hab nachgedacht. Über unser Gespräch. Und mir ist was klar geworden.« Er kniff die Augen zu. »Scheiße, ich hoffe, du denkst jetzt nichts Falsches.« Er war erstaunlich ruhig, ein Glück.

»Was denn, Maik?«

»Na ja, ich wollte es ja selbst nicht glauben, vielleicht war ich deshalb auch so ...«

»Aufgebracht«, vollendete die alte Treskow den Satz.

»Ja. Also, Sonja, die war in letzter Zeit ... merkwürdig.«

»Inwiefern?«

»Weiß nicht. Still. Als trüge sie was mit sich rum. Und wenn ich gefragt hab, hat sie nichts gesagt.« Er seufzte. »Ich hoffe nur, sie hat nichts damit zu tun.«

»Mit dem Mord an Frau Kuhn?« Peer zögerte kurz. »Oder mit deinem Vater?«

Kurz flackerte Erregung in Maiks Augen auf. Doch er beruhigte sich und sagte leise: »Vielleicht hängt das zusammen. Vielleicht auch nicht.« Er erzählte stockend die Geschichte seines Vaters, ein wenig ausführlicher als Sonja, einige Details wichen von ihrer Darstellung ab – aber im Großen und Ganzen war es dasselbe.

»Und wie hängt Sonja da mit drin?«, fragte Peer. Nach deren Aussage wusste Maik doch nicht, dass sie die Geschichte kannte.

»Gar nicht, das hab ich ihr nie erzählt. Aber du hast ja mitbekommen, dass sie Angst um die Kinder hatte. Keine Ahnung, ob Gertrud den Kleinen was getan hat. Und ich kann mir von Sonja auch nicht vorstellen ...«

»Was?«, fragte die alte Treskow barsch. »Dass sie Gertrud umgebracht hat?«

»Mein Gott«, rief Maik, »natürlich hat sie nicht das Auto gefahren. Aber sie ist sehr eng mit Dr. Martensen. Und sie hat mir mal erzählt, dass die Ärztin ... ich weiß nicht, Probleme mit Gertrud gehabt hat.«

Peer rollte dicht an den Wagen und sah dem Installateur direkt in die Augen. »So große Probleme, dass du glaubst, Dr. Martensen hätte sie überfahren?«

»Ich weiß es auch nicht!« Maik schlug mit beiden Händen aufs Lenkrad. »Scheiße, das alles!«

»Schon gut«, versuchte Peer, ihn zu beruhigen. »Sag mal, wo ist Sonja eigentlich geboren?«

»Wie? In Hagenow im Krankenhaus, wieso? Sie kommt ja aus Körchow.«

Peer nickte. »Auf jeden Fall danke, dass du mir Bescheid gesagt hast.«

»Wollte ich auch gestern vor der ›Eiche‹. Aber ich hab Muffensausen bekommen.« Maiks Stimme begann zu zittern.

»Bitte, Peer, sorg dafür, dass sie meine Frau nicht einsperren.« Er fuhr die Fensterscheibe hoch und startete den Motor.

Ratlos sah Peer ihm nach. »Als hätte ich Einfluss darauf.«

»Haben Sie«, meinte die alte Treskow. »Es liegt in Ihrer Hand: Glauben Sie die Geschichte?«

»Sie meinen, er erzählt das, um von sich abzulenken?«

»Oder zieht er Paula rein, um von Sonja abzulenken?«

»Tut er nicht. ›Sorg dafür, dass sie meine Frau nicht einsperren‹ – klingt für mich eher wie eine Anklage.«

»Dann meinen Sie, er hält Sonja für schuldig? Aber warum Paula?«

»Halten Sie Dr. Martensen denn für unschuldig?«

»Und Sie?«

Peer stöhnte. »Es ist nicht hilfreich, wenn Sie meine Fragen mit Gegenfragen beantworten.«

»Mag sein.« Die alte Treskow nahm ihre Tasche auf und setzte sich in Bewegung. »Aber ist es hilfreicher, die Leute vor den Kopf zu stoßen?«

»Das müssen Sie besser wissen«, murmelte Peer und rollte ihr hinterher. »Dr. Martensen hat sich verdächtig verhalten. Ihretwegen geistert Frau Kuhn als Alkoholikerin durch die Köpfe der Vertikower.«

Etwas Gläsernes klirrte, als die alte Treskow ihre Tasche fallen ließ. Langsam drehte sie sich um. Ihr Gesicht war fahl, mit einem Mal schien sie noch mehr Falten zu haben. »Nicht mal die Aufgabe haben Sie erledigt.«

»Wie?«

Sie seufzte schwer. »Ich muss Ihnen etwas gestehen. Ich weiß, wer das Gerücht von Gertruds Alkoholproblem in die Welt gesetzt hat.«

»Ach nee. Wer?«

»Ich.«

11:55 Uhr

In Gedanken versunken rollte Peer nach Hause. Ein wenig zum Lachen war die Geschichte schon, die die alte Treskow ihm aufgetischt hatte: Sie hatte Frau Kuhn seit einigen Wochen ein Kraut in den Kaffee gemischt, das sie von Britt, der Kräuterhexe, bekommen hatte. Leider wusste sie weder, was es war, noch wollte sie offenbaren, warum sie es ihrer Freundin gegeben hatte. Aber entsetzt hatte sie bemerkt, dass Frau Kuhn anfing zu schwanken. Vor Angst hatte die alte Treskow sich an Dr. Martensen gewandt, die sie besorgt angesehen und dann nach dem Alkoholkonsum ihrer Freundin befragt hatte. Ein zu verlockender Köder. Um zu vertuschen, dass sie Frau Kuhn vergiftet hatte, hatte sie ihr die Weinbrand-Fahne angedichtet. Und einmal in die Welt gesetzt, zog das Gerücht seine Kreise.

Gerade wollte er auf die Auffahrt einbiegen, als er etwa fünfzig Meter weiter im Lindenweg, vorm Grundstück der Zuschnitz, ein Auto stehen sah – Andreas Auto!

Peers Puls beschleunigte sich. Sie war wiedergekommen. Vielleicht hatte sie genug Abstand gehabt. Vielleicht könnten sie da fortfahren, wo sie das letzte Mal aufgehört hatten. Andrea. Wie lange wartete sie schon auf ihn? War sie doch die »schwarze Frau«, die ihn beobachtete, um ihn zu schützen? Ein wundervoller Gedanke.

Die Fahrertür öffnete sich. Andrea stieg aus, blieb einen Moment auf den Türholm gestützt stehen. Sie trug eine schwarze Jeans und ein dunkelblaues T-Shirt unter der Lederjacke. Die Haare hatte sie hochgesteckt. Sie war es! Bestimmt lagen im Fond des Wagens die restlichen schwarzen Kleidungsstücke.

Endlich schloss sie mit Schwung die Tür und kam auf Peer zu. Sie wirkte anders als sonst, langsamer, zögerlicher

– müder. Erst ein paar Schritte vor ihm setzte sie ein schmales Lächeln auf; es schien sie Kraft zu kosten. »Hallo.«

»Andrea, wie schön, dass du da bist.«

»Ich kann nicht ... ich hab eigentlich ... brauchst du Hilfe?« Sie nickte auf die Einkäufe hinten im Rolli.

Natürlich nicht, damit kam er gut zurecht. »Oh ja. Das wäre prima.«

Auf dem Weg zum Haus blieb sie stehen, sagte leise: »Ich komm besser nicht mit rein.«

Die Worte trafen ihn wie Eisregen. »Warum bist du dann hier?«

Sie trat von einem Fuß auf den anderen. Mit einer Hand wollte sie sich durchs Haar fahren, ließ sie aber wieder sinken, als sie eine der Haarklammern berührte. Endlich holte sie ihre Zigaretten heraus, zündete eine an und sog gierig den Rauch ein. Erst jetzt wurde sie ruhiger.

»Peer, es tut mir leid. Ich steck hier gleich in mehreren Zwickmühlen. Eigentlich darf ich nicht hier sein, weil wir nicht ermitteln. Wenn wir jemals ermitteln sollten, komme ich in Teufels Küche wegen dem Kontakt zu dir. Weil ich dich Detektiv spielen lasse.« Sie zog an der Zigarette. »Und das mit uns. Ja, ich will dich. Aber ich weiß, dass das nicht geht. Und dass ich immer wieder hier im Dorf sein werde, der Versuchung ausgesetzt. Das ist alles Scheiße!«

Peer ergriff ihre Hand. »Andrea, ich werde dich zu nichts drängen. Lass uns einfach abwarten, was sich ergibt.«

»Tut mir leid. Aber du bist verheiratet, das kommt dazu.« Sie zog die Hand aus Peers, fuhr sich übers Gesicht. »Mist, darüber wollte ich gar nicht reden.«

»Sondern?« Seine Stimme klang kälter als beabsichtigt.

»Ich will, dass du verstehst ...« Sie schloss die Augen. »Nein, schon gut. Du hast recht. Eigentlich bin ich hier, um dich zu warnen.« Sie trat die Zigarette aus und hockte sich vor Peer. »Mal abgesehen davon, dass ich das als Polizistin niemals hätte erlauben dürfen – jetzt bitte ich dich als Freundin: Brich die Sache ab! Wenn da auch nur ein bisschen was dran ist, ist das zu gefährlich.«

»Du passt doch auf mich auf.«

Andrea lachte bitter. »Wie das? Ich hab einen Job!«

»Komm schon, ich weiß Bescheid. Ich hab dich gesehen.«

»Mich? Wo? Wann?«

»Am Dienstag auf dem Friedhof und heute Morgen hinter der Bushaltestelle. Gut, da war's die alte Treskow, die dich gesehen hat, aber ...«

»Peer«, rief Andrea und richtete sich auf. Mit einem Mal war sie bleich. »Du wirst beschattet?«

Er zögerte. »Ja ... aber ... das warst nicht du?«

»Ich wünschte, ich wäre es«, seufzte sie. »Aber dann ist es schlimmer, als ich befürchtet hab. Bitte, Peer, ehe dich jemand angreift, hör auf!«

Die Gedanken wirbelten in seinem Kopf durcheinander. Wer war die »schwarze Frau«? Warum verfolgte sie so genau, was er tat? Er hielt inne, als er merkte, dass die Fragen nicht nur der Unbekannten galten, sondern auch – Andrea. Sie beobachtete seine Nachforschungen genauso. Jäh begriff er, warum. Und aus welchem Grund sie darauf drängte, die Ermittlungen abzubrechen.

»Es ist Rico, nicht wahr?«

Andrea riss die Augen auf. »Was?«

»Er oder einer seiner Leute.«

Sie starrte über seinen Kopf hinweg. »Rico? Bestimmt nicht. So etwas könnte er nie tun. Das weiß ich. Nicht nur als Polizistin, auch als Schwester. Vor allem als Schwester.«

Er nickte. »Also einer seiner Angestellten.«

»Peer, lass gut sein. Wenn es einer von der Baustelle war, solltest du dich auf jeden Fall raushalten. Es gibt ein paar Kerle, die fackeln nicht lang.« Sie stockte, ihre Augen verengten sich zu Schlitzen. »Natürlich, die Baustelle! Im

Bauwagen liegt das Fahrtenbuch, in dem genau steht, wer den gestohlenen Pick-up das letzte Mal gefahren hat.« Ihre Miene verfinsterte sich. »Mist, ich hab den Schlüssel nicht dabei und heute ist niemand da.« Sie schaute Peer an und hob den Zeigefinger. »Das hast du nicht gehört, klar?«

Er zuckte grinsend mit den Schultern.

»Bitte, Peer! Ich mein's ernst! Wenn morgen der Bauwagen aufgebrochen ist, bekommst du eine Anzeige. Da verstehe ich keinen Spaß!« Leise setzte sie hinzu: »Falls du das überlebst.« Sie nahm seine Hand und drückte sie.

14:10 Uhr

Raffael war überraschend pünktlich gekommen, sodass sie nur noch die letzten Utensilien zusammenpacken mussten und aufbrechen konnten.

Als sie sich der Gartenpforte näherten, kicherte der Maler. »Wie läuft denn die alte Treskow rum?«

Peer folgte seinem Blick, erneut lief ihm ein Schauer über den Rücken: Auf dem Grundstück der Treskow stand, gebückt hinter einem Fliederbusch, eine dunkle Gestalt. Cargohose und Hoodie in Schwarz, eindeutig weibliche Rundungen. Dieselbe Frau, die ihn zuvor beobachtet, ihm den Zettel in den Briefkasten gesteckt hatte. Er starrte sie an, sie bewegte sich nicht.

»Was ist? Gehen wir weiter?«, fragte Raffael.

»Nur wenn du darauf achtest, ob sie uns folgt.«

»Die alte Treskow sollte uns folgen?«

»Unsinn!«, schnaubte Peer. »Das ist jemand anders, die Frau *ver*folgt mich. Ich hab sie gestern zum ersten Mal gesehen. Und dann immer wieder. Das macht mir Angst.«

»Kann ich verstehen. Weißt du, wer das ist?«

Peer schüttelte den Kopf. »Die Meisten, die infrage gekommen wären, sind raus: Andrea, Sonja, Danie...« Er stoppte den Rolli. »Wann macht der Hofladen auf?«

»Um drei.«

Was hatte die alte Treskow gesagt? Wer vor einer Stunde in Schwarz rumlief ... Erichs Frau könnte es noch bequem schaffen, den Laden aufzumachen. Natürlich profitierte sie davon, dass Erich plötzlich Großgrundbesitzer würde. Aber woher hätte Daniela von dem Testament wissen sollen? Er wendete den Kopf, rollte weiter. »Vielleicht Dr. Martensen. Sonst wüsste ich niemand. Oder eine Fremde.«

»Die geheimnisvolle Unbekannte«, brummte Raffael. »Und was will sie von dir?«

Ungehalten schnalzte Peer mit der Zunge. »Mein Gott, kann doch sein, dass sie Frau Kuhn umgebracht hat und jetzt hinter mir her ist.«

»Ich dachte, es war Rico.«

»Verdammt, ich weiß es doch auch nicht. Pass einfach auf, was sie macht.«

»Klar, ich geb dir Deckung.« Die beiden setzten ihren Weg fort. Raffael tat, als schlenderte er neben Peer her, schaute sich wie zufällig immer wieder um. »Ich seh niemanden. Aber ich weiß auch nicht, ob die Bedrohung wirklich so groß ist.«

»Wieso?«

»Sweetie, sie hatte x Gelegenheiten, dir was zu tun. Nicht mal der alten Treskow wärst du auf Dauer entkommen.«

»Sehr witzig.« Peer sah sich um, seine Nackenhärchen stellten sich auf. »Mir macht der Scheiß echt Angst.«

Raffael nickte. »Okay, sorry. Ist es so ernst?«

»Vielleicht. Vielleicht auch ... noch ernster.«

An der Einmündung zum Schlosspark stoppten sie. Peer musterte das Kopfsteinpflaster. »Kommt man über den Slawenweg noch aufs Grundstück?«

»Noch ja, solange er keinen Zaun hat. Den Weg nutzen sie für die Baufahrzeuge.«

»Dann den Slawenweg!«

Er rollte weiter, bis links der Sandweg abzweigte, der früher einmal die Verlängerung des Lindenwegs gewesen war. Nach knapp fünfzig Metern fanden sie eine Zufahrt zu Ricos Grundstück. Der Boden war festgefahren, der Rollstuhl fuhr ohne Probleme über die leichten Unebenheiten. Die Plane vor einem der Fensterlöcher knatterte im Wind.

»Ich hätte erwartet, dass sie schon weiter sind.« Peer ließ den Blick über den Rohbau gleiten.

»Ricos Leute haben genug zu tun. Er baut, glaube ich, in Zarrentin zwei Reihenhäuser. Und in Wismar steckt er in einer Sanierung mit drin. Da kann er hier nur ab und zu jemanden einsetzen. Oder eben selbst anpacken.«

»Na, dann mal los.« Erstaunlich, wie viel Krempel auf einer Baustelle herumstand und -lag. Schubkarren, Schaufeln, Betonbütten, halb volle Paletten – Peer hatte auf dem Weg zum Bauwagen einen Hindernisparcours zu bewältigen. Rechts, links, noch mal links, rechts.

»Was genau hast du eigentlich vor?«, fragte Raffael, der seine Kamera herausgeholt hatte.

»Abwarten.«

Peer rollte durch eine Lücke zwischen der Hausecke und einem Erdhügel. Es ruckelte leicht, als er über ein Brett auf dem Boden fuhr. Das Brett verrutschte und gab einen Porenbetonstein frei, der knirschend umkippte. Das Zinkfallrohr, das auf dem Stein geruht hatte, gab nach und sank mit einem Knacken herab.

»Vorsicht!«, rief Raffael, sprang heran und versuchte, den Rollstuhl aus dem Weg zu schieben.

Vergeblich. Die Dachrinne riss ab und stürzte direkt auf die beiden. Raffael hob die Arme, um sie aufzufangen, doch sie war zu schwer, fiel mit zu viel Wucht. Seine Arme gaben nach, die Rinne traf ihn am Kopf, rutschte ab und schlug auf Peers linker Schulter auf. Ein Schmerz brannte im Gelenk, als würden Arm und Brust auseinandergerissen. Peer schrie auf, griff an die verletzte Stelle, das Scheppern der Dachrinne auf dem Boden gellte in seinen Ohren. Wie gleißendes Licht überblendete der Schmerz jede andere Empfindung, brannte den Geist aus, ehe er nach endlosen Sekunden eine schwarze Leere zurückließ.

Lange sagte keiner der beiden ein Wort. Als Peer die Augen wieder öffnete und durch den Tränenschleier etwas erkennen konnte, sah er, dass Raffael zu Boden gegangen war und mit schmerzverzerrtem Gesicht eine Hand auf den Kopf presste. Blut sickerte darunter hervor.

Entsetzt beugte Peer sich vor, der Schmerz fuhr erneut wie ein Messerstich durch seine Schulter. »Raffael, alles in Ordnung? Kann ich dir helfen?«

Der Maler schüttelte den Kopf, wobei er zischend die Luft durch die Zähne sog. »Geht schon. Also, irgendwann wieder.« Er setzte sich auf die Erde, holte ein Taschentuch hervor und drückte es auf die Wunde.

Langsam sank Peer in den Stuhl zurück, jeder Zentimeter Bewegung kostete ihn Überwindung, fühlte sich an, als würde man ihm den linken Arm abreißen.

Raffael hob den Kopf. »Das war Absicht«, keuchte er und trat gegen den Porenbetonstein. »So einen Blödsinn macht nicht mal ein Anfänger – und erst recht kein Profi!«

»Auf jeden Fall das bescheuertste System zur Baustellensicherung, das man sich denken kann.« Peer gab sich Mühe, seine Stimme fest klingen zu lassen, jedes Zittern daraus zu verbannen. »Wer macht so was?«

»Wer auch immer, das war kein Sicherungssystem.« Raffael zog sich am Rollstuhl hoch, es gelang ihm, sich aufzurichten. »Das war eine Falle. Für dich.« Schlagartig war er weiß wie der Schnee auf seinen Winterbildern.

»Ach was. Da kann jeder drauftreten. Das ist eine Art Vorsichtsmaßnahme, eine ziemlich kranke.«

»Wer lässt denn, statt ein Schild aufzustellen, bei jedem Eindringling die Dachrinne runtersegeln? Nee!« Er trat zu dem Brett, das nur minimal verrutscht war. »Als Gehender würde ich da nicht drauftreten, sondern drübersteigen. Und selbst wenn«, er stellte sich darauf, »wäre ich zu leicht, um den Stein da rauszukippen. Anders der Rolli, der ist schwer genug. Das galt dir, glaub mir.«

Peer schaute ihn stumm an. Er glaubte ihm.

18:30 Uhr

Sascha war aufgebracht, das konnte Peer sehen, sobald sie in der Tür stand. Seine Schulter fühlte sich an wie ein prall aufgeblasener Fußball – und sah auch so aus. Er winkte seiner Frau zu und lächelte matt.

Aus der Wunde an Raffaels Kopf war Blut gesickert, das zwischen den dunklen Locken des Malers kaum auffiel, am Hals aber einen markanten Streifen bildete. Es erinnerte eher an einen Vampirbiss als an einen Baustellenunfall. Raffael war seit dem Unfall nicht von Peers Seite gewichen. Er hatte angeboten, Peer ins Krankenhaus zu fahren, doch Peer hatte abgelehnt. Der Notarzt hatte Entwarnung gegeben, nachdem er die Schulter abgetastet und durchbewegt hatte. Eine Prellung, mehr hatte Peer nicht abbekommen – zum Glück.

»Ich bin sofort losgefahren, als Raffael angerufen hat. Wie geht es dir?« Sascha setzte sich zu ihm, die Erregung in ihrem Gesicht wich einem besorgten Ausdruck. Gleich darauf sprang sie wieder auf und lief im Zimmer hin und her. »Wie konntest du nur? Ich mach mir schon genug Sorgen um dich. Musst du auch noch so einen Unsinn machen? Du bist kein Kind mehr, Peer!«

Er versuchte, sich aufzusetzen. Doch der Schmerz fuhr wie ein Stromschlag durch seinen Oberkörper.

Sofort saß Sascha wieder bei ihm. »Du armer Kerl. Tut's sehr weh? Dr. Martensen kommt morgen.«

»Nein, die hat Urlaub.«

Dass sie außerdem die Letzte war, die Peer an sich heranlassen würde, erwähnte er nicht. Zu viel deutete darauf hin, dass sie in die Sache verwickelt war. Das war ihm in den letzten Stunden klar geworden. Sträflich, dass er die Hinweise auf die Ärztin unterschätzt hatte. So genau hätte ein Bauarbeiter nie planen können. Es musste jemand sein, der sich mit Rollstühlen und der menschlichen Anatomie auskannte. Wäre Raffael nicht gewesen, um den Stoß abzulenken, hätte das Rohr Peers Schädel zertrümmert.

Die Ärztin könnte mit Rico gemeinsame Sache gemacht haben, oder mit einem seiner Arbeiter. Und sie musste es gewesen sein, die verborgen im Gebüsch gehört hatte, wie er und Raffael den Baustellenbesuch planten. Und dass Andrea dort Hinweise auf den Täter vermutete.

Nach kurzem Zögern hatte Raffael zugestimmt: Dr. Martensen könnte für den Anschlag verantwortlich sein. Sie trachtete Peer nach dem Leben.

»Ich weiß.«

»Wie?« Verwirrt schaute er Sascha an.

»Ich weiß, dass sie Urlaub hat. Ich habe sie privat angerufen. Sie war sofort bereit, morgen nach dir zu sehen.«

»Du hast ihre Privatnummer?«

Sascha zuckte mit den Schultern. »Du doch auch.«

»Woher denn bitte?«

»Warte mal.« Sie lief ins Musikzimmer und kam mit einem Zettel zurück. »Woher du sie hast, weiß ich nicht. Nur dass du sie hast.« Sie streckte ihm den blassrosa Zettel entgegen. »Aber warum steht darüber ›Letzter Anrufer‹? Ist das einer von euren Scherzen?«

16. Oktober 2014

11:30 Uhr

Er hatte Sascha nicht davon abbringen können, sie bestand auf Dr. Martensen. Und das, obwohl er ihr von seinem Verdacht erzählt hatte – von dem Verdacht, die Ärztin könnte die »schwarze Frau« sein. Als Sascha schon dies vehement zurückwies, hatte er nicht mehr versucht, sie als potenzielle Mörderin Frau Kuhns ins Spiel zu bringen.

Und so stand am Freitagvormittag eine Ärztin im Urlaub vor der Couch der Wesendonks: Paula Martensen, ohne Kittel, ohne ihr selbstsicheres Ärztinnen-Lächeln. Peer sah zu ihr auf, in das blasse, fast kränkliche Gesicht. Ihre ganze Gestalt wirkte, als würde sie zusammengezogen, als versuchte sie krampfhaft, etwas im Inneren festzuhalten. Klar, ihre Beteiligung am Mord einer Patientin.

Peer beantwortete ihre Fragen, die sie zwar mit der gewohnten Routine, aber teilnahmslos stellte, ohne auf seine Antworten zu reagieren. Selbst als er den Ausflug auf die Baustelle erwähnte, konnte er keine Regung in ihrem Gesicht erkennen. Sie hatte sich gut unter Kontrolle.

»Geht es Ihnen nicht gut?«

»Wie? Geht schon, danke. Heben Sie mal Ihren Arm.«

»Haben Sie nicht gehört? Ich sagte, dass im Bauwagen der Hinweis auf den Fahrer des Pick-ups zu finden ist.«

»Was geht das mich an? Mich interessiert Ihr Arm.«

»Natürlich. Weil Sie das schon wussten.«

Dr. Martensen blickte ihn stumm an, schüttelte den Kopf. Endlich seufzte sie: »Arm!«

Sie versuchte, etwas zu verbergen. Etwas, das sie quälte, das spürte Peer. Er streckte den Arm aus, hob ihn, bis der Schmerz ihn innehalten ließ.

»Tut das weh?« Sie drückte einen Punkt an der Schulter.

Peer jaulte auf. »Ja!«

»Und das?« Sie probierte verschiedene Stellen aus, bis Peer die Tränen in die Augen schossen.

»Hören Sie auf. Die ganze Schulter tut verdammt weh, merken Sie das nicht?«

Sie senkte den Blick. War das ein normaler Bestandteil der Untersuchung oder versuchte sie, ihm Angst zu machen, ihn zum Schweigen zu bringen? Wie weit würde sie gehen? Peer schaute zu Sascha – oder besser: an den Punkt, an dem Sascha gestanden hatte. Sie war nicht mehr da.

Als die Ärztin in ihre Tasche griff, eine Spritze und ein braunes Fläschchen mit Gummistopfen herausholte, stieg Panik in ihm auf. »Sascha! Sascha!«

Seine Frau stürzte ins Zimmer. »Was ist los?«

Dr. Martensen sah ihn an, dann Sascha. »Ich habe keine Ahnung«, sagte sie leise, »auf einmal fing er zu schreien an. Vielleicht der Schmerz. Aber das gibt sich gleich.«

Sie stach eine Kanüle in den Stopfen der Ampulle und griff nach der Spritze, doch Peer hielt ihren Arm.

»Nein, bitte!« Die rasche Bewegung ließ den Schmerz durch seine Brust schießen. Sein Puls raste. Er stöhnte auf.

»Herr Wesendonk, alles in Ordnung?«

»Was ist das, da in der Ampulle?«

»Ein Schmerzmittel.« Sie hielt ihm mit zitternden Händen das Etikett entgegen.

»Ich will das nicht!« Verdammt, er konnte sich nicht wehren; mit einem Arm, der ihm jetzt noch blieb, konnte er nicht einmal ausweichen. »Sascha, bitte hilf mir!«

Sie trat zu ihm, schaute ihn mit sorgenvollen Augen an. »Um Himmels willen, Perlchen, beruhige dich. Ich weiß nicht, was los ist. Bis eben war doch alles gut.«

»Da hat ja auch niemand versucht, mich umzubringen«, rief er. Schweiß lief ihm die Wangen hinunter.

»Wie bitte?« Dr. Martensen schaute nun selbst auf das Etikett der Ampulle. »Hören Sie, das Medikament ist völlig ungefährlich, es könnte Ihnen höchstens ein wenig übel davon werden.«

»Ja, wenn wirklich in der Flasche ist, was draufsteht.« Er klammerte sich an Saschas Arm.

Die Ärztin seufzte und schloss die Augen. Sie stellte die Ampulle auf den Tisch, holte ein großes Lederetui hervor und öffnete den Reißverschluss. Nach kurzer Suche fingerte sie eine Brechampulle aus einem Gummihalter heraus und hielt sie Peer vor die Nase. »Zufrieden? Wirkt nicht ganz so gut, ist aber komplett versiegelt. Und Sie denken hoffentlich nicht, ich arbeite nachts als Glasbläserin und befülle Ampullen.«

Peer atmete tief durch. Noch immer spürte er den Puls in den Ohren pochen. Er nickte.

»Was ist bloß los, Peer?« Sascha strich ihm über die Wange. »Das ist ja schon paranoid. Du denkst doch nicht wirklich, Dr. Martensen hat Frau Kuhn umgebracht?«

Er wollte mit den Schultern zucken, hielt aber in der Bewegung inne, als er den Schmerz spürte. »Wer weiß?«

»Peer!«

Die Ärztin hatte die Spritze fertig aufgezogen und wechselte die Kanüle. Sie schaute Sascha an und biss sich auf die Lippen. »Ich fürchte, so ganz von der Hand zu weisen ist der Verdacht Ihres Mannes nicht.«

Sascha riss die Augen auf, auch Peer stockte der Atem. »Was?«, fragten sie wie aus einem Munde.

Eine Weile starrte Dr. Martensen aus dem Fenster, dann wandte sie sich an Peer. »Sie waren in Frau Kuhns Haus und haben das Medikament gefunden, nicht wahr?«

»Ich? Nein ...«

»Schon gut, Frau Duwe hat das Medikament gefunden. Aber sicher haben Sie herausbekommen, dass Frau Kuhn es nicht hätte nehmen dürfen. Es ist in Deutschland nur als Krebsmedikament zugelassen, nicht für die Rheumatherapie. Fragen Sie mich nicht, woher sie die erste Packung bekommen hat. Frau Kuhn hatte noch gewisse Verbindungen von früher, wenn Sie wissen, was ich meine.«

Peer nickte. »Und es hat geholfen?«

»Es war fantastisch. Jahrelang hatten wir alles Mögliche ausprobiert und mit einem Mal war sie praktisch schmerzfrei. Sie hat mich angefleht, es ihr zu verschreiben. Immer wieder. Als die Packung aufgebraucht war und ihre Schmerzen zurückkehrten, saß sie weinend bei mir im Sprechzimmer und drohte, sich das Leben zu nehmen.«

»Wie furchtbar«, flüsterte Sascha.

»Ja. Ich sagte ihr klar, dass ich wegen eines so teuren Medikaments sicher in Regress genommen würde oder größere Probleme mit den Kassen bekäme. Dann kam sie auf die Idee, dass sie wirklich Krebs haben könnte. Sie beschwor mich, ihre Akte zu ändern, die Diagnose aufzunehmen, Untersuchungen und Facharztbefunde zu fingieren.«

»Und das haben Sie mitgemacht?«

Dr. Martensen atmete schwer. »Die Selbstmorddrohung hat gezogen. Frau Kuhn wusste, wie sie mich kriegen konnte. Meine Mutter ...«, sie presste die Lippen aufeinander, konnte den Satz nur mit Mühe vollenden, »... hat sich das Leben genommen, als ich elf war.«

Peer nickte schweigend. Sascha saß starr da, eine Hand vor den Mund gepresst.

»Schon tags darauf dämmerte mir, dass mich das die Approbation kosten könnte, aber es war zu spät. Das BTM-Rezept war geschrieben. Und das lässt sich nicht mal eben löschen. Ich konnte nur hoffen, dass Frau Kuhn niemandem etwas sagen würde. Wie sollte ich ahnen, dass sie plötzlich überfahren wird und das halbe Dorf in ihrem Haus herumschnüffelt.« Sie senkte den Kopf.

»Haben Sie deshalb das Gerücht von ihrem Alkoholismus verbreitet?«, fragte Peer leise.

Sie nickte. »Das Medikament senkt die Reaktionsfähigkeit, kann zu Gangunsicherheit und leichtem Schwindel führen. Insofern war ich dankbar, als ich die Geschichte von Frau Treskow erfuhr. Wir beide waren dankbar. Frau Kuhn kannte die Nebenwirkungen, sie war bereit, sie hinzunehmen. Sie haben also recht: Ich trage Mitschuld an ihrem Tod. Ohne die Tabletten hätte sie dem Auto ausweichen können.«

»Oder nicht. Dann hätte sie sich vor Schmerzen kaum bewegen können.« Peer wies auf die Spritze. »In den Po?«

»Ja.«

Mit Saschas Hilfe rollte er auf die Seite. »Deshalb haben Sie im Totenschein die Alkoholfahne erwähnt«, ächzte er. »Um eine Obduktion zu verhindern.«

Dr. Martensen sprühte Desinfektionsmittel auf seine linke Pobacke. »Vermutlich wäre es ohnehin nicht dazu gekommen, wenn Sie nicht gewesen wären. Aber ich wollte auf Nummer sicher gehen. Ich konnte ja nicht ahnen, wie Sie in der Sache herumstochern. Apropos: Jetzt pikst es!«

Als er den Stich spürte, zuckte Peer. Sie hatte genau eine Stelle getroffen, in der er noch Gefühl hatte. »Aber wer hat die Tablettenpackung in die Schilde geworfen? Sie sicher nicht, schließlich durfte niemand davon erfahren.«

Er bekam keine Antwort. Erst als er sich wieder auf den Rücken drehte, konnte er sehen, dass die Ärztin noch bleicher geworden war als zuvor.

»Wie bitte?«, wisperte sie. »Da liegt eine Schachtel ...«

»Unter der Brücke, ja.«

»Entschuldigen Sie.« In wenigen Sekunden hatte sie alles in ihrer Tasche verstaut und war aufgesprungen. »Kommen Sie zurecht? Oder soll ich noch mal ...?«

»Gehen Sie in Ruhe angeln. Wir schaffen das schon.«

In der Tür wandte Dr. Martensen sich um. »Können Sie das alles für sich behalten? Bitte!«

»Was denken Sie denn? Ich will meine Ärztin behalten.« Peer schmunzelte. »Sie wissen doch, dass ich niemandem so vertraue wie Ihnen.«

15:00 Uhr

»Peer? Dein Physiotherapeut ist da.«

Mühsam hob er die Augenlider. »Was?«, nuschelte er. »Der kommdoch ersheut Namiddag.«

»Es ist drei, Schatz.«

Er riss die Augen auf. »Verdammt! Das Katheterisieren!«

Sie legte ihm eine Hand auf die Brust. »Wir waren um eins im Bad, keine Sorge, Perlchen.« Ihr Blick ging zu Palupke. »Ich weiß nicht, ob Sie heute viel mit ihm machen können, Palu. Abgesehen von der Schulter ist er high von Dr. Martensens Spritze. Aber zumindest ansehen sollten Sie ihn.« Sie lächelte Peer zu und verließ das Zimmer.

Palupke setzte sich auf die Couch. »Scheiße, das mit deiner Schulter. Wie hast du das denn hinbekommen?«

»Nicht berühren!« Mit einem Mal war Peer hellwach, ihm wurde heiß, sein Puls begann zu rasen.

»Keine Sorge, ich bin Physiotherapeut, kein Folterknecht. Auch wenn manche meiner Patienten das anders sehen.« Er griff nach Peers Hand. »Ich bin ganz vorsichtig. Wir wollen nur sehen, ob und wie weit du den Arm bewegen kannst. Geht das?« Er drehte die Hand hin und her.

Peer nickte.

»Und das?« Er winkelte den Unterarm leicht an.

»Noch ja.«

»Sag Bescheid, wenn's weh tut.« Langsam bog Palupke das Gelenk weiter.

»Bescheid«, schrie Peer auf, als ein scharfer Schmerz an seiner Schulter riss.

Der Therapeut ließ Peers Hand wieder aufs Kissen sinken, presste behutsam einige Muskeln und Sehnen. »Wie ist das passiert? Bist du wieder aus dem Stuhl gefallen?«

Peer erzählte, was ihm auf der Baustelle widerfahren war.

»Du bist ja verrückt! Was hast du allein auf einer Baustelle zu suchen? Jungchen, es gibt Dinge, die du ...«

»Ich war nicht allein. Raffael war dabei.«

»Der Maler?« Palupke wurde blass. »Ist dem auch was passiert?«

»Sein Kopf hat was abbekommen, aber nicht weiter schlimm. Der Notarzt wollte ihn zwar einweisen wegen Verdacht auf Gehirnerschütterung, aber Raffael meinte, das Einzige, was erschüttert sei, wäre sein Glaube an die Menschheit.« Er grinste. »Ein klares Zeichen, dass alles in Ordnung ist.«

Langsam nickte der Physiotherapeut und erhob sich. »Dann werd ich mal wieder. Bei dir kann ich nichts machen. Wir sehen uns Dienstag. Bis dahin Arm ruhighalten, Schulter kühlen und die Übungen, die ich dir gezeigt hab, nur vorsichtig auf der rechten Seite ausführen.«

»Okay«, seufzte Peer, »keine täglichen Joggingrunden.«

»Das ist kein Spaß, Peer. So eine Verletzung wirft dich echt zurück. Also pass besser auf und meide unnötige Gefahren!« Ein Lächeln flog über sein Gesicht. »Ich bin froh, dass die Ernte durch ist, sonst müsste ich dich vom Ballenstapeln abhalten.«

16:30 Uhr

Peer schlug die Augen auf. War er wieder eingedöst? Was spritzte Dr. Martensen bloß immer für ein Zeug?

»Saschenka!«

Keine Antwort. Auch nach drei weiteren Rufen war von seiner Frau keine Spur. Erst jetzt sah er den Zettel auf dem Couchtisch: »Bin bei Daniela, ruh dich aus!«

Langsam richtete er sich auf, schaffte es mühsam, mit einer Hand die Beine von der Couch zu schieben. Den Rollstuhl konnte er gerade eben fassen und heranziehen. Und nun? Würde er einhändig hineinkommen? Er klappte die Armlehne beiseite. Jetzt käme es darauf an, wie gut das Medikament wirkte. Mit der rechten Hand zog er sich auf die Rollstuhlkante, zögerte kurz und stieß sich mit einem kurzen, kräftigen Druck der linken Hand auf die Sitzfläche. Ein dumpfer, dröhnender Schmerz, gefolgt von einem leisen Pochen. Das war alles. Peer atmete auf.

Er rollte ins Musikzimmer und startete den Laptop. Sie hatten alle recht: So aktiv weiterzuermitteln wie bisher war gefährlich, das hatte er begriffen. Aber auf keinen Fall würde er aufgeben. Es musste einen Weg geben, aus dem sicheren Hintergrund Dinge herauszufinden. Schließlich stand sogar im Detektiv-Lehrbuch, dass der größte Teil der Ermittlungsarbeit am Schreibtisch ablief.

Aber wo waren seine Ermittlungsergebnisse? Peer überlief es eiskalt. Der Ordner mit den Dateien war vom Desktop verschwunden. Er suchte die gesamte Festplatte ab – nichts. Nicht einmal das Programm, das er zum Erstellen der Mindmaps benutzt hatte, war noch da. Das konnte nicht sein. Peer sackte in sich zusammen. Das war's. Der Fall war gelaufen.

Der Papierkorb! Wenn Daten gelöscht wurden, kamen sie zunächst dorthin; mit etwas Glück könnte er sie ...

Der Papierkorb war leer. Und seine handschriftlichen Notizen? Er schlug die Mappe auf, in der er die Einträge verwahrte, die er noch nicht digital gespeichert hatte. Auch dort fand sich nicht ein Schnipsel Papier mehr. Da hatte jemand ganze Arbeit geleistet.

Aber wer war seit gestern Mittag im Haus gewesen und hätte Gelegenheit gehabt, an den Laptop zu kommen? Verdammt, er war zu benebelt gewesen, erst durch den Schmerz, dann durch die Spritze. Da war Dr. Martensen. Aber die war gleich wieder gegangen, die Medikamentenpackung aus der Schilde fischen. Heinz Palupke. Aber was sollte der mit dem Fall zu tun haben? Und woher sollte er wissen, wo der Laptop stand? Er war ja mit Sicherheit nicht die »schwarze Frau«. Peer lachte auf. War sonst jemand im Haus gewesen? Jemand ... außer Sascha?

Mit einem Mal spürte Peer, wie ihm bitterer Speichel in die Mundhöhle lief. Sascha. Würde sie so weit gehen? Hatte sie so wenig Vertrauen, dass sie hinter seinem Rücken alles vernichtete? Würde sie in ihrem Übermutter-Wahn zerstören, was er sich gerade aufbaute? Die Idee einer neuen Aufgabe, eines neuen Lebens. Ja, er war kein guter Detektiv, aber er hätte es lernen können, vielleicht irgendwann ein passabler Ermittler werden. Detektiv, kein Musiker. Und seine eigene Frau machte das kaputt! Verdammt! Er schlug mit der Faust so fest auf den Schreibtisch, dass die Büroklammern in der Schublade klirrten.

Die Schublade. Zu der hatte Sascha keinen Schlüssel. Und brav, wie er war, hatte er dort das sensibelste seiner Dokumente deponiert. Das er nicht herausrücken würde. Mal sehen, wie weit Sascha zu gehen bereit war. Wenn sie Krieg wollte, sollte sie ihn haben. Im Ministerium waren sie bestimmt interessiert daran, wie so brisante Unterlagen in einem Privathaushalt landen konnten.

Er hob den Fuß der Schreibtischlampe an, zog den Schlüssel hervor. Kein besonders originelles Versteck, aber bis jetzt hatte es gereicht – oder? Er öffnete die Schublade. Gott sei Dank! Der Ordner zum Kinderheim »Goldene Sonne« lag unberührt an seinem Platz. Das letzte Überbleibsel einer vielversprechenden Karriere. Ließ sich damit noch etwas anfangen? Hatte es einen Sinn, weiter darin herumzublättern? Ja, verdammt, Peer war noch immer Detektiv. Auch wenn seine Frau dagegen war – gerade dann! Und da er ohnehin nichts anderes tun konnte, holte er die Akte heraus, um den Rest durchzusehen.

Neben Angaben zum baulichen Zustand und zur Ausstattung des Heims bestand das restliche Drittel vor allem aus einer Liste der Kinder, die darin gelebt hatten. Eine Liste der Motive. Peer schnaubte. Wenn dort so schlimme Zustände geherrscht hatten und Gertrud Kuhn davon gewusst, sie mitgetragen hatte, dann hatte jedes dieser Kinder einen triftigen Grund, sie zu töten.

Aber wonach sollte er suchen? Er fand mehrere Paulas und Sonjas; aber ohne die Geburtsnamen oder -daten von Dr. Martensen und Sonja Röder bekäme er keine Gewissheit. Er wusste nicht einmal, ob die Ärztin verheiratet war. Auf jeden Fall hatte er bis Seite 23 der Liste noch kein Kind mit dem Nachnamen Martensen entdeckt.

Dafür fand er auf Seite 24 einen Eintrag, der alle Fäden zusammenführte. Sein Atem stockte, ungläubig zwinkerte er mit den Augen. Doch es gab keinen Zweifel: Seit dem 27. August 1986 befanden sich Andrea und Rico Templin unter den Heimkindern.

Der Türgong. Peer sah auf, seufzte. Ihm war weiß Gott nicht danach, mit irgendeinem Dörfler Konversation zu treiben. Und erst recht hatte er keine Lust, seinem Mörder die Tür zu öffnen. Es klingelte wieder, dann noch einmal. Im Wohnzimmer summte sein Telefon. Rasch rollte er zum Couchtisch. Eine SMS von Andrea:

Bist du zu hause?

Peers Herz schlug schneller. Sie stand vor der Tür. Sein Blick ging zurück zum Schreibtisch. Sie, die die ganze Zeit gewusst hatte, was es mit Gertrud Kuhn auf sich hatte. Die nichts gesagt hatte. Er atmete tief durch und rollte zur Tür.

Was war das? Die Haustür war abgeschlossen. Er drückte die Klinke wieder und wieder, vergebens. Wo war sein Schlüssel? Peer durchsuchte seine Hosentaschen, schaute auf dem Dielentisch, der Kommode – nichts.

»Moment!« Er rollte in die Küche. Wo hatte er seinen Schlüssel liegen lassen, verdammt? Erst, als er die Schüssel mit dem Krimskrams auf der Anrichte durchwühlte, kam ihm der Verdacht: Sascha. Sie hatte nicht nur alle Aufzeichnungen vernichtet, sie hatte ihn auch noch eingesperrt. Wie einen Irren. Wie ein Tier. Peer biss die Zähne aufeinander und hämmerte mit der Faust auf die Lehne des Rollstuhls, bis sie zu schmerzen begann.

Gerade wollte er in die Diele zurückrollen, als er einen Schlüssel im Türschloss hörte, dann Stimmen:

»... muss im Haus sein. Ist es wichtig?«

»Frau Wesendonk, Polizeiarbeit ist immer wichtig.«

»Polizeiarbeit, so.« Sascha öffnete die Tür, ihr Blick fiel auf Peer. Sie riss die Augen auf, stockte kurz, dann wandte sie sich um. »Gehen Sie ruhig hinein«, sagte sie mit leicht zitternder Stimme, »ich habe noch im Garten zu tun.«

Andrea trat ein, hinter ihr schloss sich die Tür. »Hallo.«

Er winkte matt.

»Wieso ist deine Frau schon da? Und ... mein Gott, was ist mit deinem Arm?« Sie hockte sich zu ihm herunter.

»Schon gut.« Peer rollte ein Stück zurück und musterte sie. Was wollte sie hier?

»Ist das bei deinen Ermittlungen passiert? Oh, Peer, ich hab doch gesagt, du sollst vorsichtig sein und die Finger davonlassen. Du hast einen Punkt erreicht, an dem es zu gefährlich für dich wird.« Sie schüttelte den Kopf. »Das war es von Anfang an. Ich hätte nie zustimmen dürfen.«

»Ich weiß es.«

Sie blickte auf. »Wie?«

»Ich weiß, dass ihr im Heim wart, Rico und du. Im selben Heim wie Gertrud Kuhn.«

Andrea erstarrte. Für ein paar Sekunden bewegte sich kein Muskel in ihrem Gesicht, dann senkte sie langsam den Blick. »Ich denke, wir müssen reden.« Sie lenkte ihre Schritte in Richtung Wohnzimmer.

»Halt, was wir zu bereden haben, können wir auch hier bereden.« Peer wies auf den Dielentisch.

Zögernd nickte sie, warf kurz einen Blick zur Haustür und setzte sich. »Peer, diese Geschichte ist für mich nicht leicht. Du hast recht: Wir waren in dem Heim. Und ich hab lange Jahre gehofft, dass Rico das irgendwann verkraftet, darüber hinwegkommt und ein normales Leben führen kann. Er ist nicht so stark wie ich, das hast du vielleicht gemerkt. Aber er ist ein feiner Kerl. Ich hätte nie gedacht, dass ...« Sie biss die Lippen aufeinander und wandte sich ab.

»Dass was?«

Andreas Unterkiefer zuckte, es dauerte einen Moment, ehe sie weitersprechen konnte. »Man bekommt mitunter mit, was für Fälle die Kollegen in anderen Kommissariaten bearbeiten; wenn man um Amtshilfe gebeten wird oder ein Fall besonders spektakulär ist.« Sie zögerte. »Irgendwann ist mir aufgefallen, dass eine Reihe von Menschen gestorben sind, die scheinbar nichts miteinander zu tun hatten. Sie lebten an verschiedenen Orten, hatten unterschiedliche Namen, völlig unterschiedliche Tode. Es gab nur ein gemeinsames Merkmal: Sie hatten alle in der ›Goldenen Sonne‹ gearbeitet. Nein, halt, es gab zwei gemeinsame Merkmale. Ich bin nur durch einen Zufall drauf gekommen: In jedem Fall gab es im selben Ort oder dicht bei zum Zeitpunkt des Todes eine Baustelle von Templin-Bau.« Sie räusperte sich, fuhr mit der Hand übers Gesicht.

»Du meinst ... du glaubst, Rico hat ...«

»Ich hatte es befürchtet«, sagte sie leise. »Und als ich hörte, dass Rico ausgerechnet in dem Ort bauen will, in dem Gertrud Kuhn wohnt, war ich mir sicher. So oft es ging, bin ich hier gewesen, um das Schlimmste zu verhindern.« Sie schloss die Augen, atmete schwer. »Ich hab versagt.«

Peer schluckte. »Dann hast du«, seine Stimme war rau, »dann hast du mich bewusst auf andere Fährten gelenkt, damit ich nicht auf Rico stoße.«

»Ich weiß, das war falsch, als Polizistin. Aber ich bin eben auch Schwester.« Ihre Augen füllten sich mit Tränen.

19:00 Uhr

Es dauerte lange, bis Sascha hereinkam. Die Sonne war vor fast einer Stunde untergegangen, inzwischen konnte man kaum noch etwas im Garten erkennen. Aber Peer wusste, dass sie nicht im Garten arbeitete. Und sicher wusste sie auch, dass er es wusste.

Er saß am Wohnzimmerfenster und schaute hinaus in die anthrazitfarbene Dämmerung. Hätte er einen Schlüssel, könnte er sie jetzt aussperren, dann würde sie merken, wie sich das anfühlte. Nur würde er so etwas nie tun. Und er hatte auch nicht gedacht, dass Sascha dazu fähig wäre.

Endlich hörte er den Schlüssel leise im Schloss kratzen, sie kam durch den Hauswirtschaftsraum. Also rollte er rasch in die Diele, um sie vor der Küche abzupassen. Tatsächlich: Auf Socken huschte sie über die Fliesen, so leise, dass Peer sie an anderen Tagen nicht bemerkt hätte. Wäre sie einfach nach oben verschwunden, ohne Essen, ohne ein Wort, ohne eine Entschuldigung?

»Peer!« Der erschrockene Ausruf einer Ertappten.

»Sascha.«

Sie fixierte schweigend die Ballerinas, die in ihrer Hand baumelten, trat von einem besockten Fuß auf den anderen.

»Ja«, brummte Peer, »du hast recht. Wir müssen reden.«

Sie nickte und schlich ins Wohnzimmer. Starr saß sie auf der Couch, ihr Blick hing an der Bonbonniere auf dem Tisch. Ihr linkes Knie wippte auf und ab wie die Nadel in einer Nähmaschine. Früher hätte Peer lächelnd die Hand daraufgelegt, jetzt machte ihn das Gezappel wahnsinnig.

»Vielleicht sollten wir die Polizei rufen.«

Das Wippen des Knies stoppte. »Tut mir leid.«

»Ach ja«, sagte Peer so leichthin wie möglich, »stimmt ja, dann können wir auch gleich die Freiheitsberaubung und die Vernichtung von Beweismaterial anzeigen.«

»Peer, ich ...«

»Nein, du nicht! Du hast heute genug angerichtet. Und ich hab trotzdem was herausgefunden!«

»Dann war deine Detektivspielerei erfolgreich?«

»Das war keine Spielerei«, sagte er eiskalt.

»Nein, in der Tat nicht!« Saschas Stimme wurde spitz. »Du hast die Bitten deiner Frau missachtet, dich maßlos selbst überschätzt, deine Mitbürger vor den Kopf gestoßen und dich in Lebensgefahr gebracht. Das ist wahrlich keine Spielerei mehr.«

»Hallo? Kriegst du noch was mit? Jetzt bin ich schuld daran, dass du mich eingesperrt hast?«

»Wie sollte ich dich sonst schützen?« Ihre Stimme begann zu zittern.

Peer schnaubte. »Verdammt, was ist los mit euch Frauen? Dreht ihr alle durch? Vielleicht wär die Welt besser dran, wenn ihr nicht ständig versucht, uns zu beschützen.«

»Alle? Ständig? Du meinst die Kommissarin, oder?«

»Das tut jetzt nichts zur Sache.«

»Doch, tut es. Schon, weil du die Polizei rufen willst, obwohl sie gerade da war. Offenbar gibt es einen Unterschied zwischen der Polizei und der Kommissarin.«

»Aber einen, von dem du nichts ahnst.«

»Woher willst du wissen, was ich ahne?«

»Jetzt halt mal den Mund!«, fuhr Peer sie an.

Sascha zuckte zusammen, versuchte, sich nichts anmerken zu lassen, doch ein Schatten überflog ihr Gesicht.

Erschrocken riss er die Augen auf. So hatte er noch nie mit ihr geredet. »Saschenka, es tut mir leid.«

Sie stöhnte. »Diesen Satz kann ich nicht mehr hören. Wenn dir alles leidtut, was du sagst und tust, wieso tust du es dann erst?«

»Oh bitte! Spar dir die Selbstgerechtigkeit! Du hast leicht reden, du bist nicht in meiner Situation. Du kannst nicht mal ansatzweise verstehen, wie es mir geht.«

»Aber ich versuche es wenigstens!« Sie wandte sich zu ihm, ihre Augen funkelten. »Und du? Hast du dich je gefragt, was ich durchmache? Durchgemacht habe?« Sie lachte spitz. »Glaubst du, ich nehm dir aus Spaß den Schlüssel weg? Oder könnte es das letzte Mittel einer verzweifelten Ehefrau sein, deren egozentrischer Mann nicht begreift, dass er nicht der Einzige ist, der leidet?«

»Was soll das denn heißen?«

»Das will ich dir sagen.« Sie war so schön, wenn sie sich in Rage redete. »Ich musste zusehen, wie aus einem blutverschmierten, verquollenen Etwas langsam wieder mein Mann wurde. Ich musste immer wieder bangen, ob die OPs gut ausgehen würden. Ich musste immer wieder Mut machen, Trost spenden, Zuversicht verströmen, wenn ich dich in der Reha besuchte. Hast du eine Ahnung, wie oft ich hier abends allein gesessen und geheult habe? Wie verloren und hoffnungslos ich mich gefühlt habe? Ja, klar, Daniela kam mit Honig und selbst gemachtem Likör, Peggy mit klugen und aufmunternden Sprüchen und was weiß ich, wer noch. Aber in Wahrheit war ich allein.« Sie machte eine Pause und fuhr sich über die Augen. »Und ich hab das Gefühl, das bin ich immer noch.«

Peer presste die Lippen aufeinander. Wie dumm war er gewesen, wie engstirnig. Natürlich hatte auch Saschas Leben sich auf den Kopf gestellt, auch sie litt darunter, auch sie hatte viel aufgeben müssen. »Saschenka ...«

Sie hob die Hand. »Und in Berlin ist es noch schlimmer. Was glaubst du, wie ich mich fühle, wenn ich hier losfahre? Immer denke ich, ich lass dich im Stich, immer die Vorwürfe, ich kümmere mich nicht genug um meinen Mann.«

»Wer macht dir Vorwürfe? Ich nicht!«

»Nein, Peer, niemand. Nur ich selbst.« Sie schloss die Augen. »Und dann ... nein, schon gut.«

»Was dann? Sag.« Er griff nach ihrer Hand.

Sie zögerte, schien nach Worten zu suchen. »Seitdem du weißt, dass da unten nichts mehr geht, habe ich das Gefühl, du willst mich nicht mehr berühren, du kannst meine Nähe nicht mehr ertragen.«

Peer schluckte, es war wie ein Stich ins Herz. »Saschenka, wo denkst du hin? Es ist doch andersrum. Ich dachte, ich reiche dir nicht mehr. Du bist jung, so schön – und du hast Bedürfnisse.« Er senkte den Kopf. »Bedürfnisse, die ich nicht mehr befriedigen kann.«

»Und deshalb fängst du was mit der Kommissarin an?«

Verdammt, das musste ja kommen.

»Weißt du, wie eine Frau sich fühlt, wenn ihr Mann sie kaum noch berührt und sie dann erfahren muss, dass er eine andere hat?«

»Wer sagt das?«

»Unwichtig. Ich weiß nur, du willst nicht mehr mich, sondern sie.«

»Aber Saschenka, das stimmt doch nicht.« Jedenfalls nicht ganz. Peer seufzte, seine Kehle wurde rau. Es war Zeit, ihr alles zu erzählen. Über den Fall. Über Andrea.

Sascha hörte geduldig zu, stellte keine Fragen, ließ Peer Zeit, während er überlegte, wie er ihr die Sache schonend beibringen konnte. Am Schluss saß er still da und schaute seine Frau an: Wie würde sie reagieren? Würde sie ihn verstehen? Was würde sie ihm raten?

Noch immer sagte Sascha kein Wort. Sie schaute in die Ferne, aber viel entspannter als zuvor. Es sah aus, als betrachtete sie einen Film irgendwo auf einem winzigen Bildschirm. Sie nickte sacht und schloss die Augen. Dann sah sie Peer an. »Danke.«

»Wofür?«

»Dass du es mir gesagt hast. Dass du ehrlich warst. Ich glaube, ich habe begriffen, welche Fehler ich gemacht habe.«

»Fehler? Du?« Peer schüttelte den Kopf.

»Ja, ich«, antwortete Sascha. »Auch ich.«

»Aber davon hab ich gar nichts gesagt. Es ging um den Fall. Und um ... na ja ...«

»Um die Frau, die dich als vollwertigen Mann behandelt hat. Was ich nicht konnte. Und das hat unsere Beziehung belastet. Aber wenn wir mehr miteinander reden, wenn du mir sagst, was ich falsch mache, werde ich es sicher schaffen, dich normal zu behandeln. Und uns.«

Auf einmal fühlte Peer sich wunderbar leicht. Sascha, seine unvergleichliche Saschenka, war bereit, ihm zu verzeihen. Einfach so. »Und du kannst mir auch gern mal den Kopf waschen, wenn ich Blödsinn mache.«

Sascha gluckste. »Einverstanden. Wenn du ständig mit nassen Haaren herumfahren willst.«

Er griff nach ihrer Hand. »Dann meinst du, es wird wieder wie früher?«

»Nein. Es wird anders. Besser.« Sie gab ihm einen Kuss und schloss ihn in die Arme.

Peer stöhnte, als der Schmerz durch die Schulter schoss.

»Oh, entschuldige, Liebling!«

»Alles gut«, raunte er mit Tränen in den Augen.

19. Oktober 2014

9:50 Uhr

Freitag und Samstag hatte Peer fast ausschließlich im Haus verbracht. Zur Abwechslung wollte er auf Dr. Martensens und Palupkes Rat hören und sich schonen. Sicher war es sinnvoll, sich langsam mit dem Leben anzufreunden, das »normale« Querschnittsgelähmte führten.

Bereits am Donnerstagabend hatte Sascha ihm die Schlüssel und seine Notizen wiedergegeben, nur die Daten aus dem Laptop waren unwiederbringlich verloren. Aber spielte das eine Rolle? Bei dem grauen, feuchten Wetter zog es ihn ohnehin nicht hinaus und die Aufzeichnungen wollte er nicht anschauen. Er hatte keine Lust mehr zu ermitteln. Er war kein Detektiv, er war Paraplegiker. Einer, den man mit blonden Haaren und einem koketten Augenaufschlag um den Verstand bringen konnte. Sollte Andrea die Tat ihres Bruders vertuschen, sollten beide damit durchkommen – ihm war es egal. Lieber ließ er sich von Sascha beim Gin Rommé täuschen als von Andrea in einem Mordfall.

Am Sonntag hatte es Peer Überwindung gekostet, um sieben Uhr aufzustehen. Früher war er um neun aus dem Bett gehuscht, hatte sich rasch gewaschen und angezogen, eine Tasse Kaffee hinuntergestürzt und um zehn vor zehn an der Orgel gesessen. Heute hatte Sascha darauf bestanden, vorher zu frühstücken. Sie rechnete damit, dass nach dem Gottesdienst etliche Vertikower mit ihnen reden würden und sie nicht vor zwölf wieder zu Hause wären. Und da man nicht mal eben so in seine Kleider schlüpfen konnte, wenn man querschnittsgelähmt war und den linken Arm nur unter Schmerzen bewegen konnte, war die Zeitspanne von drei Stunden gut bemessen.

Die beiden kamen, ohne zu hetzen, zehn Minuten vor Gottesdienstbeginn an der Kirche an. Pastor Werner Duwe begrüßte sie kurz, aber nicht unfreundlich, wenngleich Peer den Eindruck hatte, von ihm mit einem besonders mahnenden Blick bedacht zu werden. An der Treppe zur Orgel blieb er stehen und schaute hinauf. Erst Saschas sanfter Druck auf die gesunde Schulter, ihr lächelndes Gesicht brachten ihn dazu, weiter den Gang entlangzufahren. Wo sollten sie hin? Vielleicht blieben sie besser hinten, es war ein Gottesdienst mit Abendmahl und er wollte ungern den Weg zum Altar versperren.

»Schau mal, Peggy winkt«, raunte Sascha.

Tatsächlich: In der zweiten Reihe sah er Peggy auf den freien Platz neben sich deuten. Wenn es sein sollte ... Er rollte nach vorn. Peggy strahlte ihn an, als sei nichts gewesen, was sein schlechtes Gewissen ihr gegenüber nicht verkleinerte. Pastorenfrauen! Sascha umarmte sie, die beiden Frauen setzen sich und waren sofort in ein leises Gespräch vertieft. Obwohl er sich ausgegrenzt fühlte, atmete Peer auf. Manchmal war es gut, einer Konfrontation zu entgehen. Stattdessen ließ er seinen Blick über die Früchte und Gemüse gleiten, die auf und vor dem Altar drapiert waren. Das Laub an den Zweigen der Zieräpfel war zwar etwas trocken, die Weintrauben schrumpelten vor sich hin. Aber dafür, dass das meiste seit zwei Wochen auf seinen Einsatz wartete, wirkte es erstaunlich appetitlich und farbenfroh.

Nach ein paar Minuten kam Werner durch den Gang geschritten und setzte sich hinter die Kanzel. Das Läuten der Glocke verstummte, die Orgel setzte ein.

Mandy hatte geübt. Das Tempo war annehmbar, die Töne akzentuierter. Klar, sie machte den einen oder anderen Fehler, die meisten davon hörte ein Gottesdienstbesucher aber bei Bach nicht. Peer schloss die Augen, ließ sich von den Tönen tragen, spürte, wie seine Finger anfingen, ihnen zu folgen. Er schmunzelte, als Mandy den Wechsel zu d-Moll erreichte. Alles lief recht glatt, klang recht gut. Und es war Bach, eines der genialen Stücke dieses genialen Musikers. Auf einmal spürte er, dass seine Hand nass wurde. Er schaute hinunter: noch ein Tropfen. Verdammt! Er heulte. Saß hier zwischen den Leuten und heulte. Mit der wunderbaren Musik, die er nicht selbst spielte. Wie sollte er das aushalten? Er gehörte nicht hierher, er gehörte nach oben, auf die Empore! Rasch wischte er sich über die Augen. Doch Sascha hatte es bemerkt. Sie drückte seine Hand – fest und tröstend, wie nur Sascha es konnte.

Endlich: die Akkorde, sauber abgesetzt, die letzten Takte und der Unisono-Schluss. Die erste Prüfung war überstanden. Mandy hatte sie gut gemeistert, Peer nicht. Er schniefte, als Werner vor den Altar trat, um die Gemeinde zu begrüßen.

Jedes Lied war eine Qual. Schon die Vorspiele ließen ihn wieder zum Organisten werden. Viele kannte und liebte er, ein paar Mal gefiel ihm Mandys Wahl nicht. Aber immer musste er sich zwingen, die Finger stillzuhalten, die jedes Stück mitspielen wollten, musste er erleben, dass seine Füße, die im Geist über die Pedale flogen, nicht einmal den Anschein erweckten, sich zu bewegen. Musste er sich zusammenreißen, um nicht zu heulen.

Als Werner die Einsetzungsworte zum Abendmahl sprach, war es mit Peers Fassung vorbei. Die Rheinberger-Cantilene würde er nicht überstehen. Er wendete quietschend den Rollstuhl und fuhr hinaus. Schon erklangen die ersten Töne und einige Gemeindemitglieder standen auf. Scheißegal, dass alle sein verheultes Gesicht sahen, scheißegal, dass er Frau Bertram fast über die Füße fuhr. Raffael, der in der letzten Reihe saß, sprang auf und öffnete die Tür.

»Danke«, flüsterte Peer.

Dann war er draußen. Er atmete tief durch. Dass es so schwer würde, hatte er nicht gedacht. Nicht seit letztem Montag. Die Sonne brannte auf den Platz. Was für ein verrückter Oktober! Peer öffnete die oberen Hemdknöpfe, passierte den Glockenstuhl und blieb im Schatten der Buche an der Straße stehen. Weit genug weg, um die Orgel nicht zu hören – wenigstens nicht bei der Kantilene.

10:50 Uhr

Ein Auto brauste aus Pokrent heran, fuhr an der Kirche vorbei und bremste scharf. Peers Kehle schnürte sich zu, als der Wagen zurücksetzte: Rico Templin.

Rico stieß die Tür auf, ohne den Motor auszuschalten. Den Kopf hochrot, stürmte er über den Grasstreifen auf Peer zu. Verdammt, was sollte er tun? Um Hilfe rufen? Rico würde ihn nicht ... hier mitten im Dorf ... oder?

Noch gute fünf Meter entfernt begann Rico zu brüllen: »Du hast sie ja nicht mehr alle! Dafür wirst du bezahlen!«

Schweiß trat Peer auf die Stirn. Mit zitternden Fingern versuchte er, den Rollstuhl zurückzulenken. Warum traf er immer die falschen Entscheidungen? War er nur hinausgefahren, um sich von diesem wahnsinnigen Mörder umbringen zu lassen? Hätte er doch die Qualen des Orgelspiels ertragen! Er leckte sich über die trockenen Lippen. »Rico, bitte! Keine Sorge, ich verrate nichts. Das hab ich schon Andrea geschworen. Und das schwör ich dir auch!«

»Wieso verraten? Bist du noch ganz dicht? Erst fährst du mein halbes Haus kaputt und dann redest du so'n Blödsinn. Was hast du eigentlich für ein Problem?«

»Was mach ich?«

»Red dich nicht raus! Ich hab die Rollstuhlspuren bei der abgerissenen Dachrinne gesehen. Und du willst mir nicht erzählen, dass du deinen Rolli verleihst, oder?«

Peer zog die Augenbrauen zusammen. »Moment mal! Du hast die Dachrinne so gebaut, dass sie mich erschlägt.«

»Was hab ich? Ich sag's ja, du bist nicht ganz dicht!« Rico stemmte die Hände in die Hüften und lief kopfschüttelnd im Kreis.

Als die Kirchentür sich öffnete, wendeten beide die Köpfe. Raffaels Gesicht erschien, die fragende Miene wechselte rasch zu einem Ausdruck des Entsetzens. Er schaute hinter sich, schloss leise die Tür und lief auf die beiden zu. »Rico, bitte mach jetzt keine Dummheiten! Dadurch wird es nur noch schlimmer!«

Rico schloss stöhnend die Augen. »Noch so ein Spinner! Ihr habt echt Probleme!«

In diesem Moment fühlte Peer die Erkenntnis wie eine Hand aus Eis um die Brust. Wie blind war er gewesen! Wie blöd! Ohne aufzusehen, sagte er: »Er war es nicht.«

»Wie?«, kiekste Raffael.

»Rico war es nicht. Nicht das mit der Dachrinne und nicht das mit Frau Kuhn.«

Der Maler hob den Kopf, seine Augen weiteten sich. »Oh! Verstehe.«

»Aber ich nicht«, raunzte Rico. »Würdet ihr mich vielleicht mal aufklären?«

Als Raffael ihm schilderte, was auf der Baustelle passiert war, als er ihm seine Wunde präsentierte, wurden auch Ricos Augen groß. Dann aber schüttelte er den Kopf. »Blödsinn. Da lag weder ein Brett noch ein Gasbetonstein.«

»Das habe ich mir gedacht«, entgegnete Raffael. »Solche verräterischen Indizien hätte ich auch weggeräumt.«

Jetzt begriff auch Rico. Er presste die Lippen aufeinander und schüttelte den Kopf. »Nein, nein, nein, das stimmt nicht. Das ist nicht wahr.« Er fuhr sich mit der Hand über die Augen und beugte sich über den Rollstuhl. »Bitte Peer, du kennst sie, du weißt, sie würde so was nie tun.«

Peer spürte den Knoten im Inneren. Es fühlte sich an, als würde sein Körper ausgewrungen, bis der letzte Rest Lebensfreude heraustropfte. Rico hatte recht: Es konnte nicht, es durfte nicht Andrea gewesen sein.

Er schaute zu Rico. »Du hast es von Anfang an geahnt, oder?« Er erinnerte sich an die Begegnung im Lindenweg, seine Drohung, dass Peer Andrea in Ruhe lassen sollte. Und jetzt verstand er.

Rico schniefte, als er sich neben Peer auf die Bank am Glockenstuhl setzte. Er nickte stumm, sein Körper zuckte. Dann wischte er mit dem Ärmel übers Gesicht und erzählte mit brüchiger Stimme, wie sie herausgefunden hatten, wer Gertrud Kuhn war.

Er hatte die Erinnerungen an die Zeit im Heim verdrängt, das Leben vor seinem achtzehnten Geburtstag hatte für ihn nicht mehr existiert. Und so kam ihm nie der Gedanke, er könnte Frau Kuhn von früher kennen. Es mochte viele Frauen mit diesem Namen geben, die so aussahen wie sie. Bei Andrea war das anders: Nachdem sie Gertrud Kuhn zum ersten Mal gesehen hatten, kam sie eine Woche später mit einem Personenprofil zu Rico, das ihnen Gewissheit brachte. Gertrud Kuhn aus Vertikow war Gertrud Kuhn aus Güstrow, jene Frau, die jahrelang zugelassen hatte, dass Kinder vor ihren Augen gequält wurden.

»Andrea hat mich immer beschützt. Ich hab viel Blödsinn gemacht damals. Mann, ich war ein ganz normaler Junge. Und sie hat die Schuld auf sich genommen. Also kriegte ich ein paar Ohrfeigen, dann Arrest. Andrea auch, die ganze Nacht. Sie hat mir nie erzählt, was da geschah. Aber als man anfing, die Dinge aufzuarbeiten, bin ich in ein Internetforum von ehemaligen Heimkindern gegangen. Da gab's eine Frau, die in der ›Goldenen Sonne‹ war. Von der hab ich erfahren, was die Pfleger mit den Mädchen im Arrest anstellten.« Er schloss die Augen, sein Atem bebte.

Peer zögerte. »Warum ... wieso wart ihr in dem Heim? Das war doch ein Spezialheim für schwer Erziehbare.«

Rico nickte. »Das waren wir in deren Augen. Unsere Eltern hatten versucht, mit uns zu fliehen, 1986. Sie wurden an der Grenze erschossen. Und wir als Kinder von Systemfeinden kamen automatisch ins Spezialheim. Schließlich mussten wir auf Linie gebracht werden. Mit allen Mitteln, hat Heimleiterin Kuhn damals gesagt.«

»Fuck, was für Arschlöcher! Was ist das für ein Scheißstaat gewesen!« Raffael stand mit offenem Mund vor Rico. Nicht zum ersten Mal kam er Peer eher wie ein Wessi als wie ein Gerade-noch-Ossi vor. »Und nun?«

Peer sah Rico an. Gute Frage. Es schien, als hätte Frau Kuhn dieses Ende verdient.

»Bitte«, stieß Rico hervor, »lasst Andrea in Ruhe. Sie leidet bis heute darunter. Darum ist sie Polizistin geworden, damit niemand mehr so leiden muss wie wir. Und damit jeder, der andere so leiden lässt, bestraft wird.«

»Aber sie darf sie nicht selbst bestrafen«, murmelte Peer.

»Nein. Sie hat nicht mehr gewusst, was sie tun soll. Jedes Mal, wenn sie hier in Vertikow war, ist sie zum Haus der Kuhn gefahren und hat davor gestanden. Ich hab sie beschworen, es auf sich beruhen zu lassen, aber das konnte sie nicht. Sie meinte, ich könnte doch nicht im selben Dorf leben wie die Kuhn.« Rico seufzte. »Und sie hatte recht – zu dem Zeitpunkt konnte ich es wirklich nicht mehr. Ich war kurz davor, den Bau aufzugeben.«

Raffael schnaubte. »Und sie wieder gewinnen zu lassen.«

»Genau das hat Andrea gesagt. Und dann hat sie ...« Er brach ab und vergrub das Gesicht in den Händen.

Dann hatte sie getan, was getan werden musste. Die Kuhn getötet, ihre Spuren verwischt, falsche Spuren gelegt. Den dummen Krüppel um den kleinen Finger gewickelt, um zu erfahren, wie viel er wusste. Ihn beschattet, bedroht, gewarnt und eingelullt. Andrea, der blonde Engel. Racheengel. So schön. So gefährlich. So unschuldig.

11:10 Uhr

Aus dem Inneren der Kirche drangen Orgelklänge; die Musik zum Auszug. Wenig später öffneten sich die Türen, Werner trat heraus, die Gottesdienstbesucher folgten ihm. Peer sah zu, wie der Platz vor der Kirche sich mit Leben füllte, wie Leute sich unterhielten, die Hände schüttelten, Scherze machten. Wie weit entfernt das alles war. Wie höhnisch das Gelächter klang. Was erlaubten diese Menschen sich, an so einem Tag zu lachen!

Mit als Letzte kamen Sascha und Peggy aus der Kirche, intensiv ins Gespräch verwickelt. Peggy warf Peer einen Blick zu, sagte noch ein paar Worte zu Sascha. Die beiden umarmten sich, seine Frau kam auf ihn zu.

»Du solltest besser ...« Peer wandte sich zu Rico, doch der saß bereits im Auto und zog die Tür zu.

Sascha setzte sich zu Peer und nahm seine Hand. »War doch schlimmer, als du gedacht hattest, was?«

Das war es in der Tat.

Sie sah Raffael an. »Danke, dass du dich um ihn gekümmert hast. Ich wollte nicht noch mehr Aufsehen erregen.«

Raffael nickte und sah zu Peer. »Alles klar?«

Peer zuckte mit den Schultern.

»Wenn du Hilfe brauchst ... Klar, ich bin nicht in deiner Situation, aber ich wüsste, wie ich mich entscheiden würde.« Er hob die Hand und ging.

»Was hat er gemeint?«

»Schon gut. Ich hab mich schon entschieden.«

In dem Moment kam Mandy Bleibtreu durchs Portal gestürmt. Ihre rechte Hand krampfte sich um die Rolle Noten; mit festen Schritten trat sie auf Peer zu. »Ich weiß, dass ich keine gute Organistin bin. Aber was Sie machen, ist echt das Letzte! Wenn Sie mein Spiel nicht ertragen können, warum bleiben Sie nicht einfach weg?«

Peer öffnete den Mund.

»Vielen Dank, auf Ihre herablassenden Kommentare kann ich verzichten!« Sie drehte sich um und stapfte zu ihrem Auto. Peer war sich nicht sicher, ob er noch ein leises »Arschloch« von ihr hörte.

Sascha legte ihm die Hand auf die Schulter. Schmerz fuhr ihm durch den Körper, sie zuckte erschrocken zurück.

»Entschuldige, Liebling, das hatte ich vergessen.« Sie blickte ihn an. »Nimm dir die Sache mit Mandy nicht so zu Herzen. Ich weiß, warum du rausfahren musstest.«

Ja, dachte Peer, aber du weißt nicht alles. Noch nicht.

13:55 Uhr

Es hatte gut getan, Sascha endlich reinen Wein einzuschenken. Mit drei Tagen Abstand und dem, was Rico erzählt hatte, hatte sie Peers Lage, sogar Andreas Situation mit anderen Augen gesehen. Vor allem, nachdem sie die betreffenden Stellen der Kinderheim-Akte gelesen hatte.

»Und was willst du nun tun?«

Peer wusste, was er tun musste, auch wenn es ihm schwerfallen würde, Andrea zu verraten. Die starke und zugleich so sensible Frau, das Mädchen, das sein Leben lang nur eins wollte: den Bruder schützen. Rico hatte die Erinnerungen verdrängt, Andrea nicht. Was musste sie gelitten haben mit dieser Wunde im Inneren, die nie ganz verheilt war, die womöglich bei jedem Fall von Kindesmisshandlung wieder aufriss. Sie war in einer Notlage gewesen; vom Gedanken beherrscht, sich von ihrer Peinigerin zu befreien. Aber das rechtfertigte doch keinen Mord. War das Andreas Verständnis von Gerechtigkeit?

Hätte Peer gewusst, was für ein Monster Frau Kuhn gewesen war, wäre ihr Tod ihm vielleicht egal gewesen und er hätte nicht nachgeforscht. Sich nicht in Gefahr begeben, keinen Streit mit Sascha riskiert, ... Andrea nicht wiedergesehen – und er säße jetzt nicht in der Zwickmühle.

Sein Smartphone auf dem Tisch vibrierte. Ausgerechnet jetzt eine SMS? Er schaute aufs Display. »Von Raffael.«

Hab was interessantes entdeckt.
Komm schnell in die scheune am berg!

Er sah Sascha an. »Was soll das denn?«

Sie zuckte mit den Schultern. »Und?«

Er schüttelte den Kopf, schrieb:

Kein Interesse mehr. Bin raus aus der Sache!

Wenig später die nächste Botschaft:

Bitte ist echt wichtig. Brauch deine hilfe!

Das war doch albern. Wobei könnte er Raffael helfen – in der Scheune?

Keine Zeit. Frag jemand anders!

Sascha trat von hinten an ihn heran und legte das Kinn auf seine Schulter. So konnte sie aufs Display schauen. »Raffael ist ein Freund, Peer. Und er hat dir geholfen.«

Peer nickte.

»Und jetzt sieht es aus, als bräuchte er deine Hilfe.« Sie seufzte und richtete sich auf. »Wenn du ehrlich bist, willst du hin, oder? Nicht nur die Sonne zieht dich raus, sondern vor allem das Geheimnis in der Scheune.«

»Aber ...«

Noch einmal vibrierte das Telefon. Peer schaute darauf und drehte das Display rasch nach unten. Verdammt! Jetzt musste er ruhig bleiben. »Du hast recht. Es zieht mich raus, das ... Geheimnis.«

Sascha lächelte. »In Ordnung, Perlchen. Sei vorsichtig.«

Sie wusste nicht, dass das Geheimnis keins mehr war.

14:15 Uhr

So schnell es ging, hatte Peer sich bereit gemacht, den Rollstuhl gewechselt und – auf Saschas ausdrücklichen Wunsch, es war immerhin Oktober! – die Daunenjacke angezogen. Sie hatte seine Beine noch zusätzlich in die Wolldecke gewickelt. Jetzt rollte er die Pokrenter Straße entlang und war froh, dass der Rolli einen Motor hatte. Schon so schwitzte er in den dicken Sachen. Aber helfen würden sie ihm nicht. Gegen Kugeln bräuchte er keine Daunen, sondern Kevlar.

Wie hatte er so blind sein können? Damit hatte er nicht nur sein Leben in Gefahr gebracht, sondern auch Raffaels. Wenn er den Tag heil überstehen sollte, würde er nie wieder versuchen, einen Mord aufzuklären.

Am Ortsausgang frischte der Wind auf. Über ihm zog ein Rotmilan seine Kreise, tat, als wäre alles wie immer. Noch einer, der sich täuschen ließ. Peer verließ die Straße, rollte auf den Feldweg. Auch die Scheune lag behäbig da, als wäre nichts geschehen. Ein grauer Klotz aus verwittertem Holz vor einem grasgrünen Hügel, der kaum höher war als das Bauwerk und trotzdem großspurig Radenowscher Berg hieß. Ein idyllischer Fleck, wenn nicht eine verrückte Polizistin einen Maler als Geisel darin hielt.

Ein Torflügel stand offen, Peer holperte hinein. Auf dem Betonboden rollte es sich so leicht, als würde er schweben. Noch ehe er sich umsehen oder gar wenden konnte, fiel das Tor zu, ein Riegel wurde vorgeschoben.

Jäh war es finster. Peer konnte nichts sehen, bis seine Augen sich an das Halbdunkel gewöhnten und Andreas Gestalt sich aus dem Dämmerlicht schälte. Als hätte sie den Platz genau ausgewählt, fiel ein schmaler Sonnenstrahl durch eine Ritze in der Wand direkt auf ihr Haar.

Sie blickte auf die Strohballen zu beiden Seiten. »Hier rauch ich wohl besser nicht.«

Wie schön sie war, selbst jetzt. Gerade jetzt. Peer schüttelte den Kopf. Das mit Andrea war vorbei, musste vorbei sein. Und hatte nie wirklich begonnen. »Wo ist Raffael?«

»Zu Hause? Sein Handy suchen?« Zögernd kam sie auf ihn zu. Sie schwieg, nickte leicht. »Ich möchte dir eine Geschichte erzählen.« Kopfschüttelnd seufzte sie. »Scheiße, das wär viel einfacher mit ner Zigarette!«

Peer wartete, bis sie bereit war. Er hatte keine Wahl. Und wie schwer war es Rico vorhin schon gefallen, nur die paar Sätze über seine Kindheit im Heim vorzubringen.

Andrea setzte sich auf einen Strohballen, stand wieder auf. »Es hilft nichts.« Sie stellte sich vor Peer. »Du weißt, dass mein Bruder und ich die letzten Jahre vor der Wende im Kinderheim gelebt haben.«

Peer nickte.

»›Goldene Sonne‹, pah! Es war finster da drin und kalt. Kälte in den Räumen und in den Herzen der Erzieher. Was ein Spezialkinderheim ist, weißt du?«

Wieder nickte Peer.

»Nein, weißt du nicht. Das weiß niemand, der es nicht erlebt hat.« Sie fuhr sich mit der Hand über die Augen. »Wir hatten keine Rechte, mussten zu allem Ja und Amen sagen, was von den Erziehern kam. Und wir zwei waren besonders schlimm dran. Als Kinder von Republikflüchtigen waren wir automatisch Staatsfeinde. Es gab klare Richtlinien für den Umgang mit ›Subjekten‹ wie uns, Richtlinien, die den Regeln im Kinderheim eigentlich zuwiderliefen.

Die dafür den Erziehern umso mehr zupasskamen. Besonders zwei hatten ihren Spaß daran, uns zu quälen. Einer hatte Rico aufs Korn genommen.« Ihre Stimme begann zu zittern. »Mein Gott, Rico war ein kleiner Junge. Mit fünf, sechs, da macht man Dummheiten, da frisst jeder was aus. Aber bei ihm setzte es sofort Ohrfeigen. Bis er anfing zu heulen. Immer. Oder er kam in Arrest.«

»Scheiße«, flüsterte Peer.

Andrea nickte. »Oft die ganze Nacht durch. Ich hab ihn nebenan wimmern gehört. Und mitgeweint.« Sie fuhr sich über die Augen, schniefte kurz, richtete den Kopf auf und atmete tief durch. »Nach dem vierten Mal bin ich zur Heimleitung und habe gesagt, dass sie das nicht machen dürfen. Aber was hat die Leiterin gesagt? Sie hat vollstes Vertrauen in die Erziehungsmethoden ihrer Mitarbeiter und ich als Staatsfeindkind habe keine Ahnung von so was. Höchste Zeit, dass das wirre Gedankengut aus meinem Kopf getrieben wird und ich Gehorsam lerne.«

»Gertrud Kuhn?«

»Gertrud Kuhn«, bestätigte Andrea eisig. »Also ging es weiter. Rico wurde stiller und blasser. Machte aus Unsicherheit neue Fehler, die ihm neue Strafen einbrachten. Eines Tages hab ich mich vor ihn gestellt und gesagt, sie sollen ihn in Ruhe lassen. Was immer er ausgefressen haben sollte, ich behauptete steif und fest, dass ich es war. Wenn sie jemanden bestrafen wollten, dann mich.« Sie lachte bitter. »Wenn ich gewusst hätte, was das bedeutet.«

Peer fühlte sich elend. Da stand diese wunderbare Frau und wurde immer blasser, immer grauer. Als würde sie zu dem kleinen gequälten Mädchen, das abends im Bett liegt und seinen Bruder weinen hört. Er räusperte sich. »Du musst nicht weiterreden, wenn ...«

»Doch, Peer. Jetzt muss ich, jetzt kann ich, zum ersten Mal im Leben.« Sie fuhr sich mit der Zunge über die Lippen, verharrte einen Moment mit halb offenem Mund, ehe sie fortfuhr. »Die beiden Erzieher freuten sich diebisch. ›Gut‹, meinte der eine, ›wenn du genauso verkommen bist wie dein Bruder, teilen wir die Strafe. Dein Bruder kriegt die Ohrfeigen und du den Arrest.‹ Er nahm mich mit, während der andere Rico verprügelte. Scheiße, an dem Tag schrie er noch lauter als sonst.« Sie biss sich auf die Lippen und schloss die Augen. »So ging's dann immer: er die Schläge, ich den Arrest. Aber ich kam in einen anderen Arrestraum als Rico, am Ende des Gebäudes. Mit Bett.« Wieder machte sie eine Pause, starrte auf den Boden und fügte endlich tonlos hinzu: »Und ich war nie allein drin.«

Peer keuchte. »Er hat ...?«

»Erst er, und wenn der andere mit Rico fertig war, kam er dazu.« Ihr Gesicht hatte sich zusammengezogen, tiefe Furchen liefen über Stirn, Wangen und Kinn; eine Maske des Zorns. »Natürlich bin ich auch damit zur Kuhn. Ich wusste gar nicht, was ich sagen sollte. Scheiße, ich war elf oder so. Die Kuhn hat mich angefaucht, wie zersetzt ich sei von krankhaftem Gedankengut, dass ich solche Lügen in die Welt setzte. Sie hat die Erzieher angewiesen, noch härter durchzugreifen. Ein Freibrief.« Sie neigte den Kopf nach hinten, als würde sie das Dach der Scheune betrachten. Doch sie tupfte kurz mit den Handballen über ihre Lider.

Wieder fühlte Peer sich, als würde er ausgewrungen. »Du darfst ruhig weinen«, sagte er leise.

»Ich bin nicht hier, um zu weinen.«

»Warum bist du hier?« Er wusste nicht, ob er darauf eine Antwort erhalten wollte.

Sie sah ihn an. »Du sollst wissen, was Gertrud Kuhn getan hat. Dass sie ihren Tod verdient hat. Ich bin hier, um Gerechtigkeit zu bekommen.«

»Gerechtigkeit? Oder Genugtuung?«, fragte Peer. »Ja, sie hat unfassbare Dinge getan. Euer Leben zerstört. Aber darfst du ihres deswegen nehmen? Du bist Polizistin, nicht Richterin. Mit dem Mord hilfst du weder dir noch Rico.«

Ein Lächeln erschien auf Andreas Gesicht, ein kaltes, hässliches Lächeln. »Ich hab mir gedacht, dass du so was sagst. Andrea, die aufrechte, starke Polizistin. Die dem Gesetz zum Sieg verhilft.« Sie spuckte aus. »Scheiß auf das Gesetz! Was hat es uns gebracht? Kann es heilen, was in mir zerbrochen ist?«

»Kann es der Mord?« Er zögerte, ehe er die nächste Fragen stellte. »Warst du deshalb so hin- und hergerissen in unserer Beziehung? Konntest du nicht mehr zulassen? Oder wolltest du nicht? Hast du mit mir gespielt? Sag: Hast du je echtes Interesse an mir gehabt?«

Andrea schnaubte. »Ich fasse es nicht! Ich offenbare dir das finsterste Kapitel meines Lebens, die Katastrophe, die alles zerstört hat. Und du Arschloch sorgst dich nur um dein Ego.« Sie begann zu lachen, erst leise, dann lauter. »Du bist nicht besser als sie! Genauso ein Monstrum.«

Auf einmal hielt sie eine Pistole in der Hand. Eis fuhr durch Peers Glieder, er erstarrte. »Andrea, was tust du?«

»Soll ich dir was sagen? Ich war wirklich hin- und hergerissen. Nicht, ob ich dich an mich ranlassen soll, sorry, sondern ob ich dich am Leben lassen kann. Du wusstest bald zu viel. Ein Teil von mir wollte dich beseitigen, der andere hoffte, dass du es verstehst. Dass ich dir einfach die Wahrheit sage und verschwinde und alles ist gut.«

»Andrea ... bitte«, stammelte Peer. Sein Blick klebte am Lauf der Pistole. Wie konnte er eine wahnsinnige Polizistin beruhigen, wenn seine Stimme vor Panik zitterte? »Nichts wäre gut. Und wenn du ... wenn du ... Himmel, ein zweiter Mord macht es noch schlimmer für dich.«

»Du begreifst gar nichts! Es geht nicht um mich. Es geht um Gerechtigkeit für Leute wie die Kuhn!«

»Aber Andrea, was hab ich ...«

»Wenn du mich anzeigst, wenn ich angeklagt werde, hat die Kuhn endgültig gewonnen, verstehst du? Dann hat sie mich gebrochen, mein Leben voll und ganz zerstört.«

Peer schüttelte den Kopf. »Das hat sie schon lange«, sagte er leise, »und du hilfst ihr jetzt noch dabei.«

»Halt die Klappe!« Andrea hob die Waffe, richtete sie auf Peers Kopf. »Es gibt keinen anderen Weg, ich muss ...«

Ein Hämmern an der Tür. »Andrea!« Rico. »Kuki, bist du da drin? Komm raus, bitte.«

Sie wandte den Kopf, ihre Lider flatterten. Die Pistole zitterte kurz in ihrer Hand, doch rasch hatte sie sie wieder fest im Griff. »Verschwinde, Rico! Ich regle das für uns!«

»Nein! Hör auf, bitte!«

Immer wilder hämmerte und rüttelte es an der Tür – vergeblich. »Kuki, lass mich rein, verdammt! Du machst alles nur schlimmer!« Ricos Stimme überschlug sich.

»Lass mich in Ruhe! Verschwinde! Ich tu das für uns.«

Aufmerksam beobachtete Peer Andrea. Sie ließ sich von Ricos Stimme ablenken, wandte immer öfter den Kopf, ihre Augen zuckten kurz. Wäre sie abgelenkt genug, um mit dem Rollstuhl an sie heranzukommen, ihr die Waffe aus der Hand zu schlagen? Er presste den Joystick mit aller Kraft nach vorn, der Rolli machte einen Satz auf Andrea zu, die erschrocken zur Seite sprang. Beinahe hätte Peer die Pistole erreicht, doch im letzten Moment zog sie sie an den Körper. Verdammt!

»Nicht klug! Weißt du, wie ein Mörder reagiert, der unter Druck gesetzt wird?« Sie entsicherte die Pistole und richtete sie auf Peer.

In diesem Moment drang ein Brummen an Peers Ohren. Beide schauten zur Tür, die kurz darauf krachend zerbarst. Licht flutete in den Raum. Instinktiv riss Peer den Steuerknüppel zurück und rollte rückwärts gegen einen

Strohballen. Wo eben noch sein Rollstuhl gestanden hatte, vibrierten die vier Zinken einer Mistgabel.

Kurz darauf stürmten zwei Männer in die Scheune.

»Peer, alles klar bei dir?«

»Es geht mir gut.« Er kniff die Augen zusammen, sah Rico und Erich schemenhaft vor sich. »Sie ist bewaffnet!«

Die Männer blickten sich um. Auch Peer versuchte, Andrea zu finden. Doch der Lichtkegel, den die Sonne durch das Loch in der Tür warf, verstärkte die Dunkelheit im Rest der Scheune. Er konnte kaum die Konturen der Strohballen neben sich ausmachen.

»Kuki!«, rief Rico keuchend. »Hör auf, komm raus, bitte. Es ist vorbei.«

»Es ist erst vorbei, wenn es vorbei ist!« Andreas kalte Stimme ließ die drei erstarren. Langsam wandten sie sich dem Licht zu. Sie stand mit erhobener Pistole vorm Traktor, eine schwarze Silhouette im goldgelben Licht. Noch immer sah sie wie ein Engel aus – ein Todesengel.

»Kuki.«

»Keinen Schritt!« Sie richtete die Pistole auf Rico. »Jeder, der hier raus will, wird erschossen.«

»Aber ich bin es, Rico.«

Sie schnaubte. »Hältst du mich für blöd?«

»Du würdest mich erschießen? Deinen Bruder?«

»Jeden, der hier raus will! Bruder oder nicht, egal. An die Wand! Los!«

Ein dumpfer Schlag ertönte, ein Stöhnen Andreas, dann kippte ihr Umriss aus dem Licht wie ein Sack Korn.

»Aber jetzt ist es vorbei, was?« Die Stimme einer Frau, die Peer sehr bekannt vorkam.

»Frau Duwe«, zischte eine zweite weibliche Stimme, »muss das sein? Können Sie das nicht uns überlassen?«

Peggy zuckte mit den Schultern und lief in die Scheune. »Das war in letzter Minute, was?« Sie musterte Erich und Rico. »Ihr seid auch nur als Türöffner zu gebrauchen.«

Die beiden brummten und wandten sich ab.

»Geht's dir gut, Peer?«

Peer schmunzelte. Schon wieder diese Frage. »Klar.« Er nahm Peggys Hand. »Danke.«

»Hey, man kann ja wohl von einer Partnerin erwarten, dass sie zur rechten Zeit am rechten Ort ist.«

Er schaute sie fragend an. Erst jetzt sah er Kapuzen-Shirt und Cargohose. »Du warst meine Verfolgerin?«

Sie schürzte die Lippen. »Verfolgerin, also wirklich. Ich hätte dich nie allein gelassen. Es sollte nur so aussehen. Ich finde, da ist ›Partnerin‹ ein viel netteres Wort.«

Peer nickte und umarmte sie.

»Apropos Partnerin.« Die zweite Frau wandte sich von der ohnmächtigen Andrea ab und trat an ihn heran. Polizeimeisterin Velten. Hinter ihr kamen weitere Polizisten und zwei Sanitäter herein. »Herr Wesendonk, ich hätte mir ein wenig mehr Kooperation gewünscht. Wir hätten ganz anders vorgehen können, wenn Sie mich genauso informiert hätten wie ich Sie. Denn seien Sie ehrlich: Die Geschichte mit dem Staatsanwalt war eine Lüge.«

»Aber nicht meine«, gab Peer kleinlaut zu.

»Nicht allein Ihre.« Fragend sah sie sich um, als Peggy ihr gegen den Oberarm stieß. Auf deren Nicken wandte sie sich zum Loch in der Holzwand.

Als gälte es, einen Berg zu erklimmen, stieg Hauptkommissar Drewermann über die Trümmer des Scheunentors. Mit ernstem Gesicht musterte er seine bewusstlose Kollegin, die inzwischen von einem Sanitäter versorgt wurde. Er ließ den Blick durch die Scheune gleiten und trat auf Peer zu. »Sie haben mich um meinen besten Mann gebracht«, sagte er tonlos.

Peggy hob die Augenbrauen. »Ist das ein Dankeschön?«

Peer legte ihr eine Hand auf den Arm. »Ich weiß. Aber ich weiß auch, dass Sie dasselbe getan hätten, wenn Sie dahinter gekommen wären, Herr Kommissar.«

Zögernd nickte Drewermann. Ein zweiter Sanitäter brachte eine Trage heran. Andrea wurde darauf gebettet.

Peggy ächzte. »Oh mein Gott! Sie ist doch nicht ...«

»Keine Sorge«, rief einer der beiden, als sie die Trage anhoben, »die wird wieder.«

Der Kommissar sah ihnen nach. »Sie war mit Leib und Seele Polizistin. Immer getrieben von einem einzigen Gedanken: Gerechtigkeit für die Opfer.«

»Das wollte sie auch diesmal«, seufzte Peer.

»Und Sie haben Glück, dass Sie da jetzt nicht auf der Trage liegen.« Drewermann schüttelte den Kopf. »Ich hoffe, in Zukunft halten Sie sich aus so was raus. Suchen Sie sich ein Hobby! Ein ungefährliches. Sie sind kein Polizist, Sie sind Musiker. Warum komponieren Sie nicht?«

»Weil diese Irre dann immer noch mordend durch die Gegend ziehen würde!«, schnaubte Peggy.

Peer grinste, ohne etwas zu erwidern. Ja, warum eigentlich komponierte er nicht?

31. Oktober 2014

15:30 Uhr

Sascha kam ins Arbeitszimmer. »Liebling, Zeit, dass wir uns fertig machen.«

»Fertig wofür?« Irritiert schaute Peer vom Laptop auf.

»Ach Peer! Heute ist Reformationstag.«

Der Ball der Baronin.

»Müssen wir da hin?«

»Hör mal, seit zwei Wochen bist du das Gesprächsthema in Vertikow. Erst recht nach dem Artikel in der Zeitung.«

»Hör bloß auf! Ich hab genug von dem Trubel.«

»Nichts da! Natürlich kommst du heute mit zum Ball. Wer weiß, vielleicht verleiht die Baronin dir einen Orden, das Dorfverdienstkreuz am Bande.«

Kopfschüttelnd schloss Peer die Augen. »Amtsrätinnen!«, stöhnte er.

»Was machst du da eigentlich?« Sascha kam um den Schreibtisch herum, legte die Hände auf seine Schultern und schaute auf den Bildschirm. »Ein Notenblatt? Und wieso sind da nur Pausen drauf?«

»Noch.« Er spürte die Vibration in der linken Schulter, dort, wo Saschas Hand lag; eine leise Erinnerung an den Schmerz der letzten Wochen. »Aber wenn ich fertig bin, ist das meine erste Komposition. Alles voller Noten.«

»Du willst komponieren? Davon hast du nichts gesagt.«

»Du hast ja auch nicht gesagt, dass du längst wusstest, wer die schwarze Frau war.«

Sascha gluckste. »Hast du geglaubt, ich hätte dich hier einfach machen lassen, wenn ich nicht gewusst hätte, dass Peggy auf dich aufpasst?« Sie legte den Kopf auf seine Schulter, fuhr mit der Hand über den Monitor. »Das wird sicher wundervoll, Peer.« Saschas Ohr an seinem, ihr warmer Atem streifte seinen Hals. »Aber dann brauchst du ein Keyboard, oder? Das ist doch viel einfacher. Und der Titel ist ein bisschen trist: ›Tod in Vertikow‹?«

Er zuckte mit den Schultern, stieß ihr gegen das Kinn. »Oh, entschuldige, Saschenka. Ich wollte es Gertrud Kuhn widmen. Andererseits weiß ich nicht, ob sie das verdient hat. Den Titel kann man ja immer noch ändern.«

Seine Frau richtete sich auf. »Das kann man«, sagte sie strahlend, gab ihm einen Kuss und klappte den Laptop zu. »Aber nicht jetzt. Jetzt wartet die Baronin auf uns. Auf dich!«

Peer seufzte und wendete den Rollstuhl. »Dann auf in den Kampf!« Er rollte durchs Wohnzimmer und die Diele ins Bad. »Muss ich mich rasieren?«

»Was denkst du denn?«

Im Badezimmer sah er den Smoking an der Tür hängen. »Och nee, nicht den Hofstaat! Ein Jackett reicht doch. Und über die Beine nehm ich eine Wolldecke, dann kann ich die Jogginghose anlassen.«

»Jogginghose?« Sascha stolzierte zu ihm an die Tür. Das Kinn vorgereckt, sagte sie würdevoll: »Wir sind bei Hofe geladen. Da erwartet man angemessene Kleidung.«

Peer neigte den Kopf. »Ihr Wunsch ist mir Befehl, Hoheit.«

17:10 Uhr

Es dämmerte, als die beiden in die Allee zum Schloss einbogen. Peer musterte die hundert Meter Kopfsteinpflaster zischen den akkurat geschnittenen Linden und runzelte die Stirn. Es half nichts, wozu hatte er einen geländegängigen Rollstuhl? Und bis zum nächsten Reformationsball wäre er in der Lage, sich in ein Auto hineinzuziehen.

Sie passierten den Löschteich auf der Schulzenwisch, die Büdnerei mit den kleinen Einzelhäusern, das Schlossgetto. Hier wohnten die meisten Mitarbeiter der Genossenschaft, aber auch Menschen aus Gadebusch und anderen Orten, die keinen Bezug zum Gut hatten. Skelette in den Fenstern und blutige Kürbisfratzen vor den Haustüren zeigten, dass sie lieber Halloween feierten als Reformationstag.

Das Schloss war prächtig angestrahlt wie immer, noch einladender aber wirkte die Beleuchtung des Hofes und der Wirtschaftsgebäude. Überall hingen Ketten aus Glühlampen, in der Mitte um die große Linde war ein Kreis aus Fackeln aufgestellt und an den Ecken der Gebäude standen Feuerkörbe, in denen es hell loderte. Auf den Tischen vor der Scheune brannten Kerzen, teils in geschnitzten Kürbissen, teils in Einmachgläsern, die mit Laub beklebt waren. Aus der Scheune erklang Musik, Akkordeon und Geige mit Bassbegleitung.

Schon bald hatte Peer keine Gelegenheit mehr, auf Licht oder Musik zu achten. Er grüßte nach links und rechts, schüttelte Hände, wechselte ein paar Worte, ließ sich zuprosten. Zwischendurch sah er Sascha an. Sie strahlte. Gut, dass er mitgekommen war.

»Peer!«

Beide schauten sich um.

Aus der Scheune kam Raffael auf sie zu. »Da bist du ja. Hi Sascha, dein Kleid ist umwerfend. Mensch, ihr verpasst den Höhepunkt des Abends.«

»Jetzt schon?«

»Oh yes! Kommt mit, schnell!« Er winkte sie in Richtung des hell erleuchteten Rechtecks, das die Scheunentür in den Oktoberabend schnitt.

Peer rollte ihm hinterher. Schon vom Eingang aus sah er, was der Höhepunkt war: Um die Tanzfläche hatten die Menschen einen Kreis gebildet, einige klatschten. Es tanzten nur wenige andere um das Paar in der Mitte herum, das sich langsam und etwas unsicher bewegte, dafür aber in perfekter Haltung. Hermann und die Baronin.

Peer zog die Augenbrauen hoch und grinste. Schnell laufen konnte Hermann nicht mehr, aber ein Sprung über den eigenen Schatten war auch mit achtzig noch drin. Der alte Schmied entdeckte ihn und winkte ihm zu; auch die Baronin hob grüßend die Hand. Peer winkte zurück.

Hermann – der hatte in den letzten Tagen das Heft in die Hand genommen und den Leuten im Dorf kategorisch untersagt, ungebeten bei den Wesendonks aufzutauchen. Peggy war von ihm beauftragt worden, ein Hilfsprogramm zu organisieren. So wie Peer es brauchte. Jetzt wurde nach Plan eingekauft, der Garten in Schuss gehalten, wurden Botendienste erledigt. Und Peer hatte dem Wunsch der kochwütigen Nachbarinnen nachgegeben, bekam zweimal die Woche Mittagessen ins Haus gebracht und erfuhr so auch gleich die wichtigsten Neuigkeiten. Über alles wachte Hermann, der es genoss, so wieder ein Stück weit Bürgermeister von Vertikow zu sein.

Dicht bei Peer stand die alte Treskow und verfolgte jeden Schritt der beiden Tänzer mit starrer Miene. Als fühlte sie seinen Blick, wandte sie sich ihm zu, nickte kurz, ohne ihren Gesichtsausdruck zu verändern, und schaute wieder auf die Tanzfläche.

Peer rollte zu ihr. »Eine neue Konkurrentin?«

»Sieh an, Ihr Spürsinn entwickelt sich beeindruckend.«

»Ihrer hoffentlich auch, Frau Treskow. Schließlich haben Sie mich zum Ermitteln aufgefordert. Ich habe gleich gesagt, ich bin Musiker, kein Detektiv.«

»Das war mir immer klar. Wäre Hermann nicht auf die Schnapsidee gekommen, hätte ich nie etwas gesagt.«

Peer gluckste. »Sie haben mir nur geholfen, um Hermann zu beeindrucken? Guter Plan, aber erfolglos, wie es scheint.«

»Ach, lassen Sie mich doch ...« Sie stakste davon, ihre Stimme verlor sich in der Musik.

Sascha beugte sich zu ihm hinunter, raunte: »Auf gute Nachbarschaft. Wenigstens scheinen Maik und Sonja dir nicht böse zu sein.« Sie wies ans andere Ende der Scheune, wo die beiden saßen und ihm lächelnd zuwinkten.

Erich trat zu ihnen. »Nabendschön, ihr zwei.«

»Oh, der Herr Großbauer.«

»Hör bloß auf. Ich sach euch, das'n Haufen Papierkram und Lauferei mit'n Testament.«

»Aber es lohnt sich, oder?«

»Weißt Bescheid?« Er wies auf das alte Tanzpaar. »Na, hört ihr auch schon die Hochzeitsglockn läutn?«

»Ganz bestimmt nicht«, gluckste Peer. »Wenn Glocken, dann eher die Totenglocken.«

»Peer!«, fuhr Sascha ihn an.

»Pass auf, was du sachst. Wenn jetzt manchmal einer von den beiden stirbt, würd ich in deine Richtung ermitteln.«

»Was? Du willst ermitteln?«

»Na ja ... Verdächtiger war ich schon, dann kann ich doch auch mal den Detektiv machen, oder?«

Peer rollte mit den Augen. »Ja, schon gut. Ich hab keine gute Figur gemacht. Tut mir leid.«

»Ach, lass nur, Liebling.« Sascha legte ihm eine Hand auf die Schulter. »Das wird schon.«

Was hatte sie gesagt? Er schaute zu ihr auf. »Wie meinst du das? Wär es für dich okay, wenn ich weitermache?«

Sie grinste. »Hast du nicht gehört vorhin? Bentins vermissen zwei Hühner. Das wäre ein spannender Fall.«

Vor Lachen ließ Erich fast die Bierflasche fallen. »Jo, einwandfrei: Der Fuchs jagt den Fuchs! Aber den kann auch dein schneller Chopper nicht fassen!«

Peer zog die Augenbrauen zusammen und stieß scharf die Luft aus. Bauern! Er setzte den Rollstuhl zurück.

»Huch.«

Hinter ihm standen Peggy und Werner Duwe; er im schwarzen Anzug, sie mit weißer Bluse und langem, dezent geblümtem Rock. Die beiden entsprachen fast perfekt dem Klischee vom Herrn Pastor und seiner Frau, nur dass Peggy massenweise Chrysanthemen im Haar trug und sogar eine Halskette daraus geflochten hatte – Herr Pastor und seine Hippie-Frau.

»Schön, dass du da bist«, rief Peggy und gab ihm einen Kuss auf die Wange.

»Na klar. Ich weiß doch, dass das Dorf auf jemanden wie mich nicht verzichten kann.«

Peggy nickte und wurde ernst. »Vor allem kann jemand wie du nicht auf das Dorf verzichten.«

»Stimmt.« Noch vor ein paar Tagen wäre es Peer nicht so leichtgefallen, dieser Aussage zuzustimmen.

Werner Duwe räusperte sich. »Da ist noch jemand, der dich sprechen will.« Er nickte in eine Ecke der Scheune.

Zaghaft trat Mandy Bleibtreu aus dem Dunkel. Peer sank das Kinn hinunter. Musste das heute Abend sein?

»Wir lassen euch allein«, flötete Peggy und zog ihren Mann und Sascha mit sich fort.

»Hallo«, sagte Mandy mit rauer Stimme.

»Hallo.«

Beide schwiegen, konnten einander nicht in die Augen sehen. Peer wusste, er müsste etwas sagen; die Situation wurde immer unangenehmer. Schließlich holten sie beide Atem und begannen synchron: »Es tut mir ...«

Peer lachte, Mandy auch. »Sie zuerst.«

»Das neulich war dumm von mir. Arrogant und überheblich. Ich hatte vergessen, was alles schiefging, als ich das erste Mal einen Gottesdienst spielte. Vor Aufregung hab ich aus Versehen das Gebläse ausgeschaltet.«

Mandy lachte. »Ich war auch nicht so besonders.«

»Doch, im Gottesdienst war das wirklich gut.«

»Und warum sind Sie dann raus?«

»Ich konnte es nicht aushalten«, sagte Peer leise, »da unten zu sitzen, tatenlos, wo ich doch nach oben gehöre. Es hatte nichts mit dir zu tun.«

Schweigend nickte Mandy. Sie trat von einem Fuß auf den anderen, die Unterlippe zwischen die Zähne geklemmt. Endlich fragte sie: »Könnten Sie sich gar nicht vorstellen, da unten zu sitzen? Zum Beispiel«, sie schluckte, »als mein Lehrer?«

Peer hielt den Atem an. Was für eine absurde Idee. Was für eine wunderbare Idee! »Du würdest«, er musste sich räuspern, »mich als Lehrer haben wollen?«

»Wen sonst? Sie sind der Beste.«

»Ja, in ganz Vertikow.«

Plötzlich stand Dr. Martensen neben ihnen. »Wollen Sie sich das antun, Mandy? Dieser Mann ist schon als Patient kaum zu ertragen, als Lehrer muss er die Pest sein.«

Peer wandte sich um. »Ihnen auch einen guten Abend. Bei euch Ossis klingt das immer eine Spur distanzierter.«

Die Ärztin presste die Lippen aufeinander, konnte ihr Grinsen aber nicht lange verbergen. »Wie geht es Ihnen? Was macht die Schulter? Alles in Ordnung?«

Er nickte. »Und selbst?«

Sie erwiderte das Nicken und wartete, bis Mandy fort war. »Danke noch mal, dass Sie nichts gesagt haben.«

»Worüber? Gibt es irgendwelche Beweise, dass Sie was Verbotenes getan hätten?«

Sie lächelte. »Übrigens habe ich Neuigkeiten für Sie. Ich weiß nicht, ob sie gut oder schlecht sind. Dr. Beck ist kränker als gedacht. Er muss seine Praxis aufgeben. Könnten Sie mit mir als Hausärztin zurechtkommen?«

Er zuckte mit den Schultern. »Ich hab eine Giftmischerin als Nachbarin, hatte eine Mörderin als Geliebte. Da macht eine kriminelle Hausärztin nicht mehr viel aus.« Er winkte sie zu sich herunter. »Außerdem haben Sie immer einen Grund, sich besonders um mich zu bemühen.«

»Das tue ich auch ohne Druckmittel«, sagte Dr. Martensen spitz. »Denken Sie nur an Palu.« Sie blickte sich um. »Wo ist der eigentlich?«

»Was soll der hier? Heute ist Feiertag, er war gestern da. Mehr als zweimal die Woche halte ich ihn nicht aus.«

»Soweit ich weiß, war er verabredet. Und Sie können froh sein, dass Sie ihn haben.« Die Ärztin verschränkte die Arme vor der Brust. »Sie müssen noch ein bisschen fitter werden für Ihren nächsten Fall.«

»Woher bitte soll der kommen? Das ist Vertikow, hier ist ein totes Huhn schon eine Sensation. Mord gibt es hier sonst nicht. Schade eigentlich.«

Sascha stürzte herbei. »Haben Sie gerade ›nächster Fall‹ gesagt? Das meinen Sie hoffentlich nicht ernst!«

»Doch. Die Baronin sprach mich vorhin an. Wenn ich richtig verstanden habe, hat sie Bedarf an einem Detektiv. Sie wird sicher noch auf Sie zukommen.«

Seufzend schaute Sascha zu Peer. »Oje. Da wirst du hoffentlich ganz höflich, aber bestimmt ablehnen!«

»Frau Wesendonk, wie lange kennen Sie Ihren Mann? Können Sie sich vorstellen, dass er brav zu Hause sitzen bleibt, sobald hier irgendwo ein Strohballen brennt?«

Sascha schaute Peer an, dann die Ärztin. »Vom Musiker zum Detektiv«, seufzte sie. »Was mag da noch alles kommen?«

Lächelnd drückte er ihre Hand. »Abwarten.«

Peers erste »Komposition«

Tod in Vertikow

Peer Wesendonk

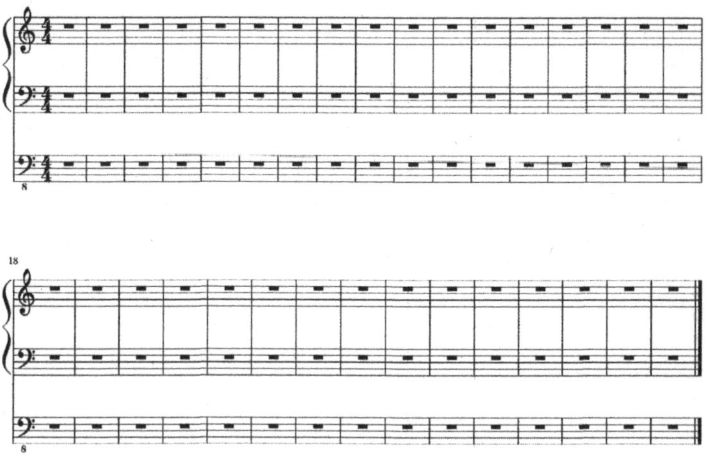

Danksagung

So viele Menschen haben zu diesem Buch beigetragen und geholfen, es zu dem zu machen, was es ist. Ihnen allen bin ich unendlich dankbar, denn sie haben mich spüren lassen, wie lohnenswert es ist, einen Text wieder und wieder zu überarbeiten.

Die Erstfassung hat Matthias wunderbar klug, genau und einfühlsam kommentiert und mich damit auf den richtigen Weg gebracht.

Anschließend hat sich unsere Autorengruppe auf die Zweitfassung gestürzt. Anna-Kathrin, Marc, Meike, Nadia und Sophie haben die Figuren geschärft, Motive geklärt, Beziehungen infrage gestellt und Peer zu einem Menschen aus Fleisch und Blut gemacht.

Noch immer bin ich beeindruckt und erfüllt vom umfassenden und positiven Feedback, das meine Testleserinnen Cathrin, Doris und Simona für die dritte Fassung lieferten. Ihr habt dem Buch den letzten Schliff gegeben!

Monika hat schließlich ein fabelhaftes Schlusslektorat durchgeführt und mich nebenbei auf dem Weg zur eigenen Website mit vielen Hinweisen zu Wordpress begleitet.

Darüber hinaus gibt es die verrückten Schreiberlinge aus der Hamburger NaNoWriMo-Gruppe, die mit ihrem lustigen und verständnisvollen Wesen eine unglaubliche Unterstützung waren.

Vor allem aber danke ich Matthias, der mich in allem, was ich tue, unterstützt, begleitet und inspiriert. Ohne dich kann ich mir weder das Schreiben noch das Leben vorstellen – und ist nicht sowieso beides eins?

Hinweis zu Vertikow

Vertikow ist ein fiktiver Ort, der in eine reale Landschaft eingebettet ist. Er liegt in Nordwestmecklenburg, ein paar Kilometer südlich der ehemaligen Kreisstadt Gadebusch.

Sämtliche Personen und die Handlung habe ich natürlich frei erfunden. Auch die jeweiligen Wohnhäuser existieren so an dieser Stelle nicht.

Einzig die öffentlichen Bauten gibt es wirklich; ich habe sie jedoch aus einem größeren Umkreis in Westmecklenburg »zusammengesammelt«. So steht die Vertikower Kirche in Wirklichkeit in Consrade (südöstlich von Schwerin), als Herrenhaus dient Schloss Lützow (ganz in der Nähe) und Vorbild für die »Alte Eiche« ist das ehemalige Gasthaus »Vierlinden« in Zarrentin am Schaalsee.

Mehr über Vertikow, seine Bewohner, die Krimireihe und meine Pläne gibt es auf

www.vertikow.de

Aktuelles und Wissenswertes schreibe ich auch auf

www.facebook.com/vertikow

Ich freue mich auf Rückmeldungen, Fragen und Kommentare!